读客

读客外国小说文库

激发个人成长

飞剪号奇航

[英] 肯 · 福莱特 著
张慧 译

江苏凤凰文艺出版社
JIANGSU PHOENIX LITERATURE AND
ART PUBLISHING LTD

KEN FOLLETT

NIGHT OVER WATER

1939年9月的英国正在与纳粹德国交战。在南安普顿港，世上最豪华的航班——传奇的泛美“飞剪号”——朝着中立的美国开启了最后一次航程。机上的社会名流和人间败类，都想为了各自的理由远离战火，而对即将到来的危险一无所知……他们将冲入一场暴力、阴谋与背叛的风暴。

前　言

泛美航空公司于1939年夏季推出了第一条连接美欧两陆的客用航班，但是只坚持了几周时间。德国进军波兰后，班次有所削减。

这个小说讲的是该航班虚拟的最后航行，故事就发生在英国宣战数日之后。书中的航班、乘客以及机组人员都是虚构的，但飞机本身是真实的。

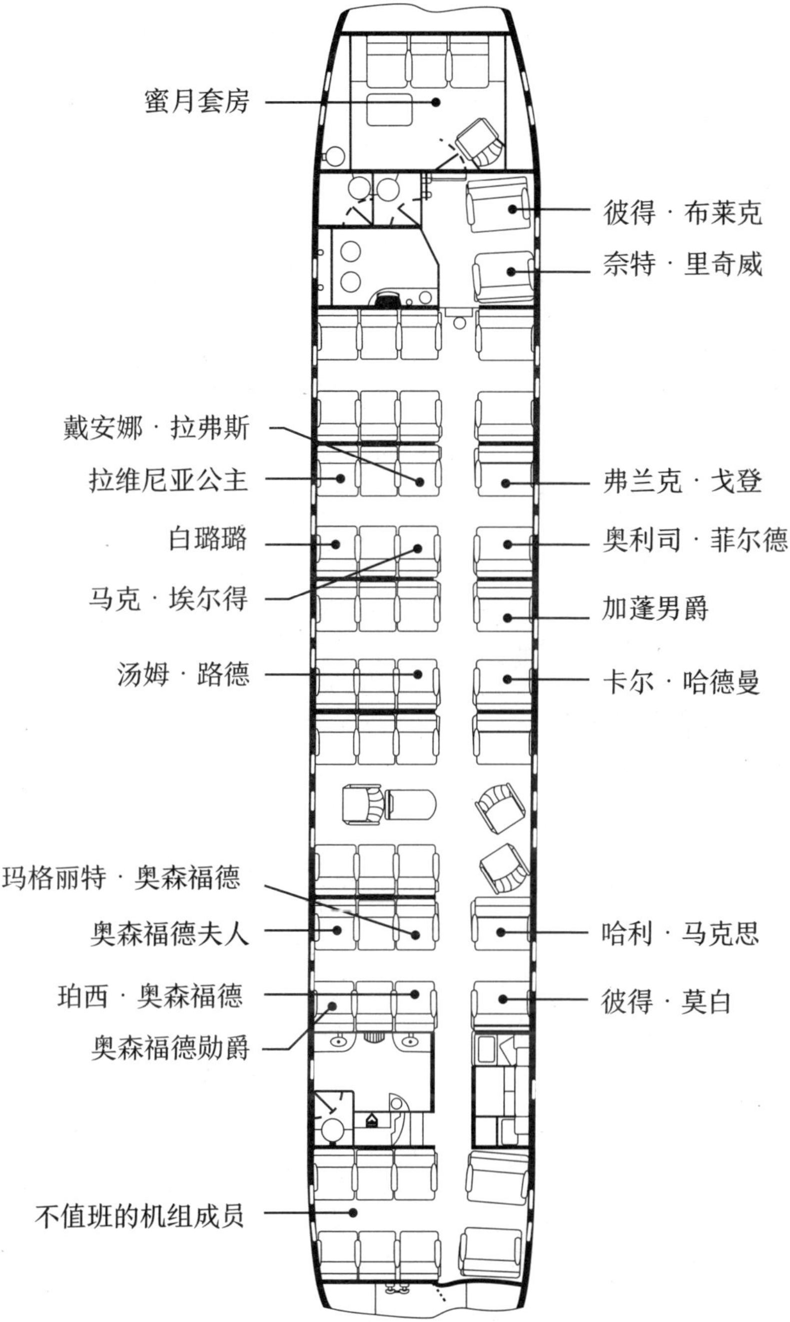

"飞剪号"机舱内人物座次表

Part 1
英 国

第一章

它是史上最梦幻的飞机。

宣战那天的十二点半，汤姆·路德伫立在南安普顿码头上，怀着一颗急切又惧怕的心凝望着天空，等待飞机到来。他反复轻声哼唱着几小节贝多芬的《皇帝协奏曲第一乐章》，那是一段慷慨激昂的曲调，恰如兵戈铁马的战场。

他身边全是来看热闹的：配备望远镜的飞行爱好者、小男孩，还有好奇的探索者。路德心想，这是泛美飞剪号第九次降落在南安普顿港，但他们的新鲜劲儿却还未消退。这架飞机是如此令人神往着迷，以至于人们在自己国家开战的当天还蜂拥而来，只为一睹真容。码头两侧，两艘富丽堂皇的远洋邮轮在人群上空高高耸立着，但这漂浮酒店已然失去了魔力，所有人都在望着天空。

趁着飞机还没来，人们都在用英式口音讨论战争。小孩子们为战争的到来兴奋不已；男人们故意压低嗓音聊着炮兵坦克；女人们则神情阴郁。路德是美国人，他希望自己的国家能远离战争：这根本不关美国什么事儿。更何况，纳粹对共产主义够强硬，这一点值得赞扬。

路德是个专门生产羊毛布料的商人。共产党曾在他的纺织厂惹是生非。路德任其摆布，而他们却差点让他破产。时至今日，他还心有戚戚焉。当初，他父亲的男装店因为敌不过犹太商人的竞争，搞得一败涂地。接着路德的毛料厂又遭受共产党的威胁——大部分共产党都是犹太人！后来路德遇到了雷·帕特里卡，命运从此改变。帕特里卡的人知道怎么对付他们。后来毛料厂里出了几回事故：一名性急的工人把手卡进了织布机；一名工会的招募员在车祸中身亡，肇事者逃逸；两名投诉工厂违反安全生产条例的男子在酒吧里打斗，最后以入院治疗告终；一名闹事的女人在家里房子失火之后，便撤销了对公司的诉讼。这些事故只花了几周就全部摆平了。然后就再没什么骚乱了。希特勒会的帕特里卡也会，对付共产党得像碾碎蟑螂一样。路德跺跺脚，依旧哼着他的贝多芬。

一艘汽艇驶出帝国航空公司水上飞机码头，穿过了海斯河口，又贴着溅落区来回开了几圈，清除漂浮物。人群里传出一阵急切的低语：一定是飞机马上要来了。

第一个瞅到飞机的是个穿着双大靴子的男孩。虽没有望远镜，但他那十一岁的视力比镜片强多了。“来啦！”他指向西南方尖叫着，“‘飞剪号’来啦！”每个人都朝那个方向看去。起先，路德只看到个飞鸟似的模糊形状，不过没多久，轮廓就清晰了。兴奋劲儿在人群里蔓延开来，大伙相互转告着：“那男孩说得没错！”

虽然大家都叫它“飞剪号”，但从技术上讲，它叫“波音B—314”。泛美航空公司委托波音公司打造一架能搭载乘客横跨大西洋又豪华舒适的飞机，而这就是成果——一座庞大、庄严、霸气得难以置信的空中宫殿。六架飞机成功交付后，泛美又订购了六架。无论是舒适度还是优雅度，它都能同停放在南安普敦那艘神话般的远洋邮轮媲美。不过，那艘船穿过大西洋得花上四五天，而“飞剪号”完成这段行程只消二十五到三十个小时。

“它就像一只带翅膀的鲸鱼。”飞机飞近的时候路德这样想着。它有像鲸鱼一样巨大的钝鼻子，庞大的身子，锥形尾部的尖端有一对高擎的尾鳍处达到顶点。巨大的发动机装在机翼内。翅膀下面是一对又粗又短的海翼，它们让飞机在水中得以保持平稳。飞机底部犹如刀刃一样锋利，仿佛快艇的船壳。

不一会儿，路德辨认出许多矩形窗口，分成不规则的两排，标志着上机舱和下机舱。他一周前来英国，坐的正是“飞剪号”，所以对它的布局十分熟悉。上机舱由驾驶舱和行李舱构成，下面是客舱。客舱里放的不是一排排座椅，而是一排排两用的沙发长椅。用餐时主休息室就是餐厅，到了晚上，沙发就成了一张张床。

所有的一切都是为了能将乘客与窗外的世界、天气隔离开。这里有厚厚的毯子、柔和的灯光、天鹅绒窗帘，还有和缓的配色与豪华的装潢。充足的隔音设备把发动机有力的吼叫变成了悠远的慰心哼唱。机长沉着威严，身着泛美航空制服的机组人员神采奕奕，服务员始终周到殷勤。所有需求都可以得到满足；食物酒水持续供应；无论是睡觉时隔开铺位的窗帘，还是早餐时送到跟前的新鲜草莓，你想要的任何东西，都会魔法般地在你需要的时刻出现。外面的世界开始变得像投映在窗上的电影一样不真实，机舱里反倒像是整个宇宙。

此等舒适来得并不便宜。往返票价675美元，能买半幢小房子。乘客都是些皇亲贵胄、电影明星、大公司的董事长和小国家的总统们。

汤姆·路德可不是这种人。他是有不少钱，但都是自己辛辛苦苦挣的，通常不会挥霍在奢侈享受上。但他当时必须让自己了解这架飞机。一位非常有权势的人要求他去做一份危险的工作——那人的的确确是非常有权势的人。虽然这工作没报酬，不过让这样的一号人物欠自己人情可比挣钱强。

整项任务可能要取消了，路德还在等待让他行动的最终消息。等待的一半时间里他都迫不及待想动手；另外一半时间，他却又祈求着用不着走这一步。

飞机以斜角俯冲下来，机尾低于机头。如此之近的距离，让路德又一次震撼于机身的庞大。他知道机身长109英尺，也知道两翼间宽152英尺。可在亲眼目睹如此庞然大物在空中飘过之前，这些尺寸都不过是数字罢了。

有那么一瞬间，飞机不像是在飞行，而是在坠落，像颗掉落的石头似的快要坠入海底了。然后它又好像是挨着水面悬在了空中，像被一根绳子吊着一样悬停了很久。它终于和水接触了，如投出的水漂一样拍过一个个浪峰，掠过水面，溅起阵阵细碎的浪花。好在庇护河口里并没什么大浪。不一会，船身扎进了水面，砰溅起的飞沫宛如炸弹爆发出的烟雾。

它劈开水面，在碧海中犁出一道白沟，将两侧弯弯的水沫送入两旁高空。这让路德想起一只伸展着双翅的野鸭收起蹼子落到湖面的样子。船身降得更低，飞向左右两边水幕溅得更高，然后船身开始前倾。机身慢慢浮起、平衡，水花也越积越多，“鲸鱼肚”渐渐露了出来。机头终于降下了。它突然减速，水花跟着消减成了余波，飞剪号变作一艘普通的船只，在海中平平静静地航行起来，仿佛未曾勇敢地冲破天际。

路德这才发现自己一直屏着呼吸，赶紧长长地松了口气，又开始哼他的小调了。

飞机朝着自己的泊位滑行着。路德一周前在那里下过船。那座船坞经过特殊设计，有一对码头。几分钟后，飞机前后的绳子将拴到支柱上，接着会有绞盘将机身拖到后面两个码头之间的停泊点。尊贵的乘客会从门口出来，走到海翼上，再走上浮桥，从那儿走舷梯来到干燥的陆地上。

路德转身离开，又忽然停住。身旁站的是一位他从未谋面的人：身高和他差不多，身穿深灰西装、头戴圆顶礼帽，像是个正要上班的公司职员。路德从他身边走过时又瞧了一眼。礼帽下面的脸长得可不太像职员。这个男人高额头，明亮的蓝眼睛，长长的下巴，还有两片薄薄的无情的嘴唇。他比路德年长，四十岁上下，不过肩膀很宽阔，应该很健壮。他长得既英俊又危险。他瞪着路德的眼睛。

路德停止哼曲儿。

男人说："我是亨利·费伯。"

"汤姆·路德。"

"我有条消息给你。"

路德的心停跳了一拍。他试图掩饰自己的兴奋，然后用和那人一样干脆的声音说："好。请讲。"

"周三那天，你特别感兴趣的那个人会在这架飞往纽约的飞机上。"

"你确定？"

男人严肃地看着路德，并没回答。

路德沉郁地点点头。所以说，任务还得继续完成。他悬着的心终于放了下来。"谢谢。"他说。

“还有。”

“我在听。”

“消息的第二部分是不要让我们失望。”

路德深吸一口气。“告诉他们，不用担心。”他的话比他的心更自信，“那家伙也许离得了南安普顿，但绝对到不了纽约。”

南安普顿码头的河湾正对面，帝国航空公司在那里建有水上飞机专用设施。帝航的机械师需在泛美飞行工程师的监督下，为飞剪号进行维护工作。这一趟航行的工程师是艾迪·迪金。

这是项大工程，好在他们有三天时间。乘客在108号泊位下完后，飞剪号会滑行到海斯河口。飞剪号会从水中央，由工作人员引到推车上，再被吊至滑坡，像只大鲸鱼似的平稳地躺在婴儿车上，被拖进庞大的绿色机棚。

横跨大西洋的航行对发动机来说是个艰难的任务。最远的航段，即纽芬兰飞爱尔兰段，飞机要连飞九个小时不停靠（由于逆风，相同距离的返程航段需要十六个半小时）。燃料一小时接一小时不停地流失；火花塞不停运转；每个庞大的发动机中，十四个气缸不停不息地上下泵动；十五英尺的螺旋桨切云砍雨，劈风而进。

对艾迪来说，这就是机械工程界的浪漫。人类真是太神奇了，竟造就出如此精密的发动机，可以完美而精确地连续运转，真是太奇妙了。有太多零件可能会出差错，还有太多活动部件必须精确地制造、装配在一起才能不折损、不打滑、不阻塞，并且不能因为这四十一吨重飞机连飞了千万英里后而有所磨损。

等到周三的早晨，“飞剪号”就会准备好再次起航了。

第二章

战争爆发那天是个可爱的夏末星期天，天气温和而灿烂。

在收音机广播开战消息几分钟之前，玛格丽特·奥森福德正站在自家那座庞大的砖砌庄园外。她穿着外衣戴着帽子，微微冒汗，正为自己被迫上教堂而愤愤不平。村子另一边的教堂高塔里，大挂钟索然无味地敲了一声。

玛格丽特讨厌教堂。虽然她已经十九岁，已经到了可以为自己的宗教信仰做主的年龄了，但是她父亲是不会让她错过做礼拜的。大约一年前，她鼓足勇气跟他说自己不想去，但是他压根没听进去。玛格丽特问："难道你不觉得让不相信上帝的我去教堂很虚伪么？"父亲答："别无理取闹了。"于是她就带着挫败感和一肚子怒火跟母亲说，等她年龄够了是决计不会再去教堂了。母亲说："那就得听你丈夫的意思了，亲爱的。"这场争论对于他们来说已经结束，但是那之后的每个星期天，玛格丽特都在憎恶感之中煎熬着。

她的姐姐和弟弟也走出了庄园。伊丽莎白二十一岁，高大粗笨，相貌平平。曾几何时，两姐妹彼此无话不谈。还是小女孩儿的时候，她们总是待在一起，俩人都没上学，在家跟家庭教师学习。她们总是知道彼此的秘密。但是最近她们日渐疏远了。青春期时，伊丽莎白随了父母的死板和传统：她无比保守，是保皇党的热烈拥护者，对所有新思想都视而不见，并敌视一切变革。玛格丽特则走上了相反的道路。她是女权主义者，也是社会主义分子。她对爵士音乐、立体派绘画还有自由诗都有兴趣。伊丽莎白觉得玛格丽特有这种激进的想法是对家族的背叛。玛格丽特虽然气恼姐姐愚蠢，但是同时也因为彼此不再是亲密无间的伙伴而伤心沮丧。她亲近的朋友并没几个。

珀西十四岁。对激进的思想，他不支持也不反对。不过生来是个捣蛋大王的他跟叛逆的玛格丽特相当有共鸣。他们同是父亲专制之下的难友，互相同情互相支持。玛格丽特对他喜爱有加。

不一会儿，母亲和父亲也出来了。父亲戴了条丑陋的橙绿相间的领带。他基本上是个色盲，不过这领带很可能是母亲买给他的。母亲有红色的头发、海绿色的眼睛，还有苍白的皮肤，她穿橙色或绿色的衣服时会容光焕发。父亲的黑发日渐灰白，加上他脸色泛红，当往脖子上挂着这条领带，活像是在警告别人危险勿近。

伊丽莎白的长相随父亲，深色的头发，不匀称的五官。玛格丽特则拥有母亲的特质，她倒是想有条和父亲领带颜色一样的真丝围巾。珀西则长得太快，没人能断言他最后会长得像谁。

他们沿着一条长长的车道向南走，来到村口。村里大部分的房屋还有方圆几英里内的农田都是父亲的财产。他什么都没做就坐享了如此财富：十九世纪初的几次联姻将郡内三个最重要的大地主家族结合在了一起，因此庞大的家产在传了一代又一代之后依然完整。

他们沿着村庄的街道走着，穿过草坪，来到了灰色石头砖堆建的教堂。他们依次进入，父亲母亲在前，玛格丽特跟在伊丽莎白后面，珀西殿后。当奥森福德一家穿过廊道到家族长凳区就座时，教会里的村民都纷纷用手摸额发向他们表示敬意。富农们种的都是从父亲那里租来的地，他们礼貌地鞠躬；中产阶级的罗万博士、斯密瑟上校还有阿弗雷男爵充满敬意地点了点头。每当有人行这种荒唐的封建礼，玛格丽特都会尴尬地缩缩头。在上帝面前人人都是平等的，不是吗？她真想大声喊："我父亲不比你们任何人高贵，甚至比你们大部分都恶劣！"说不定某天她真的会有这样的勇气。说不定她若真敢在教堂出回洋相，就能永远不用再回到那儿了，但她还是害怕如果这样做的话，不知父亲会怎样对付她。

他们入座时，珀西在众目之下故意用别人听得到的音量悄声说："父亲，领带不错嘛。"玛格丽特强忍住，但还是憋不住笑出声来。她同珀西赶紧落座，埋下脸装作祈祷的样子，直到那股笑劲儿过去。这么一番折腾之后，玛格丽特感觉好些了。

牧师布道的内容是《圣经》中"浪子回头"的故事。玛格丽特想，这呆傻老头该选个大家都关心的话题，比如"开战的可能性"。首相已经向希特勒发出最后通牒，元首对之表示不屑。宣战只是时间问题罢了。

玛格丽特害怕战争。她爱过的男孩死于西班牙内战。虽然这已是一年前的事了，但时至今日，她依然会时不时地在夜晚伤心落泪。对她来说，战争意味着又要有其他千千万万个女孩子将体会她曾经遭受的悲痛了。这种想法实在让她难以承受。

然而，她心里还有一部分渴望战争。几年来她都对英国在西班牙战争中的怯懦表现耿耿于怀。一帮得到希特勒和墨索里尼武装支持的暴徒推翻社会党政府时，她的国家竟然袖手旁观。欧洲各地成百上千的理想主义青年奔赴西班牙，为民主而战，而民主政府却拒绝为他们提供武器。于是这些年轻人牺牲了，留下玛格丽特这样的人于愤怒、无助和羞愧之中。如果英国现在对法西斯采取反对立场，她就会再次为自己的国家感到骄傲。

还有另外一个原因让她为即将来临的战争雀跃不已。开战绝对意味着，在父母身边这种压抑的、令人窒息的生活到头了。他们一成不变的礼教还有毫无意义的社交生活禁锢着她，让她厌倦，灰心丧气。她渴望逃离这里，去过自己的生活，但这似乎不可能，她尚未成年，又没有什么她能胜任的工作。但她急切地期盼着，开战之后所有一切都肯定会不一样。

她曾痴迷地阅读过一些报道，有关在上次大战中女人们是如何穿上她们的裤子到工厂里工作的。现在海陆空军部队里都有女兵分队。玛格丽特梦想加入后援预备军——女人的军队。她掌握的技能少得可怜，其中一项是驾驶。父亲的司机狄比用劳斯莱斯教过她，战死沙场的伊安曾把他的摩托车借给她。她甚至可以开摩托艇，父亲在法国尼斯有艘小型游艇。后援预备军需要的正是救护车驾驶员和会开摩托的通讯员。她仿佛看到自己身着制服、头戴头盔、骑着摩托车，以最高时速将紧急军情从一个战场送到另一个战场，卡其色衬衫的胸前口袋里放的是伊安的照片。她坚信，只要给她机会，她就能很勇敢。

后来他们才发现，宣战其实就在他们做礼拜期间，甚至在十一点二十八分，布道进行到一半时还拉响过一声防空警报。不过这警报没传到他们村子，充其量也就是个假警报而已。奥森福德一家就这样从教堂走回了家，全然不知他们已经身在战争中了。

珀西想要带枪去逮兔子。他们都会射击，这算是个让他们痴迷的家庭娱乐活动。父亲当然拒绝了他的请求，因为在周日射猎是不合规矩的。珀西大失所望，但还是顺从了。他虽然劣迹斑斑，但毕竟还没到胆敢公然违抗父亲的年纪。

玛格丽特喜爱弟弟的机灵顽皮。他是她灰暗生活中唯一一缕阳光。她常常希望自己能像珀西那样拿父亲开涮，在背地里取笑他，但每次她都会气到笑不出来。

他们到家后，看见一个光着脚的女仆正在大厅里浇花，全都吓了一跳。父亲不认识她，粗鲁地质问道："你是谁？"

母亲用她柔软的美国口音说："她叫詹金斯，这周刚开始工作。"

女孩屈膝行礼。

父亲说："那她见鬼的鞋子去哪儿了？"

女孩脸上掠过一丝疑惑，然后用谴责的眼神瞥了一眼珀西。"请原谅，主人。是艾斯利勋爵。"珀西的贵族头衔是艾利斯勋爵，"他跟我说，客厅女仆必须在周日赤足以示尊重。"

母亲叹了口气，父亲则恼怒地哼了一下。玛格丽特却忍不住想笑。告诉新来的佣人编造出来的规矩是珀西最爱玩的把戏，他可以有板有眼地讲述最荒诞的事情，而奥森福德家族的古怪名声在外，无论有多荒唐别人都会信以为真的。

珀西总能让玛格丽特开心，但现在她又不禁为光脚在大厅里站着的可怜女仆感到抱歉。

"去把鞋子穿上。"母亲说道。

玛格丽特加了句："以后别再相信艾斯利勋爵的话了。"

他们摘下帽子走进起居室。玛格丽特揪起珀西的头发，低声呵斥他："这么做太不厚道了。"珀西却咧嘴一笑，他简直无可救药。有一次他告诉牧师说，父亲晚上犯心脏病死了，全村上下都开始哀悼，直到后来大家才发现这是场恶作剧。

父亲打开收音机，这才听到消息：“英国已向德国宣战。”

一股狂喜涌上玛格丽特心头，那种兴奋感仿佛像在高速驾驶，又像是爬到了大树的最顶端。她不需要再为开战与否苦苦纠结了：悲剧、苦难、伤害和失去亲人的悲痛都是无可避免的，木已成舟，能做的唯有战斗。这想法令她心跳加速。所有一切都会改头换面，社会旧俗将被摒弃，妇女将会加入抗争的行列，阶级桎梏也会被打破，每个人都要并肩作战。她将呼吸到自由的空气。他们要同害死可怜的伊安和其他千千万万优秀青年的法西斯战斗。玛格丽特从未觉得自己是个报复心重的人，但她一想到纳粹就义愤难平。这种感觉陌生、可怕，让人不寒而栗。

父亲大发雷霆。他本来就又胖又红的脸仿佛要爆炸一般。“该死的张伯伦！”他说，“让这卑鄙的家伙见鬼去吧！”

“艾杰伦，注意点。”母亲责备他说话不知节制。

父亲原本是英国法西斯联盟的创始人之一。那个时候的他和现在大不一样：年轻的他容貌俊美、身材修长、个性温和、充满魅力，赢得了人们的忠诚和信任。他写过一本饱受争议的书，名叫《杂种人：人种污染的威胁》。书中论述了白人是如何与犹太人、亚洲人、东欧人甚至是黑鬼通婚，让文明走上下坡路的。他还和希特勒通过信。他相信希特勒是继拿破仑以来最伟大的政治家。那时每逢周末他都会在家里举办盛大的派对，邀请的宾客都是有头有脸的政客，有时会有外国政治家，有一回甚至连国王都来到了这个终生难忘的场合。他们的讨论持续到深夜，管家将地窖里的白兰地一批批往上搬，男仆们则在门厅里打起哈欠来。整个大萧条时期，父亲都在等候国家的召唤，临危受命出任首相，拯救国家经济。但是这样的召唤始终没有来临。周末的派对越办越少，规模越来越小，尊贵的客人们想方设法切断自己和英国法西斯联盟的关系，大失所望的父亲则日渐消沉。他的魅力随着自信一起离开了他，英俊的相貌也被怨愤、厌倦和酗酒给毁了。他从来就没什么真才实学，玛格丽特读过他的书，她震惊地发现，此书不光内容错误百出，而且观点非常愚蠢。

近几年，他的政治纲领已经萎缩成一个执念，英德两国应该联合起来对付苏联。他给杂志发文章、给报纸写信，还利用难得参加政治集会及大学辩论的机会发表自己的观点。欧洲发生的一系列事件让他的想法变得越来越不切实际，他却依然固执己见。如今英国终于向德国宣战，他的希望终于破碎了。玛格丽特发觉，自己躁乱不安的心里竟然还有点可怜他。

“英德两国自相残杀，只会让欧洲沦为无神论共产主义者的天下。”他说。

父亲提起无神论，便让玛格丽特想起自己被迫去教堂的事，她说：“无所谓，我就是无神论者。”

母亲说：“亲爱的，你不能这么说。你信的是圣公会。”

玛格丽特忍不住笑了，伊丽莎白却快哭了，她说：“你怎么能笑得出来？这明明是个天大的悲剧！”

伊丽莎白是个极端的纳粹仰慕者。她会说德语——她们俩都会，这得谢谢那个待得最久的德国家庭女教师——还去过柏林几次，曾两次同元首本人共进晚餐。玛格丽特怀疑纳粹实际上就是一群喜欢沉浸在英国贵族认可中的谄媚小人。

玛格丽特转身对伊丽莎白说：“是时候站起来教训那些恃强凌

弱的暴徒了。”

“他们不是暴徒。”伊丽莎白愤慨道，“他们是骄傲、坚强、血统纯粹的雅利安人，我们国家和他们宣战是个悲剧。父亲说得对——白人将要自相残杀了，世界就要成为杂种人和犹太人的了。”

玛格丽特无法容忍这种胡言乱语，她怫然顶撞回去：“犹太人什么错都没有。”

父亲竖起一根手指：“犹太人什么错都没有——以他们自己的立场而言。”

“然而他们却在——在你们法西斯铁蹄的蹂躏下！”她差点儿就说出“你们卑鄙下流的体制里”了，但忽然感到有些害怕，话到嘴边，没说出口——激怒父亲实在是太危险了。

伊丽莎白说：“而在你那布尔什维克体系里，只会让犹太人爬到我们头顶！”

“我不是布尔什维克主义者，我信的是社会主义。”

珀西模仿着母亲的音调说：“亲爱的，你不能这么说。你信的是圣公会。”

玛格丽特又不由得笑出声来，笑声再一次激怒了姐姐。伊丽莎白苦涩地说：“你就是想摧毁一切精致纯粹的东西，然后再一笑置之。”

这话本不值得反驳，但是玛格丽特还是想表达自己的观点。她转向父亲说：“好吧，不管怎样，在内维尔·张伯伦的问题上我和你意见一致。他纵容法西斯占领西班牙，把我们的军事地位弄得非常被动。现在我们东西两侧都有敌人了。

“张伯伦才没纵容法西斯占领西班牙。”父亲说，“英国、德国、意大利还有法国有互不干涉协议，我们做的只不过是信守诺言罢了。”

这实在太虚伪了，他是知道这一点的。玛格丽特气得面红耳赤：“意大利和德国都毁约了我们却还在信守诺言！”她抗议道，“所以法西斯有枪有炮，而民主主义者什么都没有……除了英雄们。”

然后是一阵尴尬的沉默。

母亲说：“伊安死了我们也很遗憾，亲爱的，但是他对你的影响实在恶劣。”

玛格丽特忽然很想哭。

遇见伊安·罗戴是她这辈子最美好的事情，他的死亡所带来的痛苦依然让她喘不过气。

多年来，她一直在狩猎舞会上跟那群混光景的年轻乡绅跳舞，他们脑子里空空如也，只知道喝酒打猎。对于能遇上和自己同龄并且让她感兴趣的男人这件事，她已不抱什么希望了。伊安如理智之光一样照亮了她的生命；自他死后，她一直活在黑暗里。

那是他在牛津大学的最后一年。玛格丽特本也愿意上大学的，但是她永远都不会有这样的求学资格，因为她从没上过学。但她阅读广泛——除此之外也无事可做——并为找到和她一样喜欢讨论各种思想的人而兴奋不已。只有他才会在向她解释事情时不居高临下地摆谱。伊安是她所遇见过的所有人之中思维最清晰的一个。他带着无穷的耐心讨论，他没有智力上的虚荣心——他从来不会不懂装懂。她从一开始就崇拜他。

很长一段时间里，她都不认为那是爱情。但有一天，他蹩脚且难为情地表白了。他支支吾吾地纠结着用词，最后终于说出了口："我想我一定是爱上你了——这会毁掉我们的一切吗？"她这才欣然意识到，她也坠入爱河了。

他改变了她的生活，似乎让她觉得自己的家搬到了另一个国度，那里所有的一切都与众不同：风光、气候、人们、食物。她享受着所有的一切。就连生活在父母身旁的束缚与烦躁也都变得微不足道。

即便他后来加入了"国际纵队"[①]，奔赴西班牙支持民选的社会主义政府，对抗法西斯的造反叛乱，他还是依然照亮着她的生活。她为他感到骄傲，因为他有信念，有勇气，并且时刻准备着为信仰牺牲性命。她偶尔能收到他的来信。有一次他寄的是首诗。后来寄来的却是他的噩耗——他被炸药筒直接击中，粉身碎骨。当时玛格丽特觉得，自己的生命已经到头了。

"影响恶劣。"她苦涩地重复道，"是，他教会我去质疑教条、去摒弃谎言、去鄙视虚伪。结果我融入不到文明的社会里。"

父亲、母亲和伊丽莎白全都立刻开口说话，又因为谁的话都听不清楚而一起停下。珀西一开口就打破了这忽然而来的沉默。"说到犹太人，"他说，"我在酒窖里看到了一幅有趣的画，就在那些斯坦福的旧箱子里。"母亲的娘家在康涅狄格州的斯坦福。珀西从衬衫口袋里拿出了张发皱又褪色的红褐色照片。"我有个老外祖母叫露丝·格兰凯利，对么？"

母亲说："是呀，她是我的外祖母。怎么了，亲爱的，你发现

① 1936—1939年西班牙内战期间，许多国家的工人、农民等为支援西班牙人民反对佛朗哥反动军队和德、意法西斯武装干涉所组成的志愿军。后泛指为反对侵略，不同国籍的人志愿组成的军队。

什么了？”

珀西把照片递给父亲，其他人也都围过来瞧。照片里是美国某城市的街景，很可能七十年前的纽约。照片的前景是位三十多岁胡子黑黑的犹太男子，身着粗糙的劳工服，头上戴着顶帽子。他站在手推车旁，车里运的是砂轮。推车上清楚地写着几个字：“鲁本·费宾——砂轮”。男人身边站着个女孩，十岁上下，穿的是破旧的棉裙子和沉沉的靴子。

父亲说：“这是什么，珀西？这些劣货是谁？”

“看背面。”珀西说。

父亲把照片翻过来。背面写的是：“露茜·格兰凯利，娘家本姓费宾，十岁。”

玛格丽特看了看父亲。他吓呆了。

珀西说：“说来有趣，母亲的外祖父竟然娶了个走街串巷的磨刀郎的女儿，还是个犹太人。不过也难怪，人家都说，美国就是这样的。”

“不可能！”父亲说，但是他的声音在颤抖。玛格丽特猜想，连他也觉得这太有可能了。

珀西继续欢快地说下去：“反正犹太人的特征会在女性后代中逐渐消退的。所以，既然母亲的外祖母是犹太人，那意味着我也是个犹太人了。”

父亲已经面如土灰了。母亲很疑惑的样子，微微皱了皱眉头。

珀西说：“我忠心希望德国人不要赢得这场战争，否则我会被禁止去电影院，而母亲也会不得不往她所有的晚礼服上缝黄色星星。”

这些话听着太痛快了，痛快到不像是真的。玛格丽特特意瞥了眼照片背面的字，真相大白了。“珀西！”她欢乐地说，“那是你的字儿！”

“才不是呢，哪有！”珀西说。

但每个人都看出来了，确实是珀西的字儿。玛格丽特幸灾乐祸地笑着。珀西不知道在哪找着了这张犹太女孩的照片，然后在背面伪造了题字来愚弄父亲。父亲居然毫无疑问地信以为真了！他发现自己有个混血的祖宗绝对是每个种族主义者的终极噩梦。他活该。

父亲来了句：“呸！”然后把照片摔到了桌子上。母亲委屈又愤恨地说：“珀西，你真是的。”他们本要继续说下去，这时门开了，臭脾气男管家贝茨从走廊进来：“午餐好了，夫人。”

他们离开晨间起居室，穿过门厅，来到一间小型餐厅。桌上的菜定会有焦烧牛肉，这是道每个星期天都会上的菜。母亲还用沙拉：她觉得热量会破坏食物的养分，从来不吃烹煮过的食物。

父亲祷告之后，全家都坐了下来。贝茨给母亲上了道烟熏三文鱼。在她的认知中，烟熏、腌制，或者其他什么方式保存的食物都是可行的。

“当然，剩下的就只有一件事儿了。”母亲一边说一边拿开上过菜的盘子，用事不关己的口吻漫不经心地说，“我们都得搬去美国住，一直到这愚蠢的战争结束。”

然后是一阵令人震惊的沉默。

玛格丽特惊恐的喊：“不！”

母亲说：“行了，我想我们在一天之内已经吵得够多的了。请让我们安安静静地把午饭吃完。”

“不行！”玛格丽特又喊。她气得快要语无伦次了。

“你——你不能这么做，这……这……”她想跟他们抱怨、冲他们怒吼，想控诉他们的叛国行径和胆小懦弱，想喊出她的鄙夷和不屑。但是话到嘴边却说不出口，说出来的只有一句：“这不公平！”

即使这样还是太过了。父亲说：“你要是管不住你那张嘴，最好离我们远点儿。”

玛格丽特把餐巾送到嘴边，生生地把一声啜泣吞了下去。她推开椅子站起身，逃出了房间。

这事他们肯定已经盘算了好几个月了。

午饭后，珀西来到了玛格丽特的房间，跟她讲了更多的出行细节。那时，大宅会被关闭，家具会罩上防尘单，佣人们也会被遣散。房产将交由父亲的商业经理打点，他会去收房租的。钱会在银行堆积成山：由于战时的汇兑管制，钱汇不到美国去。马匹会卖掉，床单会加上樟脑球封存，银器也要锁起来。

伊丽莎白、玛格丽特和珀西各可以打包一个行李箱：他们的其他物件将交由搬家公司处理。父亲已为他们订好了泛美航空“飞剪号”的机票，他们将于周三出发。

珀西激动得近乎疯狂。他之前是坐过一两次飞机，但是“飞剪号”是与众不同的。这飞机不仅巨大，而且极度奢华。几周前办落成仪式的时候，各家报纸对它进行了铺天盖地的报道。这趟赴纽约的航班花费二十九小时，夜晚时分每个乘客都将于大西洋上空进入梦乡。

玛格丽特想，他们竟然用这种骄奢的方式离开，却置自己的国民于贫困、苦厄和战争而不顾，简直是令人作呕的卷款潜逃嘛。

珀西去收拾自己的行李去了，玛格丽特则盯着天花板躺在床上，沉浸在失望和苦涩里。她怒火中烧，为对自己命运的无能为力崩溃地哭喊着。

不知过了多久，她在愤懑中渐渐入睡了。

周一早晨，她还没起床，母亲就进了她的房间。玛格丽特坐起来充满敌意地瞪了母亲一眼。母亲坐在梳妆台旁，从镜子里看着玛格丽特。“请别在这件事情上跟你父亲过不去。”她说。

玛格丽特发现母亲很紧张。这要是在其他场合也许会让玛格丽特换个温柔点的腔调说话，但是她这会儿太过苦恼，没工夫同情她。“这也太懦弱了！”她大声叫喊着。

母亲脸色苍白。“我们这么做不是懦弱。”

“不就是在自己国家刚开战的时候离开而已，是吗！”

“我们别无选择啊，我们不得不离开。”

玛格丽特被弄晕了。“为什么？”

母亲从镜子前转过身盯她：“我们要是不走，他们就会把你父亲关进监狱。”

这完全出乎玛格丽特的预料。“他们怎么可能那么做呢？信法西斯主义又不犯罪。”

“他们有紧急特权，犯不犯法又有什么关系呢？有个内政部的人出于同情，给我们通了气儿。要是这个周末你父亲还在英国，就会被抓走。”

玛格丽特很难相信他们要把父亲像贼一样抓进监狱。她觉得自己真傻，她完全没想过战争会给日常生活带来多大的影响。

“但他们什么钱财都不让我们带，”母亲痛苦地说，“这就是英国意义上的公平做法。”

现在钱是玛格丽特最不在乎的事了。她的整个生命平衡了。她忽然感觉自己得到了勇气，她下定决心告诉母亲真相。趁着这会儿她的这股劲儿还没消失，她深吸了一口气说："母亲，我不想跟你们离开。"

母亲丝毫没显出惊讶的样子，或许她早已料到了她这样的反应。她用试图避免争论的口吻，温和又含糊不清地说："你得来呀，亲爱的。"

"他们又不会把我抓进监狱。我可以住玛莎姑姑那儿，或者凯瑟琳表姐那儿也成。您不能跟父亲说说吗？"

忽然间，母亲变得不是一般的凶悍："我受了那么大的苦遭了那么大的罪才把你生下来，只有我有能力阻止，才不会纵容你拿自己的性命当玩笑。"

一时间，玛格丽特为母亲的真情流露感到讶异，差点就要退缩了。她抗议道："我也该有发言权——这毕竟是我的生活啊！"

母亲叹了叹气，又变回她平常那副无精打采的样子："你怎么想、我怎么想都不重要。不管我们说什么，你父亲是不会让你留下来的。"

玛格丽特对母亲的悲观感到很反感，她决定采取行动。"那我直接问他。"

"我希望你不要这么做。"母亲说。这回她的话里流露出请求的味道，"这决定已经够让他为难的了。你是知道的，他爱英格兰，换别的情形他早给陆军部打电话图差事了。这让他伤心透了。"

"那我的心怎么办？"

“你不一样，你还年轻，还有大好的时光。而对他来说，这是他唯一的希望。”

“他是法西斯又不是我的错。”玛格丽特喧嚷着说道。

母亲起身，静静地说：“我希望你能温柔些。”之后就走了出去。

玛格丽特同时感到了内疚和愤慨。这太不公平了！打从她开始有自己的主见之时，父亲就一直奚落她的观点。现在时局证明他是错的，她却又被要求去同情他。

玛格丽特叹了口气。母亲美丽、古怪又糊涂，生来就富有又果断。她的古怪性格实乃个性强硬又无教育加以引导的结果：因为不知道怎么区分理性和荒谬，她一抓住愚蠢的思想就紧紧不放。糊涂则是女性对付大男子主义统治的有效工具：她不能跟丈夫对峙，所以唯一一个摆脱他控制的方法就是装作无法理解他。玛格丽特爱她的母亲，也出于喜爱包容了她的特质；但是她下定了决心，不管她们两个的外表如何相似，绝不能成为母亲那样的人。要是没人愿意教她，她会很高兴地去自学；她宁愿当剩女，也不要嫁给一个自认为有权利把她当作客厅侍女一样软禁起来到处使唤的猪头。

有时候她也期盼自己和母亲的关系能有所不同。她想跟她说真心话，得到她的同情、询问她的意见。她们可以结成同盟，共同为了自由去反抗这个想把女人当装饰品的世界。但是母亲早就放弃了反抗，更别提和玛格丽特做相同的事情了。门儿都没有。玛格丽特要做自己，她已经下定决心了。但是要如何做呢？

她周一一整天都没有胃口。仆人到处忙着关宅子的事儿，她没完没了地喝了一杯又一杯茶。周二母亲意识到玛格丽特是不打算打包了，便使唤那名新来的侍女詹金斯去替她打点行李。詹金斯当然不知道什么东西是应该打包的，还是要玛格丽特帮她忙。于是最后还是母亲得逞了。她总是能得逞。

玛格丽特跟那女孩儿说："你才刚来没一周我们就决定把宅子关掉，可真是不幸啊。"

"现在可不缺活干了，小姐。"詹金斯说，"我爹说，打仗的时候人是不会失业的。"

"那你要去做什么呢——去工厂吗？"

"我要参军。广播里说了，昨天有一万七千名妇女加入了陆妇队。全国上下每个镇政府门前都排起了长队——我在报纸上见着照片了。"

"你可真走运，"玛格丽特没精打采地说，"我能排的只有上飞往美国的飞机的队。"

"老爷想要什么您就得照做呗。"詹金斯说。

"你父亲对你参军的事怎么说？"

"我不会跟他讲的——只管做就是。"

"但是要是他把你拽回来怎么办？"

"他不能那么做。我十八岁了，一旦签名入伍，谁都不能反悔。只要你年龄足够，父母是没办法阻止的。"

玛格丽特一惊。"你确定？"

"当然呀。人人都知道。"

"我之前不知道。"玛格丽特若有所思地说。

詹金斯把玛格丽特的箱子搬到了门厅，他们周三一大早就走。看着这成排的箱子，玛格丽特意识到，如果她光哭丧着脸什么都不做，就只能在康涅狄格州[1]度过战争了。虽然母亲向她请求过不要生什么事端，但是她必须去跟父亲对峙。

这个想法让她不寒而栗。她回到自己房间，先让自己冷静下来，同时也考虑一下待会怎么说。到时候她必须保持镇静。眼泪打动不了他，发火只会招致他的奚落和蔑视。她要表现得有理有据，有责任心，还得成熟。她不能跟他评理，那样会把他惹火，然后他就会把她吓得没法往下说了。

那要从哪里开始呢？“我的未来是自己的，我有权利说句话。”

不，这样不行。他会说：“我对你负责，所以最终由我来决定。”

不然她可以说：“我能不能跟您谈谈去美国的事儿呢？”

他很可能会回答：“没什么好说的。”

她的开场白必须没攻击性得连他都没法断然拒绝。她决定了，她要说：“我能跟你谈点儿事儿吗？”这话他很定会答应的。

然后呢？她怎么能提到这个话题又不点燃他的火呢？她可以说：“上次战争您就在部队里，对么？”她知道他在法国参加过战斗。她接着要说的是：“母亲有参与吗？”她也知道这个问题的答案：母亲在伦敦做过职员护士，照顾受伤的美国军官。最后她会说：“你们两个都为自己的国家做出过贡献，所以我知道你会理解我为什么想要做相同的事情。”话说到这儿，他肯定就无法拒绝了。

她觉得，只要他能在原则问题上让步，其他反对意见自己是

① 康涅狄格州（State of Connecticut）美国东北部新英格兰地区6个州之一，也是新英格兰区域中最偏南的一个州。

应付得了的。她可以在亲戚那儿一直住到参军为止，这也就是几天的事儿。她十九岁了，许多这个年纪的女孩都已经全职工作了五六年了。她的年龄已经足够结婚，足够开车，足够进监狱了。没什么理由不允许她留在英国。

这话讲得通。现在她需要的就只差勇气了。

父亲应该同他的商业经理在书房里。玛格丽特离开房间。一踏上房门外的地板，她就感到了怯懦和恐惧。谁反对他就会把他惹恼的。他的愤怒很恐怖，惩罚很残酷。她十一岁时候就因为对家里的客人无礼，被罚在书房站墙角，站了一整天；他还曾因为她在七岁的时候尿床把她的泰迪熊拿走；有一次他还发火把一只猫从楼上的窗户扔了出去。这回她跟他说她想留在英国跟纳粹打仗，他会做出什么事呢？

她逼着自己走下楼，但越是接近书房，恐惧就越厉害。她仿佛看到了他生气的眼神、憋红的脸还有凸起的眼球，太恐怖了。她试图让自己狂飙的心跳安稳下来，对自己说，有什么好怕的。他已经不能通过拿走她的泰迪熊让她伤心了。但内心深处的她还是知道，他总是有法子让她巴不得自己死了的好。

正当她伫立在书房门外不住地颤抖的时候，女管家穿着条黑色真丝裙，踩着窸窣的脚步，穿过了门厅。艾伦太太管教家中女佣素来严格，但对孩子们却十分溺爱。她喜欢这一家的人，他们的离去让她特别伤心、这是她一种生活方式的终结。她噙着眼泪，对玛格丽特微微一笑。

看着她，玛格丽特的心中画了一记休止符。

整个出走计划已经在她脑海里布置完毕。她要从艾伦夫人那儿借钱，现在就离开大宅，赶上四点五十五分的那趟去伦敦的火车，到凯瑟琳表姐的公寓去过夜，然后第二天一大早要做的第一件事就是，加入陆妇队。父亲抓到她的时候就木已成舟了。

计划是如此简单如此大胆，以至于她很难相信该计划的可行性。但她没来得及多想，脱口而出问道："啊，艾伦太太，借我点儿钱好不好？"

艾伦太太毫不犹豫地说："当然了，小姐。你需要多少？"

玛格丽特不知道去伦敦的火车票要多少钱——她从来没为自己买过票。于是就瞎猜了个数："哦，一镑应该就够了。"她心想：我真的是要做这件事吗？

艾伦太太从钱包里拿出两张十先令[①]的纸币。要是问她要她全部的家底儿，她也会全都交出来的。

玛格丽特用手颤巍巍地接过钱，心想：这可能就是我通往自由的门票了。她虽害怕，但胸中还是燃起了一小股快乐的希望之火。

艾伦太太看到她紧紧攥起的手，还以为她在为搬家的事担忧。"今天是悲伤的一天，玛格丽特小姐。"她说，"对我们所有人来说都是。"说时还哀伤地摇了摇那满是灰发的头。

玛格丽特激动地四下看了看。视线之内没人。她的心扑扑跳着，像只掉入陷阱的小鸟，呼吸又浅又急促。她明白，她要是稍有犹豫，那点胆子估计就会跑掉。她连穿外衣的时间都等不了，直接从前门走了出去。

车站在下个村子，两英里外。玛格丽特每走一步，都觉得身后会传来父亲那辆劳斯莱斯渐强的嘟嘟声。

但他怎么能知道她做了什么呢？至少晚饭前都不太可能会有

① 先令Shilling，英国的旧辅币单位。

人注意到她不在家。就算有人注意到，也会像她跟艾伦太太交代的那样以为她去购物了。然而她还是持续地紧张着。

到了车站，时间还很充足。她买了车票——她带的钱完完全全足够——到女候车室坐下，看着墙上大钟的指针走啊走。

火车晚点了。

四点五十五分过了，五点过了，五点零五分也过了。这个时候玛格丽特着实害怕极了，她甚至为了能让这紧张感消失，愿意就这么放弃而返回家去。

五点十四分，火车终于到站了。父亲依然没有出现。

玛格丽特上了车，心蹦到了嗓子眼。

她站在窗边盯着检票口，以为能看到他在最后一分钟赶到，来把她抓回去。

火车终于开动。

她不敢相信，自己是真的真的要离开了。

火车慢慢加速。一阵微弱的喜悦在心中荡漾开来。几秒钟后，火车出了站。玛格丽特看着村子越来越小，心中的成就感涨得满满的。她做到了——她逃出来了！

她两腿发软，想找位置坐下，这才发现火车是满的。每个座位上都有人，连包厢也一样，还有士兵席地而坐。她索性就一直站着。

虽说按正常的标准看这趟旅途算是场噩梦，但是她的欢喜劲儿丝毫未减。火车每停一站，就有更多的人蜂拥而上。列车还在瑞丁城外耽搁了三个小时。因为灯火管制[①]，所有的灯泡都被拆除，

① 灯火管制：战争时期城市、工矿区、军事、交通要地等统一管理灯火照明的防空措施。

夜幕降临后车厢内漆黑一片。偶有乘务员巡视，手电筒会照来几束微光。他得不停地在满地横躺竖卧的乘客间挑出下脚的地方，才能走得过去。玛格丽特站不动的时候也一样会往地上一坐。她跟自己说，这种小节从今往后就无关紧要了。裙子会脏，但明天她就会穿上制服。一切的一切都不一样了：战斗已经打响。

玛格丽特在想，父亲是不是已经发现她不见了，发现她上火车了，是不是正火速驾车开向伦敦准备在派丁顿站把她截下。这种可能性虽然很小，但绝非完全没有。火车减速进站时，她的心里满是恐惧。

但当她终于下车时，没见到父亲半点影子。她又一次感到了胜利的喜悦。说到底他也不是无所不能的！她设法在空洞又昏暗的车站叫了辆出租车。车子把她带到贝司沃特，一路上只有侧灯是亮的。司机打着手电把她引到了公寓楼下。凯瑟琳家就在里面。

整幢楼里的窗户都黑洞洞的，只有楼道里有一丝光亮。门房已经下班——现在差不多午夜了——不过玛格丽特知道怎么找凯瑟琳家的门。她上了楼，按响了门铃。

没人回答。

她的心沉了。

她又按了一次，但她知道这没有用：她的房子不大，门铃很响。凯瑟琳不在家。

她这才意识到，这种事不算意外。凯瑟琳跟父母住在肯特郡，这套小房子不过是个备用公寓。伦敦的社交生活显然已经停了，那么凯瑟琳也就没有任何理由来这里住。玛格丽特没考虑到这一点。

她没感觉挫败，但是有些失望。她原本指望能和凯瑟琳一起坐下，一边喝着热可可，一边分享她此次冒险的种种。可现在所有这些都要再等等了。她想了想接下来该做什么。她在伦敦还有几个亲戚，但要是去找他们，他们肯定会打电话给父亲的。凯瑟琳能心甘情愿地做她的同党，其他的亲戚她却不敢相信。

这时她想起了玛莎姑姑，她家没安电话。

她是一位年近七十的性情乖僻的老处女，都能算她的姑奶奶了。她家离这里还不到一英里。当然，现在这会儿她肯定睡得真香，要是被弄醒了肯定会发飙。可是没有办法。重点是她没办法跟父亲通风报信。

玛格丽特往回走下楼梯，来到街上——然后发现自己身边是漆黑一片。

灯火管制真是有些恐怖。她站在门外，睁大了眼睛四处张望，狠狠地盯着前方，什么都看不到。这让她肚子里有种怪怪的感觉，像是要晕倒一样。

她合上眼睛，想象着街道应该什么样。她身后是凯瑟琳住的奥文顿公寓，左边路口是座小型的列恩式教堂，教堂的柱廊上灯光闪耀。人行道上是一排路灯，每个灯都投下一小圈光晕；马路被来往的公交、出租车和汽车照得亮堂堂的。

她再睁开眼，却什么都看不见。

这真叫人沮丧。一时间，她觉得自己周围什么都没有：街道消失了，她身在地狱边缘，从一个空隙掉了下去。她忽然感觉要晕船。之后，她让自己振作起来，开始想象玛莎姑姑家的路线。

“我要从这里向东边走，”她想，“然后在第二个路口往左拐。玛莎姑姑家就在那条街的尽头。就算摸着黑走，这条路也应该够简单了。

她渴望能来个让她松口气的东西：一个开着灯的出租车，一轮满月，或者一位热心的警察先生。过了一会儿她的愿望实现了：有辆车慢悠悠地开了过来，它的侧灯光微弱得像是黑暗之中的一对猫眼。于是她看到了街角之前所有的路牙线。

她开始走了。

汽车开了过去，红色的尾灯渐渐隐入到了远方的黑暗中。玛格丽特认为，她走下路牙的地方离街角还有三四步。她穿过马路找到了对面的人行道且没有被路牙绊倒。这让她更有勇气，且更有信心走下去了。

突然，一个硬邦邦的东西痛痛地打在了她脸上。

伴随着疼痛与突如其来的恐惧，她大叫了一声，一瞬间变得惊慌失措，想要转身逃跑。她努力地让自己安静了下来，然后把手拿到了脸颊，揉了揉疼的地方。到底发生了什么？有什么东西和脸一样高，能在人行道中间打到她呢？她把双手探出来摸索，立马摸到了什么东西，吓得她赶紧缩回了手。然后她又咬了咬牙，第二次把手伸了出去。她摸到了个又冷又硬的东西，像是一个飘在空中的超大号馅饼盘。她继续摸索，然后摸到了一个圆柱子，上面有矩形的孔，盖子是凸起的。当意识到此为何物的时候，她忘记了脸上的疼痛，噗地笑了出来。敢情袭击她的是个邮筒。

她摸清了邮筒边的路，然后把双手伸到了身前。

过了一会儿，她又在另一个路牙上跌了一跤。找回平衡之后，她松了口气：她到了玛莎姑姑家的那条街了。

她这才想到，玛莎姑姑可能听不到门铃。她一个人住：没有别的人去应门。要是真没人开门，玛格丽特就得回凯瑟琳家那幢楼，然后上走廊里去睡。她能接受睡在地板上，但是一想到要在这一片漆黑中再走一遭，她就发怵得要命。

或许她会干脆在玛莎姑姑家门口的台阶上缩一晚，直到天亮。

玛莎姑姑的小房子位于一条长街的最里头。玛格丽特慢慢地走着。这座黑暗的城市并不安静。她间或能听到远处汽车的声音。之前有几只狗在她路过它们家门前时冲她吠叫，这会还有对儿并没注意到她存在的猫嚎叫着。她还听到午夜派对传出的丁铃铃的音乐声。更远处，黑漆漆的窗帘后面，还有沉闷的家庭争吵声。她真希望自己现在能在一个有灯、有壁炉还有茶壶的屋子里。这条街比玛格丽特记忆中要长。但是，她是不可能走错的——她在第二个十字路口往左拐了。尽管如此，她还是越来越怀疑自己是不是迷路了。她的时间感糊弄了她：她到底在这条街上走了五分钟、二十分钟，还是一整夜呢？突然间，她甚至怀疑起旁边到底有没有房子了。说不定她其实是在海德公园，刚刚走瞎运正好逛进了公园大门也不一定。她开始觉得，自己已经在黑暗中被动物包围住了，它们正凭着猫一样的夜视能力，等着她跌到自己嘴边儿，然后再把她叼走。

她逼自己思考。她是在哪走错了？她知道自己在过某个路口的时候从马路牙上跌了一下。不过她现在又记起，在街道的主路口之前，应该还有几个小巷和马厩。可能她提前在某个巷子口拐弯了。说不定她已经朝着错误的方向走了一英里了。

她试图去回顾当时在火车上的那股激动和自豪，但是那些情绪已经没了。现在她能感觉到的，只有孤独和害怕。

她决定停下，站着不动。这样就不会有东西会伤害她了。

她静静地站了许久——过了一会儿，她就不知道到底是多久了。她现在一下都不敢动，恐惧已经让她瘫痪。她认为自己可以一直就这么笔直地站着，直到没力气晕倒为止，或者直到明天早晨。

接着出现了一辆车。

那辆车昏暗的侧灯没照亮什么地方，但和之前的伸手不见五指相比，这简直就是太阳光。她真真切切发现，自己正站在马路中央。她快步跑上了人行道给汽车让道。她正在一个似曾相识的广场上。汽车从她身边开过，然后转弯。她赶紧追上去，期望能看见个路标让她知道自己到底在哪儿。她到了路口，只见车开进了一条又窄又短的街道。街边都是小商铺，其中一个是母亲常常光顾的女帽店。她明白了，这里离著名的大理石拱门就几步远。

她如释重负，差点没哭出来。

她站到下个路口等着另一辆车把前面的路照亮，然后走进了梅菲尔高档住宅区。

不一会儿，她就来到了克拉里奇酒店楼前。当然这幢楼的灯也全关了，但是她找得着门。她在犹豫到底要不要进去。

她不觉得自己的钱够开一个房间，但是她的回忆告诉她，人们在离店之前是不需要给钱的。她可以开两天的房，早晨装作还要回来的样子出门，加入陆妇队，然后给酒店电话让他们把账单寄给父亲的律师。

她深吸一口气，推开了大门。

正如许多夜里开门的公共建筑一样，这家酒店备有类似密封过渡舱的双层大门，这样人们进进出出的同时就不会把里面的光透到外面。玛格丽特把身后的外门关上，走进第二扇门，沐浴在酒店大堂慈悲的光线中。这种状态是正常的：噩梦结束了。

一个年轻的夜间门卫正在柜台上打盹儿。玛格丽特咳了一下。他吓醒了，迷迷糊糊的样子。玛格丽特说："我要一个房间。”

“在半夜这个时候？”男人脱口而出。

“我被困住了。”玛格丽特解释，“现在我没办法儿回家。”

男人调动脑筋。“没行李？”

“没有。”玛格丽特惭愧地说。她又灵光一闪，加了句，“当然没有，被困到这儿又不是我计划好的。”

他奇怪地打量着她。玛格丽特想：他总不能不让我入住吧。他咽了下口水，挠挠脸，装作查询登记本的样子。这男的到底怎么回事儿？他下了下决心，把书合上说：“我们客满了。”

“噢，拜托，你们肯定有——”

“你跟你家老爷子吵架了，是不是？”他挤了下眼说。

玛格丽特简直不能相信自己的耳朵。“我回不了家。”她重复道。很显然她第一次说的时候这男的没理解。

“爱莫能助。”他说。然后又灵机一动加了一句：“都怪希特勒。”

他人很年轻。“你主管在哪？”她说。

他看起来被冒犯了的样子：“现在我管事，六点前都是。”

玛格丽特四下瞧了一下。“我只需要在休息室里坐一下，等到天亮就行。”她疲倦地说。

“你不能那么做！”门卫说，很惊恐的样子，“你一个小女孩，没行李，还在休息室里过夜？这罪过把我开除了都不够。”

“我不是小女孩。”她气愤地说，“我是玛格丽特·奥森福德小姐。”她并不想搬出自己的头衔，可无奈太绝望了。

然而这并没让情况改善。门卫傲慢又恶狠狠地瞧了她一眼，说："就你？"

玛格丽特就要冲他咆哮了，此时却看到了大门玻璃上映出的自己。她手上脏兮兮的，裙子也破了。她想起自己撞过邮筒还坐过火车地板。门房不愿意给她房间也不稀奇。她绝望地说："但是外面灯火管制黑咚咚的，你不能让我回去吧！"

"我也没法让你干别的呀！"门房说。

玛格丽特很想看看她要是一屁股坐下拒绝动身，他会做何反应。这就是她想做的事：她已经紧张得精疲力竭了。但经历了这么多事情之后，她已经没有任何力气去跟谁对抗了。更何况现在是深夜，除了他俩之外没有别人：她要是给了他碰自己身子的理由，难保他会做出什么事情来。

疲倦的她转过身，带着失望的痛苦朝外走去，走进了黑夜。

即使她已经走在离开酒店的路上，她依然在想，自己刚刚要是能多力争一点就好了。为什么她的想法总是比行动厉害得多呢？现在一想，她有了足够的愤怒去跟那个门房争个究竟了。但她还是继续走了下去——这样子做好像更容易一点。

她没地方去。凯瑟琳的楼她是找不回去了；玛莎姑姑的房子她更是从未找着过；其他的亲戚她又不相信；酒店也因为她现在太脏不让她住。

她只得一直在附近游荡到重新有光亮为止了。她如果一直走，就不会觉得冷。她现在看清自己在朝哪儿走了：伦敦西区每一两分钟都有车开过，有很多交通灯。她听到夜店传出的音乐和噪音，不时看到和她阶级相同的人。深夜的派对之后，身着华美长服的淑女还有穿着燕尾服的绅士被各自的私人司机开车送回家去。她走到某条街，莫名其妙地看见另外三个单独的女人，一个站在门口台阶上，一个倚着灯柱，还有一个在汽车里坐着。她们每人都抽着烟，很显然在等着谁来。不知道她们是不是就是母亲所说的沦落女。

她开始觉得累了。她脚上穿的还是离家出走时穿的那双薄薄的起居鞋。她一下子瘫坐在门前台阶上，脱掉鞋子，按摩起疼痛的双脚。

她往上一看，已经可以看清街对面建筑物的模糊轮廓了。终于开始变亮了么？或许她还能找着个大清早就开张的工人咖啡店？她可以在那叫早餐，一直待到征兵办公室开门再走。已经两天没吃什么东西的她，一想到培根和蛋就口水直流。

忽然，一张白脸悬在她眼前。她惊叫了一下。那张脸凑近了些，是位身着晚礼服的年轻人。他说："你好啊，美人儿。"

她赶紧踉跄地站起身。她讨厌醉汉——他们太不检点了。"请走开。"她说。她试图让自己听起来很坚定，但是声音里还是带了些颤抖。

他摇摇晃晃地又向前靠了一下："那亲我一下也成。"

"绝对不可能！"她惊恐地说。她往后一退，绊掉了鞋子。不知怎么的，丢了鞋子的她忽然觉得自己无助又脆弱。她转过身弯腰去够鞋。他嘿嘿一笑，涨红了脸。她惊恐地感觉到他的手伸到了她大腿之间，粗劣地来回摸弄着。她立即起身，不管鞋子向一旁撤了一步。她转身朝他吼道："离我远点！"

他又笑了，说："这就对嘛，继续，我就喜欢带点儿劲儿的。"他以惊人的敏捷抓住了她的肩膀，将她拉向了自己。他嘴里的酒气吐作令人作呕的雾，吹到了她脸上。忽然间，他就在亲吻她的嘴了。

这是种难以言语的恶心，她觉得自己就要吐了。但是他搂得太过用力，她连气都喘不了一口，更别说反抗了。她在他露骨的示爱之下无力地扭动着。他把一只手从她肩膀移开，抓向她的乳房，粗暴地捏着。她痛苦地喘着气。幸好他松开了肩膀，她赶紧从他怀里半转着出来，然后开始尖叫。

她的叫声响亮又悠长。

她模糊地听见他担心地说："得，得，没必要这样，我又没打算伤害你。"但惊恐的她已经听不进他的道理了，只会一味地喊叫。一张张脸从黑暗中出现：一位穿着工装的过路人、一位抽着烟拎着包的沦落女，还有个人从他们身后房子的窗户里探出了头。醉汉在黑夜里消失不见了。玛格丽特不再尖叫，转而开始哭泣。后面来的是一阵奔跑的靴子声，一窄束有遮盖的手电筒里钻出的光，以及一顶警察的头盔。

警察照了照玛格丽特的脸。

女人喃喃地说："她不是我们这路的，史蒂夫。"

叫史蒂夫的警察说："姑娘，你叫什么名字。"

"玛格丽特·奥森福德。"

穿工装的人说："一个纨绔子弟把她当风尘女了，就这么回事儿。"他心满意足地走开了。

警察说："是不是该叫玛格丽特·奥森福德小姐？"

玛格丽特惨兮兮地啜泣着，点了点头。

女人说："我就说嘛，她和我们不是一路人。"她说着猛吸了口烟，扔掉烟头踩了踩，然后消失了。

玛格丽特用袖子擦了擦脸。警察想把肩膀借给她，她接受了。他拿手电筒照亮了她前面的路，开始和她一起走。

过了一会儿，玛格丽特打了个寒颤说："那个可怕的男人。"

这警察尖酸得很没同情心。"这其实也怪不得他，"他讪讪地说，"这是伦敦最臭名昭著的街。在这个点儿，一个单独的女孩被人当成风尘女其实挺合理的。"

玛格丽特想，他也许是对的，尽管这貌似很不公平。

熟悉的警察局蓝灯出现在熹微的晨光中。警察说："你好好喝杯茶，会感觉好点儿。

他们走了进去。迎面一个柜台，后面两个警察，一个是矮胖的中年人，一个是瘦削的年轻人。大厅两头顶墙各放了一条普通的长木凳。除了他们外，大厅里只有一个人：一个围着头巾的苍白女人坐在一个椅子上，趿拉着家居拖鞋，不耐烦地等着。

玛格丽特的拯救者把她引向对面的长凳，说："你先在这儿坐一下。"玛格丽特照着做了。警察走到桌前，年龄稍大的那个人说："萨吉，那个是玛格丽特·奥森福德小姐。她在锚杆巷子撞上了一个醉汉。"

"我猜他把她当那个道儿上的了。"

妓女有如此多样的委婉说法实在让玛格丽特很是吃惊。是什么叫什么好像是什么可怕的事情，他们必须得拐着弯地叫。之前她对这种情况的概念是能多模糊就多模糊，从没真正地相信过这种情况还在继续，一直到今晚，但那个穿晚礼服的男人的意图可是一点都不模糊。

警官饶有兴致地打量着玛格丽特，低声说了些什么，声音小得她听不见。史蒂夫点点头，消失在楼后。

玛格丽特这才想起自己的鞋子还落在台阶上，现在倒好，袜子的脚跟都磨出洞了。她开始担心了：这个样子在征兵站出现可不成。或许到了白天她可以回去找鞋子。但是它们也可能不在那儿了。她还迫切地需要洗漱，还需要一条干净的裙子。经历了如此这般后，她要是再被陆妇队拒绝，那不如一头撞死算了。可她要上哪儿去把自己收拾干净呢？到了早上，玛莎姑姑的家也会变得不安全：父亲可能会上那儿找她。她不由得开始苦楚地问自己：整个计划的成败全靠一双鞋？

管她的警察端着个厚厚的陶土制茶杯回来了。茶很淡，糖又放多了，但玛格丽特还是满心感激地喝了起来。它把她的决心重新浇满，她又有能力克服艰难险阻了。她一喝完茶就走。她要上贫困的街区找家卖便宜衣服的商店：她还剩几个先令呢。她要买条裙子、一双便鞋还有一套干净的内衣。她要去公共澡堂洗个澡，顺便把衣服换了。然后她就准备好入伍了。

正当她精心筹谋的时候，门外传来了一阵嘈杂声。一群年轻人涌了进来。他们着装整齐，有的穿着晚礼服，有的穿着西装便服。过了一会儿，只见他们正要拖进来一个挣扎反抗的同伴。其中一个人冲柜台后面的警官嚷了嚷。

警官打断了他。“好了，好了，都给我安静！”他拿着命令的语气喊，“这里不是橄榄球场，听好了——这里是警局。”嘈杂声降低了一些，但对警官来说还是不够，“你们再不放规矩点，就把你们这群兔崽子全呼到牢子里，”他吼道，“现在都他妈给我把嘴闭好咯！”

他们安静了，松开了那个反抗的犯人。他立在那儿，很郁闷的样子。警官指着其中一个和玛格丽特差不多大的深色头发的人：“对——就你。说，到底什么破事儿。”

年轻人指了指他们的俘虏。“这个混蛋带我妹妹去饭店吃饭，结果没掏钱溜了！”他愤愤地说。他操着贵族口音，玛格丽特觉得他有些面熟。但愿他不会把她认出来：要是让人知道她离家出走，且还亏得警察解救才没事儿，那可就丢死人了。

一位身穿条纹西装的人又补充道：“他叫哈利·马克思，应该把他关起来。”

玛格丽特好奇地打量着哈利·马克思。他二十二三岁光景，英俊得出奇，金色头发，相貌端正。他穿着双襟晚宴服，虽然有些凌乱，但还是透着股简单的优雅。他蔑视地扫视四周，说：“这群家伙喝醉了。”

一个更年轻的穿条纹西装的人冒了一句：“我们可能是醉鬼，但他可是个无赖——还是个小偷。你看我们在他口袋里发现了什么。”他朝柜台上扔了件东西。“这对袖扣就是他之前在晚上从西蒙·孟福特爵士那儿偷的。”

“行。”警官说，“所以说，你是在指控他通过欺诈手段谋取金钱利益——即拒付餐厅账单——外加偷窃。还有别的吗？”

条纹西装男孩不屑地笑笑说：“对你来说这还不够么？”

警官拿着铅笔指了指那男孩：“小子儿，你好好看清楚自己是在哪儿。你爹妈可能有钱，但是这里可是警局。你要是嘴巴再不放尊重点儿，后半夜就给我到那破牢房里蹲着去。”

男孩吓傻了，一声不吭。

警官又把注意力转回到第一个说话人身上：“现在，你能不能把两项指控的细节说出来？我需要餐厅的名字和地址，你妹妹的名字和地址，加上那个有这对儿袖扣的聚会的名称和地址。”

“好的，这些信息我全都能提供。餐厅叫——”

“很好。你留下。”他指着被告说，“你坐下。”又朝众年轻人挥手，“其余的可以回家了。”

他们很迷惑的样子。伟大的冒险就这么扫兴收尾了，一时间没人动身。

警官说：“赶紧的，你们这群兔崽子，都他妈滚蛋。”

玛格丽特生来没在一天中听到过这么多脏话。

小伙子们嘴里嘟囔着，讪讪地走了。穿条纹西装的男孩说：“你得把小偷绳之以法，要是你自己犯罪了，那也吃不了兜着走！”不过话还没说完，他就已经走到了门外。

警官开始审问深色头发的男孩，还做起了笔记。哈利·马克思在他身边站了一会儿，又不耐烦地走开。他发现了玛格丽特，朝她投来了灿烂一笑，然后挨着她坐下。他说：“没啥事儿吧，妹子？在这儿干啥呢，这老半夜的？”

玛格丽特不知如何是好。他完全变了个人，之前的高傲举动和优雅言辞都不见了，用起了和警官一样的口音。她一时间惊讶地回答不出来。哈利用估测的眼神扫了眼门廊，好像是在想怎么猛冲出去，然后往回看，发现桌子后面还有个年轻警察。那个警察目前还没说过一句话，现在正警惕地瞪着他。他貌似放弃了逃跑计划，注意力转回到玛格丽特：“这黑眼圈谁给弄的呀，你老爹？”

玛格丽特找回了自己的声音，说：“灯火管制，我迷了路，然后，撞到了邮筒。”

轮到他惊讶了。他一直以为她是个工人阶层的姑娘，现在听到她的口音，他才知道自己错了。还没一眨眼的功夫，他就换回了之前的性格：“原来如此，那可真是不走运！”

玛格丽特被弄晕了。哪一个才是真正的他呢？他身上有古龙水的香味，发型除了稍稍有点长之外算是剪得很利落了。他身上穿的午夜蓝晚礼服是爱德华八世时期的样式，脚上穿的则是真丝短袜加漆皮靴，身上所佩的首饰也很算上乘：别在衬衣前襟上的镶钻饰扣以及配套的袖扣；黑色鳄鱼腕带的金制手表；还有左手小指上戴的图章戒指。他的手掌很大，看上去很有力，指甲则干净得完美。

她用低低的声音问道："您真的去餐厅吃饭没付账就走人了？"

他打量了她一番，似乎有了结论。"其实，我就是没付账。"他用阴险的语气答道。

"但，为什么？"

"因为，我要是再听瑞贝卡·毛琳讲她那只该死的马多一分钟，就会遏制不住自己的冲动，抓起她的脖子，然后把她掐死。"

玛格丽特笑了。她认识瑞贝卡·毛琳，她是个身材硕大长相平庸的女孩。她作为将军的女儿，有着和她父亲一样的热诚举止和练操场式大嗓门。"我完全想象得到。"她说。再难找到比她还没资格陪这么有魅力的马克思先生用餐的人了

史蒂夫巡警出现，取走了她的空杯子。"感觉好点儿了吗，玛格丽特小姐？"

她用余光瞥见，哈利·马克思对她的头衔有所反应。"好多了，谢谢您。"她说。一时间，她忘掉了自己跟哈利说话的困难，记起了自己真正该做的事请。"您人真好。"她继续说，"现在我要离开你们去做更重要的事情了。"

"你不必着急走。"巡警说，"你父亲侯爵大人正赶过来要把你带回去呢。"

玛格丽特的心脏停跳了。这怎么可能呢？她一直深信自己是安全的——她低估她父亲了！她这会儿害怕的程度跟当时去火车站路上的心情不相上下。他来抓她了，此时此刻已经在路上了！她发着抖。“他怎么知道我在这儿？”她紧张地高声问道。

那名年轻的警察很自豪的样子。“昨天晚上你的寻人启事就已经传开，我上班之前看到了。外面灯火管制我没认出你的脸，但我记得你的名字。指示是立即通知侯爵大人。我前脚把你带进这里，后脚就去给他打电话了。”

玛格丽特站了起来，心噗通噗通地跳。“我是不会等他的。”她说，“现在已经有光亮了。”

警察很焦虑。“等一下。”他紧张地说。他转向柜台那边，“萨吉，这位小姐不愿等他父亲来。”

哈利·马克思对玛格丽特说：“他们不能逼你留下——你这么大离家出走不犯法。如果你要离开，大步走出去便是。”

玛格丽特害怕他们会找什么理由扣留他。

警官离开他的座位来到柜台边。“他说得对。”警官说，“你想走随时都可以。”

“噢，谢谢你。”玛格丽特感激地说。

警官微微一笑。“但你没有鞋子，袜子上又有洞。你要是非得赶在你父亲来之前离开，至少等我们给你叫辆出租车再走。”

她想了一下。她一到警局他们就给父亲打电话，但那时离现在不过一个钟头。父亲就算再有一个小时甚至更久都赶不到这儿。“好吧。”她对那位好心的警官说，“谢谢您。”

玛格丽特更希望留下跟有趣的哈利·马克思继续聊下去，但她也不想拒绝警官的好意，尤其在他为她让步了之后。“谢谢您。”她又说。

她走向门口时，听到哈利说了一句：“傻丫头。”

她走进一个小房间，里面放着简陋的椅子和长凳，天花板上悬着个光秃秃的灯泡，还有一扇装了铁栅栏的窗户。她搞不明白警官为什么会觉得这里比大厅舒服。她转身要跟他说一声。

门当着她的面关上了。不祥的预感让她充满了恐惧。她抓着把手，对着门大声喊叫。锁孔处传来的钥匙声验证了她的恐惧。她愤怒地摇着门把。门打不开。

她沮丧地拿头撞向木门。

门外传来了低笑声，接着是哈利的声音。声音虽然低沉，却还能分辨得出。他说：“你这个混蛋。”

此时警官发出了绝非和善的声音。“撮上你的屁眼儿。”他粗鲁地说。

“你知道的，你没这个权利。”

“你爹可是个侯爵，这个权力够我用了。”

再没别的话了。

玛格丽特苦涩地意识到，她已经失败了。伟大的出走已经付之东流。竟然是这个她以为在帮她的人背叛了她。有那么一瞬间她是自由的。但现在一切都结束了。今天是没法加入陆妇队了，她悲哀地想：她就要登上泛美航空的“飞剪号”了，就要去逃避战争了。千辛万苦之后，她的命运依然未改。这不公平，真叫人绝望。

许久之后，她转身走到了窗前。只有个空荡荡的院子和一堵砖墙。她挫败而无助地伫立着，透过铁栅栏望着愈来愈亮的日光，等待父亲的到来。

艾迪·迪金草草地给泛美“飞剪号”进行了最后一次检查。四台一千五百马力的莱特飓风发动机油光发亮，每台都和人一般高。五十六个火花塞已全部更换。艾迪冲动之下，从工装裤口袋里拿出了一把测隙规，将其滑入发动机架的橡胶垫与金属之间，以测量焊接缝隙。长途飞行的砰砰振动会在连接处产生巨大的扭力，但是艾迪的测隙规连四分之一英寸都插不进。发动机架还结实得很。

他关掉舱盖，爬下梯子。趁着飞机被送回水里这一会儿，他可以换掉工装裤，把自己收拾干净，然后换回那身黑色的泛美航空飞行制服。

他离开码头，沿着小山溜达着回到酒店。阳光正灿烂。机组人员在飞机停留期间都住在那儿。他为这架飞机骄傲，也为自己的工作自豪。“飞剪号”的机组人员是一队精英队伍，因为这条横跨大西洋的航班是最负声望的航线，各个都是航空公司里最好的员工。

不过他打算再过不久辞掉这份工作。他今年三十，结婚一年，卡洛安又身怀有孕。飞来飞去的生活对单身汉来说还好，他可不打算过远离妻子孩子的生活。他之前一直在存钱，现在已经足够做个自己的生意了。他在缅因州班戈市附近物色了一个备选店址，那里做机场选址相当完美。他想在那里做维修飞机，卖燃料，到最后还会有拥有一架供包租的飞机。他还秘密地梦想着，有一天会像泛美航空的创始先锋胡安·特里普[1]那样，拥有自己

① 胡安·特里普（Juan Terry Trippe，1899年6月27日—1981年4月3日），航空业先锋和企业家。1927年由胡安·特里普创立了美国国际航空运输公司。1985年，美国总统罗纳德·里根追授特里普总统自由勋章（Presidential Medal of Freedom）。

的航空公司。

他走进郎德朗草地酒店。对泛美机组成员来说，住进这么一个愉快舒适的酒店，离帝国航空公司又只有一英里远，实在是幸事一件。酒店是典型的英式乡村建筑。老板是一对人见人爱的慈祥夫妇，每个阳光午后，两人都会在草坪上泡茶喝。

他进了门，在大厅里撞见了助理工程师戴蒙·费恩，人家都叫他——绝对实至名归的——米奇。米奇总让艾迪想起喜剧《超人》里的吉米·奥森：他无忧无虑，一笑就会露出大板牙，他对艾迪总有着英雄式的崇拜，并自以为这种敬慕对艾迪很受用。他正在讲电话，一看到艾迪赶紧说："啊，等一下，你运气不错，他刚回来。"他把听筒递给艾迪说："你电话。"然后礼貌地留艾迪一个人，走上了楼。

"是埃尔得华·迪金吗？"

艾迪皱了皱额头。这个声音很陌生，没有人叫他埃尔得华的。他说："我是，是艾迪·迪金。您哪位？"

"等一下，你老婆在线上。"

艾迪的心猛地一跳。为什么卡洛安会从美国给他打电话呢？出什么事儿了。

过了一会儿，他听到了她的声音。"艾迪？"

"嗨，亲爱的，怎么啦？"

她开始泣不成声。

一连串可能的糟糕解释开始在他脑海里乱窜：房子烧了、有人死了，她在什么意外中把自己给伤着了，她流产了——

"卡洛安，别慌，你没事儿吧？"

她啜泣着说："我——没有——受伤——"

“那是什么？”他害怕地说，“发生什么事儿了？试着跟我讲讲，宝贝儿。”

“这些人……到了我们家。”

艾迪开始恐惧得发冷。“什么人？他们做什么了？”

“他们逼着我进了一辆车。”

“老天，他们是谁？”愤怒让他胸中作痛，他勉强挣扎着才能呼吸。“他们伤害你了？”

“我还好……可是艾迪，我好害怕啊。”

太多的问题都涌到了嘴边，他不知道该说些什么了。有人去他家，还逼卡洛安进汽车！到底怎么回事？最后他说：“可为什么？”

“他们不愿意告诉我。”

“他们说了什么？”

“艾迪，你必须照他们说的做，我知道的只有这些。”

即便艾迪正在愤怒和恐惧之中，父亲的话还是萦绕在耳边：“永远”都不要开空头支票。但他还是毫不犹豫地说：“我照做，可他们到底想——”

“保证！”

“我保证！”

“谢天谢地。”

“这是什么时候的事儿？”

“几个小时前。”

“那你现在在哪呢？”

“我们现在在一个不远的房子里——”她的话变成了一声惊叫。

“卡洛安！你怎么了？没事儿吧？”

没有回答。暴怒、惊恐和无力的艾迪紧紧地攥住电话，攥得关节都变白了。

然后又是之前那个男人的声音。“埃尔得华，你给我听好。”

“不，你听好，你个狗娘养的。”艾迪怒斥道，“你要敢伤害她，我就把你宰了，我对天发誓，我会一直找到你死为止。等到我逮着你，你个死瘪三儿，我就亲手把你的头从脖子上拧下来，听清楚了没有？”

然后是一瞬间的犹豫，电话那头的男人似乎没料想到会有如此激动的长篇大论。他说道：“别装横，你离着十万八千里呢。”他的话听上去虽有些不坚定，但说的却是事实：艾迪什么都做不了。男人继续说：“给我听仔细了。”

艾迪咬咬牙，管住自己的舌头没说话。

“上了飞机以后，等待一个叫汤姆·路德的人给你指示。”

飞机上！什么意思？这个汤姆·路德是乘客还是什么？艾迪说：“到底你要我做什么？”

“闭嘴，路德会跟你讲的。你要是还想见你老婆的话，最好一字不差地乖乖听话。”

“我怎么能知道——”

“还有不许报警，那对你没好处。你要真敢报，我就下流一回，把你老婆上了。”

“你个王八蛋，我要——”

电话断了。

第三章

哈利·马克思是世上最最幸运的人。

他的母亲总说他运气好。他的父亲虽然在第一次世界大战中死了，但他还有个坚强能干的母亲把他抚养成人。她是给办公室打扫卫生的，整个“大萧条”期间都没失过业。母子二人住在巴特西区的廉租公寓，各户配有一个冷水龙头，厕所则是外置公用的。好在他们有一群好邻居，谁家有困难了大家都会互相帮衬。哈利生来就有摆脱麻烦的神技。男孩儿们在学校被教工责打时，就快该轮到哈利的时候，教鞭就折了。他从马车上摔下来，车从身上碾过去，却没蹭着他一点皮儿。

他成为小贼乃是出于对珠宝的爱。

他少年时喜欢到西区的豪华购物街上漫步，往珠宝店橱窗里张望。陈列在明晃晃的灯光下的钻石宝石嵌在深色天鹅绒垫上，总能让他欣喜若狂。他喜欢它们的美，更喜欢它们所代表的书里讲的那种生活。那生活里有宽敞的乡村别墅，有大片绿油油的草坪，有名叫彭妮洛小姐或者杰西卡·查理的美丽女孩儿。她们会打一下午的网球，然后气喘喘地进屋找水喝。

他给珠宝师当过学徒，可这活儿太无趣，还忙得没日没夜，需要马不停蹄地修理断表带或者为风烛残年的肥婆们把戒指改大。他做了六个月就走了。不过他倒是学会了如何分辨红宝石和石榴石，看得出什么珍珠是天然的什么是人工的，也辨得了钻石的刀工是现代的普丽亮钻切割还是十九世纪老矿切割。他知道镶工好坏区别在哪儿，识得出什么样的是优雅设计，什么样的是没品的卖弄。这样的鉴别力更是进一步点燃了他对漂亮珠宝的渴望，让他更加向往与之相应的生活方式了。

最后他发现了一条能满足两个欲望的路，利用瑞贝卡·毛艾福林这样的女孩。

他和瑞贝卡是在爱斯科赛马场相遇。竞技集会是他挑选富家女的常用据点。室外场地加上拥挤的人群让他得以在两波年轻观众之间穿梭徘徊，这样每个人都觉得他是另外一波的。瑞贝卡人高马大，还有个大鼻子，衣着品位极差：身穿背带裙，头戴罗宾汉帽，上面还插了根羽毛。身旁所有人都不会对她有一丝丝在意，哈利跟她搭话的时，她巴巴地感激得不得了。

他并没有急于和她相识，显得太过急切不好。但一个月之后在艺术展廊撞见她时，她却像见着老朋友似的朝他打了招呼，还把他引见给了自己的母亲。

当然，瑞贝卡这样的女孩是不应该在没有监护人的情况下单独和男孩去餐厅电影院的。她们会跟父母佯称她们是一群人一起出去玩。为了看起来更像真的，她们选择鸡尾酒会作为夜生活开始的地方，然后成双成对地偷偷溜走。这对哈利来说再合适不过了：由于他没有正式地“追求”瑞贝卡，她的父母就不觉得有细查他背景的必要，更从不追根究底地问他在那座约克郡的乡村庄园、那所他在苏格兰上的小型公学、那位住在法国南部的残疾母亲，或是那项即将执行的皇家空军飞行任务。

他发现，上层社会里那些扯漫天大谎的人太多了，不想承认自己穷困潦倒、有长期酗酒无药可救的父母或是家族名声败坏的年轻人们都会说。只要无迹象表明这个家伙深深依恋上了某有教养的女孩，不会有谁去把他查个底儿掉。

哈利就这么模棱两可地陪瑞贝卡玩了三个星期。周末，他带着她给他争取的庄园聚会邀请函，到肯特郡去玩了几把板球[①]，还偷了那里主人的钱。主人害怕冒犯到那些客人，一直羞于报案。她又带他参加了几场舞会，会上人的口袋钱包都叫他一扫而空。还有一回他拜访她父母家，还顺便顺走了点儿钱、若干银制餐具以及三枚维多利亚式胸针。她母亲现在都不知道那些胸针已经丢了。

他不觉得自己的所作所为有什么不道德的，被他偷的人根本不配拥有他们的财富。他们绝大部分一辈子一天工作都没干过。个别算是有工作的，也不过是仗着自己在公学里结交的人脉，拿着高薪水做的却是些虚职：大使、公司董事长、法官或保守党议员之徒。偷他们的东西就跟杀纳粹分子一样，是为人民服务，不是犯罪。

他在这行已经干了两年，他也知道这种事儿干不了一辈子。英国上层阶级的圈子虽大，但毕竟还是有限的，有一天总是会有人发现他。战争爆发后，他正打算找个别的方式生活呢。

不过他可不打算像个普通士兵那样参军。难以下咽的食物、又扎又痒的衣服、强硬霸道的军纪都不适合他，再说了，橄榄褐色会让他看起来病恹恹的。空军蓝则和他的眼睛相衬，他轻易就

---

① 板球（cricket），又名木球，被称颂为“绅士的游戏”，是一项崇尚体育精神和“公平比赛”的运动。

能想象得到自己作为飞行员的样子。所以他要当一名皇家空军军官。他还没想明白要怎么做，但他做得到，他就是那么幸运。

与此同时，他决定，在抛弃瑞贝卡之前，再利用她再干最后一票。

富豪出版商西蒙·孟福特爵士在贝尔戈维亚的家中举办了招待酒会，他们选择这里开始当晚的夜生活。哈利陪苏格兰某伯爵的胖女儿丽迪亚·莫斯小姐聊了一会儿。她这种蹩脚又孤单的女孩最招架不住帅气的他了，而他差不多习惯性地花了二十分钟把她迷得神魂颠倒。他又去哄瑞贝卡开心，跟她聊了一会儿。最后他判定，动手的时刻到了。

打了声招呼以后，他离开了聚会所在的二楼对间会客厅。他走过地板，摸上楼梯，感受着每次干活前都会有的那股肾上腺素泵出的刺激。一想到自己是冒着被抓现行拉去示众的风险在主人眼皮子底下偷东西，他就又惶恐又激动。

他来到下一层，沿着走廊走到房子前边。紧里面的门八成是主人卧房套间，他想。他打开那扇门，里面是间大大的卧室，有绣花窗帘和粉色床罩。他正准备进去，另一扇门开了。一个充满敌意的声音喊道："嘿！"

哈利转身，更加紧张了。只见一个和他年龄差不多的人走到了走廊上，好奇地看着他。

和平时一样，该说的词儿在他需要的时候冒了出来。"啊，是这儿对吗？"他说。

"什么东西？"

"厕所是这儿吗？"

年轻人释然。"哦，我明白了。你找的应该是走廊另一边尽头那间，绿门。”

“太感谢了。”

“别客气。”

哈利走过走廊。“房子很漂亮。”他评价道。

“可不是吗。”那人走下了楼梯不见了。

哈利准许自己得意地咧嘴笑了一下。人竟然可以这么好骗。

他沿着之前的路线再次回到粉色卧房。和常理一样，这是个套房。房间的配色表明它是孟福特夫人的。他迅速扫视了一下。一边是同样粉色装潢的小型更衣室；邻间是更小一些的卧室，里面有绿色皮椅，贴了条纹墙纸；那边另有一间男士更衣室。哈利学过，上层阶级的夫妻一般分开睡。他一直都没搞不懂他们为什么这么做。因为这样没工薪阶级那么吵吗？还是他们觉得庄园这么大有这么多屋子，自己有义务都利用上？

西蒙爵士的更衣室里有座沉沉的红木衣柜和配套的木箱。哈利打开箱子的头层抽屉，找到一个小型皮制珠宝盒，里面胡乱堆放着各式领扣、领衬和袖扣，一点不整齐。这些东西大都普通，只有一对红宝石镶边的金制袖扣点亮了哈利的火眼金睛。珠宝盒边有个软皮钱包，里面有十张五英镑纸币。哈利知足地拿了二十英镑。轻松搞定，他想。大部分人得在脏兮兮的工厂里苦苦工作两个月才挣得够二十英镑呢。

他从不把东西全偷完。少若干件只会让人有些许怀疑，他们会觉得自己可能把那件首饰收起来了，或者记错钱包里有多少钱了，这样报失的时候才会有所迟疑。他关上抽屉转身来道孟福特夫人的卧房。

他知道自己已经捞了实实在在的一笔，该抽身了，但还是决定再多冒几分钟的险。女人的珠宝首饰通常都比丈夫的强。孟福特夫人或许还有蓝宝石。哈利爱蓝宝石。

这是个晴朗的夜晚，窗户大开着。透过窗子，哈利看见了一个围着铁艺栏杆的小阳台。他迅速摸到更衣室，坐到梳妆台前，打开所有抽屉，找到几个盒子，数盘首饰。他一边赶忙把每个都过了一遍，一边警惕地听着门边的动静。

孟福特夫人品味真不怎么样。这个漂亮女人真没本事，她——或者她丈夫——弄的净是些浮夸又廉价的首饰。她的珍珠链搭配得不好，胸针又大又难看，耳环笨重，手镯则华而不实。他很失望。

他正在为一个算是有点吸引力的坠子纠结，忽然传来了开门声。

他僵住，胃拧作一团，脑子迅速运转起来。

唯一能出更衣室的门通向的就是卧室。

这里还有扇小窗户，但它关得太紧了，八成没法足够迅速或者足够安静地打开了。他又想了想自己还有没有时间藏到衣柜里。

从他站的地方不太能看到卧室的门。他听见门再次关上了，接着是一阵女人的咳嗽声，和地毯上轻轻的脚步声。他将上身往面前的镜子倾了倾，发现可以从里面看到卧室。孟福特夫人已经进屋，正朝更衣室这边走。这下连关上抽屉的时间都没了。

他既紧张又害怕，呼吸急促起来。然而这种情形他也不是第一次遇到。他定定神，逼自己均匀地呼吸，让脑子镇静下来。他开始行动了。

他站起身，快步从那扇门走到卧室里，说：“嘿！”

屋子中央的孟福特夫人立马站起来，手捂着嘴，惊叫了一小下。

一片绣花窗帘在微风中轻轻飘起又落下，哈利灵光一闪。

“嘿。”他故意装作吓呆了的样子，“我刚见有人从你屋里的窗户跳出去了。”

她可以出声了：“你到底在说什么？”她说，“你怎么会在我的卧室里？”

哈利继续装，大步迈到窗边向外望。“跑了！”他说。

“请您解释清楚！”

哈利深吸了一口气，一副整理思绪的样子。惴惴不安的孟福特夫人身穿绿绸裙子，四十岁光景。他迷人地微微一笑，扮起了爱玩橄榄球的大个儿热心学生——这种形象铁定能让她觉得亲切——哈利开始蒙她了。

“这真是我见过的最奇怪的事儿了。”他说，“我在走廊上看见一个长相奇怪的家伙正从这屋子里往外瞅。他看到我发现他，就赶紧把头缩了回去。因为刚刚我找厕所的时候看过这个房间，所以知道这是您的卧房。我就奇怪那家伙到底要干吗——他看起来不像您的家丁，又绝不可能是客人。所以我走过来问他。我一开门，他就从窗户跳出去了。”为了解释出梳妆台上抽屉为什么开着，他又加了一句：“我刚去您更衣室看了看，不用说，他是来偷珠宝首饰的。”

编得太有才了，他崇拜他自己：我真他妈该上广播。

她把手扶到额头上。“噢，吓死我了。”她弱弱地说。

“您还是先坐下来定定神。”他恳求道，然后把她搀到了一把粉色小椅子上。

“你想想！”她说，“要不是你去追他，我进来的时候他岂不是还在这儿！那我会吓晕过去的。”她紧抓着哈利的手不放，“我太感激你了。”

哈利忍着没笑出来。他又逃过了一劫。

他又往远了想。他可不想她把事情搞大，要是能让她不说出去，那就最理想了。“您就别让瑞贝卡知道发生了什么事儿了，成吗？”他先铺垫，“她神经比较敏感，这种事儿还不得把她吓得躺上几个星期。”

“我同意。”孟福特夫人说，“是得好几个星期！”她焦虑得都忘了，那么健硕热情的瑞贝卡哪那么容易紧张敏感。

“估计您要去报警什么的，不过那会把这个聚会毁了的。”他继续道。

“噢，亲爱的——那可就太可怕了。咱们必须报警么？”

“这个……”哈利掩饰着自己的得意，“这得看看那个混蛋都偷了什么。您赶紧看一眼吧？”

“噢，老天，可不是嘛，我是得看看。”

哈利紧握她的手以示鼓励，然后帮她起身。他们进了更衣室。她瞅着那些大开的抽屉，倒吸了一口气。她在哈利的搀扶下坐了下来，开始检查她的首饰。过了一会儿，她说：“我觉得他并没拿什么东西。”

“八成他是没来得及下手，就让我给吓跑了。”哈利说。

她开始打理项链、手镯还有胸针。“我看就是你给吓跑的。”她说，“你可真是太棒了。”

“如果您没丢什么东西，应该就没必要告诉别人了。”

“当然。不过西蒙爵士还是得知道的。”她说。

“那是自然。”哈利说。虽然这和他心愿的正相反。“您可以等聚会结束了再告诉他，至少这样不会扫了大家今晚的兴致。”

“这个主意好。”她感激地说。

还不错。哈利如释重负。他决定趁现在赶紧脱身。“我想我得下去了。”他说，“就不打扰您在这儿平复心情了。”他敏捷地弯下腰，吻了她的脸颊，在她耳旁轻语：“我觉得您特别勇敢。”说完就离开了。

中年妇女甚至比她们的女儿还好糊弄，他想。他在空荡荡的走廊里看到了一面照着自己的镜子。他停下脚步整理了一下领结，然后对着镜子里的自己胜利地咧了下嘴。“哈利同志，你可真是个人精儿。”他喃喃自语道。

聚会接近尾声。哈利一走进会客厅，瑞贝卡就不安地说：“你去哪儿了？”

“去跟我们的女主人聊天了。”他答，“不好意思。我们能走了吗？”

他揣着这家主人的袖扣和二十英镑，大摇大摆地走出了庄园。

他们在贝尔格拉夫广场叫了辆出租，去了一家皮卡迪里大街上的餐厅。哈利喜欢好餐厅：干爽的餐巾、抛光的玻璃杯、用法语写的目录还有恭敬的服务员，一切都能给他带来强烈的富足感。父亲从未在内部见识过这样的地方，母亲或许在被叫来打扫的时侯见过吧。他点了瓶香槟，认真研读目录之后，又挑了一瓶香醇但不稀有的葡萄酒，这样价钱才不至于太高。

起先他带女孩子来餐厅的时候，犯过几个错误，好在他很快就长了记性。其中一条有用的要诀就是让目录合着放在那儿，然后说：“我要条鳎鱼，你们这里有吗？”然后服务员会打开目录，翻到目录某页，上面会写Meunière鳎鱼、Les goujons鳎鱼配塔塔酱，以及Grillée鳎鱼。再然后，服务员见他犹豫，就很可能会说：“‘宫炸（Les goujons）鳎鱼’味道不错，先生。”没多久，哈利就学会念出所有基本菜肴的法语菜名了。他还发现，经常光顾这种地方的人常常会问服务员某一道菜是什么，有钱的英国人也不一定懂法语。之后他每次到华丽的餐厅吃饭，都会让服务员翻译其中一道菜。现在他已经可以把菜名念得比其他同龄的富家子弟还好了。点酒也难不倒哈利。每每有人要求推荐的时候，斟酒师傅都会很开心，而且他们也不指望一个年纪轻轻的人会把所有法国酒庄酒堡或是各种酒酿的差别了然于心。这个环节的诀窍就是显得很淡定，在自己不淡定的时候尤其要如此。餐厅里还是生活中都是如此。

他挑的香槟还不错，可是今晚他的心情有些不爽。没过一会儿，他想明白了，问题出在瑞贝卡身上。他一直都问自己，要是能带个漂亮的女孩来这种地方他该有多开心。跟他出来的都是不怎么有魅力的姑娘：长相平平的姑娘、胖姑娘、满脸麻子的姑娘、没脑子的姑娘。认识她们倒是容易，因为她们都巴巴地想要相信他的贵气表里如一，唯恐会失去他，不敢问东问西。这打入富人家的手段无可匹敌。让他头疼的是，所有时间都花在了自己不喜欢的女孩身上。说不定有一天……

瑞贝卡今晚闷闷不乐，有事儿让她不满了。也许她开始怀疑，规律地见面三周之后，哈利怎么还没开始“不规矩”。在她的词典里，“不规矩”指的是摸她的乳房。而事实是，哈利确实装不出渴望她的样子。他可以迷住她、给她浪漫、让她开心、让她爱上他；但对她有欲望这种事情他却办不到。曾有个精神压抑的清瘦女孩在别人撺掇之下决意要失去自己的贞洁，跟他去了一个干草棚。那件事儿可把他煎熬死了。他试图逼着自己硬上，可自己的身体拒绝配合。时至今日，他每每想起此事还浑身不自在。

其实，他的性经历大都是跟自己那个阶级的女孩们发生的，并且没有哪段感情持久过。他有过的唯一一段感情绝对称得上是恋爱。那时他十八岁，在邦德大街上遇见一位厚脸皮的老女人厚着脸皮，她相中了他，并且和他做了两年的情人。他从这位忙碌律师的空虚夫人那儿学到了很多东西——在充满激情的教学中掌握了做爱要诀；偷偷地习得了上流社会礼仪；还有他们一起在床上读过讨论过的那些诗歌。哈利特别喜欢她，可是他们的奸情一被丈夫发现（他一直不知道是谁），她就立即将这段感情结束了。之后哈利还见过他们两个几次，那女人每次见着他都当他不存在一样。这对哈利很残忍。她对他很重要，而她也曾经很在乎他的样子。但到底她是去意已决，还是本来就冷血无情？他怕是永远都无法知道答案了。

美食和香槟并没有让哈利和瑞贝卡的精神更加振奋。他开始坐立不安了。之前的打算是过了今晚就把她甩了，可突然间他觉得和她共度晚餐都如此煎熬！他才不要为她浪费这顿饭钱呢。他瞅了瞅别着羽毛的小蠢帽下面的那张一点儿妆都没化的臭脸，开始讨厌她了。

他吃完甜点，点了咖啡，然后去上厕所。衣帽间就在男厕所旁边，离出口很近，而且从他们那桌看不到。哈利一不做二不休，取出帽子，给衣帽间的服务员付了小费，溜出了餐厅。

那是个温和的夜晚。灯火管制弄得外面黑漆漆一片，好在哈利对西区这边却了如指掌。这里有交通灯做参照，又有汽车侧灯的余光，他感觉就像放学了一样。他庆幸自己那灵光一闪，甩掉了瑞贝卡，省了七八镑的钱，还给自己放了一晚上的假。

政府关掉了所有剧院、影院还有舞厅，说是要“一直关到判定出德国袭击大不列颠的规模为止”。然而夜店向来都是踩着法律的边沿营业的，你只要找对地方，就会发现不乏继续营业的门店。没过多久，他就在苏豪娱乐区的一家地下酒窖里找了张桌子舒舒服服地坐下，在一流的美国爵士乐队伴奏中品起了威士忌，一边品还一边琢磨着，要不要给卖烟女买首曲子听听。

瑞贝卡哥哥进来的时候，他还在琢磨。

第二天早晨，他坐在法院地下的牢房里，郁闷又懊恼地等人把他带到治安官面前。他麻烦大了。

那样大摇大摆地走出餐厅的做法真是蠢透了。瑞贝卡可不是那种会收起骄傲悄悄付账的人。她小题大做了，经理通知警方了，她的家人又都牵扯进来了……哈利一直以来小心翼翼地想避免的正是这种愤怒。即便如此，要不是他倒霉到家，在几个小时之后撞上瑞贝卡的哥哥，他早脱身了。

他的牢房很大，里面还另有十五二十号犯人在等着一大早被人带上审判席。牢房没窗户，满屋子的烟味儿。哈利今天不会受审，这回只是个初级听证会。

当然，他最后还是会被判有罪的。首席侍者将证实瑞贝卡的诉讼请求，西蒙·孟福特爵士则会指认袖扣是他的财产。对抗他的证据都无可辩驳。

然而实际情况比这还糟糕。审问哈利的是一位犯罪情报科的探长。此人身穿合身的毛尼西装侦探制服，一件背心，纯白色衬衣，打着黑色领带，没有怀表链，脚蹬一双高度抛光的旧靴子。这是位老练的警察，头脑敏锐，行事谨慎。他说：“过去两三年里，我们一直从富人家接到奇怪的遗失珠宝的报案。当然了，不是盗窃，只是报失而已。手镯、耳环、坠子、衬衣扣……因为有机会拿这些东西的只有他们的客人，失主们一致都确信东西不是被偷的。他们报案只是想着等哪天东西出现时能要回去。

哈利在整个审讯过程中都把嘴巴闭得紧紧的，但心里却不是滋味。他从始至终都确信自己“工作时”神不知鬼不觉。现实竟如此地出他所料，着实让他震惊，他们已经盯了他很久了。

探长打开了一个厚厚的文件夹：“杜塞伯爵，格鲁吉亚风银质糖果盒一个，同样是格鲁吉亚的漆质鼻烟壶一枚；哈利·雅贝夫人，蒂凡妮红宝石搭扣珍珠手链一条；蒂玛沃丽伯爵夫人，艺术装饰风钻石吊坠一枚，银链一条。这人品味不赖嘛。”探长锐利地逼视着哈利礼服衬衫上的钻石扣。

哈利这才意识到，那文件里一定记着他数十条所犯罪行的种种细节。他自知法院给他定上其中的几条并非难事。这位机警的侦探已将所有基本的事实拼凑好了，他可以轻而易举地召集证人，证明每次失窃哈利都在相应的现场。他们迟早会去搜查他的住处还有母亲的房子。虽然多数珠宝都在黑市卖掉了，可他还留了几样东西。探长注意到的这枚衬衣扣是他在格罗夫纳广场从一个熟睡的醉汉身上顺的；他在萨里郡一个花园婚宴上从伯爵夫人胸膛上取下的那枚胸针，现在还在母亲那里。到时候他们要是问他是干什么的，他可怎么回答呢？

这牢房是要蹲上些时日了。他放出来之后还会被征入伍，这和蹲监狱有什么区别。想到这，他的心凉透了。

即使在探长拎起他晚礼服的领子把他往墙上摔的时候，他依然咬紧牙关，半个字儿也不吐。但沉默救不了他。时间站在法律那边。

哈利仅有一丝机会重获自由，说服治安官准他保释，然后销声匿迹。忽然间，他对自由的渴望仿佛出自一个多年的犯人，而不是几小时的囚犯。

销声匿迹并非易事，但另外一个选项让他不寒而栗。

在富人身上刮了这么些年油，他已渐渐习惯了他们的生活方式。他起床晚，用瓷杯子喝咖啡，穿华服，在昂贵的餐厅用餐。他还是乐意回到自己的老窝，乐意跟老朋友到酒吧开怀畅饮，或者带老妈上戏院听戏的。但一想要蹲监狱他就受不了：他要穿脏兮兮的衣服，吃难以下咽的牢饭，一点隐私没有，还有最最让他受不了的，他得在里面漫无目的地苟活和等死。

他胃里一阵恶心和痉挛，浑身抖了一抖开始集中精力想获得保释的办法。

警方会反对保释，这是自然，但是做决定的是治安官。哈利之前虽没去过法庭，但官司这种事情搁他们那地界儿就跟申请住廉租房要清烟囱一样，人人都一清二楚。只有谋杀案的保释请求才会被直接否决，其他的案子就得看治安官的自由裁量了。通常他们会按照警方说的判，但也不一定。有时候，如果律师够精明，或者被告讲了个催人泪下的小孩生病了之类的故事，法官也会改主意。有时候，如果检方太过傲慢，他们也会为维护法院的独立性批准保释。他得备点钱，二十五或五十英镑。这不是问题。钱他多得是。征得批准可以打电话之后。他打给了母亲住的那条街的报刊店，叫店主派一名报童把老妈叫到话筒边。她到之后，他把藏钱的地方告诉了母亲。

“他们会让我保释的，妈。”哈利趾高气扬地说。

“我知道，儿子。”他母亲说，“你一直都运气好。”

但是如果这回运气……

他开心地自言自语道：“以前比这还尴尬的情况我不也脱身了。”

但那都不及这种尴尬。

一个狱卒喊：“马克思！”

哈利起身。他还没盘算好说什么：他是临场发挥的即兴大师。可是此时此刻，他真心希望自己准备了点儿什么。就这么着吧，他急躁地想。他扣上外衣，拧好蝴蝶领结，再把胸前口袋里的亚麻方巾捋整齐。他摸了摸下巴，要是允许他把胡子刮了该多好。故事的萌芽在最后一分钟从他脑海中钻出来了。他将袖扣从衬衫上取下，放到了口袋里。

大门开了，他迈了出去。

他被人领上水泥台阶，来到法庭中央的被告席上。前方是律师席，空的；后面有位执照律师，是治安官们的书记员；法官席上是三位业余治安官。

哈利心想：老天，但愿这群混蛋能把我放了。

媒体席的一边坐着位记者，拿着笔记本。哈利转身看法庭后面，看到老妈，她穿着自己最好的衣服，戴着顶新帽子坐在旁听席上。她故意拍了拍口袋，哈利全当这是在说保释的钱带够了。他又赫然看见，母亲佩戴着的，正是他从艾尔伯爵夫人那儿偷来的那枚胸针！

他面朝前方，紧紧抓住前面的木栏，好让双手不再发抖。检方是位大鼻子的秃顶探长，他说：“您单子上的第三条，治安官大人：盗窃二十英镑现金及西蒙·孟福特爵士所属之的价值十五基尼的金质袖扣一对；另有通过诈欺手段在皮卡迪利大道圣拉费尔餐厅取得的金钱利益。鉴于警方仍在调查嫌犯其他涉及大额现金的罪行，检方请求还押拘留。”

哈利谨慎地研究着几位法官。一边是个领子僵硬、留着短腮胡的怪老头儿，另一边是位打着军团领带的军官模样的人，两人都趾高气扬地低着眼看他。估计他们都深信，凡是出现在他们面前的人都或多或少犯了某种罪。他绝望了。然后他又告诉自己，他们抱的偏见有多愚蠢，待会儿就会愚蠢地相信他的胡言乱语。他们最好别太聪明，这样我才好把他们给蒙倒。真正的话语权在中间的审判长手里。这位留灰白八字胡的中年男人身穿灰色西装，浑身上下透着股厌世的味道，这意味着他有生之年听到的狗血故事和合理理由已经多得他都不屑记了。哈利焦急地想，要盯的应该就是他了。

审判长跟哈利说：“你要保释吗？”

哈利佯作很迷瞪的样子：“噢！我的上帝！我是，就是这么要的，我是说请求。对——对的，我请求保释。”

一听到他那上流社会的口音，三个法官全都坐直了身子开始留意了。哈利很享受这种效果。颠覆他人阶级期待的能力一直是他的骄傲。法官席的反应给了他信心。“我可以骗倒他们的。”他暗暗对自己说，“我铁定可以。”

审判长说：“好吧，你对自己有什么辩解的？”

哈利认真地听着审判长的口音，试图精确定位出他所在的阶层。他判定，该男子是受过教育的中产人士：有可能是药剂师，或者是银行经理。他人虽精明，但是会习惯性地屈从上层阶级。

哈利做出了个尴尬的表情，然后拿着学生对校长说话的那种口气说："先生，这恐怕是个天大的误会。"他开口讲起来。治安官们在座位上动了动，饶有兴致地把上身往前倾了倾，注意力又上了一层楼。他们看得出，这可不是什么普通的案子。有事儿把他们从那些司空见惯的无聊案子里解脱了出来，他们感激得不得了。哈利继续说："说实在话，昨天这几个家伙在卡尔顿俱乐部葡萄酒喝多了，这其实就是所有事情的起因。"他停顿了一下，好像他要说的就这么多，没别的了，然后很期待地望向法官席。

军人治安官说："卡尔顿俱乐部！"他脸上的表情在说，那么豪华的会所会员竟然会出现在法官席前，这可真少见。

哈利在想，自己编得是不是太过了；他们会不会不信他是那儿的会员。他赶忙接上："此事着实让人尴尬透顶，我也定当立即四处拜访，向所有有关各方致歉，讲明事情原委，毫不延误……"他装作刚刚发现自己还穿着晚礼服的样子。"对了，估计我还得先更衣。"

老头儿说："你是说，你不是故意拿那二十英镑，也不是故意拿那对袖扣的，是吗？"

他话虽狐疑，但无论如何，问问题是好迹象。这说明他们并没有不屑一顾地全盘否定他的说法。他们若是一个字儿都不信，才懒得在细节上质疑他呢。他备受鼓舞：他可能会被放了！

他说："我是借过一对袖扣——出门时忘记戴了。"他举起胳膊，衬衣的袖口从外套袖子里伸出来，开着。袖扣已被他放到口袋里了。

老头儿又问："那二十英镑怎么说？"

哈利这才发现还有这么个更让人头疼的问题。没什么说得过去的借口啊。你可以忘带袖扣，很随意地问别人借，但不经他人允许借钱不是偷是什么？！他急得像热锅上的蚂蚁。接着，又有一闪灵光来解救他了：“我着实认为，西蒙爵士自己怕是也记不清那钱包里最初装的是多少钱了。”哈利压低嗓门，仿佛要跟治安官们透露什么不能让法庭上其他老百姓听到的事情似的，“他可富得流油啊，大人。”

审判长讲道：“他可不是靠忘记自己有多少钱发家致富的。”法院内一阵哄堂大笑。幽默感算得上是个好迹象，可是审判长丁点儿笑意都没有：他不是来这里搞笑的。按照哈利的推测，他应该是个银行经理，钱的事情之于他可不是笑料。治安官大人继续说道：“那你又为何在餐厅吃饭不付账？”

“我想说，我对此真的无比抱歉。当时我跟我的——我的用餐伙伴，大吵了一架。”哈利故意没说出他是在跟谁用餐，对于公学里的男生来说，四处把某个女人的名字挂嘴边是没教养的表现，这道理治安官肯定也知道。“我当时气不过就夺门而出了，把付账的事情给忘了。”

审判长低头，眼睛从镜片上方瞥出来，狠狠地瞅了哈利一眼。哈利不禁琢磨，自己是哪里做错了？他心灰意冷。到底他说了什么？他忽然想起来，他表现得太不把欠账当回事儿了。这虽在上流社会稀松平常，但对一名银行经理来说却是天大的罪过。他慌了神，怕是要一招不慎满盘皆输了。他赶忙又吐了句：“大人，我的确太不负责任了，午饭时我自然会去那里把钱款补上。当然，如果您能把我放了的话。”

他看不出审判长息怒了没有。“所以说你是在告诉我，经你这么一圈儿解释之后，所有的告你的罪状都会被撤掉咯？”

哈利决定不能对各个问题都对答如流。他低着脑袋，呆呆地说：“他们要是拒绝撤诉，那我可就有的受了。”

“是得有你受的。”审判长厉声道。

你个不可一世的老不死，哈利想。但他也知道，他的话虽然难听，但却对他的案子有利。他们多挖苦他一句，把他送回监狱的可能就少一分。

“你还有什么别的话要说吗？”审判长问。

哈利低声下气地回答道：“我只想说，我对自己所作所为实在是羞愧难当，大人。”

“唔。”审判长半信半疑地哼了一声，但是军官男赞同地点了点头。

三名治安官小声商议了一会儿。一时间，哈利发现自己已经不由自主地屏住了呼吸，遂强逼着自己喘了口气。受不了了，自己的下半辈子竟然攥在这群糟老头子们的手里。

审判长抬头。“但愿蹲一晚牢房让你长了点记性。”他说。

哈利心想：噢，老天，他这是要放我走了！他咽了下口水，说：“绝对的，大人。我永永远远再也不要回那个鬼地方了。”

“你可得说到做到。”

又一阵沉默。审判长把目光从哈利身上移开，对法庭宣判：“我们并非全然认可嫌犯的陈述，但是我们认为本案并无收监还押之必要。”

一股得意的轻风从哈利的天灵盖吹到脚底心，把他的腿都吹软了。

审判长说道：“还押七日后出庭，保释金五十英镑整。”

哈利自由了。

他用全新的眼光打量着街道，好像自己是被关了一年而非区区几小时。伦敦已经为战争整备完毕。天空中浮着几十个硕大的银色气球，它们是用来妨碍德军飞机飞行的。为了抵御炸弹的冲击，商店和公共建筑的四周都铺满了沙袋，公园里建了防空避难营，人人都随身携带防毒面罩。大家都感觉自己随时都有可能被炸得片甲不留，索性抛却自家家当，还跟陌生人相谈甚欢。

哈利对“一战”一点记忆也没有——战争结束时他只有两岁。孩提时的他还以为“一战”是个地名，因为人人都对他讲：“你爹是在‘一战’里死的。”就好像他们跟他说：“到‘公园’里玩去，小心别掉到‘河’里，妈去‘酒吧’里见朋友了。”等他长大知道自己失去了什么之后，别人一提“一战”他就会伤心。和梦娇——那位和他做了两年情人的律师老婆——一起时，他读到过有关“一战”的诗，还有相当一段时间里称自己是个和平主义者。后来观看黑衣党在伦敦街头的游行时看到身旁一张张围观犹太人的恐惧的脸，他又认定，有些战斗是值得打响的。近些年，伦敦政府巴巴地指望着希特勒能把苏联毁了，对在德国发生的一切熟视无睹，真让他恶心。现在战争爆发了，他所担心的却只有那些和他一样没有父爱孤单长大的男孩子们。

不过轰炸机还没来过，真正的大轰炸是这之后另一个大晴天的事儿了。

哈利决定不回自己的住处。警察绝对在为他获准保释气得不行，定会找机会将他再次逮捕的。他还是低调一阵比较好。他可不想再回监狱了。但他总不能一直这么提心吊胆地一步一回头看有没有人追过来吧？怎么能一劳永逸地把警察甩掉呢？要是不能甩掉，他该怎么办？

他和老妈上了公交车。暂且先去她在巴特西的家吧。

老妈看起来很悲伤。虽然他们从未讨论过，但她知道他是干什么的。她语重心长地说："我什么都没法给你。"

"你已经给了我一切了，妈。"他反驳道。

"不，我没有，不然你干吗还得偷人家东西？"

这个问题他回答不了。

下了公交车后，他们进了街角的报厅，对之前帮忙叫妈接电话的波尼表示了感谢，还买了份《每日快报》。头条是"波兰轰炸柏林"。他出门瞧见路上有一骑自行车的警察，本能地一阵慌乱。他差点就转身拔腿跑掉了，好在又想起抓人的警察都是两个一起的，这才定住了自己的腿。

这么活下去可不是办法，他想。

他们到了老妈家楼下，沿着石砌的楼梯爬到了六楼。老妈把水壶烧上，说："那件蓝色的衬衣熨好了，你可以换上。"她还在料理他的穿着缝补。哈利进了卧室，从床下拉出了他的箱子，数起钱来。

两年盗窃生涯，他已经因此而攒了二百五十七英镑。他怎么想都觉得自己再怎么样也得偷了四倍这么多了，其他的钱花哪儿了呢？

他还有个美国的护照。

他若有所思地翻看着护照。他还记得，这护照是他在一名肯辛顿外交官家里的写字台里发现的。他看见护照主人名叫哈罗德，头像还跟自己有点像，就索性把它顺走了。

美国。

美式口音他也会。事实上，他知道一件大多数英国人都不知道的事情——美国人也有好几种不同的方言，有的方言就比其他的还时髦。拿“波士顿”这个地名来说吧。波士顿本地人说“巴”士顿。纽约的人则会念“包”士顿。在美国，你说得越有英伦腔，就越是上层社会的人。那里还有成千上万的无知美国少女等人去把她们迷倒呢。

而这个国家给他留的只有监狱和兵役。

他现在有护照和满口袋的钱。之前他在母亲衣柜里留了套干净的西装，再买几件衬衫和行李箱就行了。这里到南安普顿只有七十五英里。

他今天就能脱身。

这跟做梦一样。

老妈从厨房的呼唤将他从梦中拉了回来：“哈利，吃培根三明治不？”

“吃，谢谢妈。”

他到厨房在餐桌边坐下。她把三明治摆到他面前，他却并没动手拿。“我们去美国吧，妈。”他说。

她噗一声笑了。“我？上美国？我是不是还得带瓶可乐！”

“我是认真的。我要去美国。”

她脸一沉：“儿子，那儿不适合我。我已经过了能移民的年龄了。”

“可是要打仗了呀。”

“我‘一战’撑过来了，‘大罢工’顶过来了，‘大萧条’也熬过来了，”她四下看了看那个小小的厨房，“这地儿虽不大，可我熟悉啊。”

哈利本没指望她会同意，可现在经她这么一说，他又觉得很受挫。老妈可是他唯一的亲人了。

她说：“你到那边到底能做什么呢？”

“你是在担心我偷东西是吗？”

“小偷的下场都一样。没见过哪个茶叶片儿最后没被拷上的。”

茶叶片儿是一段民谣里某小偷的名字。哈利说：“我准备加入空军，学开飞机。”

“人家能要你吗？”

“大西洋那头没人因为你是工薪阶级的就鄙视你，只要你头脑灵光就成。”

她脸上添了些喜色。她坐下喝茶，哈利则在一旁吃起培根三明治。吃完之后，他拿出钱，数出五十英镑。

“这是干吗？”她说。那可是她打扫两年办公室才能挣够的钱。

“救急的时候用得上。”他说，“拿着吧，妈。我希望你能收下。”

她接过钱。“看来你是真的要去呀。”

“我今天就去借希德·布楠的摩托车去南安普顿，然后搭船走。”

她越过那张小桌子，抓着他的手。“祝你好运，儿子。”

他轻柔地握了握她的手。“我到美国那边再给你寄钱。”

“不用了，除非你确实用不上。我倒宁愿你能时不时地给妈写写信，让我知道你在那边儿过得怎么样。”

“成，我写。”

她的双眼已经噙满了泪水。“可记得哪天回来看看你老娘，啊？”

他紧紧攥住她的手。“可不嘛，妈。我铁定回来。”

哈利坐在理发店，打量着镜子里的自己。十三英镑的蓝色萨维尔街顶级定制西装，完美合身，跟他的蓝眼睛相得益彰。新衬衫有柔软的领子，一股美国范儿。理发师刷了刷哈利夹克的肩，拍了几下。哈利给他塞了小费，转身离开。

他从地下室沿大理石台阶而上，来到富丽堂皇的西南大酒店大堂。这里的人山人海。大多数的跨洋船次都从这里出发，而想离开英格兰的人成千上万。

哈利准备买船票的时候才意识到要走的人竟然有这么多。所有船票数周之前已被抢光。有些轮船公司干脆关门歇业省得浪费人力去驱散人群。一时间，离开似乎是不可能了。他就要放弃开始想别的出路了，这时一个旅游公司跟他提起了泛美航空的“飞剪号”。

他在报纸上读过这个“飞剪号”。该航班从夏天开始营运，用不了三十小时就能飞到纽约。他不用再在轮船上漂四五天了。但是单程票价将近九十英镑了。九十英镑啊！这么多钱都能买辆汽车了。

但这钱他到底还是花了。虽然很疯狂，但他早已下定决心，只要能逃离这个国家，花多少钱他都舍得。况且这个飞机有撩人的奢华：从这里到纽约，一路上都有香槟美酒。哈利就喜欢这种疯狂和夸张。

现在看见警察他不会再吓得跳脚了，南安普顿的警察不会知道他是谁的。不过他之前没坐过飞机，现在一想到待会儿就要上天了，他感觉有些紧张。

他看了下那块从皇家卫队队员那儿偷来的百达翡丽手表。他还有时间去喝杯咖啡垫垫饥。他进了休息室。

正当他喝咖啡的时候，一位美若惊鸿的女人走了进来。她金发碧眼，穿的是乳白底橙红波点真丝束腰裙。女人三十出头，貌似大哈利十岁，但这并没有耽误哈利在看到她双眸的时候欣然一笑。

她在旁边一桌落座，和哈利隔着条过道。他则开始细细玩味着那条波点真丝裙是如何依偎着她的胸脯，如何在她的膝间折出香褶的。她脚穿乳白色鞋子，戴着顶草编帽，把手提袋放到了桌上。

过了一会儿，有个身穿休闲西装的男人在她身边落座。哈利通过他们的谈话，发现她是英国人，而他竟是美国的。哈利认真地听着，练习起口音。她叫戴安娜，男的叫马克。只见那男人抚摸起她的胳膊，她则往他跟前倾了倾。他们是相爱的一对，眼里只有彼此，容不下任何人，这休息室要是空的就更好了。

哈利好生嫉妒。

他把脸别开。他依然躁动不安，待会就要一口气飞过整个大西洋了。这段没有任何地面停靠的旅程似乎格外漫长。他过去一直搞不明白飞机是如何飞起来的，螺旋桨明明一直在打转，飞机怎么会朝上走呢?

偷听马克和戴安娜的同时，他开始训练自己：如何显得更加淡定和从容。他可不想整个“飞剪号”上的乘客都知道他有多紧张。哈利盘算着：我叫哈利·范东坡，是个有钱的美国公子哥儿，现因欧洲战乱要回美国老家；我目前还没有工作，但我估计还是赶紧找个活儿安当下来才好；我父亲有投资；母亲是英国人，愿她安息；我在英国上的学，但没有上大学——我向来不爱K书（美国人说“K书”吗？他不太确定。）；我在英国生活得太久了，所以口音里带来点英伦味儿；当然，我坐过几次飞机，不过你猜得没错，飞越大西洋我这是头一遭；我真的很期待这次旅程！

一杯咖啡喝完，他一点儿都不害怕了。

艾迪·迪金挂掉电话。他环顾大厅，一个人也没有。没人会无意间听到他们的谈话。他盯着这部把他弄得惶恐不安的电话，恨得牙痒痒，好像只要把这破机器摔碎，这场噩梦就会结束。他慢慢转过身，走开了。

他们是什么人？为什么要带走卡洛安？为什么绑架她？他们到底要从自己这里得到什么？一个个问题像罐子里的苍蝇似的在他脑袋里嗡嗡乱飞。他试着去思考。他逼自己集中精力，每次只想一个问题。

他们是什么人呢？是一群疯子吗？不会。他们的行动太有组织了。疯子可以绑架一个人，但他们刚抓到她就知道艾迪在哪，还正赶巧让他接到电话让他听见卡洛安的声音，这必然是一场别有用心的策划。那么这些人都是清醒的，而且准备好犯法了。要跟他交手的可能是无政府主义者之类的人，但更加可能的是——黑帮。

他们在哪里抓到卡洛安的呢？她说她在某住宅里。房子许是某个绑架犯的，但更有可能是他们抢来的，抑或是在哪个孤僻的地方租的。卡洛安说过，事情发生在两三个小时之前，所以这房子离班戈应该不超过六七十英里。

他们为什么绑架她？他们要威胁他，要他拿一件他不可能心甘情愿交出来的东西，要他做一件他不会仅为了钱就做的事情；估计，是件他会拒绝的事儿。但是是什么呢？他没什么钱，他也不知道什么秘密，他也没有控制谁。

那就只能是和“飞剪号”有关的事了。

他们说了，他到了飞机上会从一个叫汤姆·路德的人那里接到行动指示。可能路德为之卖命的人想知道这架飞机，或者其他航线、其他国家飞机的构造和操作细节？有可能。德国人或者日本人也许打算依照“飞剪号”仿制轰炸机。但是他们绝对有其他容易的方法拿到机械蓝图。成百上千的人都能提供：泛美航空的员工、波音的员工，甚至还有在海斯给“飞剪号”做维护的皇家航空公司机械师。他们没有必要去绑架，光杂志上公布的技术细节都足够了。

或者有人想把这飞机偷走？这有点离谱了。

最说得通的解释就是，他们想艾迪配合，把什么东西或者什么人偷运到美国。

哎，他能知道能猜到的就这么多了。他要怎么办？

他是奉公守法的公民，是犯罪的受害者。他咬牙切齿地想报警。

但他吓坏了。

他这一辈子从没这么害怕过。小时候，他害怕老爹害怕鬼，但是长大后就没什么能把他吓住的东西了。现在他却那么无助，害怕得动弹不得。他觉得自己浑身麻痹：一时间，他僵在原地，一步都挪不动。

他考虑报警。

他现在在天杀的英国，那群骑脚踏车的片儿警半点儿忙都帮不了。但他可以试试托人把电话接到美国那边的县级警察局、缅因州立警察局甚至是联邦调查局去，想办法让他们去搜搜哪里有刚被人租下的偏僻的房子。

电话里的人说："不要报警，那对你没好处。你要真敢报，我就下流一回，把你老婆上了。"

这话艾迪相信。当时那声音带着欲火，好像这个男人心里有一部分巴不得能有理由奸污她一样。她有着圆润的小腹和胀起的乳房，撩人的身姿娇嫩欲……

他紧紧握住拳头，可惜除了墙之外没地方可以捶。他绝望地吼了一声，踉跄着出了大门。他漫无目的地走过草坪，来到了一片小树林。他在一棵橡树前停下脚，额头抵上满布沟壑的树干。

艾迪是个很简单的人。他在距离班戈市几英里外的一座农舍里出生。他父亲是个贫苦的农民，耕有几亩土豆田，喂了头奶牛外加几只鸡，还有个小菜园子。新英格兰地区对穷人来说可不是什么好地方，冬季苦寒又漫长。爹娘笃信一切皆是主的旨意。就连艾迪的小妹妹得肺炎死了，爹也说这是主有意的安排："主用意深远，不是我们肉眼凡胎理解得了的。"那时艾迪天天做着白日梦，想着哪天能在树林里挖出大财宝，一个海盗的镶铜宝箱里放满了金子和宝石，一层摞一层的那种。幻想中的他带着枚金币到了班戈，买了几张柔软的大床、一卡车柴火、给母亲用的瓷器、家里每人一件的羊皮大袄、厚厚的牛排、装满了冰淇淋的冰箱外加一个菠萝。摇摇欲坠的破茅屋变成了温馨舒适又快乐的地方。

他从没挖出过什么财宝，但受了教育，每天都会走六英里上学。他喜欢学校，因为教室比家里暖和，而且梅波老师很喜欢勤学好问的他。

多年以后，还是梅波老师写信托国会议员，为艾迪争取到了去安纳波利斯参加招飞考试的机会。

他觉得飞行学院就是天堂。那里有毯子、有漂亮衣服，还有各种各样的食物：这种奢侈他之前连想都没想过。严格的管教制度对他来不算什么，那种狗屁不通的教条他这辈子在教会听得多了；跟他老爹发火揍他相比，教官的捉弄都只是隔靴搔痒而已。

他到了安纳波利斯才第一次知道了别人对他的看法。他了解到，别人眼中的他诚实、执拗、不肯变通又勤劳肯干。虽然他身板瘦削，但恶棍们很少挑他的刺儿：他眼神里有股让他们敬而远之的气势。人们喜欢他，因为他可靠，说话算数，但是从不会有人找他哭诉。

大家夸他勤劳肯干这点他比较意外。爹和梅波老师教导过他，想要什么就得自己争取，而艾迪本就不知道实现自己所求还有什么其他途径。不过这些称赞还是让艾迪很开心的。父亲对一个人的最高夸奖是叫他“司机”，缅因话里指工作刻苦的人。

他被授予少尉军衔，被分配从事水上飞机航空培训工作。安纳波利斯跟自己家比是舒坦的，而美国海军陆战队的生活则是豪华得无与伦比。他可以给双亲寄钱，让他们修补下农舍买个新炉子什么的。

娘是在他参军第四年的时候去世的，五个月后爹也随她一起去了。他家那几亩地分给了旁边的农场，不过艾迪没花多少钱就盘下了他家的老宅和小树林。他辞职离开陆战队，在泛美航空公司谋了个收入可观的差事。

没有飞行任务的时候，他就拾掇拾掇老宅。这儿安个水管，那儿走个电线，那儿又装个水暖。他用那份工程师薪水买材料，活儿都自个儿干。他给卧室装了电暖器、收音机甚至还有电话。然后他找到了卡洛安。他想着，要不了多久就能听到儿女的欢笑声，他儿时的白日美梦就会成真了。

如今，现实竟成了一场噩梦。

第四章

马克·埃尔得对戴安娜·拉弗斯说的第一句话是："我的上帝，你真是我今天见过的最美的东西。"

对她说这种话的人多了去了。她活泼又漂亮，喜欢穿漂亮得体的衣服。那天晚上她穿的是翻领土耳其长裙、拉褶背心和五分长手套。她知道自己很美。

那是在曼城米德兰酒店的一场晚宴舞会。是商务大臣弗里曼逊的夫人之夜，还是红十字会的筹款宴来着？她也不知道。出席这些场合的都是一拨人。丈夫莫巍的商业伙伴们几乎都和她跳过舞。他们把她搂得特别近，老踩她的脚，而他们夫人的眼神则能把她瞪死。当时戴安娜就想，真是奇了怪了，男人为漂亮姑娘丢人现眼，老婆怎么都不怨自己老公怨人家姑娘呢，弄得好像是戴安娜对这些忘乎所以满嘴酒气的男人有什么企图似的。

她教副市长跳吉特巴舞[①]，好好地气了气那群臭男人，也让她老公下不来台。现在她想歇口气儿了，于是溜到了吧台边，装作要买香烟的样子。

当时一个正在品着白兰地的男人抬头看到她，仿佛她给房间

① 吉特巴，又名水兵舞，交谊舞的一种，一种随着爵士音乐节拍跳的快速四步舞。

带来了阳光。他是个小个子男人，干净利落，带着大男孩儿式的微笑和一口美国腔。她看他的赞叹似是由衷的，举手投足又很有范儿，也灿烂地朝他笑了笑，但并没说话。她买了香烟喝起了冰水，喝完就回舞池了。

他定是跟酒保打听了她是谁，然后又不知怎么的拿到了她家地址。第二天，他就给她致上了一封米兰德酒店信纸所书小笺。

是一首诗。

开头是这么写的：

> 你的莞尔一笑，
> 雕刻在我眼里，
> 定格在我心里。
> 生生，世世。

她阅之流泪。

她为她所企求的一切都不可得而流泪。她为自己在跟一个讨厌休假的丈夫苟活在这座乌烟瘴气的工业城市而流泪。她为这五年来唯一遇到的美好和浪漫而流泪。她还为自己不再爱莫巍而流泪。

之后事情的发展就很迅速了。

第二天是星期天。她星期一进城。往日里她会先上布茨书店的流动图书馆换书，再去牛津大街的帕拉蒙影院花两先令六便士买一张午餐加午后场的套票。看完电影后，她会上路易斯百货还有菲尼根商场逛一逛，买买丝带、手绢或是给姐姐家小孩的礼物。有时她还会逛逛肉铺街上的小店，给莫巍买点儿异域奶酪或是风味火腿。之后她会乘火车准时回到位于市郊阿尔特林查姆区的家，赶上吃晚餐的时间。

这一次，她在米兰德酒店的酒吧喝了咖啡，在米兰德酒店地下的德国餐馆用了午饭，在米兰德酒店的休息室品了下午茶。可是她没有见到那位一口美国腔的英俊男人。

她讪讪地回了家。她告诉自己，这太可笑了。自己跟他的见面连一分钟都不到，还跟他一个字儿都没说！他仿佛代表了所有她认为自己生命中缺失的东西，但真到见到他时，她可能又会觉得他无聊、神经质、病态，发现他难闻或者有其他什么毛病的吧。

她下了火车，沿着她家所在的那条尽是城郊别墅的街道走着。她快到家时抬了下头，却赫然瞧见他正朝自己这个方向走着，心里顿时一阵慌乱。他上下打量着她家的房子，故作漫不经心状。

她羞得两颊绯红，心跳加速。他也吓了一跳，停了脚步。但她却继续走着。她从他肩旁走过，说："明早中央图书馆见。"

她没想他回复什么，可是——后来她慢慢了解到——他这人又机灵又幽默，当即就问了一句："哪个区？"

图书馆虽大，但还没大到两个人找半天也遇不着彼此的地步。不过她还是把脑海里想起的第一个词告诉了他："生物。"他笑了。

她进了家，耳边仍萦绕着他的笑声：温暖、轻松又欢喜的笑声；热爱生活且自我感觉良好的男人的笑声。

房子里空荡荡的。掌管家务的洛林夫人已经走了，莫巍还没到家。戴安娜在卫生的新式厨房里坐着，想着那首幽默的美国小诗。

翌日早晨，她发现他正坐在一张桌旁，上面放有张牌子写着“安静”。她走过去说：“嗨……”他却将食指移至唇前，指了指旁边的椅子，然后给她写了张纸条。

上书：“我喜欢你的帽子。”

她戴的是顶小圆帽，形状像是个倒置的镶边花盆，帽子歪向一边，几乎盖住她的左眼：虽然没几个曼城的女人能接受，但这是时下流行的戴法。

她从手袋里掏出一支小笔，在下面写道：“你戴不好看。”

“把它戴到我那株天竺葵上肯定正好。”他写。

她咯咯地笑了，他说：“嘘！”

戴安娜心想：他是疯子还是风趣?

她写：“我喜欢你的诗。”

他接着写：“我爱你。”

看来是疯子，她想，但泪水却涌上了她的眼眶。她写：“我连你的名字都不知道！”

他递给她一张名片。他叫马克·埃尔得，洛杉矶人。

美国加州！

他们找了家CDN餐厅用早午餐，因为她知道，在这儿是决计不会撞见她丈夫的。八匹马也别想把他拉进素食餐厅的门。他们又去了丁斯盖特那边的胡万音乐厅。那里每周二都举办正午音乐会，大名鼎鼎的哈雷交响乐团演奏，新加入的马克姆·萨金特担当指挥。自己的城市可以拿如此的文化盛宴招待来客，戴安娜引以为傲。

那天她了解到马克是位喜剧广播剧的编剧。用他剧本的人她都没听说过，但据他所说他们都很火：杰克·本尼，弗莱德·艾伦，阿么与阿呆。他旗下还有一个广播电台。他穿的是喀什米尔羊绒夹克。他正在休长假，来英国寻根问祖，他家原本在利物浦，一座曼城西边几英里外的港口城市。他个头不大，比戴安娜高不了多少。他同她年龄相仿，栗色的眼睛旁有几点雀斑。

另外，他是个纯粹快乐的人。

他聪明、幽默又英俊，举止优雅，指甲干净，着装利落。他喜欢莫扎特，但也懂路易斯·阿姆斯特朗的爵士乐。最主要的是，他喜欢戴安娜。

她想，真心喜欢女人的男人居然那么稀少，真是奇也怪哉呵。她所见过的男人们都只会奉承她，会对她动手动脚，会在莫巍稍不留意的时候暗示她“我们找个地方偷偷幽会吧”，有时也会在酩酊大醉之后对她示爱，但他们并不是真心喜欢她。他们只会言语戏谑，却从来不会真正听她倾诉，对她更是一无所知。之后时日相处下来，她发现，马克是和他们都不一样的存在。

在图书馆见面的第二天，他租了辆车载她到了海边。他们在沙滩上吃三明治，在沙丘掩映之下微微海风之中深情相吻。

他在米兰德酒店有套房，但鉴于戴安娜太出名了，两人不能在那儿见面。她若是在午后被人瞧见上了楼，消息不到下午茶的功夫就会传开。不过，脑袋灵光的马克找到了解决之道。他们驱车前往圣安妮的海边小镇利斯，以埃尔得夫妇的名义住进酒店。他们共用午餐，然后上床。

和马克做爱是如此的有趣。

第一次他们演起了哑剧，准备一声不响地把衣服脱光。可她笑得不行，脱衣服的时候一点没觉得害臊。她一点都不担心他会不喜欢自己，他对她的爱慕显而易见。因为他如此温柔，她一点都不紧张。

他们在床上度过了整个下午的时光。接着去前台说他们改了主意不想过夜了，办理了离店手续。马克付了整晚的钱，这样店员也不会觉得别扭。他在奥特林厄姆前一站把她放下，她再乘火车到家，好像整个下午都在曼城的样子。

他们就这样欢愉地度过了整个夏天。

他本应在八月初返美着手写一部新剧的，但是他留了下来。他写了几张美国人在英国度假的故事的草稿，每周用泛美航空的空中速递服务把手稿寄回美国。

虽然每次递信都在提醒着他们时间已经不多了，戴安娜还是想方设法地不去思虑未来会如何。是，马克总有一天会回国的，但他明天还在这里，而她心思就只能到明天那么远。这就像战争一样，每个人都知道它很恐怖，但是没人说得清它什么时候会开始；而在那天来临之前，除了继续生活及时享乐之外，没什么好做的。

战争爆发第二天，他告诉她他要回家了。

她当时正在床上坐着，被单只盖到小腹，双乳一览无余，马克就喜欢她这样坐着。她觉得自己的胸太大，可他却觉得她的酥胸美极了。

他们要严肃认真地对话了。英国对德宣战这件事就连幸福的情人们都不得不谈。戴安娜近年来一直都在关注亚洲的惨烈冲突，一想到欧洲的战争她更是心有戚戚焉。日本跟西班牙的法西斯分子一样，冷血地朝妇女儿童身上投炸弹，连眼都不眨一眨，数十万人的大屠杀更是人神共愤。

她问了马克一个人人都挂在嘴上的问题："你觉得接下来会怎么样？"

这一次他的回答不再滑稽了。"我觉得会很恐怖。"他黯淡地说，"我相信欧洲会被彻底摧毁掉，变成一座孤岛。英国这个国家或许可以幸免，但愿如此。"

"噢。"戴安娜说。她忽然觉得恐慌。英国人可不是这么说的。报纸上尽是鼓战的言论，而莫巍对战争形势也很乐观。马克作为一个局外人，用他的美国口音和放松的心态做出了判断。这判断听起来虽让人糟心，但却很现实。曼城会被轰炸吗？

她记起了莫巍说的话，重复道："美国迟早也得参战。"

马克的回答让她吃了一惊："老天，千万别。这是欧洲人吵的破架，不干我们什么事儿。我大概明白英国为何宣战，但要我看见美国人为了保护个鸟波兰而牺牲，还不如让我去死呢。"

她从来没听过他这样骂过脏话。做爱时他偶尔会在耳旁低语几句污言秽语，但那跟这不一样。现在他很生气。她想他估计是也有点害怕了。她知道莫巍是害怕的，只不过他的恐惧从嘴里出来变成了盲目的乐观。马克的害怕则体现在他的孤立主义还有脏话上。

他的态度让她沮丧，但是她明白他的观点，美国人凭什么为了区区波兰甚至区区欧洲，把自己卷到战争里呢？"那我呢？"她问。她试着用轻浮的语气说："你总不会想人家被那些蹬着长筒军靴的纳粹白人军官糟蹋了吧？"这并不好笑，话一出口她就后悔了。

这时他从行李箱里掏出了一枚信封，放到了她手里。

她从里面拿出了张票，往上一看。"你要回家了！"她哭喊道，仿佛这就是世界末日。

他神情严肃，利落地说："那是两张。"

她觉得自己的心就要停止了。"两张。"她面无表情地重复道，六神无主。

他坐到她床边，握住她的手。她知道他接下来要说什么，既激动万分又不知所措。

"跟我回家吧，戴安娜。"他说，"跟我飞到纽约去，然后到里诺，在那儿待三个月就可以离婚。然后我们回加州结婚。我爱你。"

"飞"。飞过整个大西洋实在太超乎她想象了，这都是童话故事里才有的事。

"到纽约"。纽约是个由摩天大楼、夜店、黑帮、百万富翁、时尚富家女以及豪华轿车交织成的梦。

"离婚"。彻底摆脱莫巍！

"接着回加州"。那里有电影工厂，有长在树上的甜橙，还有每天普照的阳光。

"结婚"。然后一直跟马克在一起，朝朝暮暮。

她说不出话来。

马克说："我们可以生小宝宝。"

她要哭了。

"再问我一遍。"她低声说。

他说："我爱你，你愿意嫁给我，跟我一起生孩子吗？"

"啊，愿意。"她答道，感觉自己好像已经飞起来了，"愿意、愿意、愿意！"

她晚上还得告诉莫巍。

那天是周一。周二她就得和马克到南安普顿去了。“飞剪号”周三下午两点起飞。

周一下午，她飘飘然地到家。可一进家门她的神气就蒸发一空了。

她要怎么跟他说呢？

房子很漂亮：这是座很大的新别墅，白墙红瓦，四个卧室三个几乎从没用过，漂亮的浴室和厨房设备全是最新的。现在，就要离开的她依依不舍地打量起这所有的一切，这是她住了五年的家。

她亲自下厨给莫巍准备晚餐。洛林太太负责打扫和洗衣，她要是不做饭的话就没别的可做了。再说，莫巍心底里还是个工薪阶级男孩，他就喜欢下班回家吃上老婆亲手做好摆好的饭菜。尽管晚餐都是香肠牛排或是肉馅饼之类的丰盛大菜，他却总是喝茶，甚至还把晚餐直接叫做“茶”。对莫巍来说，“晚餐”是在酒店吃的。“茶”才是在家吃到的东西。

她要说什么呢？

今天他要吃的是冷牛肉，周末烤肉时剩下的。戴安娜系上围裙，操刀切起了待会儿要炸的土豆。她想象了一下莫巍会有多生气，手不禁一抖，结果手指被菜刀切了个口子。

她打开冷水管清洗伤口，同时也试着控制自己的慌张。她拿毛巾擦干手，包上纱布。“我怕什么呢？”她问自己，“他又不会把我给杀了。他阻止不了我，我已经过了二十一岁了，这是个自由的国家。”

这种想法并没让她平静。

她摆好碗筷，洗了棵生菜。莫巍工作虽然卖力，但是每天都会准时到家。他总说：“要是非得等到员工走光了我才肯把手中工作停下，这老板还不如不当呢。”他是个工程师，开了家转子工厂，产品小到制冷系统的风扇，大到远洋巨轮的螺旋桨。莫巍一直都算成功——他擅长做生意——但他真正发大财是从生产飞行器专用螺旋桨开始的。飞行是他的爱好，城外的机场就停着他自己拥有的一架小型机“虎蛾号”。两三年前，政府刚开始建立空军，能通过精确计算制造出曲面螺旋桨的没几个人，莫巍则是其中之一。自打那以后，他的生意日益红火。

戴安娜是他的第二位妻子。第一位妻子七年前带着两个孩子跟别的男人跑了。莫巍以最快的速度跟她办离婚，手续一办完就跟戴安娜求婚了。当时戴安娜二十八岁，他三十八岁。他性感、强壮、事业有成，他敬慕她。他送她的结婚礼物是条钻石项链。

几周前，结婚五周年纪念日那天，他给了她一台缝纫机。

回头看看，她看清楚了。缝纫机是压垮她的最后一根稻草。她一直都渴望能有一辆属于自己的车，她会开车，莫巍也买得起。看见缝纫机的时候，她觉得自己到了忍耐的极限了。在一起五年了，他竟然没发现她从来都没动过针线。

她知道莫巍爱她，但他“看不见”她。在他眼里，她只不过是个贴着“妻子”标签的某人罢了。她长得顺眼，充分地扮演好了她的社会角色。她会把他的饭菜端上桌，在床上百依百顺，妻子不就是这样的吗？他从来不会找她商量任何事情。因为她既不是商人又不是工程师，他就从没想过她也是有头脑有思想的人。他跟工厂的人说话都比跟她说得明智。在他的世界里，男人就想要汽车，妻子就想要缝纫机。

不过他很聪明。他是名车工的儿子，上的是曼城文法学校，在曼大修物理专业。他本有机会上剑桥攻读硕士学位，可他不是学术型的人。他到一家大型机械公司的设计部门谋了份工作。他依然紧跟着物理学界最新发展，也会跟父亲没完没了地讲——从不会跟戴安娜讲是自然的——原子、辐射还有核裂变。

不幸的是，戴安娜对物理一窍不通，所以她也无所谓了。她深谙音乐和文学，对历史也有涉猎。莫巍虽喜欢看看电影和听听舞曲，但对任何形式的文雅艺术都没什么兴致。所以他们无话可谈。

他们若是有孩子的话可能会不一样，可莫巍已经和前妻有了两个孩子，不想再要了。戴安娜很想关爱他的孩子，但一直没有机会，他们的生母总跟他们讲戴安娜的坏话，说他们的婚姻是戴安娜拆散的。戴安娜有位姐姐住在利物浦，她有一对可爱的扎着马尾辫的双胞胎女儿，戴安娜把自己的母爱都倾注到了她们身上。

她会想念双胞胎姐妹的。

莫巍很是享受城里有头有脸的商人政客间那种活力四射的社交生活，戴安娜有一阵也很享受当女主人的感觉。她一直都喜欢漂亮衣服，也很擅长穿衣打扮。可生活里总还是要有点别的东西啊。

她一直扮作一位和曼城社会格格不入的人——抽烟，穿奇装异服，处处把恋爱自由和共产主义挂在嘴边。她喜欢看那些已婚妇女震惊的样子。不过曼城也不是座极度保守的城市，莫巍和他的朋友都是自由党人，所以她也没引起什么大骚动。

她不满，但她也不知道自己这样对不对。多数女人都会觉得她命好：丈夫不酗酒、可靠又慷慨，房子漂亮，还有一群朋友。她告诉自己，她理应开心一点儿。但她开心不起来——直到马克出现。

门外传来莫巍停车的声音。这声音她熟悉得很，而今晚听起来却是那么的不祥，仿佛是危险野兽发出的低吼。

莫巍来到厨房。

他英俊得惊人。他的发间已有白发，但那却更显得他器宇不凡。他个子高大，并且没像他的朋友一样发福。他并不虚荣，但因为戴安娜喜欢他穿得像个成功人士的样，他就听妻子的话穿上了精工剪裁的深色西装和昂贵的白衬衫。

她怕他会看她眼中的愧疚，逼她说到底怎么回事。

他亲吻了她的嘴唇。她满心羞愧地回吻过去。他有时会拥抱她，把手伸向她的臀沟，接着两人欲火冉冉，直接冲到床上一阵云雨，食物烧焦也不管；但这种情况已经很少发生了，今天也不例外，谢天谢地。他心不在焉地吻了她之后就转身走开了。

他脱掉外衣、背心、领带和领子，把袖子卷起，然后就着厨房的水池洗手洗脸。他肩膀宽阔，还有坚实的臂膀。

他并没察觉到有什么不对劲。当然，他也察觉不到。他“看不见”她这个人，在他眼里她只不过是存在在这里，就像厨房的桌子一样。没什么好担心的了，跟他摊牌之前他什么都不会知道。

我还是先不跟他讲了，她想。

趁着土豆在锅里还没炸透，她给面包抹上了黄油，又沏了壶茶。不安的她还有些发抖，但她掩饰住了。莫巍在读他的《曼城晚报》，几乎不瞧她一眼。

“我在单位碰上了个挨千刀的闹事的。”她把盘子放到他跟前时他开口道。

“我一点儿都不感兴趣。”黛安娜歇斯底里地想着，“以后我和你的一切都不相干。”

我还给你沏茶干吗呢?

“他是伦敦巴特西人，八成是个共产党。他在做新的坐标镗床项目，要求涨工资。这也确实不是无理取闹，但是我就是照着旧工资招的这份工，所以他就得受着。”

戴安娜鼓起勇气，说：“我跟你说点事儿。”话音一落，她就开始祈祷能把刚说的话收回来。但为时已晚。

“你的手指头怎么了？”他看见她手上的绷带问。

这句平淡无奇的问题让她泄了气。“没事儿。”她一屁股坐到椅子上，说，“切土豆的时候弄的。”她拿起吃饭用的刀叉。

莫巍兴冲冲地吃了起来。“以后再招人我可得多小心着点儿，不过头疼的是，现在这光景，好机床维修工可不好找了。”

他说工作上的事情的时候并不指望她有什么回应。她若是提了什么想法，他就会用烦躁的眼神看她，好像是她太多嘴了。她在那儿就只有听的份儿。

他继续说着她的新坐标镗床项目还有巴特西工党。她回忆起他们大婚那一天，那时她母亲还健在。他们在曼城结婚，在米兰德酒店举行的婚宴。那天莫巍穿着长礼服，绝对是全英国最帅气的男人。戴安娜曾以为那种时光会一直到永远。她从未想过婚姻原来并不一定会长久。遇到莫巍之前她就没见过离过婚的人。现在想起自己当年的想法，她真想哭。

她也知道，她的离开会把莫巍打击得支离破碎。他一丁点儿都不知道她的打算。这次离开又同他前妻离开他如出一辙，铁定会让他更加崩溃的。他会抓狂。不过首先，他会大发雷霆。

他吃完了牛肉，又给自己倒了一杯茶。“你吃得不多啊。”他说。其实她什么都没吃。

“午饭吃得太饱了。”她回道。

“你去哪儿吃的？”

这个单纯无知的问题让她一阵慌乱。她中午跟马克在黑潭市某酒店的床上吃了几个三明治，她想不起什么圆得过去谎。她想起了几家曼城最顶级的餐厅，可说不定莫巍中午就在其中一家吃的呢？一阵揪心的沉默之后，她说：“华道夫咖啡厅。”华道夫咖啡厅有好几家——是家平价连锁餐厅，一先令九便士就能吃到牛排薯条套餐。

莫巍没问哪一家。

她收了盘子起身。她膝盖发软，真怕自己会站不住。但她还是撑到了水池边。“你要甜点吗？”她问。

“嗯，谢谢。”

她到储藏室找了一瓶梨罐头和几块炼乳。她拉开罐口，把他的甜点拿到桌旁。

她看他吃着梨肉罐头，一边想起待会要做的事，陷入了深深的恐惧。这对他的打击是不可饶恕的吧。这会像那将来的战争一样，把一切都毁了。她和莫巍在这个家，在这座城市里，所营造的所有的一切，都会土崩瓦解。

她忽然意识到，她做不到。

莫巍放下勺子，看了看怀表。“七点半——我们听听新闻台吧。”

“我做不到！”戴安娜大声喊了出来。

“什么？”

“我做不到。”她又说了一遍。她要取消掉所有的计划。她现在就要去见马克，告诉他她改主意了。到头来她还是不能和他私奔。

“你怎么连广播都听不了？”莫巍不耐烦地问。

戴安娜盯着他。她打算告诉他所有的真相，但是这件事她也没胆量做。“我要出去一趟。”她说。她拼了命地想借口。“多莉·威廉在医院，我得去看看她。”

“看在老天的分上，多莉·威廉是谁？”

根本没这个人。“你见过她的。”戴安娜说，编到哪是哪，“她刚做完手术。”

“我不记得她了。”他说。不过他也没有怀疑，萍水相逢的人他都记不住。

戴安娜灵光一闪，又来了句：“你和我一起去吗？”

“我才不去呢！”他说。料他也不会去。

“那我就自己开车去了。”

“灯火管制呢，慢点开。”他起身走向客厅的收音机。

戴安娜注视了一阵他的背影。她哀伤地想：他永远都不会知道我曾经差这么一点点就永远离开他了。

她戴上帽子披上外套直接出了门。车点了一下就着了，老天保佑。她把车倒到路上，向曼城开去。

这段路简直是个噩梦。她急得焦心，但大灯被罩着，她只能看清前面几米，车子也只得龟速前进。她还止不住地流泪，视线十分模糊。要不是她熟悉路况怕是早就撞车了。

不过十英里的路竟然走了一个多小时。

车到米兰德楼外时，她已经筋疲力尽了。她静静地坐了一会儿，试着让自己平静下来。她拿出粉扑拍了拍脸好遮住流泪的痕迹。

马克会心碎的，她知道，但他撑得住。过不了多久，这段夏日恋曲就会变成他的回忆。与毁掉五年的婚姻相比，结束一段短暂的激情婚外恋要少残忍一些。日后她和马克想起1939年的夏天，心里都会一阵温暖……

她的泪水再次决了堤。

过了一阵，她下了决心。干坐在这里思来想去也于事无补，她得进去把事情了了。她又补了补妆，下了车。

她径直穿过酒店大堂上楼，没在前台做任何停留。她知道马克的房间号。虽然一个女人只身进入单身汉的酒店房间会引起流言蜚语，但她管不了那么多了。她是可以在休息厅或者酒吧见他，但是怎么能在大庭广众之下告诉他这种消息呢？她没顾上四下看，也不知道有没有认识的人看到她。

她敲他的门，祈祷他这会儿在房间。他要是去餐厅了怎么办，去看电影了怎么办？没人应，她又敲了敲，用力地敲。都这个时候了他怎么还去看电影？

她听到了他的声音："谁？"

她又敲了一下，说："是我！"

她听到了他急促的脚步声。门打开了，马克惊讶地杵在那里。他开心地笑着拉她进门，关上门拥抱着她。

这会儿她觉得自己对他是不忠的，这感觉就和之前莫巍吻她时一样。她愧疚地吻着他，那股熟悉的温存再次在胸中荡漾。但是她抽身出来，说：“我不能跟你走。”

他脸色煞白。“不许说这种话。”

她环顾了一下他的房间。他在收拾行李。柜子抽屉大开着，行李箱全放在地上，四下里放着叠好的衬衣、一摞摞整洁的内衣还有装好袋的鞋。他就是这么爱干净。“我不能走了。”她又说了一遍。

他抓住她的手把她拉进卧室，坐到了床上。他看上去心慌意乱。他说：“你不是真心的。”

“莫巍爱我，而且我们已经在一起五年了。我不能这么对他。”

“那我呢？”

她看着他。他打着领结，身穿灰粉色毛衣和灰蓝色法兰绒长裤，脚穿科尔多皮鞋，真是太诱人了。“你们俩都爱我。”她说，“但他是我的丈夫。”

“我们都爱你，但只有我才真心喜欢你。”马克说。

“你不觉得他真心喜欢我吗？”

“我觉得他根本都不认识你这个人。听我说。我今年三十五岁了，之前也曾坠入过爱河，我还有过一段六年的感情。我虽没结过婚，但也在情场上摸爬滚打多年。我确信我们俩的感情是对的。我从来就没感觉这么对过。你美丽，风趣，不拘一格，聪明伶俐，而且你喜欢做爱。我很可爱，风趣，不拘小节，脑袋灵光，我此时此刻就想和你做爱——”

她言不由衷地说：“不要。”

他温柔地把她拉向自己，同她相吻。

他低语：“我们是天造地设的一对儿。你还记得我们在‘安静’指示牌下面互相写的纸条吗？你马上就知道游戏规则，那么默契。别的女人都觉得我是疯子，但你就喜欢我这样。”

她心想，这话倒是不假。她想起自己曾经抽水烟的时候、不穿裤子出门的时候、出席法西斯集会的时候，还有拉响火警警报器的时候，莫巍会恼她的冒失，马克却会为她的古怪欣然大笑。

他捋过她的发丝，抚摸她的脖子。她慢慢忘掉了惊慌，开始感受着他的抚慰。她的头奄在他肩上，双唇抹过他颈上柔软的皮肤。她的腿感受到了他的温度，他的指尖正在她裙下游走，在她大腿之间筒袜结束的地方温和地抚摸着。她无力地想着：这不该发生。

他轻柔地将她推回床上，她的帽子掉落了。她虚弱地说：“这是不对的。”他吻住她，温柔地用自己的唇一点一点咬着她的唇。她隔着丝绸内裤感受到了他手指的温度，欣然一颤。不一会儿他的手就滑了进去。

他做什么都恰到好处。

初夏的一天，他们裸着身子躺在酒店床上，大开着的窗外传来阵阵涛声，那时他说：“让我看看你平时是怎么抚摸自己的。”

她羞红了脸，装作不明白的样子。“我不太明白……”

“你明白。就是你抚摸自己的时候。让我看看，这样我就知道你喜欢怎么做了。”

她撒谎说：“我没抚摸过我自己。”

“好吧……就是你结婚之前还是个姑娘的时候，你那时候肯定做过……人人都做的。让我看看你那个时候是怎么弄自己的。”

她正准备抵赖，却又想到这么做会有多性感。“你想我自己拨弄自己——在下面——而你只坐在那儿看？”她问道，声音嘶哑得撩人。

他邪恶地一笑，点了点头。

“你是指……全套的？”

“全套的。”

她说：“我做不到。”但她做到了。

现在，他的指尖心领神会地出现在了正确的地方，用她最熟悉的动作和恰到好处的力道抚摸她。她合上双眼，彻底败给了肉体的欢愉。

过了一会儿，她开始柔柔地低吟，双臀有节奏地一起一落。他靠得越来越近，她的脸颊感受到了他温暖的气息。接着，正在她要失去控制的当儿，他急切地说：“看着我。”

她睁开了眼。他继续用同样的方式去爱抚她，节奏却更快了。“不要闭上眼。”他说。边做边望着他的眼，竟可以让他们如此亲密，有一种超裸体的感觉。他似乎对一切都了然于胸，对她更是知根知底。她沉浸在自由自在的狂喜之中，因为她不用去掩饰什么了。高潮到了。她用力地盯着他凝望的眼，双臀猛一抽搐，脸扭作一团，在一阵极度快感之下晃动着身体，喘着气；而他一直低着头，对着她微笑着。他说：“我爱你，戴安娜，我是那么的爱你。”

高潮过去后，她抓着他，紧紧搂住他，激动得气喘吁吁，不停颤抖。她觉得自己就想一直这样永远不放手。她本会掉泪的，但是已经没泪可流了。

她从未跟莫巍摊过牌。

足智多谋的马克想出了一个解决方案。回家路上她一边开车一边排演着。她沉着、冷静，内心坚定。

莫巍已经穿好睡衣，正抽烟听着电台的音乐。“你这一趟可够久的。”他含蓄地说。

戴安娜带着一丝紧张答道：“我只能开得跟蜗牛一样快。”她咽了一下，深呼吸，说，“明天我就走了。”

他只微微一惊：“去哪儿？”

“上西娅姐那儿，看看双胞胎。我想看看她是否安好，谁也说不准以后再看她们要到什么时候了。现在火车的班次越来越不规律了，下星期汽油又要开始定量配给。”

他点头赞成。“唉，你说得也对。趁着现在还能去就去吧。”

“我上楼收拾箱行李。”

“也帮我收拾一箱，好吗？”

一时间，她以为他是要和她一同去，吓得要命。她愕然问道：“为什么？”

“我才不要独守空房呢。”他说，“我明天去革命俱乐部待一晚。那你周三回？”

“对，周三。”她骗他说。

“行。”

她上了楼。她一边帮他把内衣裤袜收拾到行李箱，一边想：这是我最后一次为他做这种事了。她给他叠了件白衬衫，挑了条银灰色领带：他的深色头发和棕色眼睛和暗色冷色相衬。他接受了她的说法，这让她松了口气。但是她还是很抓狂，好像有什么事没做似的。她这才发现，虽然自己不敢和他对峙，但还是很想跟他解释清楚自己为了什么离开。她应该告诉他，是他让她失望了，他太过专横不够体贴，他不像以前那样珍惜她了。现如今，这些话她永远都不会对他讲了。她有些失落，心里不是滋味。

她合上他的箱子，开始往自己的化妆包里放化妆品和洗漱用具。五年的婚姻，就这样在打包袜子、牙膏和面霜中结束，真是可笑。

过了一会儿，莫巍也上楼了。行李都已打点完毕，她穿上了她最不性感的睡衣，正坐在梳妆台镜子前卸妆。他走到她身后，紧紧抓起她的乳房。

“啊，不要”，她在心中呼喊，“别在今晚，拜托了！”

尽管她被吓到，她的身体还是立刻有了反应，她羞怯地涨红了脸。莫巍的手指捏弄着她胀起的乳头，她在一阵欢欣和绝望之中倒吸了一口气。他抓住她的双手将她拉起来。她无力地跟着他到了床上。他关上灯，就这样和她倒在一片漆黑之中。他立即骑到她身上，带着绝望的忿恨同她做起爱来，仿佛他已经知道她要离开而他却无能为力一样。她的肉体背叛了她，兴奋地享受着快感，让她满心羞愧。她羞愧地意识到，自己就要在两个小时内同两个男人做爱并且达到高潮了。她试图让自己停下，但却做不到。

高潮来的时候，她哭了。

幸运的是，莫巍并没注意。

周三早晨，戴安娜坐在西南大酒店优雅的休息室内，等着出租车来把她和马克送到南岸浦东码头108号泊位。他们要在那儿登上泛美航空的“飞剪号”。她得意扬扬，无拘无束。

屋子里的人不是在看她，就是在忍着不去看她。有位身穿蓝色西装的英俊男士正狠狠地瞅着她，那人少说也比她小十岁。不过她已经习惯了。平日里她好看的时候就经常如此，今天她又美得惊人。她这条红白相间波点真丝裙新鲜，充满夏日气息，而且特别醒目。乳白色鞋子同恰当的草编帽则完美地为这身打扮画上了点睛之笔。她的唇彩和指甲油是橙红色的，跟裙子上波点颜色一样。她考虑过穿大红色的鞋子，但最后还是认为红鞋多少有点放荡。

她喜欢旅行：把衣服打包，再拿出，结识新人，尽情放纵，香槟喝够，美食吃饱，还能领略新景色。她对坐飞机还有些紧张，不过也许飞越大西洋将是前所未有的华丽旅程，因为旅途的终点，是美国。她迫不及待地想到那儿了。她对美国的印象都来自电影：她仿佛看到了自己正住在艺术装饰风的公寓里，一位身着制服的女仆正在为她披上白色皮草外套，外面街上停了辆加长黑色轿车，发动机已经点着，有色人种的专职司机正等着把她送到夜店去，到那儿以后她会点上一杯马蒂尼酒，甜度很低的那种，然后在爵士乐队的伴奏下，伴着平·克劳斯贝①的歌声起舞。她知道这只是幻想而已，但还是迫不及待地想知道真相是什么样的。

对于战争刚爆发就离开英国这件事她很矛盾。虽然这有些懦弱，但她一想起离开就雀跃不已。

她认识很多犹太人。曼城的犹太社群很大，曼城犹太人曾远赴以色列的拿撒勒城种了一千棵树。欧洲局势的变化让戴安娜的

① 平·克劳斯贝（Bing Crosby），1903年5月2日出生，演员、制作人，主要作品《你所不知道的十件事》《债务美国》。

犹太朋友们担惊受怕。犹太人并非唯一的受害者：法西斯分子还憎恨有色人种、吉普赛人、同性恋以及所有反法西斯的人。戴安娜有位同性恋叔叔，他待她像自己女儿一样好。

她已经过了参军的年纪，但或许还可以留在曼城做些志愿工作，帮红十字会卷卷绷带也成。

这白日梦甚至比让平·克劳斯贝给自己跳舞伴唱还不靠谱。她就不是缠绷带的人。艰苦朴素统一制服不适合她。

但是这些因素都不重要。唯一重要的是，她恋爱了。马克去哪她就去哪。如果需要，跟他到战斗前线她也愿意。他们要结婚生子。他要回老家，她就跟他一起回。

她会想念那对双胞胎外甥女的，真不知道下次再见到她们要到什么时候了。到那时候她们就该长大了吧，会放下马尾，扔掉短袜，开始喷香水、戴胸罩。

但是她也可能会有自己的女儿……

想到这次泛美航空的"飞剪号"之旅，她激动不已。她在《曼城卫报》上读到过许多有关"飞剪号"的报道，真没想到有一天真的能乘着它飞行。到纽约竟然只要一天多点儿，这真是个奇迹。

她给莫巍留了纸条。上面并没写任何她想告诉他的话，没有解释他是如何对她漠不关心如何渐渐地失去了她的爱，甚至也没有说马克是个多么好的男人。"亲爱的莫巍，"她写道，"我要离开你了。我感觉到了你的冷淡，而我也已经爱上了别人。你读到这封信的时候，我们应该已经到美国了。伤害你我很抱歉，但这里也有你的过错。"她想不出什么恰当的署名问候——她不能写"你的"或者是"至爱的"——索性只签上了"戴安娜"。

一开始她是想把纸条留在家里的厨房桌上，但后来她又开始纠结，怕他会改变主意周二晚上不在俱乐部住，回家看到这纸条然后做出什么阻挠她和马克离开英国的事儿。所以最终她选择把信邮寄到他所在的工厂地址。他今天就该收到信了。

她看看手表（这是莫巍送给她的礼物，他希望她能准时点儿）。他一天怎么过的她都知道：他几乎整个上午都会待在车间里，午饭前会到楼上的办公室查看邮件。她在信封上写了“私人信件”，这样一来他的秘书就不会打开了。这封信会掺杂在桌上那一大堆发票、订单、信件和备忘录中间。这会儿他应该正在读吧。想到这里，她不禁愧疚伤感，却又欣慰现在自己已在两百里之外了。

“车来了。”马克说。

她有一丝紧张。坐飞机飞过整个大西洋啊！

“该走了。”他说。

她压了压那颗不安的心，放下咖啡起身，朝他投以最最灿烂的微笑。“好的。”她开心地说，“要飞咯。”

艾迪见女孩子总是很害羞。

他从安纳波利斯毕业时还是处男，但在珍珠港驻扎时他招了妓。那段经历一直让他抬不起头来。离开海军后他孤身一人，什么时候想找人陪了，就开车去几英里外的酒吧。卡洛安是泛美的地勤人员，在华盛顿、长岛还有纽约航站楼为水上飞机提供服务。她小麦肤色，金发，眼睛恰是泛美航空的那种碧蓝，艾迪永远都不敢妄想去约她。但有天在餐厅吃饭时，一个年轻的空中通讯员向他递来两张百老汇《我与父亲》的票，他答说自己一个人不知道能带谁去，话音还没落，通讯员就转身问了隔壁桌的卡洛安要不要跟艾迪一起去。

她来了句："成啊。"艾迪这才发现，原来她和他是一个世界的人。

他后来了解到，那段时间她孤单得要命。她是从乡下来的女孩，纽约人的精明世故让她紧张又压抑。她虽是性情中人，但如果男人采取主动她就会不知所措，所以面对别人的追求时都是尴尬地断然拒绝。她的紧张为她挣了个冷傲女王的名声，所以很少有人约她出去。

但那时的艾迪对这些一无所知。只要有她在怀中，他就是世界之王。他带她去吃了晚餐，然后打的把她送回公寓。他在门口感谢她给了他一个美好的夜晚，然后鼓足了勇气，亲吻了她的脸。她却忽然号啕大哭起来，说他是她在纽约见过的第一个正经男人。他想都没想，迫不及待地又约了她一次。第二次约会之后他就爱上了她。那是七月一个炎热的星期五，他们去了可尼岛，她穿着白色宽松长裤和天蓝色短衫。他惊奇地发现，她其实很骄傲能和他并肩而行。他们吃冰淇淋，坐"龙卷风"过山车，买了两顶傻帽子，牵彼此手漫步，相互倾吐心底的小秘密。送她回家的时候，艾迪向她坦白地说自己这辈子从来都没这么快乐过。而她也再次令他意外地说，她也一样。

没过多久，他就把农舍之类的事情抛到了脑后，整个假期都待在纽约，借宿在一位热心工程师同事家的沙发上。卡洛安带他去新罕布什尔州的布里斯托见了她的家长——两位瘦小辛勤又贫苦的中年人。二老让他想起了自己的双亲，不过这两位没有那么不宽仁的宗教信仰。他们都不敢相信自己竟然生了个如此美丽的女孩，艾迪也感同身受：他也不敢相信这样的女孩竟然会爱上自己。

他站在郎德朗酒店的空地上，怔怔地盯着棵橡树树干，想着自己是多么爱她。他活在噩梦里。这是那种最残忍的梦，梦的开始，你很安全很快乐，闲来无事时会猜想一下未来可能发生的最糟糕的事，接着你忽然之间发现，那些事真的发生了，那些世界上最最糟糕的事竟然真的这么无法阻挡地恐怖地发生了，而你却无可奈何。

更恐怖的是这回走之前他们还吵了一架，没和好就分别了。

那会儿她坐在沙发上，身上只穿了他的粗布工人衬衫，两条修长的被阳光晒成小麦色的腿向前伸着，柔顺的长发像披肩一样静静耷在肩上。她正读着杂志。她的乳房平时比较小，不过最近大了些。他有股想抚摸它们的冲动。他想：为什么不？然后就把手滑进衬衣，抚摸起她的乳头。她抬头望着他，充满爱意地莞尔一笑，然后继续阅读。

他吻了她的额头，然后在她身边坐下。她从一开始就让他惊艳。起初两人还有些害羞，但是度完蜜月之后没多久他们就一起搬进了老农舍，她也变得愈加开放和狂野。

她先是想开灯做爱。艾迪虽觉得不好意思，但还是同意了。他有点难为情，但又有点喜欢这个做法。慢慢地，他开始发现她洗澡的时候不锁门。后来艾迪洗澡时也觉得关门很傻，也索性学她不上锁了。接着某天她就一丝不挂大摇大摆地走进来跳到了浴池里！艾迪这辈子就没这么难为情过。自打四岁起就没人见过他的裸体。单是看卡洛安洗腋窝他就狠狠地勃起了。他赶忙拿洗澡巾盖住。她不住地嘲笑起他来，他这才又拿开。

她开始各种衣衫不整地在农舍附近转悠。现在你只能在她大腿根部衬衣没盖到的地方看到一点点白色的三角底裤，但这根本不算什么。照她的标准来说这算是穿得多的。平日里她穿得更过分。他在厨房煮咖啡时，她会光着身子进来烤面包，除了内衣之外什么都不穿；他刮胡子时她会穿着内裤出现，胸罩也不穿，就这么刷起牙来；她还会一丝不挂地把他的早餐端到卧室。他有时就想，她是不是“性欲过剩”。他听别人用过这个词儿。但他也喜欢她这个样子，非常非常喜欢。他做梦都不敢想，自己竟娶到了一个愿意赤身裸体在屋里来回逛的老婆。他真是三生有幸。

和她一起的一年里，他改变了许多。他也会肆无忌惮地光着身子从卧室走到浴室，有时候还敢不穿睡衣就上床睡觉，甚至还有一回直接在这客厅里要了她，就在这个沙发上。

他依然怀疑这种行为可能是病态的，但他又觉得病态与否都无所谓：他和卡洛安喜欢怎么做就怎么做。接受现状的他觉得自己就是匹脱了缰的野马。那感觉难以置信；那感觉精妙绝伦；那感觉是天堂中才有的极乐。

他坐在她身旁一言不发，就这么呼吸着窗外小树林吹来的微微清风，享受着有她在身边的感觉。他已经打包完毕，再过几分钟就要动身去华盛顿港了。卡洛安已经辞了泛美的工作——她没法住在缅因州又跑到纽约工作——然后在班戈谋了份差事。艾迪想在走之前跟她讨论一下工作的事。

卡洛安的目光从《生活》杂志上移起，说：“什么事？”

“我什么都没说啊。”

“但是你准备说了，对不对？”

他莞尔：“你怎么知道？”

“艾迪，你晓得呀，你脑子一动我就能听见。说吧，什么事。”

他将粗大的手放到她的小腹上，感受着那里微微的隆起。“我想你把工作辞了。”

“还不到时候——”

“可以了。我们负担得起。我想你好好地照顾自己。”

“我会照顾好自己的。我觉得需要的时候自然会辞职的。”

他很受伤。“我还以为你会很高兴。你为什么要继续干？”

“因为我们需要钱，而我也需要有点事儿做。”

“我刚说了，我们负担得起。”

“我会无聊的。”

“大部分妻子都不工作。”

她提高声调。“艾迪，你为什么想要把我绑在家里？”

他没想把她绑家里，这种揣度让他生了无名之火。他问：“你为什么就这么铁了心跟我过不去？”

“我不是跟你过不去！我就是不想成天游手好闲地坐在这儿。”

“你在家就没事做吗？”

“什么事？”

“你可以给孩子织毛衣、做果酱、睡午觉——”

她轻蔑地一笑：“哎哟，看在老天的分儿上——”

“这怎么啦，看在耶稣基督的分儿上？”他插嘴道。

“那些事情有孩子以后有的是时间做。我要好好享受最后几星期的自由。”

艾迪觉得很没面子，他也不知道怎么地就吵起来了。他想离开。他看了下表。“我还要赶火车。”

卡洛安神情悲伤。她用求和的口气说：“你别生气。”

但他生气了。他怒冲冲地说：“我想我理解不了你。”

“我不想被关在家里。”

“我是好意。”他起身进厨房从衣挂上取下制服外套。他自觉手足无措了。他本来是要慷慨大度一会，她却当作是在逼她。

她到卧室取出行李箱，他穿外套时递到了他手里。她偏过脸，他草草地与她吻别。

“你不要带着气出门。”她说。

但他出门了。

现在他站在离她千万里之遥的异国他乡的花园里，心沉重得像铅球一样。真不知道还能不能再见到他的卡洛安了。

第五章

南茜·林汉有生以来第一次变胖了。

她站在利物浦阿黛妃酒店房间里，身旁堆了一堆待会要带上“奥莉埃娜号”邮轮的行李。她惊恐地望着镜子里的自己。

她人不美也不丑，五官却还算端正——挺挺的鼻子，直直的黑发，还有个匀称的下巴——平日里认真打扮的她还是颇有几分姿色的。可今天不是“平日”。今天她穿的是帕康夫人设计的法兰绒西装配灰色真丝衬衫，衣服轻薄如蝉翼。时尚收腰的上衣让她意识到，她胖了。系腰部那枚扣子时，扣口边赫然出现了一条细微的褶皱，下面的扣子全都拉到了扣眼的边。

解释只有一个。林汉夫人的腰围变粗了。。

这怕是她整个八月全在巴黎最好的餐厅用餐的结果。她叹了口气，看来整个跨洋之旅都要节食了。等到了纽约，她的身材就能一如往日了。

她之前可从没节过食。但她不担心将来的饥饿，她虽然喜欢美食，但并不贪吃。她真正担心的是，这是否意味着她人老珠黄了。

今天是她四十岁生日。

她向来苗条，穿上那些价值不菲的定制成衣时很漂亮。她讨厌二十年代的松褶低腰风，却对束腰风格情有独钟。她将大把的时间和金钱都花在购物上，乐此不疲。有时她会借口说作为时尚工作者的她必须穿着体面，但她其实就是为了取悦自己。

南茜出生于1899年，那时父亲在马萨诸塞州波士顿城外的布洛克顿开了家制鞋厂。他从伦敦弄来高档鞋样，然后生产廉价的复制品。这些山寨鞋很有卖点。他的广告是把一双10美元的布莱克山寨鞋放在29美元的伦敦鞋旁边，然后问："你区别得了吗？"他工作卖力，业绩喜人，"一战"时在军队采购竞标中拔了头筹，现在军用鞋还是工厂的主营业务。

他在十九世纪二十年代开起了自己鞋子的连锁专卖店，店铺主要分布在新英格兰地区。"大萧条"时期他把一千种鞋子款式减到五十种，并采用了无论款式每双6.6美元的均价。他的胆大妄为成效显著，人家都挨个倒闭的时候，布莱克制鞋厂的利润却增加了。

他过去常说，生产差鞋子和生产好鞋子的成本是一样的，工薪阶层也没必要穿破鞋。过去穷人们买的都是纸板鞋底，没穿几天就磨透了，布莱克的靴子则又便宜又耐穿。为此父亲无比自豪，南茜也一样。对她来说，家里生产的那些好鞋子让他们有资格住上巴克湾的大庄园，有资格坐配有专职司机的派卡德豪华轿车，有资格举办舞会，有资格穿漂亮衣服和雇那么多佣人。她可不像那些富家子弟一样继承了大笔财富还觉得是理所当然的。

她希望对弟弟也能这么说。

彼得今年三十八岁。五年前父亲去世时，给彼得和南茜各留了公司百分之四十的股权。父亲的妹妹婷丽姑妈拿到了百分之十，剩下的百分之十则给了他那位声名狼藉的老律师丹尼·莱利。

南茜一直都以为父亲走后会让她执掌大权的。父亲一直都喜欢她多过彼得。由女人执掌大权的公司虽不多，但也不是世间罕有，服装业里更是早有先例。

父亲有位副手名叫奈特·里奇威，他是父亲的得力干将。他曾经很明白地表示过，他认为自己是布莱克制鞋厂董事长的不二人选。

但是彼得也想要这份工作，而他又是儿子。南茜一直对父亲偏心自己而心怀有愧。要是不让彼得继承父亲的衣钵，他定会觉得是莫大的屈辱并且懊恼不已。南茜不忍心那样打击他。所以她同意由彼得接管。因为她和弟弟拥有八成的股权，只要他俩达成一致，决议自见分晓。

奈特·里奇威遂辞职去纽约通用纺织公司的工作。他的离开是公司的损失，也是南茜的损失。父亲去世前不久，南茜和奈特刚开始约会。

丈夫肖恩死后南茜再没跟任何人约会过。她没那个心思。但奈特选对了时机，事隔五年，她正渐渐意识到自己的生活除了工作，就没有乐趣任何可言了。所以她已经准备好接受点小浪漫了。他们共进了几次晚餐，一起听了几场戏，她还给过他温暖的晚安之吻。可危机一来，这段感情就不了了之，奈特的离开更是给这段罗曼史画上了句号，只留下南茜一人自觉被人背叛了。

那之后的奈特在通用纺织干得如日中天，现在已升到了集团总经理。他还娶了位金发碧眼的漂亮女人，比南茜年轻十岁。

相反，彼得干得很糟糕。他本身就不具备当公司董事长的资格。在他掌舵的五年内，公司业绩急转直下，连锁店不再有盈余，仅仅是收支持平而已。彼得在纽约第五大道开了家华丽的鞋店，专卖高档时尚女鞋。这家店耗费了他所有精力——但它是亏损的。

只有南茜管理的这家工厂还在赚钱。19世纪30年代，美国正走出“大萧条”的阴影，她推出的非常廉价的露指女凉鞋颇受市场欢迎。她坚信，轻便又花样繁多的产品必须足够便宜到可以经常更换才行，这才是女鞋市场的未来。

只要产品能跟上，她可以将现在鞋子的销量翻倍。但是她赚的钱都用来弥补彼得的亏损了，没有资金扩大生产。

要怎么挽回生意南茜心里有数。

想要回笼资金，就得把连锁店卖掉，说不定可以卖给各店经理。所筹资金将用来购置现代化设备，升级到传送带式生产模式。所有进步的鞋厂都已经开始这么升级了。彼得得把大权交给她，老实地守着纽约的店，并且严格控制支出。

她可以让他继续保留董事长的名义和架子，也可以有限度地继续用工厂的利润补贴他的店铺，但他必须把实权交出来。

她把这些方案写成了计划书，仅供彼得本人参阅。他答应会好好考虑。南茜用尽可能温和的方式告诉他：不能再让公司这么垮下去了，如果他不用她的方案，她就绕过他直接去找董事局——这就意味着他会被解除一切职务，让她当董事长。她殷切地希望他能看清局势。一旦他引发危机，不光自己会输得一败涂地，还会把这个家弄得支离破碎，万劫不复。

目前看来他并没觉得自己被侵犯了。他冷静体贴地一直保持着友好。他们决心一起去巴黎。彼得去给他的店买些时尚的鞋子，南茜则在大女装设计师店铺里为自己买衣服的同时盯着彼得的开销。南茜热爱欧洲，尤其是巴黎，她正期待着过几天能到伦敦一趟呢，结果英国宣战了。

他们决定立即返美，可惜其他人也是这么决定的，两人根本回不去。好在最后南茜弄到了两张从利物浦出发的船票。他们从老远的巴黎赶来，又是火车又是驳船的，昨天总算到了。今天就是登船的日子。

英格兰地区的战备工事弄得她心神不宁。昨天下午，有位侍者来她房间给窗户安上了遮光帘。所有窗户到了晚上必须一丝光都不漏，这样才能保证从空中看不到这座城市。所有窗户玻璃上都用胶带贴上了十字板，保证城市遭轰炸时玻璃碎片不会到处乱飞。酒店前门口堆了许多沙包，后门则通向地下防空洞。

她最担心的是美国会搅到战争里，然后把她两个儿子利亚姆和休征去当兵。记得父亲说过，希特勒当权伊始会着手防止德国变成共产主义国家。这是她最后一次想起希特勒这个人。她除了欧洲之外有太多的事情需要担心了。她对国际政治、力量均衡还有法西斯主义的崛起统统不感兴趣，这些抽象名词跟他儿子的命相比都不值一提。什么波兰人、奥地利人、犹太人还有斯拉夫人还是自求多福吧。她的职责就是照顾好利亚姆和休。

也不是说他们很需要她照看。南茜结婚早，而且马上要了孩子，两个男孩都已经长大成人。利亚姆已经结婚，住在休斯敦；休正在耶鲁大学读大四。休没有好好学习，最近又买了辆极速跑车，正让她头疼呢。不过他已经过了听妈妈的话的年纪了。所以他们若要参军她也阻止不了，家里也没什么好惦记的。

她知道，战争对她的生意有好处。美国将迎来一轮经济腾飞，人们会有更多富余的钱买鞋。不管美国是否参战，军备扩张是肯定的，这样一来她家的政府采购订单也会越来越多。总而言之，她预计两三年内销售额会涨一倍甚至两倍——又一个设备现代化的理由。

然而儿子被征入伍的可能性醒目得黯淡了挣钱的光环，醒目得让她痛苦。他们会赴战场，与人搏斗、挂彩，甚至在伤痛中死去的。

来搬行李的服务员打断了她病态的纠结。她询问彼得是否把行李送出来了。服务员用难以理解的沙哑的地方口音答说，彼得昨晚上就把行李送上船了。

她要去彼得的房间看看他是否已经整装待发。她一敲门，门就被一位女仆打开了。女仆用同样浓重的地方喉音回答说，昨晚他已经走了。

南茜被搞晕了。昨天晚上他们俩一起办的入住手续，南茜决定去房间用晚餐然后早早睡下，彼得说他也要这么做。他要是改主意了，还能去哪呢？他在哪过的夜？现在他又在哪？

她下楼到大堂去打电话，但她也不知道应该打给谁。她和彼得在英国连个认识的人都没有。利物浦和都柏林只有一水之隔，他会不会去爱尔兰看布莱克家族的发源地了？这是他们原本的计划。可彼得知道从那里回程会赶不上开船的。

一念之间，她请接线员拨响了婷丽姑姑的电话。

打欧美跨洋电话是很冒险的事。欧美间的电话线铺得少，有时需要等很长时间，幸运的话也要几分钟才能接上。通话质量通常也差强人意，你得喊着说话才行。

现在波士顿是上午七点差几分，不过婷丽姑姑应该已经起床了。她和许多老年人一样，睡眠少起得早。她是个很机警的人。

这会儿线路并不忙——可能因为现在美国商人都还没到办公

桌旁吧——五分钟后，电话室的电话就响了。南茜摘下电话，听着熟悉的美国铃音。她脑海里浮现这样的画面：穿着真丝睡袍的婷丽姑姑趿拉着皮草拖鞋，穿过厨房那闪着微弱光芒的实木地板走到客厅，摘下了黑色的话筒。

“喂？”

“婷丽姑姑，我是南茜呀。”

“老天，好孩子，你还好吧？”

“我没事。他们宣战了，但还没开始打，至少英格兰地区还没。两个孩子没事儿吧？”

“他俩都很好。利亚姆从棕榈滩给我寄了张明信片，他说杰奎琳皮肤晒过以后更漂亮了。休用他那辆新车带着我兜了一圈。车子挺好看的。”

“他开得快吗？”

“我看他开得还挺小心的，他还婉拒了一杯鸡尾酒，说什么喝酒的人不能开马力大的车。”

“这话还让我好受些。”

“生日快乐，亲爱的！你在英国干吗呢？”

“我现在人在利物浦，正准备登船回纽约呢。但我找不到彼得了。我估计他也没和你联系过，是吗？”

“怎么会呢，我的宝贝，他联系啦。他要在后天一大早召开董事会。”

南茜迷糊了。“你是说周五早晨？”

“对呀，亲爱的，后天是周五啊。”婷丽带着丝怒气答道。她的语调仿佛在说“我还没老到连今天是星期几都不知道”。

南茜被弄得晕头转向的。她和彼得都不在，召开董事会议也没用啊？剩下的董事只有婷丽和丹尼·莱利，就他俩也做不出什么决议。

难道说有什么阴谋。彼得想干什么？

“姑姑，会议议程有什么？”

“我现在正看着呢，”婷丽姑姑大声念道，“批准将布莱克制鞋有限公司依照董事长协议之条件出售给通用纺织有限公司。”

“我的老天爷！”南茜震惊得差点晕倒。彼得要背着她把公司卖了！

一时间，她惊讶得说不出话来，过了一阵才费力地用颤巍巍的声音说：“姑姑，你能再念一遍吗？”

婷丽姑姑又念了一遍。

南茜忽地心灰意冷。彼得是怎么在她眼皮子底下做到的？他什么时候去谈的条件？他肯定是一看到那份报告就开始偷偷摸摸搞动作了。他一面装作会考虑她的提议，一面又密谋对付她。

她一直都知道彼得的软弱，但从没想过他会如此背信弃义。

“你还在线上吗，南茜？”

南茜哽咽：“嗯，我还在。我都目瞪口呆了，彼得一直都把我蒙在鼓里。”

“什么？这也太不公平了吧？”

“他显然是想趁我不在让这个议案通过……但他也不会在会上出现啊。我们的船今天才开——得五天才能到家呢。”不过她转念一想，彼得已经不见了……

“现在有飞机吗？”

“‘飞剪号’！”南茜想起来了，之前所有报纸都在说这个飞机。一天就能飞越大西洋。彼得是要去坐飞机吗?

“对，是‘飞剪号’，”婷丽姑姑说，“丹尼·莱利说，彼得会坐‘飞剪号’回来赶上董事会。”

南茜只觉无法接受弟弟如此厚颜无耻地欺骗自己。他跟她一路旅行到利物浦，让她以为他要坐船。他定是等他们在酒店一分手就离开，然后连夜开车到南安普顿赶上了飞机。他陪她一起聊天、一起吃饭，一起讨论将来的打算，其实自始至终都在暗地里谋划着怎么把她搞垮?这种事他也做得出来!

婷丽姑姑问:“你也乘‘飞剪号’回来，怎么样?”

还来得及吗?彼得一定都算好了。他肯定知道，一旦她发现他上不了船就会四处询问他的下落，他肯定会想方设法地确保她赶不上。但是算准时机不是彼得的强项，漏出个空当也是有可能的。

她没敢抱什么希望。

“我会试试的，”南茜胸中涌起一股坚决，“再见。”她挂了电话。

她想了想。彼得昨夜离开肯定是赶了一晚上的路。“飞剪号”肯定是今天起飞明天到纽约，这样彼得才能在周五及时赶到波士顿出席董事会。但“飞剪号”几点起飞呢?南茜能在那之前赶到南安普顿吗?

她走到前台问首席侍者泛美航空“飞剪号”的起飞时间，心提到了嗓子眼。

他说:“您赶不上了，女士。”

“只是看一下几点，谢谢。”她尽量让自己的语气显得不那么焦急。

他拿出时刻表，展开。“两点。”

她看了看表：现在才正午。

侍者说：“就算你有架私人飞机待命也是赶不到南安普顿的。”

“那，有到那儿的航班吗？”她坚持。

他拿出了酒店雇员忍耐迂就傻冒老外的表情：“十英里外有座机场。通常只要您有钱，就能找到飞行员把您送到任何地方。但是您得先到这个机场，还要找飞行员，然后起飞，然后在南安普顿附近什么地方降落，还要再从机场赶到码头。相信我，两个小时来不及的。”

她崩溃地转身离开。

她老早前就知道，经商的人抓狂是没用的。出了差错，就要想办法补救。她想：就算我没法及时赶到波士顿，也还可以远程阻止这场交易。

她回到电话室。现在波士顿刚刚过七点。她的律师麦克·麦克布里奇现在应该在家。她把他的号码告诉接线员。

弟弟本应该成为麦克这样的男人。

肖恩去世后，麦克接手料理一切：死因审讯、葬礼、遗嘱还有南茜的个人金融管理。他和两个孩子相处融洽，还给他们提供学习和职业生涯上的建议。他分别跟两兄弟告诫过生活的现实。父亲死后，麦克建议南茜不要让彼得当主席，她没听他的话。事实证明麦克是对的。她知道，他或多或少是爱上她了。这种感情并不危险：麦克是个虔诚的天主教徒，所以他对长相平平又矮又胖的糟糠之妻非常忠诚。南茜喜欢他这个人，但永远不会爱上他这种男人：他是那种柔弱、圆滑、举止温和的男人，还谢了顶，而能吸引她的都是意志强硬头发浓密的男人——奈特·里奇威那样的男人。

趁着电话还没接上，她开始反思自己现在有多么可笑。彼得的同谋不正是父亲的左膀右臂、她的旧情人奈特·里奇威吗。奈特因为他当不了老板离开了公司——还有南茜。现在他做了通用纺织的总经理，还是要拐过头来控制布莱克制鞋厂。

她知道奈特也在巴黎参加新品发布会，只是没有碰到他而已。彼得定是在那儿跟他见了面并敲定了交易，一边无辜地装作到处买鞋的样子。南茜一点都没怀疑。现在一想到自己这么容易就上了当，她就恼彼得、恼奈特——更恼她自己。

麦克接电话时嘴里早饭还没嚼完。“唔？”

“麦克，我是南茜。”

他赶紧咽了咽。“谢天谢地你打来了，我满欧洲地找你啊。彼得他要——”

“我知道，刚听说了，”她打断了他，“交易条件是什么？”

“通用纺织一份股权外加零点二十七份的等额现金，兑布莱克的五份股权。”

“老天，直接白送得了！”

“照你的利润来说，也不是很低——”

“可我们的资产值可比这个高多了！”

“嘿，跟你对着干的可不是我。”他温和地说。

“抱歉，麦克，我实在太生气了。”

“我理解。”

她能听到他几个孩子相互争吵的声音。他有五个孩子，都是女孩。她听到了广播声，听到了水壶的响声。

过了一会他又说：“我也知道他们的报价太低。它符合目前的盈利情况，没错，但是它忽略了资产值和未来发展潜力。”

“说得太对了。”

“还有。”

“你说。”

“收购完成后，彼得可以再掌管布莱克五年。但是没有你的位置。”

南茜合上眼。这一招是最没人性的。她真想吐。她爱护过、照抚过的懒彼得、呆彼得可以留下；而她，维持生意不倒的她，竟然会被甩掉。“他怎么能这么对我呢？”她说，“他是我亲弟弟啊？！”

“我也很遗憾，小南。”

“谢谢你。”

“我从来就信不过彼得。”

“父亲花了一辈子的心血经营起来的企业，”她哭喊着，“不能让彼得葬送了！”

“你想我怎么做？”

“我们能阻止吗？”

“如果你能出席董事会，估计还能说服你姑姑和丹尼·莱利不去支持这份决议——”

“问题是我到不了啊。你能说服他们吗？”

“我可以试试，但是也无济于事啊——彼得的投票权会压过他们。他们俩只有百分之十的股票，他可是有百分之四十。”

“你能代我行使股东投票权吗？”

"我没有你的授权书。"

"能通过电话投票吗?"

"有意思的主意……我觉得这得看董事会的意见，然后彼得还是会用他的多数票否决掉的。"

他们两人都绞尽脑汁地想，留下一阵沉默。

暂停的当儿，她记起了自己的礼貌，赶忙问候道:"你家人怎么样?"

"现在啊，没洗漱、没穿衣、无组织、无纪律。还有，贝蒂怀孕了。"

她一时间忘掉了自己的烦恼:"不是开玩笑吧!"她还以为他们已经不再要孩子了，最小的都五岁了。"都这么久了!"

"我看我得查查是不是有什么原因。"

南茜笑了。"嘿，恭喜恭喜!"

"谢谢。虽然贝蒂对这个孩子有点……犹豫不决的样子。"

"为什么?她比我还小呢。"

"但是六个孩子可不少啊。"

"你养得起。"

"也是……你确定赶不上那趟飞机吗?"

南茜长吁了口气。"我现在人在利物浦，到南安普顿要两百多英里，飞机两小时后就起飞了。不可能的。"

"利物浦?那儿离爱尔兰不远啊。"

"别跟我扯旅行见闻了——"

"'飞剪号'在爱尔兰停靠的呀。"

南茜的心脏停跳了一拍。"你确定?"

"我在报纸上读到过。"

她胸中涌起一股的希望，这改变了一切。看来她还是可以赶上那趟飞机的。“它在哪停靠——都柏林？”

“不是，是西海岸的哪儿，记不起名字了。但你应该赶得及。”

“我去查查，回来再给你电话。回聊。”

“嘿，南茜？”

“什么事儿？”

“生日快乐。”

她对着墙莞尔。“麦克……你太好了。”

“祝好运。”

“再见。”她挂下电话回到前台。刚才那个首席侍者居高临下地朝她一笑。她要按耐住将他打回原形的诱惑：这会让他更没帮助的。“‘飞剪号’会在爱尔兰停靠对吧。”她强忍着用友好的语气说道。

“没错，夫人。在福因斯，夏农河口那里。”

她真想质问他：“刚才干吗不早说，你这个不知道自己是谁的混蛋！”但相反，她微笑着问：“几点呢？”

他去拿时刻表。“计划三点半降落，四点半起飞。”

“那我赶得到吗？”

他收起了刚才忍耐味儿十足的微笑，立马向她投以恭敬的目光。“我刚才没想到这样走也行。”他说，“小飞机两个小时就能到。您只要找个飞行员就可以了。”

她的不安又提了一格。这法子貌似越来越靠谱了。“马上帮我叫辆出租车送我到机场，可以吗？”

他朝一个服务员打了个响指。“给这位女士备辆出租车！”

他又面朝南茜："您的行李怎么办？"它们正在大堂堆放着。"小飞机装不了您那么多行李的。"

"请把它们送到船上。"

"没问题。"

"尽快把我的账单拿来。"

"马上。"

南茜从那堆行李里挑出了她随身行李箱，里面放了重要的洗漱用品、化妆品和换洗的内衣裤。她打开箱子，找出了一条明早要穿的海军蓝真丝衬衫、一条晚礼服还有睡袍，又往小臂上搭了条浅灰色喀什米尔羊绒大衣，原本要在甲板上冷的时候穿的，现在要一起带上，飞机上可以保暖用。

她把包全都拉好。

"您的账单，林汉夫人。"

她草草地签了张支票，然后把支票和小费一起递给了他。

"谢谢您，林汉夫人。出租车已在门外备好。"

她匆匆忙忙出门，爬进了狭小的英国车。行李侍者把随身行李箱放到她旁边的椅子上，跟司机交代着怎么走。南茜加了句："另外能开多快就开多快！"

车子在市中心痛苦地慢慢挪，她焦急地踮着灰色小山羊皮鞋鞋尖。马路上人流攒动，路牙上间或栽种着漆着白线的行道树，车子显然是开不动的。她烦躁地想着这是在干吗，然后明白了：这些线是帮助司机在灯火管制期间看清路的。

出租车过了市中心朝市郊开去，速度也提了起来。这里看不到任何备战的样子。除非不小心，否则德国人才不会轰炸农田。她不住地看表。已经十二点半了。如果她能没有任何延误地找到飞机、找到飞行员并让他同意起飞，然后谈好价钱，一点钟就能起飞了。侍者的说法是要飞两小时，那她会在三点降落。她当然还得自己找从机场到福因斯的路，不过估计离得不会太远。说不定她还能提前到呢。那边会有能把她送到码头的车子吗？她试着让自己平静下来。这么提前去担心这些问题也没什么用。

她又想起来，“飞剪号”可能会客满，所有的船都满员了啊。

她管不了那么许多了。

她正要问司机还要开多远，结果他忽然转向开出马路，拐进一扇大门到了一片空地上。她松了口气。车子在草地上颠簸着，南茜看到前方有座小型飞机棚，机棚四周停放着各种颜色的小飞机，全拴在绿色的草坪上，仿佛钉在天鹅绒布上的各色蝴蝶标本。她发现不缺飞机了，心满意足。但她还需要飞行员，四下里却没什么人影。

司机把她带到机棚的大门口。

“麻烦等我一下，谢谢。”她边说边跳下车。她可不想被晾在这儿。

她赶紧进了飞机棚。里面停了三架飞机，但是没有人。她又来到阳光普照的外面。她焦急地想：这地方肯定得有人看，附近肯定会有个人的吧，不然门肯定就关了。她绕到飞机棚后面，终于在一架飞机旁看到了三个男人。

这架飞机真是让人着迷。整个机身漆的是金丝雀黄，小小的轮子也是黄色的，这让南茜不禁想到了玩具车。这是架双翼机，上下双翼各用绳索和支柱连着，单个发动机安在机头处。它的螺旋桨朝天机尾着地，在那里静坐着，活像只小狗在祈求主人带它去散步。

飞机正在加油。一个身穿油腻的蓝色工装裤、头戴布帽的男人正站在步梯上，拿着油罐对着飞机前座上方机翼的某突起处倒着汽油。地上站着个高大英俊的男人。他和南茜年龄相仿，头戴飞行员头盔，身穿皮夹克。他和身边一位穿着斜纹软呢西装的男人正聊得起劲儿。

南茜咳了一下，说："不好意思！"

两个男人朝她看了一眼，只有那个高个子男人继续说着，然后他俩又把脸转了回去。

出师不利啊。

南茜说："不好意思。我想包机。"

高个子男人打断了自己的谈话，说："爱莫能助。"

"我有急事儿。"南茜说。

"我可不是什么破出租司机。"男人说，又把头转了回去。

南茜气不打一处来："你说话非得这么粗鲁吗？"

这话吸引了他的注意力。他饶有兴致地望向她。她注意到了那两弯黑色的眉毛。"我不是故意粗鲁，"他温柔地说，"但我的飞机不供人雇，我也一样。"

她绝望地说："我无意冒犯，但如果是钱的问题，我愿意出高价——"

他被冒犯了，他的脸都僵了，扭回了脸。

南茜观察到，他的皮夹克下面穿的是白条深灰色西装，脚上穿的牛津鞋也是正品，不是南茜做的那种便宜山寨货。他显然是位开自己飞机娱乐的有钱商人。

"那还有别人吗？"她问。

拿着油罐的机械师起身，摇摇头说："今天没人。"

高个子男人对同伴说："我干的可不是赔钱买卖。你去告诉苏华德，他收了多少钱，这活儿就什么价钱。"

"问题是他说的也在理，这你也知道。"身穿斜纹软呢西装的男人说。

"我知道。你就说下次活儿我们价钱可以谈高点儿。"

"他不一定会满意的。"

"那样你就跟他讲，他可以收拾东西玩蛋去了。"

南茜崩溃得直想吼。完美的飞机和飞行员都在这儿，但不管她怎么说，他们就是不送她到要去的地方。她几乎要哭了。"我必须得赶去福因斯！"

高个男人又一次转身。"你刚说福因斯？"

"对！"

"为什么？"

她终于让他开始对话了。"我要去赶泛美航空的'飞剪号'。"

"真有意思，"他说，"我也是。"

她再次燃起希望。"噢，老天保佑，"她说，"你也要去福因斯？"

"是，"他神情黯淡，"我要去追我妻子。"

她虽紧张又激动，但又不禁觉得这话听着奇怪：一个愿意承认这种事的男人虽算不上软弱但也不能说是自信。她看看他的飞机。貌似前后有两个驾驶舱位。"你的飞机不是有两个位置吗？"她惶恐地问道。

他上下打量着她。"是，"他说，"俩座。"

"拜托了，带我一起吧。"

他犹豫了一下，然后耸耸肩。“也成。”

她这口气松得差点没晕过去。“噢，谢天谢地，”她说，“真是感激不尽。”

“没什么，”他伸出一只大手，“我是莫巍·拉弗斯。多多关照。”

她握了他的手。“南茜·林汉，”她答道，“认识你我非常高兴。”

艾迪最后还是觉得要找个人谈谈。

必须是一个他能够完完全全信任的人，一个能为他保守全部秘密的人。

能跟他讨论这种事的人只有卡洛安。她是他的知心伴侣。就算爹在世，艾迪也不会跟他讨论这种事，他不想在父亲面前显露自己的软弱。他还能相信谁呢?

他考虑了贝克机长。马文·贝克是那种很讨乘客喜欢的飞行员：长相顺眼，方下巴，自信又果敢。艾迪敬重他也喜欢他。但贝克是个循规蹈矩的人，只对飞机和乘客的安全忠诚，他一定会坚持报警。他帮不上忙。

还有谁呢?

对了。还有史蒂夫·阿普尔比。

史蒂夫来自俄勒冈州，是个伐木工的孩子，身材高大魁梧，肌肉结实得跟木头似的，家人都是清贫的天主教徒。他们俩是阿纳波利斯海军军校的同学。两人开学第一天在大食堂看到彼此时就成了朋友。其他新学员对食物满腹牢骚时，艾迪却把自己的那盘饭菜吃了个精光。他抬起头，看见有个穷小子竟也和他一样觉得自己吃到了人间美味：史蒂夫。他们眼神一对，立刻明白了彼此。

他们在学校里一直是好哥们儿，毕业还一起赴珍珠港驻军。史蒂夫娶奈拉的时候，艾迪是他的伴郎；而去年艾迪的婚礼上史蒂夫也是他的伴郎。史蒂夫还留在新罕布夏州朴次茅斯造船厂部队。现在两人见面没那么频繁了，不过这没关系。他们俩的交情就算许久没联系也不会变。除非有什么特别的事，他们平时都写信联络。要是哪天两人都在纽约，就会一起吃个晚饭打个棒球什么的，而且见面就跟前天刚碰面的老伙计一样。史蒂夫是艾迪可以托付身家性命的人。

史蒂夫路子也广。不管是周末外出假条，还是一瓶私酒，抑或是盛大赛事的两张票，别人弄不到的东西他都可以搞定。

艾迪决定联系联系他。

艾迪总算有了些主意，心算是宽了宽。他赶紧返回酒店。

他来到一间小办公室，把海军基地的电话递给老板娘，然后回了房间。待会儿电话接上她就叫他。

他脱掉了工装裤。鉴于待会老板娘会来叫他，他先没去洗澡，只是到卧房洗了洗手和脸，然后换上了干净的衬衣和制服裤子。做完这套日常惯例动作后，他稍微没那么慌张了，只是心里依然焦急难耐。史蒂夫会做何反应他不知道，但是有人一起分担这个苦恼肯定会让他轻松不少。

他正打着领带，这时老板娘敲门了。他赶忙下楼接电话。电话已经接到了基地转接员那里。

他说："麻烦帮我转一下史蒂夫·阿普尔比，谢谢。"

她说："阿普尔比中尉现在无法接听电话。"艾迪的心一沉。

她又说："需要给他留言吗？"

艾迪心灰意冷。他知道史蒂夫不是神仙，不可能弹指一挥就把卡洛安给救出来。可是光和他说说话也成啊，也许说着说着他就有主意了。

他说："小姐，我找他有急事儿，他到底上哪儿了？"

"能问一下您贵姓吗，先生？"

"我是艾迪·迪金。"

她立马丢了刚刚正儿八经的腔调："嗨，是艾迪呀！你是他伴郎，对不？我是洛拉·格罗斯，咱俩见过面儿。"她压低嗓门跟他透了底："跟你说实话吧，史蒂夫昨晚上就没回基地。"

艾迪在胸中嘶吼着。史蒂夫做了不该做的事，而且还是在最最不该的时候。"那他什么时候回来？"

"他天亮的时候就该回来的，可现在还没回呢。"

这更糟——史蒂夫可能不单单是翘班这么简单，说不定他也有麻烦了。

接线员说："我可以帮你接奈拉，她是打印室的。"

"好的，多谢。"他当然不会跟奈拉掏心窝，但能套出史蒂夫所在的线索也是好的。连线期间他不停点着脚。他还记得奈拉的模样，她古道热肠，圆圆脸蛋，留着卷发。

终于等到了她的声音。"喂？"

"奈拉，我是艾迪·迪金。"

"嗨，艾迪，你在哪儿呢？"

"奈拉，我是从英国给你打的电话。史蒂夫在哪儿？"

"从英国打的！我老天！史蒂夫他，呃，现在联系不上。"她听上去有些不安，追问道："是不是出什么事儿了？"

“唔。你估计史蒂夫什么时候能回来？”

“上午吧，还得一两个小时的样子。艾迪，你听起来不对劲啊。到底怎么啦？你遇上什么麻烦了？”

“要是史蒂夫能按时回来的话，让他给我回个电话吧。”他把郎德朗酒店的电话给她念了一遍。

她重复了一遍。“艾迪，你就不能告诉我到底怎么回事吗？”

“不行。你记得让他回给我就成。我还会在这儿待一个小时。之后就得上飞机了——我们今天飞纽约。”

“你说什么就是什么吧，”奈拉怀疑地说，“卡洛安还好么？”

“我得挂了，”他说，“再见，奈拉。”他没等她回就挂掉了电话。他知道刚刚自己很没礼貌，可他现在烦乱得要死，哪里还顾得上那么许多。他心乱如麻。

他也不知该如何是好，索性又上楼回房间去了。他把门留着好听大堂电话响，然后坐到单人床床边。他长大后第一次觉得自己要哭了。他把头埋在两臂之间，自言自语道：“我要怎么办？”

他想起了“林德堡绑架案”。七年前在阿纳波利斯，各个报纸上都登了这个案子。那个孩子被杀死了。他祈祷道：“哦，上帝，请保佑卡洛安平安无事。”

近年来他很少祈祷。祈祷从没让他爹娘落过什么好。他相信事在人为。他摇摇头。现在可不是回归宗教的时候。他得想出个法子做点什么才行。

绑架卡洛安的人希望艾迪上飞机，这点毋庸置疑。那他偏不上飞机岂不正好。可是他如果不去蹚这趟浑水，就见不到汤姆·路德，也就没办法知道他们的底牌了。这么做或许他可以搞乱他们的计划，但与此同时也会失去所有微弱的掌控局面的机会。

他站起来，打开他的小旅行箱。虽然除了卡洛安他什么都想不了，不过还是下意识地把剃须套盒、睡衣还有换洗衣服都装了进去。他心不在焉地梳了梳头，把梳子也塞了进去。

他再次坐下，电话铃响了。

他两个大步就跨出了房间，然后赶忙下了楼。可是有人赶在他前面接了电话。他隔着大堂听到那边的老板娘说："十月四号是吗？我看下还有没有空房。"

他垂头丧气地转过身，安慰自己说：就算是史蒂夫也无济于事。所有人都无济于事。有人绑架了卡洛安，那艾迪就得对他们唯命是从，这样她才能回来。没有任何人能把他从水深火热之中救出来。

他一想到和她最后一次见面竟然是在吵架，心情就无比沉重。他永远都不会原谅自己，真恨不得把自己舌头咬掉。再说当时到底是为什么大不了的事吵成那个样子呢？他对天发誓，只要能让她平安归来，他永远都不会再和她拌半句嘴。

那个破电话怎么还不响？

有人敲了下门，接着米奇穿着他的飞行制服拎着行李箱进来了。"准备好了吗？"他轻快地问。

艾迪慌了。"不可能到点了！"

"当然到了！"

"混蛋——"

"怎么了，你这么眷恋这里啊？你想留下来和德国佬干一架？”

艾迪得再等史蒂夫几分钟。“你先打头阵吧，”他告诉米奇说，“我待会儿赶上。”

米奇听到艾迪不愿意和他同行，很受伤的样子。他耸耸肩说：“那回见吧。”然后出去了。

史蒂夫·阿普尔比到底上哪儿去了？

他坐在那儿对着墙纸盯了一刻钟。

终于他还是掂起了箱子，慢吞吞地走下楼。他直勾勾地瞪着部那电话，仿佛在盯着一条摆好姿势要咬人的响尾蛇。他在大堂驻足，等着电话铃响。

贝克机长也下了楼，看到艾迪时很惊讶。“你要迟到了，”他说，“你最好还是和我一起乘出租走吧。”机长享有乘出租车到机库的待遇。

艾迪说：“我要等个电话。”

机长的眉头皱了起来。“你不能再等了。我们走！”

艾迪赖了一会儿，然后又意识到这么做太不明智了。史蒂夫不会打来的，而艾迪无论如何得先上了飞机再说。他不情愿地拾起箱子出了大门。

出租车就在门外等候，他们直接上去。

艾迪自觉刚刚有点忤逆了。贝克是个好机长，对艾迪一直不错，艾迪可不想惹他。“真不好意思，”他说，“刚刚在等一个美国的电话。”

机长释怀地一笑，爽朗地说道：“哎呀，明天不就到了么！”

“也是。”艾迪咧了下嘴。

他只能靠自己了。

Part 2

从南安普顿飞往福因斯

第六章

列车穿越萨里郡的松树林，隆隆地朝着南安普顿行进着。这时，玛格丽特·奥森福德的姐姐伊丽莎白宣布了一件令人震惊的事。

奥森福德一家正坐在泛美航空“飞剪号”乘客专备包厢里。玛格丽特独自站在包厢尽头，若有所思地望着窗外。她的心情正在死灰般绝望和逐渐升腾的兴奋激动之间胡乱摇摆着。就要弃祖国于危难之际的她悲愤交加。可是想到自己就要一路飞到美利坚去了，她又激动不已。

姐姐伊丽莎白满脸愁容地离开其他家人朝她走了过来。她踌躇了一下，然后说：“我是爱你的，玛格丽特。”

玛格丽特很感动。因为她们都已长大，了解到了那些满世界互相争斗的“主义”们，所以竟各自坚持了不同甚至是完全对立的观点，还为此疏离了姐妹情分。但她一直都很怀念和姐姐亲密无间的日子，和姐姐渐行渐远也让她心有戚戚焉。要是她们能重新成为闺蜜就太好了。她说：“我也爱你。”然后紧紧地抱住了伊丽莎白。

过了一会儿，伊丽莎白说：“我不去美国了。”

玛格丽特意外地倒吸一口气。“怎么可能不去？”

“我就直接跟父亲母亲说明我不去了。我二十一岁了，他们不能强迫我。”

玛格丽特也不知她这话对不对，但是她还是先不在这个问题上纠结了，她还有太多其他疑问。“你要去哪儿？”

“去德国。”

“可是伊丽莎白！”玛格丽特吓坏了，“你会没命的！”

伊丽莎白一副不屑一顾的样子。“你要明白，不是只有社会主义分子才敢为信仰而死。”

“但是为纳粹！”

“不光为了法西斯主义，”伊丽莎白说道，眼中闪烁着奇异的光芒，“还为了那些要被黑鬼和混血杂种淹没掉的血统纯正的白人们。为了全人类。”

玛格丽特听着一阵恶心。失去姐姐已经够糟糕了——但是把她输给了那么邪恶的思想？！不过玛格丽特现在不想再重新演练一回无味的政治辩论，她更担心姐姐的安危。她说：“那你靠什么维生？”

“我自己有钱。”

玛格丽特想起来，她们俩到了二十一岁都可以从爷爷那继承到一笔钱。钱不多，但是足够对付日子。

她又想到了别的事。“可你的行李已经登记托运到纽约了啊。”

“那箱子里都是些旧抹布。我还另外打了几包行李，周一就寄出去了。”

玛格丽特震惊了。伊丽莎白竟然神不知鬼不觉地把一切都安排好了。现在一回想，一比较，自己的出逃计划真是太冲动、太欠考虑了。我在那里黯然神伤拒绝进食的时候，伊丽莎白已经订好了票还提前把行李寄了。是，伊丽莎白到了二十一岁分界线那边，玛格丽特还在这边，但这远不是她谋划精细、执行利落的原因。政治上愚昧错误的姐姐竟能如此地三思后行，这让玛格丽特着实惭愧得很。

她忽然意识到自己会想念伊丽莎白的。虽然她们已经不是好朋友了，但她一直都在身边。虽然两个人总是拌嘴总是嘲笑彼此的想法，但是这些争吵她依然会怀念。况且伤心失落时候她们还是会支持彼此的。伊丽莎白时常会有剧烈的阵痛，每回发作玛格丽特都会为她掖被子，给她端去热可可和《画报》杂志。伊安去世时伊丽莎白也深感遗憾，虽然她不赞成他的思想，但还是给了玛格丽特不少安慰。玛格丽特不住地落泪。“我会想死你的。”

“别兴师动众的，”伊丽莎白不安地说，“我还不想让他们知道呢。”

玛格丽特把持住自己。“你打算什么时候告诉他们？”

“在最后一秒钟。在此之前你可要正常些，没问题吧？”

“好吧，”她强咧了一个灿烂的微笑，“我要和往常一样，让你没好果子吃。”

“噢，玛格丽特！”伊丽莎白离落泪不远了，她哽咽着说，“跟他们聊天去吧，我控制控制情绪。”

玛格丽特紧握了一下姐姐的手，转身回到座位。

母亲正在翻《时尚》杂志，偶尔给父亲念上几段，完全不理会他的不感兴趣。“‘时下流行穿蕾丝’，”她念道，然后又加了一句，“我没发现啊，你觉得呢？”没有回答，但她没有一丝一毫气馁的样子，“‘白是首选的靓丽色彩。’好吧，我不喜欢白色。白色衬得我脸黄。”

父亲脸上一副自以为是的表情，真让人受不了。玛格丽特知道，他正为自己成功彰显父母权威粉碎她的叛逆计划而扬扬自得。但他还不知道，他的大女儿已经放好一颗定时炸弹了。

伊丽莎白能撑得过这一劫吗？告诉玛格丽特是一回事，跟父亲摊牌则是另外一回事。伊丽莎白的胆量可能会在最后一刻消失得无影无踪。玛格丽特自己也打算过与父亲当面对质，可最后还是做了缩头乌龟。

就算伊丽莎白能挺住，跟父亲把话说完，逃跑能否成功依然不是定数。她是二十一岁了，是有自己的钱了，可父亲固执得要命，为了万事遂他意可以毫不手软。如若想起什么可以阻止伊丽莎白的手段他铁定会做的，这点玛格丽特可以确定。从原则上讲，他或许不介意她加入法西斯阵营，但他一旦知道她胆敢拒绝执行他为这个家所制订的计划，肯定会大发雷霆。

玛格丽特像这样跟父亲吵已经很多次了。上次她未经他批准就去学车，让他勃然大怒；还有一回，她去听饱受争议的节育先锋玛莉·斯托普斯的演讲让他发现了，他火冒三丈。她那几回占上风完全是因为那些事都是背着他做的。她可从未在正面交锋中打过胜仗。十六岁时，她想和凯瑟琳表姐还有几个朋友一起去野营，全程还有牧师和牧师爱人照看，可他就是不同意，反对的理由是男孩女孩通行了。他们针对要不要上学这件事上争执得最为激烈。她低声下气地恳求过、撕心裂肺地哭喊过，他却一直铁石心肠毫不动摇。“女孩子家上哪门子学，”他那时说，“长大都嫁给别人了。”

但他总不能一直这么欺负自己的孩子，永远这么颐指气使下去吧？

玛格丽特坐不住了。她站起来沿着过道走着，看看有什么事好做。其他“飞剪号”乘客和她想法无二，都是一半兴奋一半消沉。他们在滑铁卢火车站上车，等车时相谈甚欢。他们在滑铁卢检查过包裹：母亲的汽船专用大箱子弄得满城风雨，超重了好几倍，可泛美航空工作人员的话到母亲这里完全是左耳进右耳出，最后箱子还是过关了。一位身穿制服的小伙子接过他们的票，把他们领到了特别包厢。不一会儿，伦敦城被抛在了身后，乘客们也安静了下来，仿佛在跟也许再也见不到的祖国默默告别。

乘客中一位闻名全球的美国影星引起了一阵低声骚动。她叫白璐璐。珀西现在正坐在她旁边和她聊天，仿佛打小就认识她一样。玛格丽特也想和她说话，可惜她厚不起那个脸皮，还是珀西胆子大。

白璐璐真人比荧幕上看着老些。虽然她演的都是初入世事的少女和新婚少妇，玛格丽特还是觉得她快四十了。不过不管怎样，她人很漂亮。玛格丽特看着娇小活泼的她，不禁联想起小麻雀或是小鹪鹩之类的小鸟。

玛格丽特朝她微笑。白璐璐说：“你弟弟一直在给我解闷呢。”

“但愿他还算有礼貌。”玛格丽特回道。

“啊，当然了。他一直在跟我讲你们的外婆，露秋·费宾。”璐璐的声音变得哀痛，好像说的是什么悲情女主角似的，“她生前一定是个了不起的女人。”

玛格丽特顿觉尴尬。珀西就这么跟陌生人扯谎，真够捣蛋的。他到底跟这个可怜的女人说了什么？不安的她勉强撑出笑脸——一门从母亲那里学到的技巧——然后继续往前走。

珀西向来淘气，但最近好像越来越大胆了。他个子越来越高，声音也日渐低沉，他的玩笑也越开越冒险。他仍然畏惧父亲，只敢在玛格丽特支持他的时候挑战父亲的权威；但她知道，珀西总有一天会明目张胆地反抗父亲。到时候父亲怎么应对呢？他对付男孩时还能像对付女孩一样专横吗？玛格丽特觉得会不太一样。

过道尽头出现了一个玛格丽特似曾相识的神秘身影。一位高个子男人眼神如炬，神色紧张。他用瘦削得像死神的身骨撑着破烂的厚粗布西装，在这群养尊处优的体面人之间额外惹眼。他的头发短得要命，跟个囚犯似的。他看起来很焦急。

她看着他，遇上了他的目光，想起来了。虽然他们从未谋面，但她在报纸上见过他的照片。他是卡尔·哈德曼，德国社会主义者，也是位科学家。玛格丽特决定要像弟弟一样放开胆子，坐到他对面介绍起自己。作为希特勒的老对手，哈德曼在玛格丽特这样的年轻人心目中已成了勇敢的大英雄。他一年前销声匿迹，所有人都在为那最坏的可能性而担心不已。玛格丽特猜他已经逃离德国。他看上去就跟去过鬼门关似的。

“全世界都在奇怪您怎么了。”玛格丽特对他说。

他用口音浓重但语法正确的英语答道：“我被软禁了，不过他们允许我继续科研工作。”

“然后呢？”

“我逃出来了。”他简单地答道。他介绍了身边的男人。“你知道我的朋友加蓬男爵吗？”

玛格丽特听说过他。菲利普·加蓬是名法国银行家，他把自己的巨大资产花在支持“犹太复国主义”之类的犹太运动上，弄得英国政府很不高兴。他大部分时间都在周游世界，说服各国收留惨遭纳粹迫害的犹太难民。他矮墩墩的，留着利落的胡子，身穿时尚黑色西装、鸽子灰马甲和银色领带。玛格丽特猜哈德曼的票八成是他买的。她和他握了手，又把注意力转到哈德曼身上。

“报纸上并没报道说您逃出来了。”她说。

加蓬男爵说：“我们安全离开欧洲之前要尽量低调。”

玛格丽特心想，这可不是什么好事：怎么听上去像是纳粹还在追捕他一样。“您到美国打算干什么呢？”她问。

“我要到普林斯顿大学的物理系工作，”哈德曼回答道，满脸的辛酸，“我不想离开我的祖国。但如果我留下，我的成果可能会沦落成纳粹胜利的帮凶。”

玛格丽特一点都不了解他的科研工作——就知道他是科学家。他的政治立场才是她的兴趣所在。“您的勇敢鼓舞了那么多人。”她说。她想起了伊安。哈德曼被允许演讲之后，伊安翻译过他的讲稿。

听到她称赞，他似乎有些不安。“真希望我当时能坚持下去，”他说，“我很后悔当时放弃了。”

加蓬男爵打断道：“你并没有放弃，卡尔。不要自责，你能做的都做了。”看得出，他知道加蓬是对的。

哈德曼点了点头。玛格丽特看得出来，他理智上认同加蓬，但良心上又觉得自己让祖国失望了。她本想要说点安慰人的话，但却不知道还能说些什么。她左右为难之际，泛美航空服务员走来说：“我们已经在下一节车厢为您备好了午餐。请您就座用餐。”

玛格丽特起身说：“能认识您真是太荣幸了。真希望还能再和您多聊聊。”

“肯定会有机会的，”哈德曼头一次露出了笑容，“我们要一起飞三千英里呢。”

她转身来到餐车车厢和家人坐在一起。母亲和父亲坐桌子一边，其他三个孩子则挤在另一边，珀西夹在玛格丽特和伊丽莎白中间。玛格丽特看了看旁边的伊丽莎白。那颗炸弹准备什么时候引爆呢？

服务员过来倒水，父亲跟她点了一瓶霍克白葡萄酒。伊丽莎白静静地望着窗外。玛格丽特提心吊胆地等着。母亲嗅到了紧张的气息，说：“你们两姐妹怎么了？”

玛格丽特一言不发，伊丽莎白则说道：“我有重要的事情要跟你们说。”

服务员端着奶油蘑菇汤走了过来。上菜时伊丽莎白暂停了刚才的话。母亲又跟他点了份沙拉。

他走之后母亲问道：“亲爱的，什么事儿？”

玛格丽特屏住了呼吸。

伊丽莎白说：“我已经决定，不去美国了。”

“你瞎说什么？”父亲暴躁地问，“你当然得去——我们都已经上路了！”

“不，我是不会和你们一起飞的。”伊丽莎白镇定地坚持道。玛格丽特仔细打量着她。伊丽莎白的嗓音平淡，但那张长得普通得不能再普通的脸在紧张之下变得煞白。玛格丽特打心底里同情她。

母亲说：“别冒傻气了，伊丽莎白，你父亲都给你买好票了。”

珀西说：“我们要是退票说不定还能拿回来点钱。”

“没你说话的份儿，这倒霉孩子。”父亲说。

伊丽莎白说：“你们要是敢强迫我，我可以拒绝登机。到时候我就张牙舞爪、哭天喊地，你看人家航空公司会不会让你把我拖上去！”

玛格丽特暗自感叹，伊丽莎白可真聪明啊。她抓到了父亲的弱点。他既不能强拉她上飞机，又因为当局正要把他当法西斯主义分子抓起来没法留在伦敦处理此事。

但父亲还没认输。他现在意识到她是认真的了。他放下勺子，毫不留情地苛问道：“你以为你留下来能干什么大事儿？也打算跟你那白痴妹妹一样去参军不成？”

玛格丽特听见父亲说自己弱智，怒火噌地起来了。但她管住了自己的舌头，没有说一个字。她要瞧姐姐怎么把他打得落花流水。

伊丽莎白说：“我要去德国。”

父亲一下子被惊得无话可说。

母亲说道：“亲爱的，你自己不觉得吗，这是不是太过分了？”

珀西像模像样地学起了父亲说话的样子。“这就是准许女孩子议政的下场，”他自以为是地说，“这都得怪玛莉·斯托普斯——”

“闭嘴，珀西。”玛格丽特戳他的肋骨。

服务员收走动都没动的汤，他们在一旁一言不发。玛格丽特心想：她做到了，她竟然真的有那个胆子摊牌。她能得逞吗？

玛格丽特看得出父亲的仓皇失措。他可以轻易地嘲讽玛格丽特留下对抗法西斯的想法，但是嘲笑伊丽莎白可没那么容易，因为她是站在他那边的。

可是小小的道德彷徨向来不会让他头疼很久。服务员一走开他就说："我坚决禁止你这么做。"他语气带着总结性，好像这么一说讨论就结束了一样。

玛格丽特看了看伊丽莎白。她要怎么回答呢？他根本不和他理论。

伊丽莎白出人意料地柔声说道："父亲大人，恐怕您禁止不了了。女儿已经二十一岁，我可以做我喜欢做的事了。"

"只要你还靠我养就不行。"他说。

"那我可能就不得不在没您支持的情况下做这件事了，"她说，"我自己也有一些微薄的收入。"

父亲迅速地喝了几口霍克酒，说："我是不会允许你那么做的，就这么定了。"

这话可真没底气。玛格丽特开始觉得伊丽莎白可能真的要得逞了。她不知道自己是该为伊丽莎白即将胜利开心，还是为自己姐姐将要加入纳粹阵营而难过。

又来了一道太平洋油鲽，只有珀西吃了。伊丽莎白脸色惨白，但是嘴角透着股决然。玛格丽特虽然对她的使命不耻，但却不禁佩服姐姐的刚毅。

珀西说："你要不来美国那还上火车干吗？"

"我订了从南安普顿出发的船票。"

"你是找不到从这个国家到德国去的船的。"父亲得意地说。

玛格丽特一惊。确实找不到啊。难道伊丽莎白失策了？她的计划要功亏一篑了？

伊丽莎白不慌不忙。“我的船是去里斯本的，”她平静地说道，“我已经把钱汇到那边的银行，也订好了那边的酒店。”

“你这孩子可真能装啊！”父亲大发雷霆。他嗓门很大，邻桌的人也往这边瞧了瞧。

伊丽莎白只当没听见，继续说：“到了那儿我就可以找到去德国的船了。”

母亲问：“之后呢？”

“母亲，我在柏林有朋友。这你也知道。”

母亲叹了口气。“是，亲爱的。”母亲神色格外忧伤。玛格丽特发觉，母亲现在已经接受伊丽莎白要离开的事实了。

父亲高声说道：“我在柏林也有朋友！”

坐在邻桌的几个人抬头看了过来，母亲说：“别那么大声，亲爱的。我们能听清你说什么。”

父亲声音小了一些：“你一下车，我那些在柏林的朋友就会把你绑好了送回来。”

玛格丽特手捂住嘴巴。就是啊，父亲可以让德国人把伊丽莎白驱逐出境，法西斯国家里政府什么都能做。难道伊丽莎白出逃计划的结局就是个德国边检官木然地摇着头拒收她的入关许可证？

“他们不会的。”伊丽莎白说。

“我们走着瞧。”父亲说道。父亲的话音到了玛格丽特的耳朵里好像不怎么坚定。

“父亲，他们会欢迎我去的。”伊丽莎白说。一丝不耐烦的语气让她的话显得更有说服力了。“他们会发布新闻，把我逃离英国加入他们战线的事迹昭告天下，就跟那些下三滥的英国报纸报道出名的德国犹太人叛逃一样。”

珀西说：“但愿他们不要发现我们费宾外婆的事。”

伊丽莎白正为着父亲的攻击全副武装，但珀西那残忍的幽默感溜进了她的心防。“闭嘴，你这孩子可真讨厌！”她说着就哭了起来。

服务员又一次把一筷子没动的菜盘子收走。下一道菜是油炸羊排配时蔬。服务员倒上红酒，母亲呷了一小口。这是她罕有的不安迹象。

父亲开动了。他用刀叉残暴地攻击着那些肉，怒气冲冲地咀嚼着。玛格丽特打量着他那张生气的脸，竟在那张愤怒的面具下看到了一丝不知所措的茫然。能让他动摇可是稀罕事，他的狂妄自大通常可以粉碎所有危机。她揣摩着他的表情，开始意识到，他的世界正在分崩离析。这场战争终结了他所有的希望：他本指望着英国人民能在他的领导下拥护法西斯主义，而他们却对法西斯宣战，还把他给流放了。

其实他们30年代的时候就厌弃他了，只不过他一直都视而不见，自欺欺人地以为他们会在危难之际求他出马。她猜这就是他为人如此恶劣的原因：他活在谎言里。他那股改革的热诚已经恶化为偏执的狂热，信心退化成了狂哮，他没做成英国的独裁者，就退而当起了自己孩子的暴君。但他已经不能继续忽视真相了。他要离开自己的国家了，而且——玛格丽特现在才意识到——他的祖国可能永远都不会允许他再回来。

最重要的是，就在他的政治憧憬化为泡影的时刻，他的孩子们也跟着反叛。珀西把自己装作是犹太人，玛格丽特企图离家出走，而现在连伊丽莎白——他仅剩的跟随者——也挑衅他。

玛格丽特原以为，只要能看到他那副盔甲被撕开一丝丝裂缝，自己就会感恩戴德得不得了。可现实是她心里并不好受。她早就习惯了他一成不变的专制，现在只要一想到他可能会崩溃，她就觉得不知如何是好。她像一个被长期压制即将迎来革命的国家一样，突然不安了起来。

她试着吃点什么，但根本咽不下。母亲在盘中来回滚了一会儿小番茄，然后放下叉子问道：“柏林有你喜欢的男孩吗，伊丽莎白？”

“没有。”伊丽莎白说。玛格丽特相信她的话，但不得不承认，母亲的问题很有见地。玛格丽特知道，德国吸引伊丽莎白的肯定不单单是它的意识形态。伊丽莎白潜意识里肯定还想了点那边那些身材高大金发碧眼的德国军官。他们穿着整洁威武军装，还有油光锃亮的军靴。伊丽莎白在伦敦社交圈里不过是个长相平平来自古怪家族的普通女孩而已，可到了柏林她就大不一样了。英国贵族，法西斯主义先锋的女儿，一名欣赏德国纳粹的外国人。战争伊始，背叛自己祖国的她肯定会声名大噪：她会变成大人物的。她会爱上一位年轻士兵，或者一名有为的党内官员。他们会结婚，然后生一群会讲德语的金发宝宝。

母亲说：“你要做的事情太危险了，亲爱的。你父亲和我就是担心你的安全。”

玛格丽特不知道父亲是否真的会担心伊丽莎白的安全的问题。母亲担心这点毫无疑问；但父亲这么生气大半是因为有人忤逆了他。盛怒之下的他可能还残存几丝温柔。他并不是一直都这么粗暴。玛格丽特还记得起他几个慈爱的时刻，他甚至还曾是个风趣的人。那都是旧时光了。想到这里玛格丽特很难过。

伊丽莎白说："母亲，我知道这危险，但是我剩下的生命都指望这场战争了。我可不想活在一个满是由犹太银行家和共产主义工会掌控的世界里。"

"一派胡言！"玛格丽特喊道。但没人听见她说话。

"那就跟我们一起走呀，"母亲对伊丽莎白说，"美国是个好地方。"

"华尔街都是犹太人的——"

"我敢说这话绝对夸张了。"母亲避开父亲的眼神，坚定地说道，"美国工商界里的犹太人还有其他杂种确实太多了，这没错。可正派人可比他们多多了。你别忘了，你爷爷就有一家银行。"

珀西说道："我们家只用了两代人的努力，就从磨刀的变成了开银行的，真了不起。"没人搭理他。

母亲继续说道："你知道的，亲爱的，我支持你的立场；但是信什么东西不等于非得为它送命呀。什么事业都不值得的。"

玛格丽特震惊了。母亲是在暗示法西斯主义事业不值得付出性命，而这在父亲眼中就等同于亵渎他的信仰。她从未想过母亲竟会违抗他到这个份儿上。玛格丽特看得出，伊丽莎白也很惊讶。她们俩都看向父亲，他微微涨红了脸，咕哝着不满，但她们等的那波勃然大怒并没有爆发。而这，是最最让人惊奇的。

咖啡上好了。玛格丽特看窗外，他们已经到了南安普顿城郊，再过几分钟就会到站。伊丽莎白真的会离开吗？

火车减速了。

伊丽莎白对服务员说道："我在总站下车。麻烦您到下一节车厢帮我把行李搬来好吗？是个红色皮箱，名字是伊丽莎白·奥森福德小姐。"

"没问题，小姐。"他说。

窗外城郊的排排红砖住宅如士兵队伍一般行进而过。玛格丽特一直观察着父亲。他一言不发，一副讥讽的样子，脸就跟个憋着怒气的气球似的。母亲把手放到他膝上，说："亲爱的，不要丢人现眼。"他没有回答。

列车徐徐进站。

伊丽莎白凭窗而坐，跟玛格丽特对了个眼色。玛格丽特和珀西遂起身让她出去，然后又坐下。

父亲站了起来。

其他乘客嗅到了紧张的气氛，朝这边的好戏看了过来：伊丽莎白和父亲在过道上脸对脸站着，火车猛刹了一下。

玛格丽特又一次茅塞顿开了，伊丽莎白时机选得可真好。这种情形下父亲就很难使用暴力了：他要敢动手，别的乘客说不定能来把他给制服了。尽管如此，她还是怕得要死。

父亲说："你要敢现在下车，我就跟你老死不相往来。"

"别这么说！"玛格丽特哭喊，但为时已晚。话已出口，他永远都不会收回了。

母亲开始哭了。

伊丽莎白只说了一句："再见。"

玛格丽特站起来，一把抱住了伊丽莎白。"祝你好运！"她在她耳边说道。

伊丽莎白说："你也是。"然后回抱了她。

伊丽莎白亲了下珀西的脸颊，然后别扭地把身子倾过桌子，吻了母亲挂满泪水的脸。最后，她再次看向父亲，声音颤抖地说："还能握个手吗？"

他挂着张气冲冲的脸。“我女儿已经死了。”他说。

母亲悲痛地哭嚎了一声。

车厢里静悄悄的，仿佛所有人都知道有场家族闹剧马上要悲剧结尾了。

伊丽莎白转身离开。

玛格丽特多么希望自己能和父亲单挑，然后把他打得满地找牙。他的冥顽不灵真让她气不过。让他妥协一次，就一次，怎么就那么难？伊丽莎白是成年人了，她没有义务一辈子对父亲惟命是从！父亲凭什么把她逐出家门！他这么一气之下把家给拆了，根本就是毫无意义的报复。那一刻，玛格丽特恨极了父亲。她真想告诉火冒三丈、剑拔弩张的他，这么做真是太卑鄙、太不公平、太不明智了；但是，她和往常面对父亲时一样，咬紧了嘴唇，一声都没吭。

伊丽莎白拎着她的红箱子从车厢窗外走过。她看了看大家，含着泪微笑着，犹豫地挥了挥空的那只手。母亲开始无声地啜泣。珀西和玛格丽特对着她也挥了手。父亲则把脸撇开。伊丽莎白就这样消失在了人群中。

父亲坐了下来，玛格丽特也跟着入座。

一声汽笛拉响，火车开动了。

他们又看到了正在出口排队的伊丽莎白。他们车厢开过时，她朝这边望了一眼。这一次她没有微笑，也没有挥手，只有哀伤又坚定的表情。

火车越开越快，伊丽莎白消失不见了。

珀西说：“家庭生活可真是美好的事啊。”虽然他是想讽刺，可话里并没有一点幽默的味道，有的只是苦涩。

玛格丽特心想，真不知道这辈子还能不能再看到姐姐了。

母亲在用一条亚麻手绢拭眼角的泪，但是泪水根本止不住。她很少失态，玛格丽特就记不起她之前什么时候哭过。珀西看上去好像被吓到了。玛格丽特想起姐姐竟对那么邪恶的主义如此痴迷，心里郁闷得不行；可与此同时，她还是忍不住有点雀跃。伊丽莎白做到了：她违抗父命，并且得逞了！她勇敢地面对了他，击败了他，逃离了他的魔掌。

伊丽莎白能做到，她也能。

她闻到了海的味道。列车驶入码头，沿着海岸行进，缓缓开过仓库、装载机和一艘艘邮轮。尽管还有离愁别绪，玛格丽特还是开始感觉到了自由解放的悸动。

火车在一幢标着“御园”二字的建筑外停了下来。这座超现代派建筑盖得有点像船：拐角圆滑，上面一层甲板形状的走廊，上面还围满了白色栏杆。

奥森福德一家以及其他乘客取回各自的随身旅行袋，下了车。所有登记过的行李都会被转送到飞机上。乘客走进“御园”楼办理各种登机手续。

玛格丽特只觉一阵眩晕。她周围的世界变得太快了。她丢下了自己的家，丢下了困战中的祖国，她和姐姐分离，马上就要飞到美国去了。她真希望表针能停一停，让她试着接受这一切。

父亲跟泛美航空的工作人员解释说伊丽莎白不和他们一起飞了，工作人员答道：“这没关系——我这边有人正指望着能买到退票呢，交给我好了。”

玛格丽特留意到，哈德曼博士正在一个角落抽烟，警觉地四下张望着。他神经紧张，有些焦急的样子。玛格丽特心想：都是我姐姐那群人把他害成了这样，法西斯主义的迫害把他整成了一个神经兮兮的废物，如此迫切地想离开欧洲不是他的错。

因为从候机室看不到飞机，珀西动身去寻找最佳观景点。回来之后他变成了百晓生。“飞机将于两点整准时起飞。”珀西说。玛格丽特听罢直感忧惧。珀西继续道：“我们将于一个半小时后抵达第一站，福因斯。和英国一样，爱尔兰也在用夏令时，所以我们会在当地时间三点三十分降落。我们将在这一站停留一个钟头，在此期间，飞机会再次加满燃料，敲定最终的飞行计划。所以说，我们会于四点三十分再次起飞。”

玛格丽特留意到，这里除了刚刚火车上遇见的那些人之外还有几张新面孔。肯定有人一大早直接到了南安普顿，又或者是在这边的酒店过了一晚。她想着想着，出租车上下来了一位让人惊艳的美女。她是位三十多岁的金发女郎，身穿一条动人的红波点白底真丝裙。陪她的是位身穿喀什米尔羊绒夹克的笑眯眯的男人。所有人都注视着他们：他们是那么幸福、那么耀眼。

几分钟之后，飞机可以登机了。

他们出了“御园”前门，径直走向码头。停泊在那里的“飞剪号”就正在水中优雅地一起一落，太阳在它的银色轮廓边若隐若现。

它是庞大的。

玛格丽特从没见过这么大的飞机，就连一半这么大的也没见过。它有一幢楼那么高，两个网球场那么长，鲸鱼嘴似的机头上喷了一面美国国旗，高高的机翼和机身最高处持平，机翼里还安了四台巨大的发动机，上面的螺旋桨差不多有十五英尺宽。

这种东西怎么能飞得起来？

“它很轻吗？”她大声说出了自己的疑问。

珀西听到了，立即回答：“四十一吨重。”

那岂不就跟坐着房子上天一样。

他们来到码头边。

他们要先踩过踏板走上浮动码头。母亲紧紧抓住护栏，小心翼翼地往前挪着：她蹒跚的样子好像又老了二十岁。夫妻俩的包都在父亲手里——母亲有个小毛病，向来不拎任何东西。

一条稍短些的踏板将他们引到了一块像是副翼的东西上面，这东西又粗又短，一半都没在水中。“‘流体静力装置’，”珀西一副渊博的样子，“也就是大家所知的海翼。它能防止飞机侧倾到水里。”海翼的表面有轻微的弧度，玛格丽特总觉自己会滑下去，但她没有。这会儿她已经走进了头顶那片巨大机翼的影子里。她真想往上伸手摸摸那巨大的螺旋桨桨片，可惜她够不到。

机身上“泛美航空系统”的“美”字正下方有一个入口。玛格丽特缩着头，迈进了机舱门。

再下三步台阶就能来到舱内地面。

玛格丽特来到了一间大约十二英尺见方的空间，里面有奢华的赤褐色地毯、米黄色墙面还有蓝色座椅，座套上还有华美的星星图案。座位顶上安了阅读灯，大大的方形窗户上挂的是威尼斯式窗帘。舱内墙面垂直，天花板水平，都没有随机身弯曲，与其说他们登机，不如说是走进了一间大房子。

这间机舱前后各有一扇门。有些乘客被引向了飞机后部。玛格丽特往那边望去，看到一系列休息间，每间都铺设奢华的地毯，配了浅茶色与绿色相间的装饰。不过奥森福德一家座位比较靠前。一位身穿白色夹克、身材矮小还胖乎乎的乘务员走了过来。他自报家门，名叫尼崎，是来引导他们参观下一个套间的。

这一间比刚刚那间小，装潢的色调也不一样，地毯是祖母绿色，墙面灰绿色，座套则是米黄色。玛格丽特右手边，两个大号的三人座沙发长椅相对而落，沙发中间窗户下面的位置放了一张茶几。她的左边，也就是走廊的另一边，也又一对长沙发，不过相对小一点，是两人座的。

尼崎将他们引到了右边较大座位。父亲和母亲靠窗坐，玛格丽特和珀西则挨着过道坐下，留下中间两个还有走廊那边两个共四个空位。玛格丽特好奇，要坐他们旁边的会是什么人呢？穿波点裙子的那个美丽少妇应该很有意思，白璐璐也不错，她要是想聊聊费宾外婆的事儿那就更好玩了！最佳人选则是卡尔·哈德曼。

她感觉得到，飞机正随着水面上下起落。动作幅度并不大：仅仅是提醒她现在正在海面上的那种程度。她想好了，就把这架飞机当作神毯就行。对她来说，领会区区几个发动机是如何让这庞然大物飞起来的是不可能的任务：相信是古老的魔法把它送上天则简单得多。

珀西站了起来。“我要四处看看。”他说。

“待这儿别动，”父亲说，“到处跑会妨碍别人的。”

珀西当即就坐下了。父亲的权威还没丢尽。

母亲往鼻子上拍了拍粉。她已经不哭了。玛格丽特推断母亲感觉好多了。

她听到了一个美国声音说：“我强烈希望能朝前坐。”她抬头看过去。乘务员尼崎正在套间的另一边给一位男士引导座位。玛格丽特看不出他是谁——他背对着她。那人满头金发，身着蓝色西装。

第七章

哈利·马克思到了这种场合简直是如鱼得水。

他弃保潜逃、拿着偷来的护照旅行、用了假名还装作是美国人。可他现在真是倒了八辈子血霉，竟撞上了那个知道自己是贼还听过他其他口音的女孩，她还高声叫了他的本名。

他立马就慌得不知如何是好了。

他所要逃离的一切又恐怖地呈现在了自己眼前：审判、坐牢，然后是在英国军队里当小兵的悲惨人生。

他又想起自己是无敌幸运星，然后笑了。

那女孩一副摸不着头脑的样子。他在等大脑把她的名字想起来。

玛格丽特。玛格丽特·奥森福德小姐。

她惊讶地看着他，意外地说不出话来。他就趁着这会儿功夫等着他的灵光乍现。

“是哈利·范东坡，”他说，“还好我的记性比你好。你是玛格丽特·奥森福德，对不对？你还好吧？”

“我还行。”她晕乎乎地说。她比他还迷糊，会把局面交给他掌控的。

他伸出手来要和她握手的样子。她就也伸出了她的手。就在此刻，灵光闪过。他没有握上去，而是在最后一刻挽起手肘，换作老式鞠躬的姿势，然后把头就凑到她脑袋边，小声说：“你要是能装作从来没在警局见过我，我就也装作没在那儿见过你。”

他挺直身子，看着她的眼睛。他看到一对脱俗的深绿色瞳仁。很美。

她继续张皇了一会儿，然后表情放松了，大方地咧嘴一笑。她接上茬儿了，饶有兴致地接受了他提议的小阴谋。“可不是吗，我可真够笨的，是哈利·范东坡。”她说。

哈利感恩戴德地松了口气，我是世上最幸运的人。

玛格丽特微微皱了下眉头，又加了一句：“对了——我们在哪见过来着？”

哈利轻松地接住了这个问题。“是在皮帕·迈琴汉姆的舞会上？”

“不是——我没去过那儿。”

哈利这才意识到，自己对玛格丽特几乎一无所知。她整个社交季是都在伦敦过的，还是一直都躲在乡下？她打猎吗，射击吗，热衷慈善事业吗？她是支持女权运动，还是喜欢在家画画水彩，或是在父亲的农庄上做做农业实验？他决定了，就挑这时节最盛大的那个活动吧。“那我们铁定是在阿斯科特赛马场见的了。”

“啊，对，就是在那儿。”她说。

他准许自己满足地笑一小下。他已经把她拉成自己的同谋了。

她继续说：“你还没见过我的家人吧。母亲，请允许我向你介绍，范东坡先生，来自……”

“宾夕法尼亚。”哈利赶忙接道。话一出口他就后悔了。宾夕法尼亚是哪个鬼地方？他没有一点概念。

“这是家母，奥森福德夫人；家父，奥森福德勋爵。这位是我弟弟，艾斯利勋爵。”

哈利当然听过他们的名字，这家人很出名。他照着奥森福德一家心目中典型美国人的样子，热情又亲近地跟每个人握了手。

奥森福德勋爵长得表里如一：一副养尊处优、脾气暴躁的老法西斯的样。他身穿褐色斜纹软呢西装，里面背心的扣子紧得就快要崩开了，头顶的褐色软毡帽还没摘。

哈利对奥森福德夫人说：“夫人，见到您真是开心极了。我对古董首饰很感兴趣，听说您收藏的宝贝可都是世间极品。”

“哪里哪里，谢谢你的夸奖。”她说，“我就是爱好这个罢了。”

她的美国口音让他吃了一惊。他对她的了解都从社会上那些杂志仔仔细细读来的，一直以为她是英国人。但他这会儿又隐约记起了一点奥森福德家的八卦消息。由于战后农作物价格跳水，勋爵大人和许多拥有大量房产的贵族一样濒临破产。有的人变卖祖产，搬到了法国尼斯或意大利佛罗伦萨，用自己日渐稀少的财产换取高于英国的生活质量。但阿杰伦·奥森福德娶了位美国银行的法定继承人，靠老婆的钱继续维持着祖上的生活方式。

这就意味着，哈利得表演到能瞒过一位地道美国人的程度，而且在接下来的三十个小时内都得维持完美无缺的状态。

他决定了，自己要讨她的喜欢。量她是不会讨厌听别人赞美的，尤其在这“别人”又是个这么帅的小伙子的时候。他仔细瞧了瞧那枚别在焦橙色旅行装胸前的胸针。一颗颗翡翠、蓝宝石、红宝石以及钻石攒作了一枝玫瑰花上的翩翩蝴蝶。太逼真了。他看出这是1880年法国的东西，也大致猜得出工匠。“您这胸针是奥斯卡·梅森的吗？”

“你眼力很准。”

“它可真漂亮。”

“再次谢谢你。”

她人长得很美。他完全能理解奥森福德为什么娶了她，但她怎么瞧上他了呢？可能二十年前的他更有魅力些吧。

“我好像认识费城的范东坡一家。”她说。

哈利心想：乖乖，千万别啊。不过，她的话有些含糊。

“我娘家是康州斯坦福的，姓格伦凯瑞。”她加了一句。

“是嘛！”哈利装作刮目相看的样子。他脑子里还在纠结费城的事。他刚说自己老家是费城还是宾州来着？他记不清了。说不定两个名字是一个地方，别人好像都喜欢一起说。他又想起来，但凡有人问美国佬从哪来的时候，他们老是回答两个答案。德州休斯顿，加州旧金山什么的。就是。

男孩说：“我叫珀西。”

“我叫哈利。”哈利说。终于回到他熟悉的地儿了。珀西的头衔是艾斯利勋爵。这种头衔是爵位继承人在其父亲去世前用的，父亲去世后他就是新的奥森福德侯爵。他们这号人大多觉得自己的傻冒头衔特别了不起。曾有人向哈利引见了一位还挂着鼻涕的波特雷男爵，才三岁大。不过珀西看起来还好，他很懂事地主动让哈利知道，无需那么庄重地称呼他。

哈利落了座。他座位朝前，就在玛格丽特旁边，二人只隔了个过道，俩人说话可以不让别人听见。飞机里安静得像教堂一样，每个人都叹为观止。

他试着放松自己。这次旅途会很紧张。玛格丽特知道他的真实身份，这就是个新麻烦。虽然他的借口让她买账了，但她依然还可能改主意或者不小心说漏嘴。哈利可不敢再生什么风浪了。只要没人提什么搜查的要求，他就应该过得了美国移民局那关。但他们要是发现了什么可疑的事决定查他的底细，那要不了多久就会查出他的护照是偷来的，那可就全歇菜了。

哈利对面的乘客也来了。他个子高高，头戴圆顶礼帽，一身本来还行但已经过了气儿的深灰色西装。哈利看着这男子脱下外套再把座位收拾妥当，惊讶地发现了一件事。这人脚上是厚厚的羊毛袜和穿旧了的结实黑鞋，身上是有酒渍的背心和对襟夹克，脖子上的深蓝色领带好像过去十年里每一天都在打一样。

哈利心想：要不是知道飞机票有多贵，我肯定就发誓那人绝对是个警察了。

现在起身下飞机还来得及。

没人会拦他的，他可以大摇大摆一走了之。

可他花了九十英镑呢！

再说他能买到的越洋航线的船票说不定都是几周之后的，与其干等不如被抓。

他又考虑了一下要不要留在英国过逃亡的生活，然后又一次否决了这个想法。打仗时，各个爱管闲事的人都会四处瞅哪张脸像外国间谍，不被发现的难度太大；而且更关键的是，亡命之徒的生活太难熬——夜夜住小旅馆、天天躲大盖帽，不停地到处漂泊。

对面这个男人就算是个警察也铁定不是抓哈利的，不然他也不会找了半天舒服姿势再坐下来。哈利想不出他到底要干吗。暂时先不想了，他得集中精力解决自己的窘境。玛格丽特是个危险因素，他怎么才能保护好自己呢？

她因为觉得好玩儿才配合他演戏。照现在的情况，他保证不了那份好玩儿的心会一成不变。他若是能接近她，那成功的概率还能大些。要是能让她爱上他，她或许就会对他产生忠诚感，会更认真地对待他的伪装，加倍小心不出卖他了。

去了解玛格丽特·奥森福德也不是什么苦差事。他用余光上下打量着她。她和她的母亲一样，浑身上下有股淡淡的秋色：红色头发，有个别雀斑的奶油色的皮肤，眼睛的绿色深得醉人。他看不出她的身材，但她的小腿修长，脚也不宽。她身穿红褐色裙子，外面罩了件普通的驼色短外套。她的衣服看起来虽然不便宜，但她没有母亲的那种气场：这些等她再成熟些再自信些估计就有了。她五官端正，下巴透着股坚毅。她不是他平时结交的那种类型——他往日里专挑有缺陷的女孩下手，因为一点浪漫手腕就能轻易把她们拿下。玛格丽特这么美，不会任人摆布的。不过她对他好像还是有点意思的，这就是个开始。他下定决心，要赢得她的芳心。

乘务员尼崎进了套间。他身材矮小，胖墩墩的，有点女气，二十多岁的样子。哈利猜他八成是个同性恋。他留意过，很多服务员都是这样的。尼崎递来一张打好的表，上面写有乘客和今天航班的机组成员名单。

哈利饶有兴致地研读起来。菲利普·加蓬男爵他知道，是个犹太复国主义者。后面的名字“卡尔·哈德曼教授”好像也在哪见过。拉维尼亚·芭莎洛夫公主的名字他虽没听过，但一看名字就知道是个逃离共产主义党人的俄国人，她能在这架飞机上出现也就意味着，她至少已经把部分财产转移出这个国家了。白璐璐的名字他绝对听过，是个电影明星。上周他带瑞贝卡·毛琳上沙夫特斯伯里大道的戈蒙影院看的不就是她的《巴黎谍影》嘛。她和往常一样，在里面演了个勇敢的女孩。哈利很想看看她本人什么样。

珀西面朝后坐，能看见下一个套间。他说："舱门关了。"

哈利又开始紧张了。

他这才发现，原来这飞机一直在水面上微微地一起一落。

外面传来隆隆的声音，仿佛远处战场的交火。他望向窗外。此时机头升起，螺旋桨开始转动。两台发动机正在打火，第三和第四台发动机稍后也有了动静。虽然隔音措施蒙去了一些噪声，但里面的人还是感觉得到那强大发动机所带来震撼。哈利的恐惧感增加了。

浮动码头上的海员拔掉了水上飞机的碇泊装置。哈利眼瞅着那些将自己拴在陆地上的绳子被人扔进海里，竟傻傻地有一种死定了的感觉。

他为自己的恐惧感到羞愧，不想让任何人知道他的感觉。于是他拿出报纸，往后一坐，二郎腿一跷，把报纸在脸前伸开。

玛格丽特碰碰他的膝盖。她不提嗓门他也听得见，隔音装置着实令人佩服。她说："我也害怕。"

哈利很没面子。他还以为自己装淡定装得很成功。

飞机动了。他抓住座椅的扶手，握得紧紧的，然后他又逼自己把手松掉。她可不就是能看出他害怕么。他现在苍白得跟手里的报纸似的。

她坐在那里，两膝紧紧压在一起，双手紧握在大腿上。她看起来是既恐惧又激动，好像要坐过山车一样。泛红的脸蛋、睁大的眼睛还有微微张开的嘴巴显得她很性感。哈利又一次纳闷起她衣服下面的身形会是什么样的了。

他又看看其他人。对面的男人正平静地系着安全带，玛格丽特的父母正注视着窗外。奥森福德夫人显得很淡定，但是奥森福德勋爵却很紧张，一直难听地清着嗓子。年轻的珀西激动得根本坐不住，没一点害怕的样子。

他盯着手里的报纸，但半个字都没看进去。他索性把报纸往下放了放，开始往窗外看。这强悍的飞行器正雄赳赳气昂昂地滑入南安普顿海。他还看见码头边停了一整排远洋邮轮，那些船已经离他很远了。这里到陆地之间还漂有几架小飞机。现在还起飞不了，他心想。

飞机移到河口中央，水面也开始泛起滚滚波涛。哈利平日里并不晕船，可是“飞剪号”开始乘风破浪之后，他明显感觉到不舒服。套间的确很像大宅里的房间，但这上下运动不断提醒着他，他这次航行坐的是薄铝片打造的纤纤船舶。

飞机来到河口中心区域，开始减速转向。它随着微风颇有韵律地摆动着。哈利明白了，这船是要转到起飞的风向上。机身好像停了下来，开始伴着风轻轻颠簸，随着浪微微摇晃，仿佛一头猛兽在用自己硕大的鼻子嗅寻空气中的气味。这暂停的时间也有点太久了：哈利好不容易才克制住自己没跳起来喊人把他放了。

忽地传出一阵猛烈的吼声，像是骇人的暴雨雷鸣。原来是四台巨型发动机正在开足马力。哈利吓得叫出了声，还好声音被淹没掉了。飞机往水里坐了坐，仿佛紧张得要沉下去一样。不一会儿，飞机就向前冲了起来。

飞机迅猛提速，跟快艇一样。不过天下可没有个儿这么大还能加速这么快的船。“飞剪号”还在随着海浪颠簸摇晃着。哈利想把眼睛闭上，但又不敢。他提心吊胆，歇斯底里地想，我要死了。

“飞剪号”愈来愈快。哈利从没以这样的速度在水上航行过：快艇也时速也就五六十或者七十英里的样子，开不到这个速度。水花从窗外飞过，模糊了他的视线。哈利细想：我们要沉下去了，我们要爆炸了，我们要撞上暗礁了。

新一轮振动开始，感觉就像汽车正碾过车辙。什么在震？哈利确信，定是有东西出了大问题，飞机肯定就要散架了。他又想到，飞机已经开始起飞，这种震动可能是飞机机身蹭过一个个海浪引起的，就跟开快艇一样。这正常吗？

忽然间，水面的粘滞力似乎开始减小。哈利穿过水花看到河口的水面好像变斜了。他这才明白，他虽然没感觉到，但飞机头已经翘了起来。他吓得直想吐，使劲吞了吞口水。

震动变了，感觉不再像碾过车辙，而是像飞窜的水漂，一浪跃到另一浪。发动机一声嘶鸣，螺旋桨开始搅动空气。哈利暗自感慨：可能还是不行，这么大号的机器终究还是上不了天的，充其量也只能跟个超重的海豚一样划划小水波。他在上面感觉得到，飞机在向前进，向前冲，阻拦他们的水也慢慢褪下。渐渐地，水花抛到了后面，窗口往外看的视野也逐渐清晰了起来。只见机身越来越高，水面也越落越低。他心里喊着：乖乖，我们在飞；这座巨硕的伟大的宫殿还真飞起来了！

既到了空中，他内心的恐惧也荡然无存，剩下的只有极度兴奋的快感，仿佛飞机成功起飞其实是他个人的功劳。他想欢呼。周围的人都松了口气，个个面带微笑。他又开始注意别人的眼光，这才发觉自己浑身是汗。他拿出一条亚麻手绢，偷偷擦了下脸，然后又赶紧把湿手绢塞回了口袋。

飞机继续爬升。又短又粗的海翼之下，英格兰南海岸正渐渐淡出哈利的视线，正前方的怀特岛慢慢映入眼帘。过了一会儿，飞机开始水平飞行，发动机粗暴的嘶吼也变成了深沉的低吟。

身穿白夹克打着黑领带的乘务员尼崎又出现了。现在发动机减了油门，他不需要提着嗓门说话。他说："范东坡先生，要不要给你来杯鸡尾酒？"

正中哈利下怀。"双份威士忌。"他立刻答道。他又想起来自己应该是美国人，赶紧又用正确的口音加了句："多放点儿冰块儿。"

尼崎又记下了奥森福德一家所点的饮料，然后从前方的门走了出去。

哈利的手在椅子扶手上不停敲着。地毯、降噪、软席还有宽心的配色，周围的一切仿佛堆满靠垫的牢房，虽然舒适，却让他觉得无处可逃。没过多久，他就松开安全带站了起来。

他向刚才乘务员出去的前方走，出了门，左手边是机上厨房。整个厨房全由亮闪闪的不锈钢打造而成，乘务员就用它制作各种饮料。右手边是一扇门，上书"男士休息室"。哈利估摸着这八成就是厕所了。哈利提醒自己：待会儿记着要用美国人的说法，叫"卫生间"。卫生间旁边是个环形的楼梯，应该能通向驾驶舱。门的那边是另外一个套间。这个套间配色和刚才那间不同，里面坐的都是身穿制服的机组人员。哈利一时间搞不明白他们在这里做什么。过了一会儿，他想通了，这趟航班要飞三十多小时，乘务人员肯定得轮班休息。

他又开始往回走，路过刚刚的小厨房和自己的套间，来到了之前登机时进的那个大一些的套间。从这一间往后到机尾，还另有三个套间，装饰配色各不相同，一间是灰绿墙青绿色地毯，一间是米黄墙铁锈红地毯。由于机身是流线型的，每两个套间之间各有台阶，越靠后的越高。他一边往后走，一边按照美国自信男青年的样子，对着含糊不定的方向跟其他乘客友好地点了几下头。

从休息室往后数第四间套间里，一边放了一对躺椅，另一边则是“女士化妆间”——不用说，又是个厕所的雅称。女卫生间旁边的墙上装了架爬梯，爬梯顶是一扇活板门。贯通飞机前后的走廊在一扇门前戛然而止。门后定然就是被报道过无数次的赫赫有名的“蜜月套房”了。哈利试着打开门，锁上了。

哈利慢悠悠地往回走，又打量了一下他的乘友。

那位身穿利落的法式衣服的估计是加蓬伯爵。他旁边坐的那个人紧张兮兮的，袜子都没穿。这可真稀奇。他可能就是哈德曼教授。他的西装丑得要命，人也一副没吃饱的样子。

哈利认出了白璐璐，不过她俨然已经四十岁光景。哈利还一直以为她本人会和电影里演的姑娘一样，也是十八九岁呢。她身上佩戴了不少高水准的现代珠宝：方形耳钉、大手镯还有水晶胸针。胸针应该是法国“宝诗龙”的。

他又看到了之前在西南大酒店咖啡厅里见的那位金发美人。她已经摘了草帽。她有蓝色的眼睛，光洁的皮肤。虽然护花使者长相并不出众，她还是被他逗得花枝乱颤。哈利心想，女人还是喜欢让她们开心的男人。

戴着俄式法贝热玫红钻石吊坠的老太婆应该就是拉维尼亚公主了。

她板着脸，一副厌弃的样子，仿佛站到猪圈里的公爵夫人。

起飞时登机进的那间大套间是空的。现在哈利再一看，这里原是个公共休息室。休息室里已经来了四五个人，包括之前坐哈利对面的那个人。看见有男士在玩纸牌，哈利忽然想到，要是一个职业赌徒也来这里飞上一趟，肯定能捞到不少钱。

他回到座位，乘务员给他端上了威士忌。哈利说："飞机好像就坐了一半。"

尼崎摇摇头。"我们都订满了。"

哈利看了看周围。"我们这个套间就有四个空位，其他套间也是。"

"没错，这个套间白天载客十人，但晚上只睡六个人。晚餐后我们把铺位弄好您就明白了。在此之前，您大可放心享受这充足的空间。"

哈利呷了口酒。乘务员彬彬有礼动作麻利，这没什么问题，不过他们不够殷勤，比不上伦敦的那些酒店服务员。哈利怀疑美国服务员的服务态度是不是就和英国的不一样。如果是就好了。他在奇怪的伦敦上层社会混迹多年，每每有人给他弯腰鞠躬去衣服，一口一个地叫他"先生"，他就会觉得无地自容。

是时候深化一下自己跟玛格丽特·奥森福德之间的友谊了。她这会儿正举着玻璃杯喝香槟，来回翻看着杂志。像她这么大、这种社会层次的女孩，他少说勾搭过几十个了。他立马进入状态："你住伦敦吗？"

"我们在伊顿广场那边是有所宅子，但是平日里基本都在乡下，"她说，"我们家在波克郡，父亲在苏格兰那边也有个狩猎小屋。"她好像觉得这个问题很无聊，想早点说完早没事，说得也太一五一十了点。

“你打猎吗？”哈利问。这个是个聊天必问的问题：大部分有钱人都打猎，而且一说起打猎就滔滔不绝。

“不怎么打，”她说，“我们射击多一些。”

“你还会开枪？”他惊讶了，这可不是什么淑女的嗜好。

“只要他们让我开。”

“我敢说追求你的人肯定很多。”

她把脸转向他，低声质问道：“你为什么一直问我这些白痴的问题？”

哈利被打倒了。他不知道说什么好了。他跟几十个女孩问过同样的问题，没人反应像她这样。“我的问题很白痴吗？”他说。

“你根本不在乎我家住哪，也不在乎我打不打猎。”

“可是上层社会的人不都聊这些的吗？”

“你又不是上层社会的人。”她直截了当。

“好家伙！”他用起了自己本来的口音，“你可真是不绕弯子啊！”

她笑了，然后说：“这句话还好点儿。”

“我可不能一直换口音，不然就把自己搞晕了。”

“好吧。你要是保证不再提那些智障的小话题，我就暂且忍忍你的美国腔。”

“那就多谢了，小可爱。”他换回哈利·范东坡模式答谢道。拿下她可不容易啊，他想。她是个有自己思想的女孩，没错，但这样的女孩也更有意思。

“你装得很不错，”她说，“我根本看不出来你是装的。我猜这是你Modus operandi的一部分吧。”

别人一说拉丁语他就没招儿了。他一点儿也不知道那话是什么意思，只能硬着头皮回道："我想是的。"他得换个话题了。真不知道什么话能说到她心里。很显然，他不能像勾搭其他姑娘一样跟她调情。或许她是那种神神叨叨的类型，喜欢降神通灵什么的。"你相信这世上有鬼吗？"他问。

这引来了又一个犀利的回答。"你把我当什么了？"她反问道，"还有，你为什么要换话题？"

若是换作别的女孩，他一笑了之就能得过且过。可这个玛格丽特不知怎么的，就是能抓着他把柄。"因为我不会拉丁语。"他厉声怨道。

"你到底在说什么？"

"你说什么'莫多安迪'的，我听不懂。"

一时间，她又气恼又摸不清头脑。接着她的表情释然了。她重复了刚刚的词组："是Mondus operandi。"

"我经常换学校，没一所久得能让我学会那些东西的。"他说。

这话在她身上效用惊人。她羞红了脸，说："真是对不起，我太没礼貌了。"

形势反转得太意外了。像玛格丽特这种上流社会的人，大多都会认为自己有责任逼着对方听听自己受过如此这般的教育。玛格丽特跟绝大多数那种人相比礼貌太多了。他微微一笑，说："没关系。"

她下面的话又吓了他一跳："我明白你的感受，因为我也没受过什么正规教育。"

"不会吧，你们家那么有钱？"他觉得不可思议。

她点点头。"告诉你吧，我们从来没上过学。"

哈利震惊了。连伦敦体面点的工薪阶级都觉得不送小孩上学是很丢人的事，其程度不亚于被警察带走或者被法警拎上法庭。很多孩子因为鞋子破了要去补不得不请一天假，就这都会让小孩母亲觉得抬不起头。“但小孩子必须送学校上学的啊——这是法律规定！”哈利说。

“我们有所谓的家庭教师教。我就是因为这才没上成大学的——我中小学的学历都没，”她神色哀伤地说，“我觉得我肯定会很喜欢大学的。”

“真是难以置信。我以为有钱人想干什么就能干什么呢。”

“有我这样的父亲就不行。”

“那，那个孩子怎么办？”哈利的头往珀西的方点了一下。

“啊，他肯定是去伊顿公学了，”她苦涩地说，“男孩怎么能一样。”

哈利想了想。“那是不是说，”他换了个话题，“你和你父亲在其他事情上也有分歧？比如说，政治？”

“当然有分歧了，”她激动地说，“我是一名社会主义者。”

哈利心想，这说不定就是打开她心房的钥匙。“我原来是一名共产党员。”他说。这是真话，他十六岁入的党，三周以后又离开了。他要先看看她的反应再决定到底跟她透多少底儿。

她立马就生龙活虎。“你为什么退党？”

真相是他实在受不了那些无聊的政治会议，但实话他可不能说。他搪塞道：“这很难解释清楚。”

他本该算到这种话她是不会买账的。“你为什么离开自己肯定知道啊。”她焦急地说。

“我觉得那里实在太像周末圣经学习班了。”

这话把她逗乐了。“我太知道那什么感觉了。”

“不管怎么说，我觉得自己在将工人阶级所创造价值还给工人阶级这项事业上，贡献比共产党员还多。”

“此话怎讲？”

“唔，我把钱从高档住宅弄出来，然后送到巴特西贫民区去。”

“你是说，你只劫富？”

“劫贫没必要啊，他们又没钱。”

她又笑了。“但你肯定没有像罗宾汉一样，拿你的不义之财去‘济贫’，是不是？”

他想了想要怎么回答她。说自己既“劫富”又“济贫”她能信吗？她很聪明没错，不过她还很单纯——不行，照他判断，她没那么单纯。“我不是慈善机构，”他无奈地耸了耸肩，“但是我有时会帮住别人的。”

“太神奇了。”她说。她的双眼闪烁着好奇的光芒。神采奕奕的她显得特别迷人。“我知道有你这样的人，但是能亲眼看到，还能和你说话，这感觉实在太神奇了。”

哈利心里喊着：可别太过了，姑娘。对他过分狂热的女人总是让他很紧张——这样的女人一旦发现他也是人类，就会觉得自己有理由义愤填膺火冒三丈。“我其实没那么特别的，”他的腼腆发自内心，“我只不过是来自一个你从没见过的世界罢了。”

她用眼神告诉他，她觉得他就是特别的。

跟她说的太多，是时候换个话题了。他难为情地说：“你说得我都不好意思了。”

“对不起。”她赶忙回道。她想了一下，然后问他：“你为什么要去美国？”

“我要远离瑞贝卡·毛琳。”

她大笑。“别，说正经的。”

“她逮着东西就跟小猎犬似的，”他心想，“一点儿不松口。”她这种人他根本驾驭不了，太危险了。“我离开，因为我不想蹲大牢。”他说。

“那你到那边之后怎么办？”

“我想我可能会报名参加加拿大空军，我想学开飞机。”

“肯定很有意思。”

“那你呢？你们为什么去美国？”

“我们是要逃去美国。”她厌恶地说道。

“什么意思？”

“我父亲是法西斯主义者你知道的吧？”

哈利点了点头。“我在报纸上读到过。”

“他觉得纳粹好得不得了，不想和他们打仗。而且他要是再不走，政府会把他抓起来的。”

“所以你们是要到美国生活了？”

“我母亲的娘家是康涅狄格州的。”

“那你们要在那儿待多久？”

“我父母肯定是要在那边住到战争结束了。他们说不定再也不会回来了。”

“但你不想去？”

“当然不想了，”她激动地说，“我想留下参加战斗。法西斯罪大恶极，这场战争极其重要，我要贡献自己的一份力量。”

她开始跟他讲西班牙内战的事情，但是哈利并没用心听。他被自己的一个想法吓了一跳，吓得心跳加速，吓得自己要费劲去保持一个正常的表情。

“战争爆发的时候，往国外逃命的人肯定不会忘了带上值钱的东西。”

这道理再简单不过了。兵打过来的时候，农民会赶着牲口逃命。受不了纳粹迫害的犹太人，流亡时会把金币缝到外套里。1917年后，拉维尼亚公主这样的沙俄贵族不也是一手握着法贝热彩蛋，一手卷着所有财产跑到欧洲的吗？

奥森福德勋爵肯定也想过自己可能再也回不来。再说，政府为了防止上层社会把钱转向国外进行了汇兑管制。奥森福德一家知道，现在留下的东西以后可能都见不到。他们肯定把能带的东西都带上了。

把大笔财富放行李箱里是有点冒险，没错。但是有风险更小的选择吗？邮寄、快递，还是留下？留下来的财产可能会被政府报复性地征收一空，也可能会被打过来的军队洗劫得一干二净，甚至还可能会在战后被革命地“解放”。

不会的。奥森福德们肯定把珠宝一起带来了。

特别是带上了“德里套装”。

“德里套装”乃是奥森福德夫人著名古董珠宝收藏中最核心的一件。这是一套项链、耳坠和手链组合，全部由金镶红宝石和钻石打造。红宝石是缅甸最宝贵的那种，石型硕大：十八世纪时罗伯特·克莱夫将军把它从印度带回国，还请皇冠珠宝公司做了镶工。

据说，“德里套装”价值二十五万英镑——一个人一辈子都花不完的钱。

几乎可以肯定，它就在这架飞机上。

职业大盗是不会在船上飞机上偷东西的，嫌疑人名单太短了。更重要的是，哈利现在扮的是美国佬，拿的是假护照，弃保脱逃不说，对面坐的还是个警察。哈利要是敢动那套装一指头，那才真是不想活了。光是想想这风险有多大就够他打激灵的了。

但话又说回来，现在要是不动手以后就没机会了。忽然间，他仿佛变成了一个溺水的人，而那些宝贝就是空气。

东西到手以后，他肯定卖不了二十五万，但就算能拿到十分之一——两万五千英镑，那也有十几万美元了。

不管换成哪种货币，他这辈子都吃穿不愁了。

他一想到能有那么多钱，口水都流出来了——其实单单是珠宝本身就能让他欲罢不能。哈利见过照片。项链的宝石大小渐进搭配得当，晶莹的钻石镶在红宝石周围，仿佛婴儿脸蛋上的泪珠。耳坠和手链几个小件的镶嵌比例也同样是完美无缺。这一整套如果都戴到美人的脖子、耳朵和手腕上，绝对会光彩照人。

哈利知道，自己永远不可能这么接近如此杰作了。永远。

他必须偷过来。

风险高得骇人——但是彼时的他，一直都很走运。

“我觉得你没在听我说话。”玛格丽特说。

哈利这才意识到自己走神了。他咧嘴一笑，说：“抱歉，你刚说的事让我浮想联翩。”

“我知道，”她说，“你脸上都写着呢，你在想一个你爱的人。”

第八章

莫巍·拉弗斯的那架漂亮的小黄机已经整装待发，而南茜·林汉依然急得像热锅上的蚂蚁。莫巍·拉弗斯还在给那个穿斜纹软呢的男人做最后嘱托，那个人貌似是他麾下工厂的工头。南茜估摸着，八成是他的工会给他找麻烦，威胁要罢工了。

他语罢转向南茜，说："我雇了十七个技工，各个都是个赤色个人主义者。"

"你是做什么的？"她问。

"风扇。"他答道。他指了指飞机。"机用螺旋桨、船用螺旋推进器之类的。凡是有复杂曲率的东西都做。工程机械倒没什么，主要是人工因素让我头疼。"他居高临下地又加了句："嗨，我说那么多干吗，你对这些员工关系又不敢兴趣。"

"我很感兴趣，"她说，"我也是开工厂的。"

他从高处爬了下来。"哪种？"

"我的厂子每天能生产五千七百双鞋。"

他刮目相看，但好像又有点被比下去的感觉。他来了句："不赖。"他说得既有几分蔑视又有几分欣羡。南茜猜，他的生意肯定比自己的小多了。

"不过，我也许应该说我生产'过'鞋子，"亲口承认这句话的时候她心里苦得好像灌满了胆汁，“我弟弟正想方设法地要背着我把生意卖给人家。这也是，”她开始用焦虑的眼神看着那架飞机，“我那么想赶上‘飞剪号’的原因。”

“你会赶上的，”他信心十足地说，“我的‘虎蛾号’能把我们提前一个小时送到。”

她全心全意地希望他的话能成真。

机械师跳下飞机说：“搞定了，拉弗斯先生。”

拉弗斯看了看南茜。“给她拿个头盔，”他对机械师说，“她可不能顶着她这可笑的小帽子满天飞。”

他之前的臭举止又回来了，这也把南茜拉回到现实。很明显，他无事可做的时候就跟她兴高采烈地聊天，可是一有什么重要的事儿就对她不感兴趣了。被男人这么怠慢真让她不习惯。她的姿色虽然不至让人垂涎欲滴，但也足够吸引男人眼球了，况且她也是有点地位的女人。男人们对她基本上都是呵护备至，哪有像拉弗斯这么爱理不理的。不过她也不打算抗议了。为了能赶上她那不肖的弟弟，比粗鲁还恶劣的行为她也能忍。

她对他的婚姻状况非常感兴趣。他之前说“我要去追我的妻子。”他这人倒是够坦白。现在她也看明白为何会有女人要从他身边逃走了。他长得是不错，但也太自以为是、神经大条了。也正因如此，像他这种人会去追老婆有点奇怪。他似乎应该是那种骄傲得过分的人。南茜本来以为他会说：“让她去死吧。”或许她看错他了吧。

她真想看看他老婆长什么样。她很美？很性感？是自私自利娇生惯养型的，还是胆小怕事弱不禁风型的？南茜很快就能知道答案了——如果他们能赶上“飞剪号”话。

机械师给她拿来一顶头盔让她戴上。拉弗斯爬进机舱，扯着嗓子喊道："你把她托上来吧，行吗？"机械师可比他老板周到多了，他帮她披上外衣说："上面很冷，有太阳的时候也冷。"然后把她举了起来，让她爬进了后座。她从他手里接过随身手提箱，塞到了脚下。

发动机开动了，她这才紧张地发现，自己竟然马上就要和一个素不相识的陌生人一起上天了。

据她所知，莫巍·拉弗斯完全可能是个不合格的飞行员，他可能训练不足，还可能没怎么维修过这架飞机。他说不定还是个专卖白人的人贩子，正打算把她卖到土耳其的妓院呢。不对，她当妓女年龄大了些。但她完全没有理由相信拉弗斯啊。她就知道他是个有飞机的英国人，没别的了。

南茜乘坐的客机起飞时还算四平八稳，可一到拉升时候竟然跳得活像个跨栏的赛马。拉弗斯斜拉机身开始转弯，其角度之陡峭让南茜只觉若不是有安全带系着自己肯定得掉出去。南茜吓得抓得死死的。他到底有没有飞行执照？

他把机身拉直，小小的飞机开始迅速爬升。大型客机飞得都很神秘莫测，小飞机相比之下飞得明白多了。她能看见机翼，能呼吸迎面的风，能听到小发动机发出的轰鸣，能"感觉"出它是怎么停在空中的。你可以感觉到螺旋桨喷出空气然后风把布制的机翼托了起来，就像你拿着风筝线时能感觉到风筝是怎么御风高飞一样。这些感觉在密封的机舱里可感觉不到。

不过，如此切实地体验着小飞机如何挣扎着飞行，也让她的肚子颇不好受。机翼上用的只不过是木头帆布之类的脆弱材料，螺旋桨也可能被什么东西卡住或者不转了，或者转着转着掉了。

虽然现在顺风，但是保不齐待会就变成逆风。还可能会起雾，会打闪电，会下冰雹。

不过这些都不太可能发生。飞机飞到了灿烂的阳光下，机头转向，开始向着爱尔兰勇敢地前进。南茜感觉自己仿佛骑了一只金黄的蜻蜓。这感觉既可怕又过瘾，好像在玩游乐场的设施一样。

不一会儿他们就把英格兰海岸线抛到了脑后。飞机在水面上朝西飞行，她允许自己小小地得意一下。彼得快该登上“飞剪号”了，登上去的时候还不知道会怎么小人得志地以为自己比姐姐聪明呢。她忿忿地想：他高兴得太早了点儿，她的真本事他还没领教呢，等到了福因斯，看我不把他吓得屁股尿流。她迫不及待想看他脸上的表情了。

当然，就算她能赶上彼得还是有一场恶战要打。她要打败他，仅仅在董事会上出现是不够的。她还要说服婷丽姑姑和丹尼·莱利，让他们不要卖股票，要和她站在一边。

她要把彼得的恶劣行径都揭发出来，好让他们知道他是怎么对付自己亲姐姐的；她要把他的狐狸尾巴掀给他们看，狠狠把他踩到脚下羞辱一番；可是她深思熟虑之后，又发觉这并非明智之举。如果她表明了自己的愤恨，他们就会觉得她反对并购是情绪使然。她得心平气和地谈谈公司的将来，要把这次和彼得的争执表现成单纯的生意上的意见不合。他们都知道，她比她弟弟更有商业头脑。

无论如何，她要把理由说得简单又有理。收购的报价是按照布莱克制鞋厂的利润计算的，因为彼得经营不善，现在的利润很低。按照南茜的设想，只要先让公司停业，把所有商铺卖了，利润就能上来。最最理想的结果是，他们同意按照她的计划重组公司，让公司扭亏为盈。

应该暂缓抛售股权还有一个原因：打仗。从整体上讲，打仗对生意有好处，对像布莱克制鞋厂这样的军队供货商来说更是如此。美国或许不会参战，但是一定会出于以防万一的想法进行备战。这样一来利润上升就是铁板钉钉的事了。毫无疑问，奈特·里奇威也是出于这个考虑才想收购我们公司的。

飞机飞过爱尔兰海，她一边思考着董事会的情景，一边勾画出自己演讲的梗概。她开始排演关键句和关键词，高声地说出声来。她自恃自己的声音会被呼啸的风卷走，在她前面一米还带了头盔的莫巍·拉弗斯肯定听不见。

她说得是那么投入，连发动机第一次震颤都没发现。

“欧洲的战争可以在十二个月内让公司的市值翻倍，”她说道，“如果美国参战会再翻一倍——”

第二次震颤才把她从董事会拉回到飞机上。发动机连续的高声嘶吼瞬息万变，声音就像进了气的水龙头。声音恢复正常，然后又变了，换成了另外一种声调。那一阵阵微弱破碎的声响把南茜吓得魂飞魄散。

飞机开始下坠。

“怎么回事？”南茜扯着嗓子喊，但没有回答。他如果不是没听见，就是手忙脚乱地顾不上回答。

发动机的声音又变了，这回是越来越高，好像他踩到了油门，接着飞机飞平了。

南茜吓坏了。到底怎么了？问题到底严重不严重？她真希望能看见他的脸，可惜他却一直毅然决然地面朝前方。

发动机的声音再也不平稳了。一会儿像是恢复了之前的洪亮，一会儿又开始跌宕起伏。南茜吓坏了。她紧紧盯住前方，希望能看出点什么螺旋桨的旋转变化，但什么都没看出来。无论如何，发动机每结巴一下，飞机就下落一点。

她紧张得受不了了。她松开安全带，往前够了下拉弗斯的肩膀。他把头别向一边，她对着他的耳朵喊："出什么事儿了？"

"不知道！"他回喊道。

受惊吓如她是不可能接受这样的回答的。"到底怎么回事儿？"她非要问出个所以然来。

"我觉得，发动机可能掉了个汽缸。"

"总共有几个汽缸？"

"四个。"

飞机忽然踉踉跄跄地朝下倾去。南茜赶紧坐回去把安全带扣上。她是开过汽车的人，知道汽车就算少一个汽缸还可以开。不过话说回来，她的凯迪拉克可是有十二个汽缸呢。三个汽缸能把四汽缸的飞机带起来吗？这不定真要把人折磨死。

现在他们开始平稳下落了。南茜猜测，飞机虽可以用三个汽缸继续飞，但是飞不了多远。他们离坠海还有多久？她往下看了看距离，然后看到了前方的陆地，松了口气。她按捺不住，又解开带子跟拉弗斯说话了。"我们能撑到地面吗？"

"不知道。"他喊。

"你什么都不知道！"她咆哮道。她的高喊在恐惧之下变成了尖叫。她逼着自己冷静下来。"最好的估计是多远？"

"闭上你的嘴，别让我分神！"

她又坐了回去，心想：我要没命了，我要没命了。她又一次把自己的惊慌打跑，让自己冷静地思考思考。她告诉自己：我死之前已经把两个孩子养大了，这是我的福气；他们父亲就在车祸中丧命，我的死他们肯定很难接受；但是他们是男子汉，坚强的大男子汉，而且肯定不会缺钱花的，他们会没事的。

要是我又找个恋人就好了。已经有……多久了？十年了！怨不得我都已经习惯了。我还不如去当尼姑呢。我本应该跟奈特·里奇威上床的，他肯定会对我很温柔。

离开欧洲之前她和另外一个新的男人约过几次会，那人是个会计，和她岁数也差不多，可她并不想和他上床。他人虽好，但跟她见过的大多数男人一个样，是太软弱了。他们把她当女强人，希望让她来照顾他们。“但是我要找个呵护我的人！”她心想。

如果这回没死，我千万得在这辈子再找个男人。

她又意识到，这么一来彼得就要赢了。这确实是憾事一件。生意是父亲唯一留给他们的东西，现在却要让乱七八糟的通用纺织给吞没了。父亲为了这个公司费尽了毕生心血，彼得却只用五年就把公司鼓捣没了。

有时候她还会想念父亲。他真是个聪明的人。每次有难题，不管是“大萧条”那样的重大商业危机，还是男孩们在学校淘气之类的家长里短，爸都会想出一个积极且考虑长远的解决方案。他很擅长工程机械上的事，那些生产大型制鞋机械的人经常会在敲定最终图纸之前先来咨询他的意见。南茜对生产流程了如执掌，但她的长项是预测市场需要的款式。自她接管工厂后，布莱克制鞋厂女鞋赚得就比男鞋多。她从没像彼得那样觉得一直活在父亲的光环之下。她就是想他了。

她忽然觉得，认为自己要死了的想法很可笑，而且并不真实。这就好像一场戏还没完，主角还在舞台中央念着台词，就把幕布放下来一样：事情根本就不会这么发展。她一时间觉得莫名地快活，对自己活下来很有信心。

飞机继续下坠，爱尔兰的海岸线也飞速向他们靠近。她带着些许的激动想，这儿就是布莱克家族的根。

前面莫巍·拉弗斯的头和肩忽然动了起来，好像在挣扎着控制飞机。南茜的心情又变了，她开始祈祷。她是天主教徒，但自肖恩死于非命之后她再没做过弥撒。其实她最后一次进教堂就是参加他的葬礼。她也不知道自己是不是一个信徒，但现在她要用力地祈祷。反正她也没什么可损失的了。她念着“我们的父”，然后祈求上帝解救她，至少能让她看到休成家立业，因为这样她就能见到孙子了；因为她想扭亏为盈继续雇那些男人和女人给普通老百姓做鞋子；因为她还想让自己幸福一点点。她忽然意识到，自己工作得太久了。

她现在已经可以看到海浪的白顶。渐渐逼近的海岸线也从模糊一片变成了清晰的海浪、沙滩、悬崖和绿地。她有些担忧，真不知道飞机到水里之后自己能不能游到岸上。她自认为自己还算会游泳，可泳池里的欢乐狗刨跟在汹涌的海里求生可差太远了。水肯定会冰得刺骨。人被冻死叫作什么来着？冷暴露。《波士顿环球报》会登：“林汉夫人坠机爱尔兰海，因冷暴露丧命。”披着喀什米尔羊绒大衣的她打了个寒噤。

飞机要是直接坠毁她就不用受那冰水的冻了。她纳闷飞机现在速度有多少。之前拉弗斯跟她说过飞行时速大约是九十英里，但是现在已经没那么快了，估计已经降到了五十。肖恩就是开着五十英里的速度撞死的。不行，现在在这边算自己能游几米也没意义。

海岸越来越近。或许她的祈祷应验了，或许飞机最后还是能降落的。发动机的声音并没有进一步恶化，一直都是那么大，一直带着股怒气似的吭哧吭哧，好像受伤的黄蜂发出的充满敌意的嗡鸣。现在她又开始担心，要是真能撑到岸上的话，他们要在哪降落。飞机能落在沙滩上吗？要是落在石滩上会不会有事？飞机落地面上应该是可以的，只要不太坑坑洼洼就行；那要是落沼泽里呢？

她马上就知道答案了。

海岸线现在只有四分之一英里。她可以看到，岸上乱石嶙峋，海水在上面拍打出巨大浪花。她心灰意冷地看着崎岖的海岸：岸上四处散落着有缺口的大圆石，后面是一个不高的悬崖，上面是一片荒野，上面零星有几只绵羊正在吃草。她开始研究着那片荒野。这片荒野看上去还算平滑，没有围墙，树也不多。飞机或许可以在上面降落。她也不知自己现在是该祈祷安全着陆，还是应该收拾心情赴死。

黄色飞机继续勇敢挣扎，不过还是越飞越低。南茜的鼻子闻到了海面吹来的咸风。她心惊胆战地想：与其尝试落到那样的海岸上，还不如直接掉水里得了。弱不禁风的飞机连带着她，肯定会被那嶙峋的乱石撕成碎片。

她只愿自己能早死早超生。

离海岸还有一百码，她这才发现飞机不会撞上海岸了，飞机现在还高得多。拉弗斯明显是瞄准了崖上的草地。但他能撑到那儿吗？他们俩现在已经和崖上差不多高了，下落并还没停止。看来他们要撞到峭壁上了。她想把眼睛闭上，但是又不敢。相反，她开始怔怔地盯着扑面而来的悬崖绝壁。

发动机像生病的动物的一样嘶吼着。风将海浪的飞沫吹向南茜的脸颊。崖上的绵羊们看到冲过来的飞机，四散逃开了去。南茜紧紧抓住驾驶舱边缘，把手都抓疼了。他们貌似正对着悬崖边飞的。崖边扑面而来。她心想：我们要撞上去了，我这辈子就这么完了。接着忽一阵罡风把飞机托起了一点。她心想：得救了！得救了！但是飞机又开始下坠。她又想，那对小黄轮从支杆上要被蹭掉了。在飞机只消一分秒就飞到悬崖上时，她闭上了眼，惊声尖叫起来。

一时间，什么都没有发生。

接着是猛烈的一颠，这一颠将南茜狠狠地甩向前面。多亏有安全带捞着她。那一瞬间，她以为自己要死了。她又感觉到飞机在爬升。她止住尖叫，睁开了双眼。

他们还飞着，离崖顶的草不到一米。飞机又蹭到下面颠簸了一下，索性在下面滑着，再没飞起来。飞机开始在不平整的地面上猛烈地振动，无情地摇着南茜。南茜眼瞅着他们要冲向一片荆棘林，心想，看来他们还是要撞毁不可。接着拉弗斯做了什么动作，飞机转了向，化险为夷。振动幅度减小了，他们也开始减速。南茜简直不敢相信自己还活着。飞机晃晃当当地停了下来。

她可算松了口气，但是还是不住地发抖。她允许自己再颤栗一会儿。她觉得自己就要疯掉了，赶紧又把持住自己。“结束了，”她大声喊，“都结束了！结束了！我没事儿了！”

她前面的拉弗斯站起身，拿着工具箱爬出机舱。他瞧也没瞧她一眼就跳了下去，在飞机前方来回走着，然后打开前面的发动机盖，往里面瞅了起来。

南茜心想，他应该问问我是否安好的。

说来也怪，拉弗斯的粗鲁让她变镇定了。她环顾四周。绵羊们又开始吃草，仿佛一切都未发生。现在发动机一声不吭，她也得以听到海浪拍打海岸的声音。阳光正灿烂，但她却感觉有股湿湿冷冷的风往她脖子里钻。

她一动不动地坐了一会儿。确定自己的双腿撑得起来之后她才起身爬出了飞机。她有生以来第一次踏上爱尔兰的土地，感动得快要哭了。她心想，多年以前，她的祖先们就是从这里离开的。他们受不了英国的镇压、受不了清教徒的制裁、受不了土豆枯萎病造成的饥荒，先辈们挤进了木船，背井离乡，漂洋过海，到了一个新世界。

为了能来到这里差点没把命搭进去，这种回老家的方式还真有些爱尔兰风格。想到这里，她会心地笑了。

多愁善感够了。她活下来了，还能赶上“飞剪号”吗？她看看手表，现在是两点一刻，“飞剪号”刚从南安普顿港出发。如果这架飞机还能飞起来，如果她还有胆量再坐回到上面，那她就还有望及时赶到福因斯。

她绕到飞机前。拉弗斯正用大号扳手朝外倒螺母。南茜问：“你能修好吗？”

他眼也不抬地说：“不知道。”

“是什么毛病？”

“不知道。”

显然他的心情又回到了寡言少语模式。这把南茜惹恼了，她说：“我还以为你是个工程师呢。”

这话刺到他心窝里了。他看向她说："我学过数学和物理。我的长项是复杂曲面的空气阻力学。我可不是什么马达师傅！"

"那我们或许应该去找个马达师傅来。"

"在爱尔兰这个破地方你什么师傅都找不到。这个国家还是石器时代。"

"那也是因为这里的人民被野蛮的英国人践踏了几百年！"

他把头从发动机箱缩了出来，站直身体。"我们怎么又扯到政治上了？"

"你都没有问我有没有怎么样。"

"我看得出你没事。"

"你差点没把我害死！"

"我救了你的命。"

这男人真是不可理喻。

她朝天边望去。四分之一英里外是一排篱笆或者墙一样的东西，那边可能就有路了。再远处还有几片低低的屋顶凑在一起。说不定她在那儿能弄到车，然后开车去福因斯。"我们现在在哪？"她问，"别跟我说你不知道！"

他笑了。这是他第三次出乎南茜意料地没摆出臭屁的样子。"我想我们离都柏林还有几英里。"

她决定，不能再杵在这儿看他鼓捣发动机了。"我去找人帮忙。"

他看了看她的脚。"你穿那样的鞋，走不了多远。"

她生气地想：我就要给他点颜色瞧瞧。她撩起裙子，迅速把长筒袜解开。他惊讶地盯着她，脸颊羞得绯红。她把袜子卷到脚跟，连同鞋子一起脱掉。她很享受让他方寸大乱的感觉。

她把鞋子塞到大衣口袋里，说："要不了多久的。"然后就光着脚走开了。

她转过身，走开了几十米，然后给了自己一个大大的笑。瞧他那不知所措的样子，谁让他那么趾高气扬呢，活该。

挫败他的愉悦感很快就磨没了。没一会儿，她的脚就变得又湿又冷又肮脏。那些农舍比她料想中远得多。她连自己到那里之后该做什么都不知道。估计她会设法找一辆去都柏林的车吧。拉弗斯对爱尔兰马达师傅数量之稀少的论断八成是对的。

她花了二十分钟才走到农舍。

她在第一间房子后面发现了一个小女人，她正穿着木屐在菜园子里挖土。南茜喊了句："你好。"

女人抬头看，吓得叫出了声。

南茜说："我的飞机出故障了。"

那女人像见了外星人似的盯着南茜。

南茜这才意识到，自己这又是披着羊绒外套又是光着脚丫子的，形象确实有些另类了。的确，对于一个在菜园子里挖坑的农妇来说，坐飞机的女人的惊世骇俗指数一点不比天外来客低。那女人试探着伸出手，摸了摸南茜的大衣。南茜有些不好意思了，这女人是把她当成仙女了。

"我是爱尔兰人。"南茜努力让自己更像人类些。

那女人咧嘴一笑，摇摇头，仿佛在说：你可骗不了我。

"我需要找车载我去都柏林。"南茜说。

这句话女人听懂了。她终于开始说话："噢，可不，你可不得去那儿么！"很显然，她觉得像南茜这样的稀罕人物就属于大城市。

南茜听她说的是英语，松了口气。她一直害怕这女人说盖尔语[1]呢。“还有多远？”

“你要有匹好马的话，一个半小时就能到。”她抑扬顿挫地答。

这可不妙。现在离“飞剪号”在福因斯的起飞时间只剩两个钟头。那儿可在这个国家的另一头。“这附近有人有汽车吗？”

“没有。”

“该死。”

“不过铁匠家有辆摩多测。”她说的是“摩托车”。

“那也成！”到了都柏林之后就好弄到车去福因斯了。她也不知道福因斯还有多远，也不知道需要多久才能到那儿，但是她觉得自己必须试一下。“铁匠家在哪？”

“我领你去。”女人将手中的铁锨往地上一戳。

南茜跟着她绕到房子另一边。所谓的马路不过是条泥泞的小道。南茜看到只觉大事不妙，摩托车在这种路面上还不如小马驹快呢。

她走在小村子里，又想起另一件难事，摩托车只能载一个人。她本来想着能弄辆车开回去接拉弗斯的，但摩托车只能带一个人。车主要是愿意卖车就另当别论，那样的话就可以让拉弗斯当司机载着南茜。她又激动地想到，那样一来他们可以直接开到福因斯。

她们走到最后一间屋子，来到一个斜搭在屋子上的作坊旁边——南茜的满心希望瞬间灰飞烟灭。铁匠正在修那辆摩托车，

① 盖尔语（Gaelic）主要用于苏格兰和爱尔兰等凯尔特文化区，发音类似于德语。包括苏格兰盖尔语和爱尔兰盖尔语。

零件散得满地都是。南茜叹道：“呃，真该死！”

女人用盖尔语和铁匠攀谈起来。他饶有兴致地瞅了瞅南茜。他很年轻，有典型爱尔兰人的黑发、蓝眼睛和浓密的八字胡。他会心地点点头，对南茜说：“你的飞机在哪儿？”

“离这儿差不多半英里把。”

“我去看看好了。”

“你懂飞机吗？”她将信将疑地问道。

他耸了下肩：“发动机就是发动机呗。”

她想了想，他既然能把摩托车大卸八块，估计也能修飞机的发动机。

铁匠继续道：“不过听起来，我就是去也来不及了。”

南茜皱眉，然后听到了他之前留意到的声音：飞机的声音！“虎蛾号”吗？”她跑到外面往天上看。可不是嘛，那架小黄机正在村子上空低飞。

拉弗斯修好了——而且没等她就起飞了！

她难以置信地张大双眼。他怎么能这么对她呢？她的行李箱还在上面呢！

飞机仿佛在嘲笑她一般俯冲到村落上空。她冲着飞机挥舞着拳头。拉弗斯向她挥手致意，然后飞走了。

她眼睁睁地看着飞机越变越小。铁匠和农妇站在她旁边。“他把你甩了。”铁匠说。

“他个冷血的烂人。”

“你老公？”

“当然不是！”

“幸好不是。”

南茜一阵恶心。一天里竟有两个男人背叛了她。她不禁纳闷：是自己哪有问题吗？

她思量着，要不还是放弃好了。她现在是赶不上“飞剪号”了，彼得会把公司卖给奈特·里奇威，然后一切就都完了。

飞机斜拉转弯又飞了回来。南茜估摸着他这是在把航道拉到福因斯方向。他就要追上跟人私奔的老婆了。南茜祈祷着：他老婆可千万别跟他回去。

飞机竟然还在转向，换到朝村落的方向后才开始笔直飞行。他这是要干吗？

飞机开始沿着泥泞小道沿线下降。他怎么回来了？飞机越飞越近，南茜也不知道他会不会降落。发动机又出问题了？

小飞机蹭了下泥泞小道，一路蹦到了铁匠门前。

南茜高兴得差点没晕过去。他是回来接她的！

飞机一阵猛烈的震动，停到了她面前。莫巍喊了句什么话，南茜没听清。她喊道：“你说什么？”他不耐烦地招手让她过去。她跑到飞机跟前。他俯下身子咆哮道：“你等什么呢？赶紧上来！”

她看看手表。现在是三点一刻。他们还是可以及时赶到福因斯的。她又神采奕奕、信心满满了。她心想：我还没玩儿完呢！

年轻铁匠走上前来，笑眯眯地说：“我帮你上去。”他往前迈了一步，两手连在一起。她把满是泥巴的光脚往上一踩，他猛地把她往上一托。她爬回了自己的座位。

飞机立马就起飞了。

几秒钟后，他们飞了起来。

第九章

莫巍·拉弗斯的妻子很开心。

“飞剪号”起飞时戴安娜吓得不行，不过这会儿她一点儿事都没了，兴高采烈的。

她从没坐过飞机。莫巍从没未请她坐他的小飞机，就算她花了好几天给他的飞机涂上可爱的明黄色，他也还是没请。她现在发现，只要你克服了紧张，那么在如此高空中飞行，从这带翅膀的顶级酒店上俯瞰英格兰的绿草地、玉米田、公路铁路、住宅、教堂和工厂，实在是太好玩、太刺激了。她自由了。她离开莫巍和马克私奔了。

昨晚他们在南安普敦的西南大酒店里登记的是“埃尔得夫妇”，那也是他们第一次一起度过整个夜晚。他们做了爱，然后一起入眠，早晨一起醒来，然后又做了爱。跟过去三个月的紧张午后和仓促亲吻相比，这样做仿佛奢侈无比。

飞行中的“飞剪号”就像一部活生生的电影。这里装饰豪华，人们举止优雅，两个乘务员办事利落，所有的事情都像有剧本参照一样恰当而紧凑地发生着，还有抬头不见低头见的明星脸。多金的犹太复国主义者加蓬男爵一直在跟愁眉苦脸的同伴激烈讨论着。人尽皆知的法西斯主义者奥森福德勋爵陪同他的漂亮夫人一起登了机。法国社交圈顶梁柱拉维尼亚·芭莎洛夫公主则和戴安娜一个套间，坐到了戴安娜那排沙发靠窗的位置。

公主对面那个靠窗座位上坐的是电影明星白璐璐。戴安娜看过好多她的电影，《表哥杰克》《苦痛》《秘密生活》《特洛伊的海伦》。曼城牛津大街的派拉蒙电影城还播过好几部她拍的别的电影。不过最让她惊讶的还是马克和她相识这件事。他们入座时就听见有女人用美国腔尖声叫道："马克！马克·埃尔得！真的是你吗？"戴安娜转身，只见一个娇小的金发女人小鸟依人地扑到了他身上。

原来他们多年以前曾在芝加哥因为某广播剧合作过。彼时的白璐璐还没这么大红大紫。马克介绍了一下戴安娜，璐璐也嘴巴甜甜地夸她漂亮，说马克能找到她真是好福气，但归根结底她还是对马克更感兴趣些。俩人自从起飞后就没断过话茬儿，一直在回忆旧时光。那时候他们还年轻，穷得住在小客栈里，喝着走私来的酒，一醉到天明。

戴安娜以前没发现白璐璐竟然这么矮，电影里的她个子好像高些，而且更年轻。而在现实生活里，你会发现她的头发金得并不像戴安娜那么自然，她的是染的。不过她倒确实有着所演角色的那种叽叽喳喳不依不饶的性格。即使到了现在她还是所有人注意力的中心。虽然她在跟马克说话，但所有人都在看她，角上的拉维尼亚公主、马克对面的戴安娜还有过道那边的两个男人，都在看。

她现在讲的是一个广播剧的故事。剧里有个演员以为自己的角色已经说完，提前离开了，而实际上这场剧的最后还有句他写的台词。"我在念我的词儿：'谁吃了我的蛋糕？'然后所有人都四处找——可乔治不见了！接着是一段长长的沉默。"她为了戏剧性效果故意停住了。戴安娜一笑。广播剧里人在出差错的时候，到底会做何反应呢？她听过不少广播，但是这种情况倒还从没碰上过。璐璐要揭晓了。“我就又念了一遍词儿：‘谁吃了我的蛋糕？’然后我就，”她颔起下巴，用惊愕但却逼真的男声沙哑地说，“‘我看肯定是猫吃的’。”

所有人都大笑起来。

“广播剧就是这么结束了。”她给故事画上句号。

戴安娜记得有一回广播剧里的播音员被什么东西吓着了，惊叫了一句“我靠！”。“我听过一回播音员说脏话。”她说。她正要把来龙去脉说上一说，结果马克来了句：“啊，那是常有的事儿。”然后就又转到璐璐那边说：“你还记得那回马克思·基弗说了句贝比·鲁斯的蛋很干净，然后就开始狂笑不止吗？”

马克和白璐璐为了这句话笑得前仰后合，戴安娜也为之微笑，但她开始觉得自己被冷落了。现在回想一下，自己是被宠坏了，过去三个月里马克独身一人在异国他乡，全身心都在她那儿。但他不可能永远这样。从现在开始她得习惯和别人分享他了。可她没有必要扮演听众的角色。她转向右边的拉维尼亚公主，说：“您听广播吗，公主陛下？”

俄国老女人耷拉着眼，仰着窄窄的鹰钩鼻子，趾高气扬地说：“我觉得它略带庸俗。”

戴安娜原来也见过自命不凡的老女人，她们是唬不住她的。“那倒怪了，”她说，“我们昨天还听到有电台放贝多芬的五重奏呢。”

“德国人的音乐特别机械化。”公主回道。

戴安娜明白了，让她满意是不可能的。她自己原也是世上最悠闲最养尊处优阶层的人，还巴不得所有人都认识到这一点，因此别人给她什么东西她都要表现出一副没有她之前用惯的东西好的样子。她原本也会变成这副讨人厌的样。

负责飞机后半部的乘务员过来点酒水饮料了。他叫戴维，个头不大，穿着整齐，头发浓密，是个魅力十足的年轻人。他沿着红地毯过道轻快地走了过来。戴安娜点了杯马提尼。她也不知道这是什么酒，但她记得电影里面的美国女人都喝这种酒。

她开始打量起套间另一头的两位男士。他们都看向窗外。离她最近的是个帅气的小伙子，穿的西装很花哨。他有运动员一样的宽阔肩膀，戴了好几个戒指。他皮肤颜色很深，戴安娜不禁猜想他是不是南美人。他对面的男人则显得有些格格不入。他的西装太大，衬衣领也磨旧了，看上去不像是买得起“飞剪号”机票的人。他的头秃得跟个灯泡似的。这两个人彼此并无交谈，也没看过彼此一眼，但戴安娜还是很肯定他们俩是一起的。

不知道此时此刻的莫巍在做什么。他肯定已经读过她留的言了。她内疚地想，他也许哭了。不，他不是那样的人。他更可能会破口大骂。但是他会朝谁骂呢？可能朝他那些可怜的工人吧。真希望当时写得再仁慈些，至少要更轻松一点。但是当时心烦意乱的她写不出更好的词了。他八成会给西娅姐打电话。他肯定觉得，西娅应该知道她去哪儿了。好吧，西娅她不知道。她会被吓到。她会怎么跟双胞胎说呢？想到这里，戴安娜很不安。她会很想这两个小外甥的。

戴维带着他们的饮料回来了。马克朝璐璐举起了酒杯，然后又举向戴安娜——“根本就是刚反应过来嘛。”她酸楚地自言自语道。她尝了口她的马提尼，差点没吐出来。“呃！”她说，

“跟不加水的杜松子酒似的！”

大家都嘲笑她。“它主要加的就是杜松子酒呀，亲爱的，”马克说，“你之前没喝过马提尼吗？”

戴安娜感觉很没面子。她跟进了酒吧的学生妹没什么区别，连自己点的是什么都不知道。现在这些大都会的人肯定都觉得她是个没见过世面的乡巴佬了。

戴维说：“我去给您换个别的吧，夫人。”

“那给我来杯香槟吧。”她闷闷不乐道。

“马上就来。”

她又对着马克回了句：“我就是没喝过马提尼，就是想尝尝而已。这也没什么错吧？”

“当然没了，宝贝儿。”说着他还拍拍她膝盖。

拉维尼亚公主说：“小伙子，这白兰地简直让人想吐。去给我换成茶。”

“马上好，夫人。”

戴安娜决定去厕所。她起身说了声“借过”，走到外面，穿过了后面的拱门。

她又走过另一个套间来到飞机尾部。这里的一侧是小隔间，里面只有两个人，另一边则是一扇门，上面挂着“女士化妆间”的牌子。她走了进去。

化妆间让她心情好了许多。这里可真漂亮，有梳妆台，台前还有两个祖母绿色的皮椅，墙面包了乳白色墙纸。戴安娜在梳妆台前坐下开始补妆。马克说这是“改写”她的脸。她的前方整洁地摆有纸巾和面霜。

可当她看向镜子里的自己时，她看到了一个不开心的女人。

白璐璐像一朵乌云，遮住了她的阳光。她分走了马克的注意力，让马克把她当作一个无足轻重的人。这是自然而然的事吧，谁让璐璐和他年龄相仿呢，他三十九，她肯定也四十朝上了。戴安娜才三十四。马克意识到璐璐多老了吗？男人对年龄可能会很迟钝。

问题的关键是璐璐和马克共同点太多了：都在演艺圈，都是美国人，都在广播刚兴起的时候干过。这类事情戴安娜一件都没做过。要是说得再严苛一点，她除了在乡下小城当过社会名流其他什么都没干过。

以后和马克在一起会不会都是这样呢？她要去他的国家了。从现在开始，他对一切都了如指掌，而她对一切都一无所知。因为她在美国无亲无故，他们会和他的朋友混在一起。她究竟还要多少次，像刚才不知道马提尼喝起来像什么都没加的杜松子酒那样，因为不了解别人都知道的东西而被所有人嘲笑？

她问自己以后会有多么想念那个被自己抛弃的、舒适的、可预知的世界。那个世界里满是慈善舞会，满是在曼城酒店里举办的共济会晚宴，那里所有的人、所有的酒、所有的菜单她都认识。那世界虽然无趣，但却很安稳。

她摇摇头好让头发更蓬松更好看。她不要再这么想下去了。她在心中念道：那个世界里的我无聊得心烦；我在那里渴望冒险，渴望刺激；现在渴望已经实现，我得好好享受。

她下定决心，一定要把马克的注意力赢回来。她能做什么呢？她可不想跟他对峙然后跟他直接说自己不喜欢他那么做。那种做法太软弱了。或许，“以其人之道还治其人之身”的办法能管用。她可以找个人，像他跟璐璐说话那样跟他聊天。这总能让他正襟危坐开始注意吧。找谁呢？过道那边的帅小伙儿挺好。他比马克年轻，还比他高大威猛。这非把马克的醋坛子打翻不可。

她在耳后和胸间拍了拍香水，然后走出化妆间。沿着飞机走时她故意多扭了几下屁股。男人色眯眯的眼神还有女人羡慕嫉妒恨的目光都让她很享受。她心想：我是飞机上最漂亮的女人，白璐璐是知道的。

到了自己的套间之后，她并没有马上入座，而是拐到左边，擦过身穿条纹西装的年轻男子的肩膀向窗外望去。他朝她投了个“很高兴认识你”的微笑。

她回笑，说道：“这可真美，对吗？”

“可不是吗？”他说。不过她留意到，他小心翼翼地瞅了眼对面的男人，好像在等着被训斥似的。另外那个男人简直就像是他的监护人。

戴安娜问：“你们俩是一起的吗？”

秃顶男人生硬地说：“你说我们是一伙儿的也行。”他似乎发觉自己有些失礼了，伸出手说：“奥利司·菲尔德。”

“戴安娜·拉弗斯。”她不情愿地和他握了握手。他的指甲可真脏。她又转到年轻人面前。

“弗兰克·戈登。”他说。

两个都是美国人，但相似之处到此为止。弗兰克·戈登着装整齐，别了领扣，胸前口袋里还放了丝巾。他身上有古龙水的香味，头发卷卷的，抹了少许油。他说道：“这是哪一块儿，我们下面——还在英国吗？”

戴安娜隔着他俯身望向窗外，让他闻闻自己的香水味。“我想这儿肯定是得文郡了。”她说。虽然她自己也不知道。

“你是哪儿的人？”他问。

她在他身旁坐下。“曼城的。”她说。她朝马克那边望了一眼，看见他惊愕的表情，又把注意力拉回到弗兰克这边。“在英格兰的西北部。”

对面的奥利司·菲尔德点了支烟，释放出难闻的味道。戴安娜把一只大腿翘到了另一只上。

弗兰克说：“我老家是意大利的。”

意大利是法西斯政府。戴安娜直率地问道：“你觉得意大利会参战吗？”

弗兰克摇摇头。“意大利人民不想打仗。”

“我觉得人人都不想打仗。”

“那为什么还有战争？”

她只觉此人真不开窍。他很有钱，这很明显，但是好像没受过什么教育。大多数男人都会迫不及待地跟她解释东解释西，好显摆自己多有学问，根本不管她想不想听。这人却没这种冲动。她看向他的同伴，问道：“菲尔德先生，你什么意见？”

“没意见。”他的回答简单粗暴。

她又回到年轻人这边。“要是不开战的话，法西斯的那些领导们估计就管不住自己的人民了。”

她又看了眼马克。让她失望的是，他又开始和璐璐相谈甚欢了，俩人咯咯笑得像中学小姐妹似的。她很失望。他怎么回事？要换成是莫巍，早一拳打到弗兰克脸上了。

她回头看弗兰克，“跟我说说你自己吧”的话都到她嘴边了，但她忽然听不下去他那些无趣的回答了。她一句话都没说。正在此刻，乘务员戴维带着她的香槟酒和一盘鱼子酱走了过来。她趁机回到了自己的座位，满心的失落。

她忿忿地听了会马克和白璐璐聊天，然后就神游到别处去了。她犯不着为璐璐不爽。马克已经把自己交给她戴安娜了，现在只是因为聊起旧时光而开心而已。为了去美国心烦也没有意义：掷出去的骰子，铁板上的钉。决定已经做好，莫巍这会儿也读了她的留言了。这会儿还为白璐璐这样人老珠黄的假发女怀疑自己岂不是太傻了一点。美国人的生活方式，美国人的酒，美国人的广播剧还有美国人的礼仪，她很快就能学会。要不了多久，她就能交到比马克还多的朋友：她就是这样的人，她就是能把所有人都吸引过来。

她开始期待起漫长的横跨大西洋之旅。之前读《曼城卫报》“飞剪号”的报道时候，她觉得这是世上最浪漫的旅程。爱尔兰到纽芬兰将近两千英里，所需时间也特别漫长，差不多十七个小时。飞机降落之前，乘客会有充足的时间来用晚餐、上床、睡一整晚然后起床。穿之前和莫巍一起买的睡衣貌似不是明智之举，不过她确实没时间为这趟差购物啊。幸好她带了件奶咖色真丝睡袍还有一条从来没穿过的粉黄色睡裤。这儿没双人床，连蜜月套房里也没——马克问过了——好在他的铺位就在她旁边。想到要在大海之上入眠，在远离陆地的空中飞上一个小时接一个小时，她在兴奋不已的同时又有些心惊胆战。她开始怀疑自己到底睡不睡得着了。发动机不管她睡或是不睡都会转得好好的，但她还是担心它们会在她睡着的时候停掉。

她看窗外，他们现在就在海面正上空。这肯定就是爱尔兰海了。人们都说，由于开阔的海面上有风浪，水上飞机是停不上去的。可戴安娜还是觉得，水上飞机成功降落的几率总还是会比普通飞机大些。

飞机飞入云层，她什么都看不到了。过了一阵儿，飞机开始摇晃。乘客们都紧张得相视而笑。乘务员到处走着，要求乘客系好安全带。戴安娜看不见陆地的影子，特别紧张。拉维尼亚公主狠狠抓住座位上的扶手。马克和璐璐却还跟没事儿人似的，继续东拉西扯。弗兰克·戈登和奥利司·菲尔德二人神情还算镇定，不过他们都点了香烟，狠劲地抽了起来。

马克正说“玛莉·费尔菲德后来到底干什么了”？忽然传来“砰”的一声，飞机好像要下坠了。戴安娜觉得自己的胃跑到了嗓子眼。另一个套间里还有个乘客尖叫了出来。不过飞机没多久就摆正回去，稳得好像已经停好了一样。

璐璐说：“玛莉嫁了个百万富翁！”

“别开玩笑了！”马克说，“她人那么丑！”

戴安娜说：“马克，我害怕！”

他对着她说：“亲爱的，就是个气穴而已，很常见。”

“但那感觉好像要坠机一样！”

“不会。没什么大不了的。”

他又回璐璐那边儿了。璐璐以为戴安娜还要说些什么，瞧了她一眼。戴安娜别开脸，对马克的表现很生气。

马克说：“玛莉怎么钓到了百万富翁？”

璐璐过了一会儿才答：“我也不清楚，我就知道他们现在住在好莱坞。他是投资电影的。”

“真没想到啊！”

戴安娜心想：你想到才出鬼呢。等马克旁边没别人的时候，她立马得好好跟他说道说道。

他如此的不体贴让她更加害怕。等到了晚上，在他们下面的就不是爱尔兰海而是大西洋了，那时她又会是什么心情？她想象中的大西洋浩淼无边，空空荡荡，只有绵延数千里的冰冷与死寂。《曼城卫报》上说，如果你到了大西洋，那除了冰山之外别的什么都别想看到。最恐怖的就是那空无一物的画面：除了飞机、月亮还有起伏的海水，别的什么都没有。想来也可笑，大西洋就像她不敢去的美国一样：她脑子里知道没有危险，可那里连一个熟悉的地标都没有，景色太过陌生了。

她开始神经质起来。她试着想别的事，开始期待有七道菜的晚餐。她向来都喜欢漫长又优雅的饭局。晚上上床睡觉，她肯定又会兴奋得像个要在花园里扎帐篷过夜的孩子。纽约城灯光璀璨的高楼大厦正在恭候她这位大洋彼岸的来客呢。可惜探索未知之旅的兴奋现在已化作恐惧。她喝光杯子里的酒，又点了杯香槟，但这依然无法让她平静。她渴望那种脚踏实地的踏实感。她想象起海水会有多冰冷，不禁打了个寒颤。无论她做什么，内心的恐惧都无法停止。她要是孤单一人，早就紧闭双眼把脸埋起来了。她恶狠狠地看着马克和璐璐。他俩还在那儿谈得热火朝天，全然不顾她的痛苦。她真想嚎啕大哭，歇斯底里地大闹一场。但她强忍住泪水，保持着镇定。飞机马上就会在福因斯降落，到时候她就能下到干燥的地面上好好走走了。

可之后她还得回来，继续把这跨海之行飞完。

不知为何，她受不了这个想法。

她心想：我连这一个小时都熬不过，怎么撑得完整个晚上？这会要了我的命的。

但我还能做什么呢？

当然，到了福因斯没人会强把她拉回到飞机上。

而她自觉若是没人硬拉，自己是没胆量回来的。

那我该怎么办?

我知道我要怎么办了。

我要给莫巍打电话。

她不敢相信自己的美梦竟要以这样的方式破灭了。但是她知道，这结局是注定了的。

她眼睁睁地看着马克被一个染了头发的老女人生吞活剥去。她要给莫巍打电话告诉他，对不起，我做错了，我要回家。

她知道他会原谅她的。她对他的反应就是这么有把握，这也让她有些惭愧。她伤害了他，但他还是会张开双臂迎接她，为她的回归心花怒放。

但她又痛苦地想：这不是我想要的结果，我要到美国，我要嫁给马克，跟他住在加州。我爱他。

不，这只是黄粱一梦。她是曼城莫巍·拉弗斯的夫人，是西娅的妹妹，是双胞胎姐妹的戴安娜姨妈，是曼城社会中一个没什么危害性的反叛分子。她永远都不会住到一个有花园有棕榈树有泳池的别墅里。她嫁给了一个忠厚又带点脾气的男人，他对自己的生意比对她更感兴趣。但大多数她认识的女人都和她的情况一模一样，所以这也正常。她们都对自己的生活感到失望，可好歹日子过得比个别嫁给败家子或者酗酒老公的女人要强，于是她们互相慰藉，一致同意生活本可能更糟，然后再跑到百货商场和美发沙龙花老公辛辛苦苦赚来的钱。

飞机再次空荡地踉跄了一下，然后又和上次一样恢复了平稳。戴安娜必须很努力地集中精神才能不吐出来。不过也不知怎么的，她不再害怕了。她知道未来会怎么样。她觉得很安全。

她只是想流泪。

第十章

在飞机工程师艾迪·迪金眼里，“飞剪号”就是个巨大的肥皂泡，美丽又脆弱。他必须小心翼翼地把它带到海的另一边。里面的人却欢声笑语，全然不知自己和外面荒凉的夜之间，是一层多么轻薄的膜。

这趟旅途的危险比他们想象中的大。要知道，飞行器制造技术还很新，而夜晚的大西洋上空还是个未经勘测的空间，处处都是未知的危险。尽管如此，艾迪总是很自豪地认为，机长的技术、机组人员的投入以及可靠的美国工程质量会把他们安全地带到家。

而这趟旅途，他却害怕得要命。

乘客名单上有叫汤姆·路德的人。乘客登机时，艾迪不住地望向驾驶舱的窗外，心里嘀咕着到底哪个是绑架卡洛安的始作俑者。他当然看不出来——他们就是群衣冠楚楚养尊处优的商业大亨、电影明星以及皇亲贵胄罢了。

做飞前检修的时间里他终于得以将烦恼的思绪从卡洛安身上转开，一心扑在手中的活儿上：检查工具箱，给四个巨大的辐射型发动机加油预热，调节化油器和整流罩鱼鳞板，还在水上飞机滑行时看住发动机。然而飞机达到巡航海拔之后，要他做的事情就没几样了。他需要协调各发动机的速度，维持发动机温度，以及调节汽油配比。接下来他的工作主要就是监控发动机，查看它们是否都运行顺畅。他又开始胡思乱想了。

他有一种不理智的欲望，迫切地想知道卡洛安现在穿了什么。要是脑海中浮现的她穿了扣好系好的羊皮大衣和雨靴，他的感觉就会没那么糟。他不怕她冷——现在才九月——怕的是她没遮掩好自己的身形。可她更可能穿了那件心爱的薰衣草色的无袖连衣裙。那衣服特别能衬出她曼妙的身材。在接下来的二十四小时里，她都会被绑在一群色狼之间。他只要一想他们如果喝酒会发生什么，就痛得撕心裂肺。

他们到底他妈的想干吗？

但愿其他机组人员没注意到他现在这副状态。所幸的是，他们各个都在专心忙自己的活儿，而且并没像在其他飞机里一样挤在一起。“波音-314”的驾驶舱非常大，宽敞的驾驶席仅仅是一部分。机长贝克和副机长强尼·多特并肩坐在操控台前高高的驾驶座上，二人之间的空当通向一扇活板门，从那儿能下到机头部位的艏舱。到了夜里，飞行员后方可以拉上厚厚的遮光帘，这样其他舱室的光线就不会干扰到他们的夜行视线了。

“飞剪号”驾驶舱单这个区域就比其他飞机的驾驶舱大，其余部分则更加慷慨。飞机左舷几乎贴满了两米长的图表，导航员杰克·阿什福现在正在那边弯腰看着地图。正后方放了张小型会议桌，机长不驾驶的时候会坐在那儿。机长的桌子旁边有个椭圆形的舱口，舱口通向机翼矮道：飞行途中可以通过矮道够到发动机乃是“飞剪号”的一大特色。飞机在空中时，艾迪可以用它做一些类似修补漏油点之类的简单维修。

右舷侧副驾驶席正后方是一个通向客舱的楼梯，再后面是广播台，本·汤普森就面朝前方坐在那儿。本后面坐的就是艾迪了。他侧向而坐，盯着满墙的操控仪表和一大排操纵杆。在他稍右边一点是通向右舷机翼的矮道。驾驶舱的后部是一扇通向货舱的门。

整个舱室二十一英尺长，九英尺宽，高全都过了人头。这里铺有地毯和隔音设备，墙上包了柔软的绿色墙纸，椅子全是咖啡色真皮的。这简直是世上最豪华的驾驶舱，艾迪第一次见的时候还以为它是谁开的一个玩笑。

而现在，他看到的只有同事弓起的背和因为专注皱起的额头。他如释重负地认定，他们并没有发觉他的恐惧。

他迫切地想知道自己为何会有如此噩梦，他想提前给未知的路德先生机会，让他告诉自己到底是怎么回事。艾迪从起飞到现在一直在搜肠刮肚地找理由下到客舱去。他想不出来，索性找个牵强的理由将就吧。他起身对导航员咕哝了一句“我去看看方向舵调整片的控制线”，赶紧下了楼。若是有人问他为何要在那个时候去查那个东西，他就回“直觉”。

他沿着客舱慢慢向后走。尼崎和戴维正在上酒水零食，乘客们都在惬意地用好几种语言交谈着。主休息室里已经开始有牌局了。艾迪看到了几张熟悉的脸，但他根本没心思想那些名人各是何方神圣。他同好几位乘客交换眼神，心想着有谁能告诉他自己是汤姆·路德。可惜没人跟他说话。

他来到飞机后部，沿着女化妆室门边的墙梯向上爬，梯子上方天花板的舱口可以通向空无一物的尾舱。其实他不下驾驶舱直接走货舱也能到这儿。

他草草地检查了一下方向舵调整片的控制线，然后关上舱口爬了下去。旁边一个十四五岁的男孩正好奇地看着他。艾迪逼着自己微笑，男孩得到了鼓励。他说：“我能参观一下驾驶舱吗？”

“当然可以了。”艾迪机械地回答。他现在并不想找麻烦，但是这架客机上的每个机组人员在面对乘客时都必须和蔼可亲，再说他这会儿正想找事分分心不再去想卡洛安呢。

“太好了，谢谢！”

“你先嗖回座位儿，我一会儿接你去。”

男孩的脸上掠过一丝疑惑，然后点点头，飞快地跑开了。艾迪这才意识到，“嗖回”是北边新英格兰区的话，纽约人都听不懂，更别说欧洲人了。

艾迪回去的路上走得更慢了。他在等人来找他，但是没有人。他只能当那人是在等更谨慎的机会叫他了。其实他可以直接问乘务员路德先生座位在哪儿，但他们肯定会好奇他想知道的原因。他可不想勾起他们的好奇心。

男孩和他的家人一起坐在靠前的二号套间。艾迪说：“好了小鬼，跟我上去吧。”然后向他的家人投以微笑。他们冷淡地对他点点头。一头红色长发的女孩八成是男孩的姐姐，她朝他微笑表示感谢，让他的心漏跳了一拍：她笑起来可真美。

“你叫什么名字？”艾迪在上旋转楼梯的时候问。

“珀西·奥森福德。”

“我是艾迪·迪金，机修工程师。”

他们上到了楼梯顶。“大多数的驾驶舱可没这么好看。”艾迪逼自己表现得高兴点。

“那它们一般什么样？”

“光秃秃的，又冷又吵，而且到处都是凸起的地方，你每转一次身都会被戳到。”

“工程师都做些什么？”

“我负责照看发动机——确保它们能一直转到美利坚。”

“那些仪表和操纵杆又是做什么的？”

“让我瞧瞧……这里面有控制螺旋桨转速的、有管发动机温度的，还有控制混合油气的。还有一组操纵杆分别控制四个发动机。”他觉得自己介绍得有些粗略，这男孩又这么聪明。他又努力让介绍更详尽一点。“来，坐到我的位子上。”他说。珀西迫不及待地坐了上去。“看这个仪表，上面指示的是二号发动机温度，表头指着二百五十摄氏度。这离最高可承受温度，也就是巡航时的二百三十二摄氏度，高得有点过头了。所以我们要把它降下来。”

“要怎么做才能降下来？”

“你去握住那个操纵杆，然后往下拉一点儿……够了。你已将整流罩鱼鳞片多开了一英寸，冷空气可以进去了。待会儿你就能看到温度落下来了。你学物理多吗？”

“我上的是传统的学校，”珀西说，“他们给我们上了一大堆拉丁语希腊语的课，但我对科学不太感冒。”

依艾迪之见，打仗的时候希腊语拉丁语可帮不了英国。但是他保留了自己的意见。

珀西说：“其他人是做什么的？”

“唔，最重要的是导航员，杰克·阿什福，就是站图表前面那位。”杰克头发黝黑，五官端正，胡子全刮了。他抬头向二人友好地一笑。艾迪继续：“他的责任是弄清我们在哪，这在大西洋上空可不容易。后面行李间中间有他的了望圆顶，他可以在那儿拿着六分仪观测星相。”

杰克说道：“其实，那个东西叫‘气泡八分仪’。”

“什么东西？”

杰克把工具拿给他看。“里面的气泡可以告诉你仪器有没有放置水平。你要先认出一颗星星，从镜头看过去，然后调整镜头角度直到星星出现在地平线上为止。你可以在这儿读取镜头夹角，再到图表册里查，然后就能找到自己现在在地球上什么位置了。”

“听起来不难。”珀西说。

“理论上是很简单，”杰克笑着说，“但这条航线的麻烦是，我们有可能一路都飞在云里边，那我就一颗星星也看不到了。”

“可是你如果在开始的时候知道在哪儿，然后再一直朝着一个方向飞，那不就走不差了吗？”

“你说的那是‘航位推算’。不过照你那样做还是有可能走差的，因为还有侧面的风在吹你呀。”

“你就不能猜一下会被吹多远吗？”

“我们做的倒比猜还好。机翼里有个小活板门，我会趴在那儿往水上丢照明弹，然后一边飞一边仔细观察它的轨迹。它要是一直保持在机尾那条线上，那我们就没被吹跑；但它要是跑一边儿了，那就说明我们被风吹跑了。”

“这种方法听起来有些粗略。”

杰克又笑了。“确实。我要是不走运在海上一颗星星都看不见，然后对漂移做出错误估算，那就可能会偏离航向上百里。”

“那样的话会怎么样？”

“我们会在看到灯塔的第一时间发现偏航，然后就得立即变更航向。”

男孩稚气未脱但却聪慧的脸上流露出好奇和心领神会的表情。艾迪想：有一天我也会给我自己的孩子解释东解释西的。这又让他想起了卡洛安，心像针扎一样疼。未知先生路德如果能现身艾迪还能好受些。只要知道他们想要他干什么，他就能明白自己到底是为什么才这样不幸了。

珀西说：“我能到机翼里面看看吗？”

艾迪说：“可以。”他打开了右舷的舱口。发动机的咆哮声立马变响，里面还传出了一股热汽油的味道。机翼内有一个低矮的通道，上面只铺了一条窄板。两台发动机后各有一个机械操控台，空间刚好够站一个直立的人。泛美航空的内饰没有被铺到这个空间，这里是一个满是支杆和铆钉的实用世界。“大多数驾驶舱就是这个样子。”艾迪喊。

“我能进去吗？”

艾迪摇摇头，关上门。“乘客到这儿就得止步了，不好意思。”

杰克说：“我带你去看了望圆顶。”他领着珀西穿过了驾驶舱后的门，艾迪检查了一下过去几分钟都没顾上看的仪表们。一切安好。

电报员本·汤普森开始播报福因斯的天气：“西风，二十二海里，海面多浪。”

过了一会儿，艾迪仪表盘上的“巡航”指示灯闪灭了，“降落”灯亮了起来。他扫了眼温度计，然后报告：“发动机正常，可以降落。”这种检查必须进行，否则高压之下的发动机会因为降速过猛会被损坏。

艾迪打开通向机尾的门。狭窄的过道两边是各有一间行李间，旁边有架通向过道上方圆顶的梯子。珀西正站在梯子上，用八分仪向外望着。行李间那边有一块空间，那里本是用来放置机组人员床铺的，但是一直都没人来装：下班的机组人员用的是一号套间。那块区域后边有一个通向机尾的舱口，后面走的有控制线。艾迪喊：“杰克，要着陆了。”

杰克说：“年轻人，该回座位了。”

艾迪觉得，珀西美好得简直不真实。这孩子虽然照他的话做了，但是他眼里还放着古灵精怪的光。还好他这会儿拿出了自己的最佳表现，听话地下楼回客舱了。

发动机的声调变了，飞机也开始下落。乘务员们开始按部就班地协调降落，流利地进行着例行公事。艾迪真希望能把自己身上的事告诉大家，他现在孤独得要命。这些全都是他的朋友同事，他们相互信任，他们一起飞越过大西洋，他想吐吐自己的苦水，听听他们的意见。可这么做风险太大了。

他起身望向窗外，看到了一个小镇。这八成就是爱尔兰的利麦立克了。镇外夏农河口北岸有一个正在修建的一个大型飞机场，那里可供陆上飞机和水上飞机降落。新机场建成之前，这个巨大水上飞机需要降落在河口的南岸某个小岛的背风处，就在一个叫作福因斯的村庄外。

他们目前飞的是西北方向，所以贝克机长需要先让飞机转个四十五度弯，然后再御西风降落。为确保下面没有可能损伤飞机的大号漂浮物，村子会派出汽艇在着落区来回巡视检查。加油船也会满载五十加仑的大油桶在下面待命。还会有一大群看热闹的人在河岸上等着观摩飞天大船的奇迹。

本·汤普森正在对着话筒广播。对着几英里的地方发信号都得用莫斯码，但现在已经近得可以用声音广播了。艾迪听不清他说的话，但可以从本气定神闲的声调听出来，一切顺利。

他们平稳地下落着。艾迪警惕地观察着自己的仪表，间或做一些微调。最重要的任务之一就是协同各发动机的速度。飞行员频繁收油门的时候，这个操作的要求会更高。

飞机降落到平静的海面时人几乎感觉不到。理想的话，“飞剪号”的船体会像勺子插进奶油一样扎入水中。聚精会神盯着仪表操控台的艾迪经常是在飞机入水好几秒之后才发现他们已经触水了。然而今天的海很不平静，“飞剪号”降落路径上每个地方都有大海浪。

最先触水的是船体的最低点。它“唰唰”地破开了一个个浪头。这个动作只持续了一两秒。巨大的飞行器将海面劈开，向下放了几英寸。艾迪认为，这种着落的感觉比陆地式飞机柔缓得多。陆地飞机落地时震感明显，而且要有好几下。驾驶舱窗户在上面，只有极少的水花飞溅上来。飞行员减速，飞机马上慢了下来。飞机又变回了船。

船体向泊位滑行，艾迪再次望向窗外。船的一边是又矮又秃的小岛：只有一间小白房和几只羊。另一边是大陆。他看到了一排相当大的水泥码头，上面建立几个大大的储油罐和零散的几座灰房，码头边还拴了艘大型渔船。福因斯到了。

和南安普顿不同，福因斯没有专门为水上飞机建造的码头，所以“飞剪号”只能滑行到河口，而乘客只能先下到汽艇上。停靠是工程师的活儿。

艾迪走向前，跪在两个驾驶席之间，打开通向艏舱的舱口。他顺着梯子爬到了一个空荡荡的空间。他走上机头，打开一个舱口，然后探头出去。空气真清新，还带着点咸味。他深呼吸。

汽艇已经开到边上了。一个船工朝艾迪挥手示意。那人手里拿着根绳子，绳子连着浮标。他将绳子抛向水中。

水上飞机的头部有可折叠式绞盘。艾迪将它提起固定到位，然后又到里面拿来钩杆，将漂在水里的绳子钩了上来。他抬头看向身后的挡风玻璃，朝贝克机长竖起大拇指。

另一艘汽艇也来到旁边，准备迎接下机的乘客和工作人员。

艾迪关上舱口，返回驾驶舱。贝克机长和电报员本还在各自位置上，但副驾驶强尼则靠到了图表台上和杰克攀谈着。艾迪在自己的工作台前坐下，关掉发动机。一切井然有序之后，他穿上黑色制服外套，戴上了雪白的制服帽。全体机组人员下了楼，穿过二号客舱进入主休息室，踩到外面的海翼上，从那里登上了汽艇。艾迪的副手米奇·费恩会留下监督加油过程。

外面阳光灿烂，但还有阵阵带着咸味的凉爽微风。艾迪再次巡视了一遍汽艇上的乘客们，又开始琢磨起到底哪个是汤姆·路德了。他认出那个女人的脸了。她不就是那个在《巴黎谍影》里和法国伯爵做爱的女影星白璐璐吗！她这会儿正和一个穿运动夹克的男人聊得起劲儿。他会不会是汤姆·路德呢？他们身边还有个身穿波点裙子的美丽女子，好像很痛苦的样子。人群里还有几张似曾相识的脸，但大多数乘客都还是西装革履的未知男人和披着皮草的无名女人。

艾迪心里嘀咕，路德要再不行动，他就把他揪出来，去他妈的小心谨慎。他等不下去了。

汽艇驶离“飞剪号”，不紧不慢地开向地面。艾迪思量着他的妻子，望穿秋水。他脑海里不停浮现那群男人冲进他家的画面。卡洛安当时可能正在吃鸡蛋，或是煮咖啡，或是正要换衣服上班。她不会是在洗澡吧？艾迪喜欢看她在浴缸里的样子。她会躺在水里，别起长发，露出修长的脖子，懒洋洋地用海绵给小麦色的小腿抹泡沫。她喜欢让他坐在浴缸边跟她聊天。遇到她之前，他一直都觉得这种画面只会出现在男人的春梦里。现在这幅画被糟蹋了，变成了三个戴着软呢帽冲进浴室的粗汉子和被掳走的她——

艾迪一想到她被抓走时会有多么害怕多么惊讶，就抓狂得简直要疯掉。他只觉天旋地转的。他必须集中注意力，在汽艇里好好坐直才行。这突如其来的噩运，让艾迪手足无措，无助的同时，更多的是撕心裂肺的焦虑。她现在有生命危险，他却什么都做不了。他发觉自己攥紧了的拳头在不停地挥着，赶紧强迫自己停下。

汽艇靠岸后被人拴到了漂浮码头上。漂浮码头上连有通向岸边的通道。乘务人员把乘客扶上岸后，尾随他们走过通道。岸上有人将乘客引至海关棚下。

手续很简单，乘客很快来到小村子里。马路对面曾有个小旅店，现在差不多全让航空公司的人占了。机组人员正朝那儿走。

艾迪走在最后。穿过海关棚后，一位乘客朝他走了过来。

“你是工程师吗？”

艾迪神经一紧。这位三十五岁上下的男乘客个子虽然不高，但身板相当结实。他身穿浅灰色西装，打着领带，上面还别有领带夹，头上戴着灰色毡帽。艾迪说：“是，我叫艾迪·迪金。”

“我是汤姆·路德。”

艾迪眼前眩起一阵红，火立马蹿了上来。他抓住路德的领子，把他踉跄地拎到海关棚边，狠狠甩到墙上。“你们对卡洛安做了什么？”他咒骂道。路德完全被吓住了，他本以为会来个惊吓过度百依百顺的受害人呢。艾迪摇得他牙齿打架。“你个狗娘养的畜生，我妻子在哪？”

路德很快从惊吓中恢复过来，目瞪口呆的表情也不见了。他一转身，猛一挪，挥起一拳，就这么摆脱了艾迪的控制。艾迪闪过那一拳，又朝他的肚子上捶了两下。路德弯下腰，像气垫似的吐了口气。他很强壮，但健康上有些状况。艾迪扼住他的喉咙，开始用力掐。

路德惊恐地瞪着他。

过了一会儿艾迪意识到，自己就要把这个男人弄死了。

他慢慢松开手，放了他。路德低身扶墙，手抚着满是淤痕的脖子，大口大口地吞起气来。

爱尔兰海关官员从棚屋里走出。艾迪刚把路德摔墙上那一下肯定让他听到了。“怎么回事儿？”

路德吃力地站直身子，强忍着说：“我绊了一跤，没事儿。”

海关官员弯腰帮路德拾帽子。他一边好奇地盯着他们俩，一边把帽子递了过去。好在他再没说什么，又回去了。

艾迪四下看了看。没人看到他们的厮打。乘客和机组成员都已经消失在小火车站的另一边了。

路德戴上帽子，沙哑地说：“白痴，你要是搞砸了，咱俩还有你老婆都得完蛋。”

他一提卡洛安又把他惹恼了。只见他又朝路德挥起了拳头，路德赶紧拿胳膊挡，劝他说：“别急行吗？你这样是救不了她的！你还不明白，你需要我！”

艾迪明白得很：他只是失去了一阵理智。他往后退了一步，打量着这个人。路德谈吐不凡，身上的行头也价值不菲。他留着金色的八字胡，眼神冷淡放着凶光。艾迪一点也不后悔打了他。他需要找东西发泄一下，拿路德当目标正合适。他开始问：“你个瘪三儿到底想要我怎么样？”

路德将手插到西装口袋里。艾迪忽然反应到，他口袋里可能有枪。不过路德只掏出了一张明信片，递给了他。

艾迪一看，上面是缅因州班戈市。“这他娘的又是什么意思？”

路德说：“翻过来。”

另一面上写着：

“22.60N，67.00W”

“这些数字是什么意思——坐标吗？”艾迪问。

“没错，到了那儿你得把飞机弄下来。”

艾迪瞪着他。“把飞机弄下来？”他呆呆地重复道。

“没错。”

“这就是你们要我做的事儿——弄了半天就是为了这个？”

“就在那个位置把飞机弄下来。”

“可是，为什么？”

“因为你想你的漂亮老婆回来。”

“这坐标是什么地方？”

“缅因州海岸边。”

人们可能都觉得，水上飞机只要有水面就能哗哗地降下去。而实际上，能让它降落的水域必须非常平静。为安全起见，泛美航空公司规定，海浪如果超过三英尺，飞机则不得入水。飞机若是落到汹涌的波涛中，就会四分五裂。艾迪说："水上飞机是不能在开放海域降落的——"

"这我们知道。那边有避风的地方。"

"那也不等于——"

"你到那儿看就行了，肯定能落到那儿。我保证。"

他讲得那么自信，连艾迪都觉得他确实能保证。不过还有别的困难。"我怎么把飞机弄下来？我又不是机长。"

"我已经仔细地研究过了。理论上能让飞机降落的是机长，但是他的理由是谁给的？你是工程师，你可以制造差错。"

"你想我把飞机坠毁掉？"

"最好别——我一会儿还得坐上面呢。你就随便生个什么差错，能逼机长紧急迫降就成，"他用修剪干净的指尖点了点明信片，"就在那个地方。"

工程师能够制造差错让飞机迫降，这没什么疑问；可是紧急情况是很难控制的，艾迪一时也想不出什么办法能让飞机正好在那么精确位置紧急迫降。"这没那么好办——"

"我知道不好办，艾迪。但是还是可以办到的，我都问好了。"

他跟谁问的？他又是谁？"你到底是什么人？"

"别问了。"

起先是艾迪在威胁这个人，可风水轮流转，他现在成了被胁迫的一方。路德和那些丧心病狂的人是一伙的，他们已经精心布置好了。他们挑艾迪当棋子，然后又绑架卡洛安。他只能任由他们摆布了。

他把明信片放进制服口袋，转身要走。

“那你会做吗？”路德急切地问。

艾迪转脸，冷冷地瞪着他。他目不转睛地盯了路德许久，然后一言不发地走开了。

一直在装横的他心里早就不堪一击了。他们为什么要这么做？他之前曾做过猜测，可能是德国佬想把“波音-314”偷去抄袭。这个牵强的解释现在已经可以排除了。德国人要偷也是在欧洲偷，才不会大老远跑到缅因州去。

他们想“飞剪号”降落在如此精确的位置，这是条线索，说明会有船在那边接应。但目的是什么呢？路德是想走私什么东西或者偷运什么人吗？成箱的鸦片、火箭筒、共产主义煽动者还是纳粹间谍？这东西或者人肯定特别重要，重要到需要费这么大的周章。

至少他已经知道他们为什么挑选他了。你要是想找人把“飞剪号”弄下来，找工程师就对了。导航员是不行的，电报员更做不了，飞行员还需要副驾驶的配合才行；工程师就不一样，他一个人就能让发动机停下。

路德手中肯定有所有泛美“飞剪号”工程师的名单。这也不是什么难弄的东西：找人半夜到办公室偷或者直接贿赂秘书都可以。但为什么是艾迪？路德肯定是因为什么才选中了这一趟飞机，搞到了相应的花名册，然后他问自己：怎么才能让艾迪·迪金配合呢？接着答案就来了：把他老婆绑了。

要给这群匪徒当帮凶，艾迪很不情愿。他讨厌骗子。他们贪得无厌，好吃懒做，花钱大手大脚，只会从辛勤工作的老百姓那里骗吃骗喝。别人都在累死累活地工作，起早贪黑地做生意，在煤矿里没日没夜地挖，在铁厂汗流浃背地干；这群混蛋们却穿得人五人六，坐着豪车，整天游手好闲，就会招摇过市欺负百姓。让他们坐电椅都是便宜他们了。

他父亲和他想法一样。还记得老爹是这么说校园恶霸的：“那些家伙很卑鄙，没错，但他们各个都是呆瓜。”汤姆·路德很卑鄙，但他聪明吗？老爹说过：“想打过那些家伙不容易，但要把他们耍得屁颠儿屁颠儿的不是啥难事儿。”可汤姆·路德没那么好蒙。他精心策划好了一切，目前看来，他的计划非常顺利。

只要能换取一个蒙倒路德的机会，艾迪愿意做任何事。但卡洛安还在他手里，任何企图糊弄路德的把戏都可能会让他们伤害她。他既不能和他们硬干，又不能把他们耍得团团转，他只得照他们说的做。

他带着满腔怒火离开了港口，穿过小路来到福因斯村。

候机楼之前是个带天井的小旅馆。鉴于这个村子已成为关键的水上飞机机场，这幢楼差不多全盘给泛美航空了，只有“华太太的店”还留着。这间小酒馆很小，街上有单独的门。艾迪上楼来到操作科，马文·贝克机长和强尼·多特大副正在里面和泛美航空的站长开着会。他们要在这些咖啡杯、烟灰缸还有成摞的无线电报、天气预报装置中间，做出是否进行洲际飞行的最终决定。

风力强度是关键因素。西飞航线一直是一场与主风向对抗的战役。飞行员会不停变换高度，直至找到最理想的大气环境为止。行话管这叫“追风”。最弱的风一般都来自海拔不高的平面，但飞机如果低过一定程度，就有撞船或者撞上冰山的危险。

强风会耗费更多燃料，有时预测风力会强得让加满油的“飞剪号”撑不了两千英里，那样就到不了纽芬兰了。那时航班就要推后，乘客们也会被送进酒店，直到天气变好为止。

可如果今天就是那种情况，卡洛安会怎么样？

艾迪瞥了眼天气预报。风力很大，大西洋中央还会有风暴。飞机这回是满客，这就意味着他们必须经过小心计算才能最终决定。这种想法勾起了他的焦虑：让他困在爱尔兰，留卡洛安在大洋彼岸的一群混蛋手里，这种结果他承受不起。他们会让她吃饭吗？她有地方躺吗？她冷不冷？

他走到墙上的大西洋航图前，搜寻起路德给他指示的坐标位置。这地点选得可真好。它离岸大约一英里，靠近加拿大边境，位于海岸和一个大岛之间的海峡上，并且在芬迪湾内。凡对水上飞机有点了解的人，都会觉得这是个降落的好地方。这里虽不能说理想——“飞剪号”用的港口肯定更避风——但总还是比开放的海域平静些，“飞剪号”在这里落水也不会有太大危险。艾迪也算松了口气：至少阴谋中的着水部分是行得通的。他这才意识到，自己是多么希望路德的计划能成功。想到这里，他嘴里有些苦涩。

他还在苦恼到底怎么才能让飞机迫降。他可以谎报发动机故障，可“飞剪号”只用三个发动机也可以继续飞，况且上面还有个助理工程师米奇·费恩，谎话瞒不了他多长时间的。他绞尽了所有脑汁，就是想不出法子。

“我竟然要对贝克机长和大家使这么多阴谋诡计，真是个人渣。”他心想。他要背叛那些信任他的人了。可他别无选择。

他转念又想到了一个更大的威胁。汤姆·路德有可能不守信用。他为什么要守？他可是个黑道！就算艾迪把飞机降下去，卡洛安还是有可能回不来。

导航员杰克夹着天气预报走了进来，用很诡异的眼神瞪了眼艾迪。艾迪这才发现，自己进屋后还没人跟别人说过话呢。他们好像因为他在，全都蹑手蹑脚的：他们之前留意到自己心神不宁了吗？看来他得再加把劲，表现得再正常一些。“别让这一趟泡汤了，老杰。”他重复一句老掉牙的笑话。他本就不是什么演员的料，这段子几乎是他硬憋出来的。不过他们都笑了，气氛也轻松了起来。

贝克船长看看新的天气预报，说：“风暴变得更厉害了。”

杰克点点头。“艾迪又该说，这回可‘馊’了”。

他们总是拿他的新英格兰口音打趣。他勉强笑了一下，说：“还可以说‘玩蛋’了。”

贝克说道：“我要把这个风暴绕过去。”

贝克和强尼·多特两人把飞往纽芬兰博特伍德的飞行计划拟好了。他们要沿风暴边缘而行，避开逆风最严重的区域。他们定好以后，轮到艾迪坐到天气预报前，开始进行他的计算。

他已经预测出每个航段分别在海拔一千英尺、四千英尺、八千英尺以及一万两千英尺时的风向和风力。有了巡航速度和风力大小，艾迪就可以计算出飞机的对地速度，这样就可以得出各航段在最佳飞行高度飞行分别需要多长时间。接下来，他会根据目前“飞剪号”的有效荷载以及刚刚计算出的时间，到打印好的表格中找出相应的耗油量。他要把每一阶段的燃料需求制成图表，机组人员称之为“霍格飞行图表”。他要计算出总耗油量，然后再添上安全余量。

计算的结果让他惊讶。路线所需耗油量超过了“飞剪号”的载油量。

他呆住了。

油量差其实特别小：就是有效荷载多了几磅，汽油少了几加仑而已。而卡洛安又不知道正在什么地方提心吊胆地等着他呢。

他应该告诉贝克船长，航班需要等天气转好，不然他就得从风暴眼穿过去。

可油量差是那么小。

他可不可以撒谎?

本来他就算进了安全余量，如果情况真的很不好的话，飞机还可以不绕风暴改从中间穿过去的。

他讨厌欺骗自己机长的想法。他心里很清楚，乘客的性命握在他手里，而他一直都为自己的一丝不苟而自豪。

再说了，他的想法并没有决定性。飞行中每过一个小时，他都要拿实际耗油量跟“霍格飞行图表”比对。如果实际燃烧量超过预期，他们就得返航。

他可能会被发现，那样的话，他这辈子都别想干工程师了。可他如果连自己的妻子和未出世的孩子都保护不了的话，还要事业有什么用。

他又重新计算了一遍，但这回故意在查表的时犯了两个错误，把有效荷载对应的燃油量往下看了一行。现在计算结果在安全范围内了。

他还是有些犹豫。即使他身陷如此泥潭，撒谎对他来说依然是件难事。

贝克船长终于坐不住了。他从艾迪身后看了过来，问道：“小艾，你快着点——去还是留？”

艾迪让他看的是动过手脚的结果。他低着眼不敢看机长的眼睛，紧张地清了清嗓子，尽最大努力坚定地说：

“机长，就差一点——去。”

Part 3

从福因斯到大西洋中央

第十一章

戴安娜·拉弗斯踏上福因斯的码头，为自己脚下传来的实在感感激涕零。

她伤心但却平静。她决定了：再也不要回“飞剪号”，不要飞美国，也不要嫁给马克·埃尔得了。

她看了看貌似在打颤的膝盖，担心自己会不会摔倒。好在胡思乱想一会儿就过去了。她开始沿着码头走向海关棚。

她挽着马克的胳膊。只要他们俩一独处她就会跟他说的。她伤心地想，他是那么爱她，这会让他心碎的。但现在想这些已经晚了。

除了戴安娜邻座的弗兰克·戈登帅哥和奥利斯·菲尔德秃子这对怪人之外，其他乘客们都已登岸。白璐璐还在和马克没完没了地说着。戴安娜只当她不存在。她已经不生璐璐的气了。这个女人虽然很没分寸地插了进来，而且还那么傲慢，但多亏了她戴安娜才认清了自己的情况。

过了海关之后，他们离开了码头，来到了只有一条街的小村子西头。有人正在街上赶奶牛，他们要等这群畜生先过去才能继续走。

戴安娜听到拉维尼亚公主高声问：“我怎么被带到农场了？”

小乘务员戴维宽慰道："公主殿下，我领您上候机楼去。"他指向路那边状似旧旅馆的那幢楼，楼墙上爬的常春藤葱葱郁郁。"那边有个很舒服的酒馆，名叫'华太太的店'，那儿卖的爱尔兰威士忌特别棒。"

奶牛过去之后，好几个乘客也随戴维去"华太太的店"了。戴安娜对马克说："我们逛逛这个村子吧。"她想尽快和他单独相处。他微笑着同意。只可惜还有别的乘客和她所见略同，璐璐是其中之一。于是一大队人开始沿着福因斯羊肠大道浩浩荡荡地踱起步来。

这里有火车站、邮局和教堂，接着是两排灰砖瓦房。有些房子的前面是个铺子。街上还停了几辆小马车，但卡车仅有一辆。身穿粗呢和手织布的村民们不住地盯着这些身穿丝绸皮草的来客。戴安娜觉得自己简直是在游行。福因斯还没适应作为世界顶级权贵歇脚地儿的这个角色。

她一直祈祷大部队赶紧散开，但他们仿佛把自己当成了害怕走失的探险队员，一直紧紧地凑成一团。时间越来越少，她开始慌了。路过了另一个酒馆时，她突然对马克说："我们进去吧。"

璐璐马上说："这主意太好了——这个村子没什么好看的。"

戴安娜受够了。她回了一句："我想跟马克单独聊聊。"

马克很尴尬。"宝贝儿！"他抗议。

"没关系！"璐璐马上回道，"我们继续往前走就是，不打扰你们这对儿鸳鸯了。这儿可是爱尔兰，肯定还有别的酒吧！"她语气很欢乐，眼神很冷酷。

马克说："不好意思了，璐璐——"

"不用！"她欢快地说。

戴安娜不喜欢马克这样跟她道歉。她一个转身，自己进去了，他爱什么时候进就什么时候进吧。

这地方又阴又冷，里面有一个高吧台，后面放满了瓶瓶罐罐。前面的木质地板上放了几张木桌和椅子。角落里，两个老男人朝戴安娜盯了过来。她现在穿的是波点裙外搭橘红色真丝外套。她感觉自己就是个出现在典当铺的公主。

吧台后出现了一个围着围裙的女人。戴安娜说："来杯白兰地，谢谢。"她要拿酒壮壮胆。她找了个小桌子坐了下来。

马克进来了。戴安娜酸酸地想，八成又给璐璐赔了好多不是。他在她跟前坐下，问道："刚刚怎么回事？"

"我受够她了。"戴安娜说。

"你必须这么不懂事吗？"

"我不是不懂事。我就是想和你单独说会儿话。"

"你就不能说得再委婉点儿？"

"我觉得暗示什么的对她不管用。"

他很恼火，想替她辩护。"那你就错了。你别看她那么张扬，她其实很敏感的。"

"无所谓了。"

"怎么就无所谓了？你刚才冒犯了我的老朋友！"

女招待端来戴安娜的白兰地。她赶紧喝了几口壮胆。马克点了杯吉尼斯黑啤。戴安娜说："我说这无所谓，因为我改主意了，我不要和你去美国了。"

他脸色煞白。"你说的不是真的。"

"我想过了，我不想去，我要回到莫巍身边。如果他还要我的话。"其实她确定他会的。

“你不爱他了，这是你跟我说的。我知道这话是真的。”

“你知道什么？你又没结过婚。”他看起来有些受伤，她也和缓了一点。她将手放到他膝盖上。“你说得对，我不像爱你一样爱莫巍，”她有些无地自容，把手移开，“但这也无济于事。”

“我刚刚太关注璐璐了，”他忏悔道，“对不起，亲爱的。我跟你赔礼道歉。估计是因为我太久没见到她了，这才和她聊个没完。这是我们的冒险，过去一个小时里我忘记了。原谅我好吗？”

他意识到自己错了之后，说的话可真甜：他脸上痛苦的表情还带着点小孩儿气。戴安娜赶紧逼自己回想一个小时前的感受。“不光因为璐璐，”她说，“我觉得我之前做事都欠考虑。”

女招待上了马克的酒，但他没动。

戴安娜继续说：“我把我熟悉的东西都抛弃了：家、丈夫、朋友，还有我的国家。飞机要飞到大西洋那边去本身就有危险，而我还要跑到一个陌生的国家，在那儿没亲没故又没钱，什么都没有。”

马克简直要疯掉了。“啊，天，我知道我错在哪儿了。我在你最脆弱的时候抛弃了你。宝贝儿，我真是个王八蛋。我保证再也不这样了。”

他也许会履行他的承诺，也许不会。他现在是爱她，可他也很随性。他就不是个按部就班的人。他现在对她真心真意，但是下回再碰上老友的时候还记得住他的誓言吗？起初戴安娜就是被他那股玩世不恭的气质吸引的，可笑的是，现在正是那种态度让戴安娜觉得没有安全感。莫巍至少是可靠的：好习惯、坏毛病，他从来不会变。

“我不觉得你是个可以依赖的人。”她说。

他很生气。“我什么时候让你失望过？”

她想不出什么例子。“但你以后会的。”她说。

“别的不说。是你自己不想要那些东西了啊。你老公让你不开心，你的国家要打仗了，你的家乡和朋友都让你觉得无聊——这是你跟我说的。”

“让我无聊，但不会让我害怕。”

“那边也没什么好怕的。美国和英国一样。我们说一样的语言，看一样的电影，听一样的爵士乐队。你会爱上美国的。我会照顾好你。我保证。”

她真希望自己能相信他。

“还有件事，”他继续道，“孩子。”

这话说到她心坎里了。她的确太想有个孩子了，莫巍又一直坚持不想要孩子。马克有爱心、快乐又温柔，肯定会是个好父亲的。现在她有点疑惑，坚定的心开始动摇了。或许到头来，她还是应该放弃自己的一切。如果她连家人都没有，还要房子和安全感干吗？

如果自己当时想好再答应他就好了。她应该先认真地权衡一下未来，把所有困难都考虑清除，而不是立即向他答应下一切。她应该给自己留点后路，哪怕只是以防万一，也该向他要好回家的机票钱。不过那会冒犯到他的吧，而且仗一打起来，穿越大西洋要花的肯定就不只是个机票钱了。

马克握住她的手，她也伤心得没力拒绝。“你已经变过一次主意了，现在变回去吧，”他很有说服力，“跟我一起走，我们要白头到老，我们要一起生小孩儿。我们会住在大海边，带着我们的小宝贝们去踏浪。他们会有金色的头发，小麦色的皮肤，长大后就去打网球、去冲浪、去骑自行车。你想要几个孩子？两个？三个？还是六个？”

可惜她的动摇已经结束。“没用的，马克，”她哀伤地说，“我要回家了。”

从他眼神里看得出来，他这次信了。他们悲伤地看着彼此，都一言不发。

这时莫巍走了进来。

戴安娜不敢相信自己的眼睛。她像见了鬼一样瞪着他。他不可能在这里的，这不可能！

“原来你在这儿。”是她熟悉的男低音。

戴安娜又陷到了矛盾的情绪里。她震惊，她兴奋，她害怕，她释然，她无地自容。她意识到她的丈夫正眼睁睁地看着自己和另一个男人牵手，赶紧把手从马克手里挣脱出来。

马克说：“怎么了？怎么回事？”

莫巍走到桌前，手掐着腰，怒目瞪着他们。

马克说：“这混蛋谁啊？”

“莫巍。”戴安娜弱弱地说。

“我的老天爷！”

戴安娜问：“莫巍……你，怎么跟过来的？”

“飞。”他一如既往地简洁。

她看到他身上的皮夹克和手里的头盔。“不是……那你怎么知道在哪儿能找到我们？”

“你信上说要飞美国，飞美国就这一条路可走。”他自得地说。

她看得出来，想出她在哪儿还把她截住这件事很让他得意。真是造化弄人。没想过他竟然还可以开自己的飞机赶过来：她是想都没想过自己竟会有如此下场。他是多么在乎她才会这样追过来的。这让她感动得不得了。

他在他们对面落座，冲女招待点道："给我上大杯的爱尔兰威士忌。"

马克端起他的啤酒杯，紧张地呷着。戴安娜看看他。起先他是有点怕莫巍，不过这会儿显然已经看出来莫巍不准备和他大干一场了，就只是单纯的不自在而已。他好像要和戴安娜保持距离一样，把椅子往后挪了一英寸。也许刚才被看到的牵手也让他感到羞愧。

戴安娜喝了点白兰地，又有力气了。莫巍正不安地看着她。他那不安和受伤的表情让她直想扑到他怀里。他想都没想自己到了以后会受到怎样的对待，就这么不顾一切大老远跑过来。她伸出手，安慰地抚了抚他的胳膊。

令她意外的是，他的表情竟然有些不自在，还担心地瞅了眼马克。似乎在妻子的情人面前被妻子碰让他有些难堪。他的爱尔兰威士忌来了，他很快喝光了它。马克看起来有些受伤，又把椅子往前靠了靠。

戴安娜从没遇到过这样的情况，不知如何是好了。他们两个都爱她，她又和两人都上过床——而这一点他们两个又都知道。这真让她羞愧难当。她想安慰他们，但是又不敢。她警戒性地往后靠了靠，拉开自己和他们之间的距离。"莫巍，"她说，"我并不想伤害你。"

他狠狠地看着她，波澜不惊地说："我相信你。"

"你真的……你知道发生了什么吗？"

"我这人虽然简单，但也能出猜个大概，"他挖苦道，"你和你的情夫私奔了，"他看向马克，挑衅地朝他倾了过去，"估计是个弱不禁风型的美国佬，这样他才能什么都顺着你。"

马克往后一靠，目不转睛地盯着莫巍，一言不发。马克不是个和人对着干的人。他不像是被惹毛了，反而是有点很感兴趣的样子。虽然他们素未谋面，但莫巍一直是马克生命中一个很关键的角色。过去这几个月里，马克肯定对那个天天睡在戴安娜旁边的男人充满了好奇。现在亲眼看到，就被他吸引了。相反，莫巍对马克一点兴趣都没有。

戴安娜看着这两个男人。他们之间的差别不能更大了。莫巍高大、好斗、犀利还爱发脾气；马克则矮小、干净、安静且思想开放。她脑海里冒出了一个想法，马克说不定哪天还会把这个场景写到喜剧剧本里。

她哭得快要睁不开眼了。她拿出手绢，擤了下鼻子。"我知道，我一直太轻率了。"她说。

"轻率！"莫巍厉声喝道。他在嘲笑这个词的分量。"你根本就是他妈瞎胡闹。"

戴安娜吓得缩了回去。他的奚落总能戳到她的痛处，只不过这回她确实活该。

女招待和墙角那两个男人不害臊地关注起他们的对话。莫巍朝女招待挥手喊道："亲爱的，给我来盘火腿三明治好吗？"

"乐意效劳。"她颇为礼貌地说。莫巍向来招女招待喜欢。

戴安娜说："我就是……我就是最近活得太痛苦了。我只是想让自己快乐一点。”

“快乐一点！到美国吗？那边没亲没故又没家的……你疯了吗？”

他能来她很感激，但她真心希望他能温柔一点。她感觉到马克搂起了她的肩膀。“别听他瞎说，”他安静地说，“你为什么就不能快乐？你没有错。”

她心惊胆颤地看着莫巍，生怕把他惹恼。他还是可能不要她的。他要是在马克面前把她一脚踢开，那该有多丢脸（她脑海想象的画面里，还有可恶的白璐璐在一旁看笑话）。他可以这么做：他就是会干出那么绝的事。她现在真希望他没跟来，那样就不用必须立马做出决定了。如果再给她点时间，她还可以慢慢抚慰他受伤的自尊心。现在这样太匆忙了。她把酒端到嘴前，然后又放了回去。“这不是我想要的。”

马克说道：“我看你是想来杯茶。”

那正是她想要的。“对，来杯茶吧。”

莫巍永远不会这样：女人在他脑子里是用来端茶的。他蔑视着马克。“我就是这点让你不高兴了？”他生气地说，“因为我不给你端茶，就为这？你又想我挣钱又想我当佣人？”三明治到了，他一口也没吃。

戴安娜不知道怎么回答了。“现在用不着吵吧。”她柔声说道。

“用不着吵？现在不吵什么时候吵？你连再见都没说就跟这个呆子跑了，就给我留了这张破纸条……”他从上衣口袋里拿出一片纸，正是戴安娜写的那封信。她羞红了脸。那封信上洒过她的眼泪，他怎么能在酒吧里拿它晃来晃去？她忿忿地离他又远了一些。

茶来了，马克端起茶壶。他看着莫巍，说：“要不要来杯呆子倒的茶？”坐在角上的两个爱尔兰人大声笑了出来，莫巍则一言不发，面无表情地瞪着眼。

戴安娜开始生他的气了。“莫巍，我可能就是瞎胡闹，但是我有幸福快乐的权利。”

他拿手指着她，苛责道：“结婚的时候你已经发过誓，没有离开的权力了。”

她快疯掉了，他怎么就这么冥顽不灵？这简直是在对牛弹琴。他能不能讲讲道理？他怎么就非得这么确定他永远是对的别人永远是错的？

她忽然意识到这种感觉似曾相识。五年来，她几乎每个星期都要这么想一回。过去的几个小时里她光顾着在飞机里紧张，忘了他的性格有多糟糕，忘了他让自己生不如死的经历了。现在她全想起来了。这感觉就和醒后记起刚做的噩梦一样恐怖。

马克说：“莫巍，她想做什么就做什么，你不能逼她做任何事情。她是成年人，如果她想和你回家她就会回家，如果她想和我一起到美国嫁给我，那她就去美国。”

莫巍一拳捶到桌上。“她不能嫁给你，她已经嫁给我了！”

“她可以跟你离婚。”

“什么理由？”

“在美国内华达州，离婚不需要理由。”

莫巍开始将怒目瞪向戴安娜。“你不去内华达。你要跟我回曼城。”

她看着马克。他正温柔地对她微笑。“你不需要遵从任何人，”他说，“你想怎么做，就怎么做。”

莫巍说：“穿你的衣服去。”

莫巍就这么阴差阳错地让戴安娜看清了自己的心。她现在明白了，对坐飞机的恐惧、对美国生活的担忧，在最关键的问题面前都不值一提：她想和谁一起生活？她爱马克，马克也爱她，旁的问题都不重要。她如释重负做出了决定，并且要将决定宣布给两位爱她的男人。她深吸一口气。“对不起，莫巍，”她说，“我要跟马克走。”

第十二章

南茜·林汉要享受这一刻的欢悦。她从莫巍·拉弗斯的“虎蛾号”向下望去，泛美航空的“飞剪号”正庄严地漂在夏农河口波澜不惊的水面上。

虽然成功概率不站在她那边，但她还是赶上了弟弟，这至少粉碎了他一部分计划。她心想：想聪明过南茜·林汉？再起早点儿吧。她平时是很少这样恭维自己的。

待会儿彼得见到她，肯定会大吃一惊。

小黄机盘旋而下，莫巍搜寻着着陆的地方。南茜开始为即将到来的针锋相对感到紧张了。她到现在还是难以相信，自己亲弟弟竟然如此无情地欺骗了她、背叛了她。他怎么能这样？他们俩小时候一起洗过澡，她给他膝盖贴过创可贴，给他讲过大人是怎么生小孩的，还给他吃她的口香糖。他的秘密她从来不说，她也把自己的秘密告诉他。长大后，她一直维护着他的自尊心，从来不会因为自己是女孩还比他聪明而让他难堪。

她这辈子都在维护他。爸去世后她还让彼得当公司的董事长。她为此做的牺牲太大了。为了给他腾地方，她不仅抛弃了自己的野心，还同时掐死了自己爱情的萌芽。为了让他接管生意，爸的得力干将——奈特·里奇威也被逼走。那段感情会开什么花结什么果她永远都不会知道了，因为奈特自那之后娶了别的女人。

好友兼律师麦克·麦克布里奇之前曾劝她不要让彼得当董事长。她之所以不听劝、之所以做出了对自己不利的决定，都是因为她知道，如果别人认为彼得继承不了父亲的衣钵，彼得就会一蹶不振。一想起自己为他付出的所有，再一想他是如何骗她跟她说谎，她就又气又恨，直想掉泪。

她迫不及待地想站在他面前，直视他的双眼，看看他会做何反应做何解释。

她迫不及待地想开战了。抓住彼得只是第一步，她还得上飞机才行。这个应该简单。“飞剪号”要是满员，她就去买下别人的票或者跟机长撒个娇，就是一路贿赂上去她也在所不惜。等到了波士顿，她要说服小股东婷丽姑姑和父亲的老律师丹尼·莱利，让他们不要把自己的股份卖给奈特·里奇威。她觉得她可以做到。但是彼得不会那么轻易放弃的，奈特·里奇威也不是个好对付的主。

莫巍把飞机停到村外的农家小道上，接着竟然帮南茜出机舱，帮她下了飞机。此等好态度真不像他风格。她第二次踏上爱尔兰的土地时想起了她父亲。他一直把故乡挂在嘴边，却从来没到过这里，真是遗憾啊。他若是知道自己的儿女都回到了老家爱尔兰，一定会很欣慰的。可他要是知道自己一辈子的心血是如何被儿子弄垮的，又会伤心不已吧。他还是不要看到这些的好。

莫巍去找拴飞机的地方了，南茜什么都不用做。这东西虽然好看，却差点要了她的命。她现在想起刚刚差点冲到悬崖上还不寒而栗呢。她这辈子都不要再上小飞机了。绝不。

他们雀跃地跟着一辆装满土豆的马车来到了村子里。南茜看得出，莫巍和她一样，也是惊魂未定又得意扬扬。他和她一样，也是被人欺骗被人背叛，也拒绝放任这种结果发生。他和她一样，不让给自己下套的人得逞，这也会给他带来巨大的满足感。他们都一样，真正的挑战还在后头。

福因斯村上下只有一道街。他们在路上遇到一群衣冠楚楚的人。他们肯定是“飞剪号”的乘客了：他们在这里就好像摄影棚里走错布景的演员。莫巍走上前说：“我在找戴安娜·拉弗斯夫人太太——她应该是‘飞剪号’的乘客。”

“可不就是嘛！”一个女人说。南茜认得这女人，她是影星白璐璐。听她的口气，拉弗斯太太好像不怎么招她喜欢。南茜又开始好奇莫巍太太什么样了。白璐璐继续说：“拉弗斯太太和她的……同伴？……刚刚进酒馆了，就在这条街上。”

南茜问道：“您知道哪里是售票处吗？”

璐璐说：“我要是去演导游都不用试镜。”身边的乘客都笑了。“航站楼就在这条街的尽头，就在码头对面，过了火车站就是。”

南茜向她表示感谢，继续往前走。莫巍已经出发，她得跑过去赶上他。可他一看见两个在深切交谈的行人就突然停住不走了。南茜看着他们，好奇到底是何方神圣能让莫巍停下了脚步。其中一个人满头银发，大腹便便，身穿黑色西装和鸽子灰背心，显然是位“飞剪号”乘客。另外一个人则非常憔悴，个子高高，骨瘦如柴，头发短得像个秃子，一副刚从噩梦中惊醒的表情。莫巍走向憔悴的那个，问道：“您是哈德曼教授，对吗？”

那个人做出非常吃惊的反应，往后一跳，防御性地抬起手，好像是以为自己要被袭击了。

他的同伴说："卡尔，没关系的。"

莫巍说："能和您握手是我莫大的荣幸，先生。"

哈德曼虽然有些疑惑，但还是放下胳膊跟他握了手。

莫巍这种行为很让南茜意外。在她印象中，莫巍应该不会觉得世界上还有人比他强了。可他现在的表现却像个跟棒球明星索要签名的中学生。

莫巍说："看到您出来我很高兴。您消失的时候我们都一直担心您遇上了什么不测。噢，对了，我叫莫巍·拉弗斯。"

哈德曼说："这是我的朋友，加蓬男爵。是他帮我逃出来的。"

莫巍和加蓬握了握手，说："我就不打扰了。一路平安，先生们。"

南茜心想，这个哈德曼竟然能让满脑子都是"追老婆追老婆"的莫巍停下来，虽然只停了一小会儿，肯定是个了不起的人物。在继续往前走的路上，她问他："所以，他是谁？"

"卡尔·哈德曼教授，世界上最伟大的物理学家，"莫巍回答，"他一直在研究如何分割原子。纳粹因为他政治观点一直找他的麻烦，所有人都以为他已经死了。"

"你怎么认识他的？"

"我大学读的是物理。我曾经想过要搞科研，但后来没那个耐性了。不过我对一些领域的进展一直有关注，这个领域近十年来有过几个非常神奇的发现。"

"比如？"

"有个奥地利的女人——顺便提下，她也是纳粹迫害的对象——叫莉泽·迈特纳，在丹麦哥本哈根工作。她成功地将一个镭原子分成了两个小原子，钡原子和氪原子。”

“我还以为原子是不可分的呢。”

“我们也这么以为，直到最近才转变了观念。这就是神奇的发现。原子裂变时可以释放巨大的能量，也正因为如此，军方对它特别感兴趣。他们如果能够控制这个过程，就可以制造出史上破坏力最强的炸弹。”

南茜回头，用炽热的眼光看着刚才那位魂不守舍的人。“破坏力最强的炸弹啊，”她自言自语，打了个寒噤，“他就这样来回走，也没个人保护。”她说。

“不能说没人保护吧，”莫巍说，“你看那边那个男的。”

南茜朝莫巍点头的方向看去。街那边，另一个“飞剪号”乘客孤身一人地来回走动着。他身材高大威猛，头戴圆顶礼帽，身穿灰色西装和酒红色背心。“你觉得那是他的保镖？”她问。

莫巍耸耸肩。“我看那个人挺像警察。哈德曼可能并不知情，但我觉得还是会有个打手在暗中保护他的。”

南茜没想到莫巍还能这么明察秋毫。

“这应该就是那个酒馆了。”莫巍连气都没喘，就把话锋从大世界转到了小世俗。他在门口停下脚步。

“祝你好运。”南茜说。她是真心实意的。撇开他恼人的一面不谈，她竟然有点喜欢这个人了。

他微微一笑。“谢谢。也祝你好运。”

他走了进去，南茜一人继续沿着街走。

在街道最尽头，码头对面，有一幢爬满常青藤的楼。这幢楼比村子里其他任何建筑物都要大。南茜进去，找到了一间临时办公室和一位身着泛美航空制服的帅小伙。他虽然比她小了十五岁，见了她还是两眼放光。

“我想买一张去纽约的票。”她对他说。

他很意外，饶有兴致地说：“这样啊！我们这里一般不卖票的——跟你说实话吧，我们没票了。”

听上去问题并不严重。她对他微微一笑：微笑是解决繁文缛节流程的有力武器。“哎呀，票不就是张纸嘛，”她说，“我觉得，只要我把机票钱给你，你应该就可以让我上飞机，对吧？”

他咧嘴笑了。看来只要他有能力就一定会帮这个忙。“我也这么觉得，”他说，“可飞机已经满员了。”

“该死！”她喃喃自语道。她很崩溃。难道做了这么多都是白费吗？她还不打算放弃，离放弃还差得远呢。“肯定有办法的，”她说，“我不需要睡床上，可以在座位上睡，哪怕是工作人员的座位也行。”

“工作席不好坐的。现在就剩蜜月套间的票了。”

“那我能买那个票吗？”她期待地问。

“这。我连那个票卖多少钱都不知道——”

“但你可以查到，对吧？”

“我猜至少得两张普通票的钱吧，也就是七百五十美元。但是也可能更多。”

要七千五百美元她也不在乎。“我给你张空白支票，你看着填吧。”她说。

“好家伙。你是真想坐这趟飞机，是吗？”

“我明天必须到纽约。这件事非常……非常重要。”她想不出什么能描述它有多重要的词了。

"我问问机长吧，"小伙儿说，"这边走，夫人。"

南茜跟了过去。不知道自己是不是在一个说话不算事儿的人身上白费力气了。

他带她来到楼上的办公室，里面有六七位只穿着衬衣的"飞剪号"机组人员。他们一边抽烟喝咖啡，一边研读着图标和天气预报。小伙儿把她的情况跟马文·贝克机长说了一下。当英俊的机长和她握手时，她感觉非常奇怪，总觉得他要测她的脉搏一样。后来她明白了，他的举止跟病榻边的医生一个样。

小伙子说："机长，这位林汉夫人迫切地需要去纽约，蜜月套房的票钱她也愿意出。能让她上吗？"

南茜焦急地等着回复，可机长又提了个问题。"林汉夫人，您丈夫和您一起吗？"

她眨了眨眼。说服男人帮忙做事的时候这招总能管用。"机长先生，我是个寡妇。"

"不好意思。您有行李吗？"

"只有随身旅行箱。"

"林汉夫人，我们非常乐意将您送至纽约。"他说。

"谢天谢地，"南茜激动地说，"我形容不出这对我有多重要。"她忽然觉得膝盖发软，赶紧坐到旁边的椅子上。如此情绪化的反应让她有些惭愧。作为掩饰，她翻开手提袋拿出支票夹，颤抖地签了一张空白支票，然后递给刚才的小伙子。

跟彼得对峙的时候到了。

"我在村子里看到了一部分乘客，"她问，"其他的又在哪儿？"

"大部分都在'华太太的店'里，"小伙子说，"那酒馆和这里一幢楼，入口在边儿上。”

她站起身。颤抖期已经过了。“我欠你们一个大人情。”她说。

“很高兴能帮上忙。”

她出了门。

门一合上，她就听到了身后七嘴八舌的骚动。她知道，他们这是在下流地品评她这个签得起空白支票的漂亮寡妇呢。

她来到外面。这是个温和的午后，阳光熹微，空气微润，闻起来还有些海水的咸味。现在她得去找那个不忠不孝的弟弟了。

她来到大楼侧面，进了酒吧。

要是搁平时，她是坚决不会进这种地方的：又狭小，又黑暗，装修粗糙，男人味儿还重。很明显，这里原本是供渔民和农夫喝啤酒的地方，现在给喝鸡尾酒的百万富翁们用了。这里闷得让人窒息，还有不同语种的嘈杂声：这些乘客们当自己在开派对是吧。到底是她的幻觉，还是这欢声笑语中的确夹有一丝狂躁？欢乐的集会是否掩住了他们远飞重洋的焦虑？

她扫过一张张脸，瞄到了彼得。

他没看到她。

她盯了他一会儿，怒火中烧。她可以感觉到自己脸颊的炽热。她有股强烈的冲动，想扇他一耳光。但是她扼住了自己的怒火。她才不会让他看出自己的不安，表现淡定通常都更为明智。

他正在角落里坐着，奈特·里奇威也在旁边，这又让她吃了一惊。南茜知道奈特在巴黎出席了新品发布会，但他跟彼得结伴返美是她始料未及的。她真希望他不在这儿，和他的旧情只会让事情更复杂。她必须要忘记他是她吻过的人。她不去想。

她挤过人群，走到他们的桌子跟前。先抬头的是奈特，他的表情先是吃惊，然后是愧疚。这样的效果她很满意。彼得看他表情不对，也抬起头。

四目相对。

他脸色煞白，立即从椅子上蹦了起来。“我天！”他叫道。他快被吓死了。

“彼得，什么把你吓成这样？”南茜轻蔑地问。

他狠狠地吞了吞口水，跌回到座位上。

南茜说：“你明明打算坐‘奥莉埃娜号’，却还是买了票；你明知道自己不会住利物浦，但还是跟我去阿黛菲酒店办了入住手续；你折腾了这么多，就是因为自己没胆跟我说你要坐‘飞剪号’！”

他睁大眼睛看着她，脸色惨白，一言不发。

她事先并没打算说这么许多，可那些话直接冒了出来。“你从酒店开溜，一路飞奔到南安普顿，还以为我不会发现！”她上身探向桌子，他往后一缩。“你有什么好害怕的？我又不会咬你！”她说“咬”字的时候他猛一缩，好像她真的会咬他一样。

她的声音越来越响，旁边的人都不作声了。彼得环顾房间里的人，表情尴尬。南茜说：“觉得自己很傻吧，你活该。我为你付出了那么多！这么多年一直维护你，给你干的那些烂事儿收拾摊子，你笨得连教会义卖都组织不起来，我却还把公司董事长的位子让给你坐！到头来，你还背着我把公司偷偷卖了！你怎么干得出来？你不觉得自己就是个蛆吗？”

他涨红了脸。“你从来没维护过我——你想的只有你自己，”他抗议，“你一直都想当老板——但那个位子你没拿到！

我拿到了，你就开始天天盘算着怎么把这个位子从我手里夺走。”

这话荒谬得让南茜不知是该笑、该哭还是该啐他一脸唾沫星。“你狗咬吕洞宾，我天天盘算的是怎么能让你‘保住’那个位子。”

他从口袋里掏出几张纸，往前一亮。“这样保吗？”

南茜认出了她的报告。“就是这样，”她说，“这个策划书是保住你位子的唯一方法。”

“实权都得落到你手里！我当时就看出怎么回事儿了，”他一副轻蔑的样子，“所以我才制订了自己的计划。”

“你的计划泡汤了，”南茜得意地说，“我也买了机票，我会参加董事会的。”南茜现在才看向奈特·里奇威。“奈特，看来你还是没法掌管布莱克制鞋厂。”

彼得说：“那可不一定。”

她看着他。他的挑衅很狂妄。他肯定不会还留有别的杀手锏吧？他没那么聪明。她说：“彼得，你和我各四成股权，婷丽姑姑和丹尼·莱利各一成。他们了解我，也了解你，向来都跟着我走。我赚钱，而你丢钱，这他们看得出来。之前他们看在爸的分儿上给你面子而已，我只要跟他们说，他们的票还是会投给我的。”

“莱利会站在我这边的。”彼得固执道。

他的执拗里带了点什么，这让她有些担心。“他怎么可能投给你，你明明快把公司赔到地底下了！”她挖苦，但心里可没嘴上说得这么有底气。

他察觉到了她的不安。“我吓到你了，对不对？”他讥笑道。

不幸的是，他说得没错。她开始担心了。他并没有他应有的崩溃样儿。她必须搞清楚他葫芦到底还装了什么药。“我看你是吹牛呢吧。”她嘲讽着说。

“没，我没有。”

她知道，只要自己一直这么嘲笑下去，他就会迫不及待地想证明她的错误。“你总是装作留了一手的样子，其实连个屁都没有。”

“莱利跟我保证了。”

“莱利是个老狐狸，信不得。”她打发道。

这话戳中了彼得的软肋。“要是有……激励措施，就不一样了。”

原来如此，丹尼·莱利被收买了。这让南茜发愁了。说别的她不信，说他腐败她肯定信。彼得答应给他什么了？她必须得知道，这样才能粉碎他的计划然后给莱利更多东西。她说：“好，你要全靠丹尼·莱利，那我就没什么好担心的了！”她嘲弄道。

“我靠的是丹尼·莱利的贪婪。”彼得说。

她转向奈特，说：“我要是你，就会对此事再思量思量。”

“奈特知道这是真的。”彼得自以为是地说。

纳特显然更想保持缄默，可是现在俩人都看着他，他只得不情愿地点了点头。

彼得说：“他会把通用纺织公司的一大块业务交给莱利。”

这招可真绝。南茜憋不出话了。没什么能比得到通用纺织这样的大企业业务更吸引莱利的了。这对于一个纽约的小律所来说是千载难逢的机会。有这个当贿赂品，让莱利把他亲娘卖了他也愿意。

彼得和莱利的股权一共有五成，南茜跟婷丽姑姑的股份也是五成，两种意见持平时，所议事项要看董事长决定票。董事长不就是彼得吗！

彼得看出南茜被自己打败了，小人得志地笑了起来。

南茜还没认输。她拉出椅子坐下，把注意力转向奈特·里奇威。整个争吵的过程中，她能感觉到奈特的不同意。她现在甚至开始怀疑，他是不是也不知道彼得是背着她干的。她决定打开天窗说亮话："彼得瞒着我做这些，你并不知情，对吗？"

他盯着她，双唇紧闭。但她也可以照做。她就坐那儿等着他发话。最后他还是没瞪过她，开口道："我没问。你们的家庭纠纷和我没关系。我不是社工，我是个商人。"

她心想：曾几何时，你还在餐厅里拉住我的手给我亲晚安吻，你还摸弄过我的乳房。她问："你是个诚信的商人吗？"

"你知道我是的。"他僵硬地回道。

"那样的话，你就不会同意别人打着你的旗号使用卑鄙手段。"

他想了想，然后说："这是收购，不是茶话会。"

他还准备继续说下去，但她插嘴道："如果你打算利用我弟弟的不诚实得到这个公司，那你就是不诚信。离开我父亲的你，变了。"她没等奈特回答又转向彼得说道。"你难道不明白吗？如果你实施我给你的计划，几年内股票的价格就能翻倍。"

"我不喜欢你的计划。"

"现在开战了，公司就算不重组，市值也会增加的啊。我们一直是军靴供应商——你想想，美国要是参战我们业务量会增加多少！"

"美国不会参战的。"

"就算美国不参战，欧洲战场对我们生意也有好处。"她看向奈特。"这你是知道的，对不对？你就是因为这样才想收购我们。"

奈特一言不发。

她又转向彼得。"我们还是等等的好。你听我说。我在这种事上错过吗？你听我意见的时候赔过钱吗？你不听我意见的时候赚过钱吗？"

"你还是不明白，是吗？"彼得说。

现在她不知道怎么回事了。"我怎么不明白？"

"我为什么要兼并公司，为什么这么做。"

"好吧。为什么？"

他沉默地瞪着她，用眼神告诉了她答案。

他恨她。

她愕然。她觉得自己飞撞到了一堵透明砖墙上。她不愿相信这个现实，然而他扭曲的脸上诡异而恶毒的表情容不得她忽视。从前他俩的关系虽然紧张，但也只是天生的兄弟姐妹间的争执；但这一次针锋相对却很恐怖、很诡异、很可悲。她从没想过，自己的小弟弟彼得会恨自己。

她心想，结婚二十年的老公告诉你，他和他秘书搞外遇了不爱你了，八成也是这种感觉。

她的头像被人闷了一棍，昏昏沉沉的。她还需要会儿时间去接受这个事实。

彼得根本不是犯傻，不是卑鄙，更不是心术不正。他只是宁愿伤害自己，也要把自己的姐姐毁了。这是彻头彻尾的仇恨。

他的行为至少还有些疯狂的成分。

她得好好想想，她要离开这个闷热的烟熏熏的酒吧透透气。她起身离开，一句告别的话都没说。

她一到外面就感觉好些了。河口吹来了凉爽的微风。她穿过马路，顺着码头一边走，一边听海鸥的嘶鸣。

“飞剪号”就在海峡中部那边。它比她想象的还要大，给它加油的人显得特别渺小。巨大的发动机和庞大的螺旋桨让她很是宽心。她心想，“虎蛾号”横跨爱尔兰海只用了一个发动机，她活下来了，等会儿上这个飞机肯定不用紧张。

但她到家之后怎么办呢？说服彼得是不可能的。他这种行为是太多年积怨的结果。从某种程度上讲，她是有些同情他的，长久以来他一直不开心。但她并不能让他得逞。肯定还有能留住她名分的办法的。

丹尼·莱利算是脆弱的一环。一个能被一方收买的人也可以被另一方收买。或许南茜可以想出什么其他能让他变节的东西。不过这没那么容易，很难还有比通用纺织法律业务更有诱惑力的东西了。

也许可以威胁他，这个代价廉价些。但要怎么做呢？她可以把家族的和私人的业务从他那里撤出来，但这些加起来也没多少，跟他要拿到的通用纺织公司相比根本不值一提。丹尼最喜欢的当然还是哗啦啦的钞票，但是他的财富全都被套在布莱克制鞋厂里。挪几千美金给他不是什么难事，可是丹尼会要更多，要十万也不是没有可能。这么短的时间内她可拿不出这么多现金。

正在她苦思冥想的时候，有人叫了她的名字。她转身，之前那个泛美航空的小伙子正向她招手。“有电话找您，”他喊，

"波士顿的麦克布里奇先生打的。"

她忽然觉得有希望了。麦克说不定能想出什么好办法。他了解丹尼·莱利。他们二人和父亲一样成天和爱尔兰人打交道，而且就算人家是爱尔兰人，他们还是会怀疑他们是新教徒。麦克为人正直，丹尼为人狡诈，但在其他方面上他们还是很相像的。爸也很正直，不过对于一些骗人的小伎俩也会睁一只眼闭一只眼，这种伎俩能帮助老乡的时候他更是如此。

她沿码头往回赶时又想起，爸曾在丹尼自取灭亡的悬崖边拉了他一把。那是几年前的事了，就在爸去世前不久。当时丹尼就要输掉一个又大又重要的案子，他铤而走险，跑去法官的高尔夫球俱乐部找到法官试图行贿。法官拒绝收受贿赂，还警告丹尼要他退休，不然就取消他的律师资格。是爸找法官求了情，让法官相信这只是丹尼一时糊涂。整件事的来龙去脉南茜知道得一清二楚：爸在临终前跟她透露了很多秘密。

这就是丹尼，奸猾狡诈、不负责任、愚蠢透顶还见风使舵。她肯定能把他争取到自己这边。

可她只有两天时间了。

她进了大楼，小伙子把话筒递给她。她端起话筒，把听筒放在耳边。能听到麦克熟悉又亲切的声音真好。"看来你赶上'飞剪号'了，"他兴高采烈地说，"真有你的！"

"我赶得上董事会了——但坏消息是，彼得说丹尼的票在他这边。"

"你信他的话？"

"信。通用纺织要把公司业务分给丹尼的律所。"

麦克开始灰心了。"你确定这属实？"

"奈特·里奇威和他在一块儿呢。"

"那条狐狸！"

麦克一直不喜欢奈特，他和她约会的时候麦克更是开始恨他了。麦克虽然已经结婚，过得也很幸福，但看到谁打南茜主意时他还是一股醋劲儿。

"通用纺织才可怜呢，丹尼给他们当律师了。"麦克加了一句。

"估计他们给的就是些低端业务。麦克，他们这样收买他合法吗？"

"不太合法。但举证很困难。"

"那我就有麻烦了。"

"我想是的。别太难过，南茜。"

"谢啦，哥们儿。你之前警告过我不要让彼得当老板。"

"可不是嘛。"

南茜决定了，覆水难收，悔恨无益。她语调变得轻快起来。"听着，我们要是指望丹尼，就要有操不完的心，对吧？"

"这还用——"

"会怕他倒戈，怕对方会给他更丰厚的回报。那你觉得收买他的代价是什么。"

"唔。"电话那边沉默了一会儿，接着麦克说，"想不出来。"

南茜想的是丹尼企图贿赂法官的事。"你还记得那回爸帮丹尼摆平麻烦的事儿吗？就是杰西·拉波案。"

"当然记得。电话上就别讲细节了，成吗？"

"成。我们能不能在那件事儿上做做文章？"

“不太明白。”

“能要挟他吗？”

“你是说，曝光他？”

“对。”

“我们有证据证明吗？”

“爸的旧文件堆里要是有，那不就有了。”

“那些文件现在都在你手里。”

南茜波士顿房子的地下室里有好几箱爸的私人记录册。“我从来没看过。”

“现在也没时间了。”

“但是我们可以装作有。”她若有所思地说。

“我没太跟上。”

“我那是自言自语呢，你听我把话说完。我们可以在丹尼面前假装在爸的旧文件里找到了，或者可能找到了什么东西，而这东西能把他之前的事全抖露出来。”

“我觉得这不太——”

“不，你听我说，麦克，这是个法子，”南茜看到一丝可能，激动地提高了声调，“假设律师协会，或者其他什么组织的，决定要针对杰西·拉波案展开质询。”

“那这假设从何而来？”

“有人告诉他们此案有可疑之处。”

“行，那然后呢？”

南茜开始觉得自己貌似已经找到可行的方案了。“假设，有人告诉他们，爸的文件里有关键证据……”

“他们就会问你否能查看那些文件。”

"让不让他们看文件决定权在我，对吗？"

"律师协会的质询的话，没错。要是刑事案件的质询，他们会给你发传票，然后你当然就没的选了。"

南茜在脑海中谋划得太快，嘴巴都要跟不上了。她并不奢望计划能成功。"听我说，我想你给丹尼打电话，"她急切地说，"问他下面这几个问题——"

"我先拿支笔。好了，继续。"

"你问他，如果律师协会要对杰西·拉波案展开质询，他想不想我把爸的文件交出去。"

麦克迷糊了。"你觉得他会说不。"

"我觉得他会慌，麦克！他会吓得半死。他也不知道那里有什么——备忘录、日记、信，什么都有可能。"

"我有点明白怎么回事了。"麦克说。她听得出，希望之声已经爬上了他的喉咙。"丹尼会认为，你手里有他想要的——"

"他会求我保护他，就像爸之前做的那样。他会请求我，不要让他们查阅那些文件。然后我会同意——前提是他为通用纺织兼并案投反对票。"

"等一下，还没到开庆功酒的时候。丹尼虽然贪财，但他并不傻。难道他就不会怀疑这全是我们编出来吓唬他的吗？"

"他当然会怀疑，"南茜说，"但他可确定不了。而且他也没多少时间思前想后。"

"没错。现在这是我们唯一的机会了。"

"试一试？"

"行。"

南茜感觉好多了，她又信心满满斗志昂扬了。"我们到下一站的时候你再给我电话吧。”

“哪一站？”

“纽芬兰的博特伍德。十七个小时后到。”

“那边有电话吗？”

“肯定有，除非那边没机场。你最好提前订上电话。”

“行。一路顺风。”

“再见，麦克。”

她挂了电话。她又振作起来了。丹尼是否会上钩还不一定，但是单单上好鱼饵就让她变得精神焕发。

现在已是四点二十分，该登机了。她离开房间，路过一间办公室，只见莫巍正在里面打另外一部电话。他见她路过伸手把她拦住。窗外的乘客已经开始在码头陆续上汽艇，但她还是停下了脚步。他对电话里说：“我现在没工夫处理这种事。这些混账要多少就给他们多少吧，赶紧开工。”

她很意外。她记得他在工厂里有些工会上的麻烦。现在听来，他貌似是妥协了。这可不是他的风格。

听他电话的人似乎也觉得难以置信。莫巍听了一阵儿说道：“没错，我真就是这个意思，我现在忙得很，没工夫跟技工浪费口舌。再见！”他挂了电话。“我一直在找你。”他对南茜说。

“你成功了吗？”她问他。“你说服你妻子跟你回家了吗？”

“没有。我说话的方式不太对。”

“这样啊。那她现在在外面？”

他向窗外看去。“那个穿红外套的就是她。”

南茜看到了一个三十出头的金发女郎。“莫巍，她真漂亮！”她说。她有些意外。不知为什么，她想象中莫巍的妻子应该是很泼辣且不怎么可爱的类型。她应该是个贝蒂·戴维斯而不是拉娜·特纳。“我现在明白你为什么舍不得她走了。”那女人的手正挽着一个身穿蓝色运动夹克的男人，八成是她的男友。他远不及莫巍英俊，个子中下等，顶也开始谢了。不过他身上有种快乐随和的气质。南茜立马看明白了，那女人要的就是他和莫巍的截然不同。她很同情莫巍。“不要伤心，莫巍。”她说。

“我还没放弃呢，”他说，“我要去纽约。”

南茜笑了。这才有点莫巍的样。“可不是吗？”她说，“她看起来就是会被男人一路追过大西洋的女人。”

“问题的关键是，这全靠你了，”他说，“飞机已经客满。”

“那是自然。那你怎么去？我怎么能帮你？”

“仅剩的那个座位的票在你手里。你买了蜜月套房，那是两张票。我想请你把剩下的那张票卖给我。”

她大笑。“莫巍，我不能和一个男人共用一间房啊。我可是有头有脸的寡妇，不是舞女。”

“你欠我一个人情。”他马上回道。

“我欠你的是人情，不是清白！”

那张英俊的脸上露出愠色。“你跟我一起飞过爱尔兰海的时候，可没想过什么清白。”

“那又不包括和你一起过夜！”她也希望能帮他，他如此不顾一切地要把妻子追回来，还是有点让她感动的。“对不起，真心对不起，”她说，“但是我都这个岁数了，不能绯闻漫天飞。”

“听着。我打听过这个蜜月套房，它和飞机的其他座位没多大差别，里面两个床铺是分开的。如果我们晚上开门睡，那就和被随机安排到两个相邻铺位的陌生人没什么两样。”

“但人言可畏啊！”

“你担心谁呢？你又没丈夫生你的气，父母又不在世了，谁在乎你怎么活？”

她心想，这人想要什么的时候可真够直来直去的。“我有两个二十出头的儿子。”她反驳道。

“我敢打包票，他们只会觉得这是个玩笑。”

他们很可能会的，她悲哀地想。“我还担心整个波士顿社交圈啊。这种事儿不四处传开才怪。”

“你看，你到飞机场找我的时候走投无路，你大难临头，是我让你幸免于难。现在轮到我走投无路了——这你也看得出来，不是吗？”

“我看得出来。”

“我现在大难临头，需要你帮忙，这是挽救我婚姻的最后机会了。你可以的。我救了你，然后你再救我。你的代价只不过是一吹就散的流言，又要不了谁的命。拜托了！南茜。”

她想了想那“一吹就散”的流言。一个女人在四十岁生日那天有点不稳重真是什么大不了的事吗？如他所说，这也要不了她的命，而且可能对她的声誉也不会有什么损害。碧根山庄的主妇们顶多会觉得她“动作快”，和她年龄相仿的人更有可能会赞佩她的胆量。她心想，又不是说我还是个处女。

看着他那张受伤又倔强的脸，她心软了。让波士顿社交圈见鬼去吧，这个男人正痛不欲生呢。他在我有需要的时候帮助了我，没他我根本不会出现在这个地方。他说得对。我欠他的。

“你会帮我吗，南茜？”他乞求道，“拜托了！”

南茜深吸一口气。“不管了。我帮。”她说。

第十三章

哈利·马克思看了欧洲最后一眼。一盏白色灯塔昂然矗立在夏农河口北岸，灯塔脚下所踩的悬崖正被大西洋汹涌的波涛拍打着。几分钟后陆地就没了踪影，不管他朝哪个方向看，都是一望无际的海。

我到了美国会发大财的，他想。

著名的“德里套装”竟如此之近，真叫人蠢蠢欲动。珠宝横财就在这架飞机上，离他座位不过几英尺。他开始手痒了。

一百万美元的宝石到黑市上少说也能换到十万。他开始想：我可以买一套漂亮公寓和一辆车，或者到乡下买个带网球场的别墅，又或者，我应该把它投资出去然后靠利息吃饭。我要当有私人收入的阔佬咯！

不过首先，他得把东西搞到手。

奥森福德夫人并没把宝贝带在身上，所以宝贝只可能在两个地方：行李间，或是这个套间里的随身行李箱。哈利心想：换作是我，我会放在尽量近的地方，我会放在随身行李箱里，不放在视线里我是不会放心的。不过她脑子怎么想的可说不准。

他得先查一下她的随身行李。他现在可以看到那个箱子，就在她座位下面，是个价值不菲的勃艮第铜角牛皮箱。他琢磨着怎么把箱子打开。晚上大家都睡的时候或许能有点机会。

他会有办法的。这很危险，偷窃是个危险游戏。但他总有这样那样的办法得逞，就连出差错的时候他也可以安然无恙。他心想：你看看我，昨天我还被人抓了现行，偷来的袖扣还在裤兜里，晚上还是在监狱里过的；现在我却坐着泛美的“飞剪号”要到美国去。运气？这还不够贴切好嘛！

他之前听过一个笑话，说有一个男人从十楼的窗户跳了出去，路过五楼的时候说了句：“目前为止，还不错。”但他不是那个人。

乘务员尼崎拿来晚餐菜单，又给他倒了杯酒。他现在不需要喝酒，点了香槟仅仅是觉得这会儿这么做应该是对的。他对自己说：哈利小子，这才叫生活。乘坐世上最奢华飞机的快感和横跨整个大洋的焦虑感一直在打架，有香槟相助以后，快感胜出了。

目录竟然是英文写的，这让他很是意外。美国人难道不知道华丽的菜单应该用法语写吗？或者他们太体贴了，不愿意用外文印目录。哈利有预感，他会很喜欢美国的。

乘务员解释，由于餐厅只能坐十四个人，所以晚餐服务将分三批进行。“范东坡先生，您想何时用餐？六点、七点半，还是九点？”

他发现自己的机会来了。如果奥森福德比他吃得晚，他就可能一个人留在这个套间。可他们会哪一批用餐呢？哈利在脑海中诅咒乘务员：怎么能先问他呢！英国服务员都会自动先问地位高的人的，可这个民主的美国人八成是按座号问的。他只能先猜猜他们会选哪个时间了。“让我想想。”他在给自己争取时间。依照他的经验，有钱人吃饭都晚。工人一般是七点早餐、正午午餐、五点晚茶，而贵族则是九点早餐、两点午餐、八点半晚餐。奥森福德应该会晚些去，那么哈利就挑第一批。“我有点饿了，”他说，“六点就去。”

乘务员转向奥森福德一家，哈利屏住呼吸。

奥森福德勋爵说：“我想，九点好了。”

哈利满意地笑了。

但奥森福德夫人发了话：“珀西可待不住那么久——提前一些吧。”

哈利不安起来：好吧好吧，老天保佑我，别太早了。

奥森福德勋爵说：“那就七点半。”

哈利心花怒放。他离“德里套装”又近了一步。

乘务员又转向哈利对面那个身穿酒红色背心长得像警察的乘客。他做过自我介绍，名叫克莱夫·莫白。哈利心里喊：说七点半吧，把我一个人留在这儿吧。可惜莫白让他失望了，他不饿，选的是九点。

“真烦人！”哈利想。现在好了，奥森福德一家吃饭的时候莫白会留下。说不定他会出去几分钟呢？他很不安分，一会儿起来一会儿坐的。要是他自己不走，那哈利就生个法子把他赶出去。他们要是不在飞机上该多好：那样哈利就可以跟他说，另外一间屋子有人找他，或者有他的电话，又或者街上有个女人在裸奔。在这儿可难办太多了。

乘务员说：“范东坡先生，如果您方便的话，工程师和导航员会和您一起用餐。”

“当然方便。”哈利说。他很愿意跟机组人员聊聊。

奥森福德勋爵又叫了杯威士忌。爱尔兰人见了肯定会说，这男人口渴了。他妻子脸色苍白，寡言少语，大腿上放了本书，但连一页都没翻过。她好像很压抑。

年轻的珀西到前面跟下班的工作人员聊天去了，而玛格丽特则走来坐到了哈利身边。他嗅到了她的香味，她喷的是托斯卡香水。她已经脱掉了上衣，他也看到了她和母亲一般的身材：她很高，肩膀瘦削，胸线靠下，双腿修长。她的衣服质量上乘但样式一般，没把她衬托好。在哈利脑海中浮现的画面里，她身穿深V领长摆晚礼裙，绾起了红色长发，耳边垂着路易斯·卡地亚在印度时期所雕的绿松石耳坠，颈部被衬托得无比优雅……她会让人惊艳的。很明显，她不是这么看自己的。她对自己的多金贵族出身感到惭愧，所以故意穿得像牧师老婆一样。

她是个厉害角色。哈利有点怕她，但也看得出到她脆弱的一面。他觉得这很可爱。他心想：别再想可不可爱了，哈利小子——可别忘了她对你有多危险，你千万得把她管教好。

他问她之前坐过飞机没有。“就飞巴黎那次，和母亲一起。”她说。

“就飞巴黎那次，和母亲一起。”他奇怪地想。她母亲才不会上巴黎，才不会坐飞机呢。“那等殊荣，”他问，“是个什么感觉？”

“我讨厌一那趟巴黎之行，”她说，“我不得不和一群无聊的英国人喝茶，心里却只想在一个烟雾缭绕的酒馆里听黑人乐队。”

“我妈带我去过马尔加特港，”哈利说，“当时我到海里玩儿，我们还一起吃了冰淇淋，还有炸鱼加炸土豆片。”

话一出口他慌张地才意识到，这里不该说实话的。他本应该像之前跟上流社会的女孩聊童年那样，扯一些寄宿学校、偏远的乡村别墅什么的。好在玛格丽特知道他的秘密，而且有“飞剪号”发动机轰隆声做掩护没人听得到他说的话。可不管怎样，他发现自己吐的全是真话，感觉和跳出了飞机等着降落伞打开一样。

“我们从没去过海边，”玛格丽特讪讪地说，“只有普通人能在海里玩。我和我姐姐曾经很嫉妒那些穷人家的孩子，他们想怎么玩就怎么玩。”

哈利觉得很好笑。他又得到了进一步证据证明他生来就走运：富人家的小孩儿开的是大黑轿车，穿的是天鹅绒领外衣，吃的是山珍海味，却还嫉妒他那光脚丫的自由和炸鱼加炸土豆片。

“我还记得那些味道，”她继续说道，“午饭时馅饼店外面的味儿，园游会传来的机油味儿，还有冬天酒馆开张时跑出的那种舒服的啤酒烟草味儿。人们到了这些地方好像就特别快乐。我从来没去过酒馆。”

“那也没什么好遗憾的，”哈利说。他不喜欢酒馆。“还是丽兹酒店的饭好吃。”

“我们都觉得另外一种生活好。”她说。

“但是我两种都过过，”哈利指出，“我‘知道’哪种最好。”

她若有所思了一会儿，然后说道：“你这辈子要怎么活？”

这个问题很古怪。“快快乐乐地。”哈利回答。

“不是。真正怎么活？”

“这个‘真正’什么意思？”

“每个人都想快快乐乐的。但是你打算‘做’些什么？”

“做我现在做的。”哈利冲动之下想要吐露一件他从未倾诉过的事，“你有没有读过赫尔南的《业余神偷拉菲兹》？”她摇摇头。“讲的是一个叫拉菲兹的绅士小偷，他抽的是土耳其烟，穿的是绫罗绸缎，被人邀请出席各种宴会，还偷他们的珠宝。我想像他一样。”

“噢，拜托，别犯傻了。”她粗暴地说。

他有些受伤。她觉得你说空话的时候可真是简单粗暴。可这不是空话，这是他的梦想。他既然已经对她敞开心扉，就觉得有必要让她信服，他不是说着玩儿的。“这不是犯傻。”他厉声说道。

“可你总不能当一辈子贼吧，”她说，“你这样注定要在监狱里孤独终老。罗宾汉最后不还是成家了吗？你真正喜欢的是什么？”

平时哈利的回答会是一个购物清单：公寓、豪车、女人、聚会、萨维尔街的西装还有各种珍贵珠宝。可他知道，这么说只会招她的挖苦。他讨厌她的态度，可是说他的野心有些不切实际倒也是实话。他非常想她相信自己的梦，根本没意识到自己就要承认一件从来没跟任何人提过的事。“我想住一个大大的乡间别墅，墙上要爬满常青藤。”

他停住，心里忽然五味杂陈。他感觉到尴尬，可却又不知为何，非常迫切地想告诉她。“这房子还要有网球场、有马厩，道路两边长满了杜鹃。”他继续道。他脑海里已经浮现出了它的样子，那里仿佛是世界上最安全最舒适的地方。“我会穿着棕色的靴子和粗呢西装四处转悠，跟园丁们、马童们聊天，他们都觉得我是个彻头彻尾的绅士。我的投资都稳如磐石，花销永远不超过收入的一半。夏天我会举办花园派对，派对上有草莓、有冰淇淋。我还有五个女儿，各个都和她们母亲一样美。”

“五个！”她大笑。“你娶的人最好身板很结实！”不过她立马又严肃了起来。“你的梦很美，”她说，“希望能成真。”

他觉得自己和她已经很亲近了，亲近到可以问她任何事情。“你呢？”他说，“你有梦想吗？”

“我想去参军，”她说，“我要加入英国陆军妇女队。”

女人参军听起来还是有些滑稽，不过当然，这种事现在已经很常见了。“你打算做什么？”

“驾驶。他们会需要女摩托车通讯员和女急救车司机的。”

“那有危险。”

“我知道。我不在乎。我就是想加入战斗。这是我们制止法西斯主义的最后机会了。”她扬起坚定的下巴，眼中闪烁着不顾一切的光。哈利觉得她真是太勇敢了。

他说：“你好像很坚决。”

“我有一个……朋友，他在西班牙被法西斯害死了，我想完成他未完成的事业。”她神色忧伤。

哈利冲动之下竟然来了句：“你爱他吗？”

她点头。

他看得出她就快哭了，同情地碰了碰她的胳膊。“那你还爱着他吗？”

“我会永远爱他，一点点吧。”她的声音变成了窃窃私语。“他叫伊安。”

哈利喉咙哽住。他想把她拥到怀里，安抚她。要不是她那个坐在对面喝着威士忌读着《时代周刊》的火爆父亲，他真的会这么做的。他只能短暂满足于谨慎地握手。她感激地笑了笑，懂他的样子。

乘务员说："晚餐已经备好，范东坡先生。"

哈利很惊讶，竟然已经六点了。他不情愿地打断了和玛格丽特的谈话。

她明白他的心思。"我们还有的是时间，"她说，"接下来二十四小时我们都会在一起。"

"也是。"他莞尔。他又摸了摸她的手，喃喃地说："待会儿见。"

他还记得之前自己是打算通过接近她来控制她的，现在倒好，自己把什么秘密都告诉她了。她就是有办法让他乱了阵脚，这让他有些担心。最最糟糕的是，他竟然喜欢这样。

他来到旁边的套间，吃了一惊：整个休息室已经改头换面，变成了一个餐厅。这里有三张四人桌和两小张备餐台，布置得和高档餐厅一样精美。桌布和餐巾都是亚麻的，餐具是白色骨瓷的，上面还印了泛美航空的标志。

乘务员将他领到一个矮胖的男人对面。那人身上穿的苍灰色西装让哈利好生嫉妒。他打着领带，领带夹上有颗大大的天然珍珠。哈利自报了家门，那个人也伸出手说："汤姆·路德。"哈利瞥到了他的袖扣，和领带夹是配套的。这是个愿意为珠宝花钱的主。

哈利落座打开餐巾。路德用的是美音，里面还掺杂了点别的味道，有欧洲人的影子。哈利打探起来："汤姆，你是哪里人？"

"罗德岛州的普洛维敦士。你呢？"

"费城的，"哈利身上每根汗毛都想知道费城到底在哪儿，"不过我经常搬家。我父亲是做保险的。"

路德礼貌地点点头，不太感冒的样子。这正合哈利的意。他也不想别人问他的出身：太容易说漏嘴了。

来了两名机组人员，分别自报了家门。一位是工程师艾迪·迪金，肩膀宽阔，头发棕黄，长得慈眉善目。哈利对他的印象是，很想解开领带脱掉制服外套的人。另一位是导航员杰克·阿什福。他头发黑黑，没留胡子，五官分明，一副一丝不苟的样子，好像就是穿着制服出生的。

他俩一入座，哈利就感到了那股工程师艾迪和乘客路德之间的敌意。有意思。

先上的是小虾开胃酒，不过两个机组人员喝的是可乐。哈利要的是德国霍克，路德点的是马提尼。

哈利还在想玛格丽特·奥森福德和她那死在西班牙的男朋友。他看着窗外，纳闷她对那个男孩的感情还有多少。一年的时间很久了，对她那个年纪来说应该更久。

杰克·阿什福跟着他一起向外望，说："目前为止，天气很配合。"

哈利看到了澄澈的天空和机翼上明晃晃的阳光。"平时天气什么样？"他说。

"有时候雨能从爱尔兰一直下到纽芬兰，"杰克说，"冰雹、雨雪、霜冻、电闪、雷鸣，我们都遇到过。"

他想起了之前读到过的东西。"霜冻不是很危险吗？"

"我们在安排路线时会绕开霜冻气团。但是不管什么天气，我们都会给飞机安上除冰雨靴。"

"靴子？"

"就是在机翼和尾翼上有结冰趋势的地方盖的橡胶罩。"

"那我们这一路的天气怎么样？"

杰克迟疑了一下。哈利后悔提天气的事了。"大西洋里会有风暴。"他说。

"很不好？"

"风暴中央很不好。不过我的设想是，溜着它的边儿过去。"他话说的底气不足。

汤姆·路德说："从风暴里面过什么样？"他微笑着露出了牙齿，但是哈利看到了他苍蓝色眼中的恐惧。

"会有点儿颠簸。"杰克说。

他并没往细了讲，不过工程师艾迪发话了。他直盯着汤姆·路德说："那种感觉像是骑了匹未驯服的野马。"

路德脸色苍白。杰克只觉艾迪太冒失了，直朝他皱眉。

下面一道是甲鱼汤。尼崎和戴维两个乘务员都在上菜。尼崎很胖，戴维很小。哈利估摸着这俩人都是同性恋——或者按照作曲家诺埃尔·考沃德的说法，是有"音乐气息"。哈利喜欢他们这种不正规的利索劲儿。

工程师好像心不在焉的样子。哈利暗暗地打量起他来。他不像是那种沉闷的人，他面相很开朗，很和善。哈利试着把他的注意力拉回来。"艾迪，我们在这儿用晚餐，那飞机谁开呢？"

"助理工程师米奇·费恩接我的活。"艾迪说。他虽然没有笑，但说得足够和蔼。"不算两名乘务员，我们机组成员总共九人。除了机长以外，其他人都是四小时一换班。杰克和我从下午两点飞机在南安普顿起飞开始干活，所以几分钟前就被替下来了。"

"那机长呢？"汤姆·路德担心地问道，"他会为了保持清醒吃药吗？”

“他得空的时候会打个盹，”艾迪说，“等过了不可返航临界点，可能会休息得久一些。”

“那也就是说我们在天上飞的时候，机长却在呼呼大睡？”路德说。他的嗓门有点太高了。

“对呀。”艾迪咧嘴一笑。

路德被吓坏了。哈利试着把话锋转到平静点的地方。“什么是不可返航临界点？”

“我们对剩余油量进行实时监控，当剩余油量不足以返航回福因斯的时候，就是过了‘不可返航临界点’了。”艾迪冷冷地说。哈利现在可以确信，这个工程师就是在吓汤姆·路德。

导航员插话，试图抚慰人心：“现在我们的油足够到达目的地，也足够我们返回大本营。”

路德说：“那如果油不够到终点也不够回去怎么办？”

艾迪上身往桌前一凑，一本正经地冲着路德一咧嘴。“路德先生，全包在我身上。”他说。

“绝对不会那样的，”导航员赶忙说，“我们会在到达那个点之前返回福因斯。为安全起见，我们会按照三台发动机进行计算，而不是四台。这样就算有一台发动机出故障我们也应付得了。”

杰克是想帮路德把信心找回来，可这提起发动机故障自然是让他更担惊受怕了。他试着去喝汤，手却不住地抖，把汤洒到了领带上。

艾迪显然很满意，又一言不发了。杰克试着找别的闲话，哈利也竭尽全力帮忙，可气氛就是这么尴尬。哈利不禁纳闷，艾迪和路德到底在搞什么名堂。

餐厅迅速客满。身穿波点长裙的女人和她那身穿蓝色运动夹克的护花使者在旁边一桌落了坐。哈利已经知道他们叫戴安娜·拉弗斯和马克·埃尔得。哈利心想：玛格丽特应该像拉弗斯·太太这样穿衣服，她甚至可以比戴安娜还好看。拉弗斯太太似乎并不开心，愁眉苦脸的，十分可怜。

服务迅速，食物可口。主菜是菲力牛排配蛋黄酸辣笋加土豆泥。牛排比英国餐厅里的大上一倍。哈利只吃了一部分，乘务员要再给他斟酒他也拒绝了。他要保持警醒状态。他要去偷“德里套装”。想到这里，他又兴奋又害怕。这将是他职业生涯中最华丽的一票，如果他之后金盆洗手，这还会是他职业生涯的最后一票。有了它，他就可以买到长满常青藤配有网球场的乡村别墅了。

牛排后面是沙拉，这让哈利很意外。伦敦高档餐厅里很少上沙拉，把它当作主菜后的单独一道菜则更是少见。

蜜桃冰淇淋、咖啡还有小蛋糕依次端上。工程师艾迪似乎意识到自己有些不太合群，开始努力找话说。“方便问一下您旅途的目的吗，范东坡先生？”

“我就是想离希特勒远一点，”哈利说，“至少在美国参战之前是这样。”

“你觉得那一天会来吗？”艾迪怀疑道。

汤姆·路德说：“我们和纳粹没什么好争的。他们反对共产主义，我们也一样。”

杰克点头表示同意。

哈利被堵得说不出话了。在英国，人人都觉得美国会参战。

可到了这张桌上根本没人这样想。他悲观地想，或许英国人都在自欺欺人吧，又或者美国也帮不上什么忙。妈在英国知道了肯定会伤心的。

艾迪说："我觉得和纳粹的仗还是要打的，"他听上去有些愤怒，"他们就和黑帮一样。"他直接看向路德。"终有一天，那种人会像老鼠一样被铲除干净。"

杰克猛然起身，很为难的样子。"艾迪，我们要是吃好了最好去休息一下。"他坚决地说。

艾迪被这突然的命令吓到了。但过了一会儿他还是点头同意。随后两个机组成员就告辞了。

哈利说："那个工程师有点粗鲁。"

"是吗？"路德说，"我没留意。"

"睁眼说瞎话，"哈利心想，"他刚刚说黑帮不就是在说你嘛！"

路德叫了杯白兰地。哈利开始怀疑他会不会真就是黑帮的。哈利在伦敦认识一个混混，那人戴了好多戒指，穿皮草，还穿两种颜色的鞋，比他可张扬多了。路德看上去更像个白手起家身价百万的商人，不是加工精肉的就是造船的，反正就像个干工业的人。哈利一冲动，张口问道："汤姆，你是做什么的？"

"我是名罗德岛的商人。"

这么回表明不想他继续问。哈利过了一会儿就起身冲他礼貌性地点了下头，然后离开了。

他一回到自己那个套间，奥森福德勋爵就唐突地问："晚饭还可口？"

哈利吃得很痛快，可上层社会的人对食物永远都不会太热心。“还行吧，”他保持中立，“有种霍克酒还算能喝。”

奥森福德嘟囔着抱怨了几声，又回去看他的报纸了。“再没人能比贵族还粗鲁了。”哈利想。

玛格丽特微微一笑，好像很高兴看到他。“到底什么样？”她鬼鬼祟祟地低声问。

“好吃得很。”他回答。然后两人都哈哈大笑。

玛格丽特笑的时候很不一样。她安静的时候苍白，不起眼。而现在的她脸颊粉红，张开了嘴，露出了两排整齐的牙齿，轻轻地扬了扬头发，咯咯地笑着。哈利觉得这样的她很性感。他想越过窄窄的过道触摸她，都已经伸出手了，却发现对面的克莱夫·莫白正看着自己。不知怎么的，那眼神让他遏制住了自己的冲动。

“大西洋上有风暴。”他告诉她。

“那我们这一路会很折腾咯？”

“是的。他们准备绕风暴边缘飞，但还是会有颠簸。”

哈利现在很难跟她说上话。乘务员一会儿往餐厅送菜，一会儿又回去收脏盘子，一直在他俩之间来来回回。不过哈利也佩服他们，俩人就给这么多人做了饭还上了菜。

他等奥森福德一家人去用餐等得心慌，遂拿起一本玛格丽特抛在一旁的《生活》杂志翻看起来。他没带书也没带杂志，他本就不是个爱阅读的人。他喜欢看报纸上的新闻，至于消遣方式，他更青睐收音机和电影院。

奥森福德一家终于被叫去吃饭了，只剩下哈利和克莱夫·莫白两人。第一航段时这男的去过主休息室打牌，可现在休息室变成餐厅了，他也就待在座位上不动了。哈利心想：或许他会去厕所吧；换句话说，我最好自己先去一趟，省得待会坏事。

他又开始纠结莫白是不是警察了。他如果是警察，那在泛美“飞剪号”上干什么呢？他如果是来跟踪嫌犯的，那嫌犯的罪过肯定大到了让英国警察东拼西凑买“飞剪号”机票的程度。不过他也可能是攒了好几年的钱，打算乘坐豪华邮轮顺尼罗河而下，或是去乘坐“东方快车”[①]，去完成自己的梦想之旅。他还可能是个只想完成一次跨洋飞行的飞行迷。哈利心想，如果真是这样，但愿他飞得开心。九十英镑对于警察来说绝不是个小数目。

耐心不是哈利的强项。半个小时后他见莫白还没要动的样子，就决定自己亲手解决。“你看过驾驶舱吗，莫白先生？”他问。

“没——”

“那里绝对值得一看。我听说它和‘道格拉斯DC-3’整个内舱一样大，那飞机可不是什么小飞机啊。”

“是嘛。”莫白仅是礼貌性地表示好奇。所以说他不是飞机迷了。

“我们应该上去瞧瞧。”哈利拦住了正要上甲鱼汤的尼崎。“乘客们可以去看驾驶舱吗？”

“是的，先生。非常欢迎！”

“现在方便吗？”

“现在非常方便，范东坡先生。我们既不是在降落，也不是

① 1883年10月4日，一辆名为Express d' Orient（法语，东方快车）的火车从巴黎出发，经过了3天9小时40分钟之后，抵达了伊斯坦布尔。整整94年，它的营运留下了无数传奇故事，作家和作曲家以它为素材创作了6部电影，19本小说，和一首歌曲。

在起飞，机组人员换班的时间也过了，天气也很平静。您再找不到比现在更好的时候了。”

哈利想听的就是这个。他站起来，渴望地看着莫白。“我们一起去吧？”

莫白像是要拒绝的样子。他可不是那种任人摆布的人，但换个角度想，不答应会显得很没礼貌。莫白或许不想让别人觉得他不好打交道。他犹豫了一阵，站起来说：“没问题。”

哈利给他带路，走过厨房和男卫生间右转，沿楼梯盘旋而上。他来到楼梯顶部的驾驶舱，莫白就跟在他后面。

哈利环顾四周。这里和他想象中的飞机操控台一点儿都不像。这里清洁、安静，又舒适，看上去更像是间现代写字楼的办公室。导航员和工程师这两位哈利的晚餐伙伴当然并不在场，他们已经下班了，这是另外一班。不过机长还在这里，就坐在舱后一张小桌子后面。他抬起头，和蔼地朝他们微笑，然后说：“晚上好，先生们。你们想四处看看吗？”

“当然想了，”哈利说，“不过我要去拿我的相机。这里照相没问题吧？”

“没问题。”

“我马上回来。”

他赶紧冲下楼梯，又自得又紧张。他暂时甩开了莫白，但还得抓紧翻箱子。

他回到了套间。一个乘务员在厨房，另一个在餐厅。他应该等他们两个都忙着上菜的时候下手，这样才能保证接下来的一分钟内没人穿过套间。可他没时间了，只能赌一把没人会来打扰他了。

他从奥森福德夫人的座位下拉出她的箱子。这个随身行李箱又大又沉，估计她自己不用拎。他把箱子往座上一放，一打就开了。箱子没锁：这可不是好迹象——她再单纯也不会把价值连城的宝贝放到没锁的箱子里。

即便如此，他还是迅速地翻了起来，还不停用余光提防有人进来。里面有香水、化妆品、银梳子、一件栗色晨袍、一条睡裙，一双粉嫩拖鞋、桃色真丝内衣、筒袜、一个装洗漱用具的海绵袋还有一本布莱克诗集——没有珠宝。

哈利无声地咒骂着。这里是他认为套间里最可能有的地方了。他开始怀疑起自己所有的理论。

整个翻查花了二十秒。

他关上箱子，放回座位下面。

他开始怀疑她是不是让他丈夫保管珠宝了。

他看了看奥森福德勋爵座位下的包。乘务员还在忙，他决定再试试手气。

他拉出奥森福德勋爵的包。包看起来像毛毡袋，但其实是真皮的。包上拉了拉链，拉链上锁了把小挂锁。哈利随身带的袖珍折刀就是为这种场合准备的。他用折刀撬开了锁，然后拉开拉链。

正在他上下翻看包里东西的时候，小个子乘务员戴维从厨房推着一筐饮料过来了。哈利抬起头，冲他微笑。戴维看了看那个包。哈利屏住呼吸，继续装笑。乘务员走了过去，进了餐厅。他想当然地以为这包是哈利自己的。

哈利又能呼吸了。他是个解除疑虑的专家没错，可是每次一展身手的时候他都吓得要命。

奥森福德包里的东西就是他妻子的男人翻版：剃须用具、发膏、条纹睡裤、法兰绒内衣以及一本拿破仑自传。哈利拉上包，将挂锁归位。奥森福德回来会发现锁坏了，会纳闷这是怎么回事。他若是多疑，就检查一下有没有丢东西。看到东西都在之后，他就会觉得是锁出毛病了。

哈利把包放回原位。

他得逞了，但他和“德里套装”距离还有那么远。

珠宝在孩子们那儿的可能性不大，可他决定不想那么多，把他们的行李也翻一遍。

奥森福德如果打算要滑头要把妻子的宝贝藏在孩子行李里，那他应该会选珀西。珀西会为这个计谋欢呼雀跃，而玛格丽特更有可能会和父亲对着干。

哈利拎起珀西的大帆布袋，放到了之前放奥森福德勋爵袋子的地方，这样乘务员戴维就算路过，也会觉得还是刚刚的袋子。

珀西的东西收拾得十分整齐，哈利可以确定这是仆人给他打的包。一个正常十五岁男孩才不会把睡裤叠好还用纸巾包好呢。他的海绵袋里装的是一个新牙刷和一管新牙膏。包里还放了一副袖珍象棋、一摞漫画书以及一包巧克力饼干。哈利想象得出，这应该是一个关爱他的厨子或女佣放的。哈利打开象棋盒，迅速翻了一遍漫画书，还破开了饼干包装，还是没有珠宝的影子。

哈利往回放包的时候，一位上厕所的乘客从他身边走过。哈利无视了他。

他相信，奥森福德夫人不可能把“德里套件”留在一个数周内可能被侵略被占领的国度。可就他目前掌握的情况，她既没戴在身上也没放在包里。它如果不在玛格丽特的包里的话，只能是在托运的行李里了。那里可就不好下手了。飞机飞行期间允许乘客进行李间吗？不然他就得跟着奥森福德一家去他们纽约的酒店了……

机长和克莱夫·莫白肯定在纳闷他拿个相机怎么这么久。

他拿起玛格丽特的箱子。这好像是个生日礼物：小小的乳白软皮箱，圆圆的角，铜质配件非常精美。他一打开箱子就闻到了她的香水味儿，托斯卡。他发现了一条棉质睡裙，上面绣有小花的图案。他想象了一下她穿着它的样子，对她来说粉嫩了点儿。她的内衣全是简单的白色棉布。不知道她是否还留着贞洁。他又看到一个小相框，是个二十一岁光景的男孩的照片。这个英俊的小伙子有长长的乌发和浓黑的眉毛，身上穿着学院袍，戴着顶学士帽：这应该就是那个死在西班牙的小子了。她和他上过床吗？哈利想，别看她还穿学生妹内裤，八成还是和他上过了。她正在读劳伦斯的书。“我敢说，这她母亲肯定不知道。”哈利心想。里面还有一摞亚麻手绢，每条都绣有“M.O.”两个字母。它们都有托斯卡的香水味。

宝贝不在这儿。真他妈该死。

哈利决定拿一条香手帕作为纪念。他正要拿，戴维推着个堆满汤碗的筐子走了过来。

他瞥了眼哈利，然后站住，锁起了眉头。玛格丽特的箱子和奥森福德勋爵的包显然太不像了，明眼人一看就知道，这两个包不可能都是哈利的。他翻的包只能是别人的。

戴维瞪了他一会儿。他显然在怀疑哈利，但又没胆量指责乘客。最后他还是吞吞吐吐地来了句：“先生，那是您的箱子吗？”

哈利让他看小手帕。“我能往这上面擤鼻子吗？”他把箱子合上放回原位。

戴维还是有些疑虑。哈利说："她叫我来拿的。我们俩……"

戴维的表情变成了尴尬。"真抱歉，先生。但愿您能理解——"

"你这么警觉我很高兴，"哈利说，"以后继续好好干。"他拍拍戴维的肩。现在他得顺着自己编的故事，去把这该死的手帕还给玛格丽特了。他走进餐厅。

她和她父母、弟弟坐一桌。他把手绢往她面前一递，说："你手帕掉了。"

她很惊讶。"我掉过吗？谢谢你！"

"可不是嘛！"他很快就脱了身。戴维总不会问她是不是真叫过哈利去拿干净手绢吧？他觉得不太可能。

他又回到自己的套间，穿过戴维正在洗碗的小厨房，然后爬上旋转楼梯。他到底怎么才能进到行李间呢？他连那地方在哪都不知道：装货的时候他又没看。不过总会有什么办法的。

贝克机长正跟克莱夫·莫白解释他们是如何在风云多变的海洋上确定航向的。"大部分时间我们都不在广播塔台的辐射范围内，所以星星成了我们最好的向导——如果我们能看到它们的话。"

莫白抬头看哈利。"没照相机？"他一针见血。

肯定是个警察了，哈利想。"我忘记上胶卷了，"他说，"你看我笨的。"他来回看了看。"你怎么能从这儿看到星星？"

"噢，让导航员到飞机外面看一会儿就行了。"机长板着脸说，接着又咧开了嘴，"逗你们玩儿啦。这边有一个瞭望台。我带你们去看。"他打开了驾驶舱后面的门，迈了进去。哈利跟着他来到了一个狭窄的通道。机长向上一指。“这就是了望圆顶。”哈利兴趣不大，但还是抬起了头：他满脑子都是奥森福德夫人的珠宝。屋顶上有一个玻璃泡，玻璃泡的一边是一个折叠梯。“只要飞到云的间隙，他就可以带着八分仪爬上去。这东西同样是行李装载舱口。”

哈利忽然殷勤起来。“行李从顶上装？”他说。

“对呀，就在这边。”

“然后放哪儿？”

机长指了指窄道的两边。“放行李间里。”

哈利不敢相信自己这么好运。“所有的包都在这儿，都在那些门的后面？”

“是的，先生。”

哈利试着打开其中一扇。门上锁了。他往里面瞅。一个个乘客的手提箱大木箱已被小心摞好，并由绳索绑到了柱子上，以防飞行途中滑动。

“德里套装”，哈利·马克思的一世荣华，就在里面的某个地方。

第十四章

玛格丽特情绪高昂。她总是忘记自己其实不想去美国。她简直不敢相信，自己竟然和一名真正的窃贼成了朋友！通常若有人跟她讲“我是贼”，她是不会信的。但她知道哈利说的是真话。她在警局见过他，还亲眼看到他被别人控告。

生活在有序世界之外的人们——罪犯、吉普赛人、无政府主义者、妓女还有流浪汉——总能将她吸引。他们的生活是那么的随性。当然，他们可能没办法随性地点香槟或是随性地飞到纽约，也不能随性地把孩子送进大学——她还没天真得会忽略掉局外人生活的各种局限。但是哈利这种人永远不用听别人的命令行事，这对于她来讲是特别美好的事。她梦想成为一名住在山林里的游击队员，穿着粗布裤子，扛着来福枪，饿了就偷点食物，瞌睡了就在繁星下入眠，永远都不用熨衣服。

她从没见过这样的人。又或者她见过，但没认出他们的真实身份——上次她不还坐在“伦敦顶级臭名昭著街”边的台阶上，全然不知别人会把她当妓女吗？这虽然就发生在昨天晚上，但好像已经过了很久很久了。

了解哈利是她近年来遇到过的最有趣的事。他身上有她渴望的所有东西。他喜欢做什么就做什么！今天早晨他决定去美国，下午就上路了。他要想跳一晚上的舞再睡一整天的觉，那他就会去跳去睡。他吃自己喜欢吃的，喝自己喜欢喝的，想什么时候吃，去丽兹饭店、酒馆还是泛美“飞剪号”的餐厅吃，都成。他可以加入共产党，然后说走就走，不需要跟任何人解释。他缺钱就从别人身上取，反正他们也是不劳而获。他有一个完全自由的灵魂！

她期待着进一步了解他，没有他在身边的用餐时间都是浪费。

餐厅里有三张四人桌。加蓬男爵和卡尔·哈德曼就坐在邻桌。他们两个进来时，父亲的表情像是见了什么秽物一样。八成是因为他们是犹太人吧。那一桌的另外两人是奥利司·菲尔德和弗兰克·戈登。弗兰克·戈登是个比哈利大一点的男孩，虽然嘴角透着股粗鲁，但却是个帅气的家伙。奥利司·菲尔德则是个形容憔悴的老头，头发都谢光了。在福因斯的时候他们俩并没像其他人一样上岸，而是留在机舱内，这引起了好一阵议论。

第三张桌上坐的是白璐璐和拉维尼亚公主，后者正大声抱怨着酱料里的盐放多了。和她们一起入座的是在福因斯站新加入的拉弗斯先生和林汉夫人两位乘客。珀西说，这两个人不是夫妻，但是会一起睡蜜月套房。玛格丽特对泛美航空如此纵容他们感到很意外。也许因为有太多人拼命想去美国，他们才通融了一下。

珀西入座用餐时戴了顶黑色犹太瓜皮帽。玛格丽特被逗笑了。他到底从哪弄的这玩意儿？父亲把他的帽子一把抓掉，暴躁地吼道：“傻孩子！”

母亲表情呆滞，自从她不再为伊丽莎白哭泣后，一直都这个样子。她含糊地来了句：“现在用晚餐也太早了一点。”

“现在七点半了。”父亲说。

“为什么天还不黑？”

珀西说：“英格兰的天已经黑了，但我们现在已经飞离爱尔兰海岸三百英里。我们在追着太阳飞呢。”

“但总归还是会黑的吧。”

“依我看，得到九点左右了。”珀西说。

“好。”母亲含糊地说。

“你发现没有，我们要是行进得足够快就可以一直跟着太阳走，那样天就永远都不会黑了。”珀西说。

父亲自以为是地说：“我不觉得人类有造出那种速度飞机的能力。”

乘务员尼崎为他们上来第一道菜。“我不用了，谢谢，”珀西说，“犹太人的戒律不让吃虾肉。”

乘务员给了他一个愕然的表情，但是没有说话。父亲怒发冲冠。

玛格丽特赶紧换话题。“珀西，我们离下一站还有多久？”这种事情他总知道。

“离博特伍德还有十六个半小时，”他答，“我们会在英国夏令时的上午九点抵达。”

“那当地时间是几点？”

“纽芬兰标准时间比格林尼治标准时间晚三个半钟头。”

“三个半？”玛格丽特很惊讶，“我还不知道有时区取半个小时的。”

珀西继续道：“博特伍德和英国一样，用的是夏令时；所以我们降落时，当地时间是早晨五点半。”

"我可起不来。"母亲无精打采地说。

"不会的，你起得来，"珀西不耐烦地说，"到时候你的感觉还是九点。"

母亲嘟囔道："男孩子们就是这么擅长技术上的东西。"

她一装傻玛格丽特就来气。在她眼里，女人理解技术上的事会显得没有女人味。"女子无才便是德。"她曾对玛格丽特如是说过好多遍。玛格丽特已经不再同她争辩，但她并不信奉这句话。在她眼里，只有弱智的男人才会这么想。聪明男人喜欢的是聪明女人。

她开始留意到旁边一桌越来越响的交谈声。加蓬男爵和卡尔·哈德曼正在争论着什么，和他们一桌的人则看起了热闹，并不发话。玛格丽特这才发现，每次看见加蓬和哈德曼在一起，俩人都是在热烈讨论中。这也许没什么好奇怪的：你如果跟世界上最伟大的头脑沟通，肯定也不会谈些鸡毛蒜皮的小事。她听到了"巴勒斯坦"这个词，他们一定是在讨论犹太复国主义。她紧张兮兮地看了眼父亲。他也听到了，有点要发脾气的样子。玛格丽特趁他张口之前赶忙说："我们一会儿会经过风暴圈，会很颠簸。"

"你怎么知道？"珀西问。他话里有些嫉妒的味道，对飞行细节了如指掌的应该是他，不是玛格丽特。

"哈利跟我讲的。"

"那'他'又是怎么知道的？"

"他和工程师还有导航员一起用的餐。"

"我不怕。"珀西说。他的口气恰恰在说，他很害怕。

玛格丽特之前就没想过要为风暴担心。到时候飞机肯定会来回晃得人难受，但是不会有什么大不了的危险吧？

父亲干掉了自己的酒，又烦躁地要乘务员再给他满上。他是害怕风暴吗？就她的观察，他今天喝得可比平时多。他会紧张吗？还是说，他还在为伊丽莎白的事情心烦。

母亲说：“玛格丽特，你应该多和那个安静的莫白先生多聊聊。”

玛格丽特很不解。“为什么？他好像就想一个人清静啊。”

“我想他只是害羞罢了。”

同情害羞的人，尤其是像莫白这样百分之百是中产阶级的人，可不是母亲的作风。“母亲，您有什么话就直说，”玛格丽特说，“我听不明白。”

“我就是不想你把整个飞行的时间都花在范东坡先生身上。”

玛格丽特正是这么打算的。“凭什么不能？”她说。

“你看，他和你年纪相仿，对吧，你不会想他有别的想法的。”

“我说不定就想他有想法呢。他帅得要命。”

“不行，亲爱的，”她坚决地说，“他这人不是纯粹的‘纯粹’。”她是在说他不是上层社会的。母亲和许多同贵族联姻的外国人一样，甚至比英国人还势利。

看来哈利佯装的美国富二代形象并没有让她完全买账。她的阶级触角真是明察秋毫啊。“可你不是说你认识费城范东坡家吗？”

“我是认识，但我又想了想，现在可以肯定他不是那一家店的人了。”

“母亲，我看我得跟他发展一下，好治治你这势利眼。”

“亲爱的，这不叫势利眼，这叫门当户对。势利眼多粗俗。”

玛格丽特投降了。母亲的优越感刀枪不入，再怎么跟她理论也无济于事。不过玛格丽特并不打算听她的话。哈利这个人实在是太有意思了。

珀西说：“我很好奇莫白先生的身份，我很喜欢他的红背心。他可不像个普通的洲际旅客。”

母亲说：“我估计他八成是个什么政府官员。”

他长得确实像个当差的，玛格丽特想。母亲看这种事情总是一针见血。

父亲说：“他可能是航空公司的人。”

“我觉得他还是更像个公务员。”母亲说。

乘务员上了主菜。母亲没有要菲力牛排。“我不吃加工过的食物，”她对尼崎说，“给我上点芹菜和鱼子酱就行。”

玛格丽特听到邻桌的加蓬男爵说：“我们必须有自己的土地——没别的解决方案！”

卡尔·哈德曼答道：“可你也同意了，那样的国度必须全副武装——”

“那是为了抵御好斗的邻居！”

“那样就得偏心犹太人，歧视阿拉伯人，这你之前也承认了——军国主义跟种族歧视合起来就是法西斯，而法西斯本来是你抨击的对象！”

“嘘，别那么大声。”加蓬说罢，他们降低了嗓门。

通常情况下，玛格丽特肯定会对这样的辩论兴趣十足：他跟伊安就讨论过这个话题。社会主义者们对巴勒斯坦问题也是各持己见。有的人说，这是一个创建理想国的机会；另一些人则认为，那里属于生活在那片土地的人，不能再像爱尔兰、香港或是得克萨斯一样被“送给”犹太人了。众多的犹太裔共产党员让这个问题更加复杂。

可她现在只希望加蓬和哈德曼能冷静一些，这样父亲才不会听到他们的讨论。

不幸的是，让他们冷静是不可能的。他们讨论的是和自己息息相关的最核心的价值。哈德曼又提高了嗓门说：“我可不想活在一个种族主义国家里！”

父亲高声说道：“我怎么不知道这边儿还有群犹太佬。”

“喔喂！”珀西说。

玛格丽特忐忑地看着父亲。曾几何时他的政治哲学还有说得通的地方。当千百万人民失业挨饿的时候，说资本主义和社会主义已经失败民主对大众有益无害，是需要不少勇气的。全能的国家机器在仁慈的独裁者领导下引导工业发展，这样的治国思想也曾令人心动。然而，那些高深的理论和大胆的政策现在已经沦为盲目无知的愚顽与偏执。她曾在家中书房曾读到一本《哈姆雷特》，念到那句“噢，一颗高尚的心灵就这样沉沦了！”的时候，她想起了父亲。

她觉得，父亲是背对着他们的，而他们又辩论得那么投入，所以父亲的难听话他们俩应该没听到。为了让父亲想点别的，她欢快地问：“我们什么时候去睡觉？”

珀西说：“我想早点睡。”这可不像他。他肯定图的是飞机上睡觉的新鲜感。

母亲说："我们就按平时的时间上床。"

"那按哪个时区呢？"珀西说，"是英国夏令时的十点半，还是纽芬兰夏令时的十点半？"

"美国种族歧视，"加蓬男爵呼喊道，"法国——英国——苏联——也一样！都是种族主义！"

父亲说："他们眼里还有没有上帝！"

玛格丽特说："我九点半就过去。"

珀西发现有押韵。"熬到十点零一我就有气——无力——"他回道。

这是他们小时候常玩的游戏。母亲也加入了进来："九点四十三，我就把灯关。"

"十点过十分，让我看你的纹身。"

"十点一刻，我是最后一个。"

"轮到你了，父亲。"珀西说。

接着是一阵沉默。在旧时光里，父亲的变得心灰意冷、尖酸刻薄以前，他也曾同他们玩过这个游戏。父亲脸在这一瞬间变得温和起来。玛格丽特还以为他真的会加入进来。

卡尔·哈德曼说："何必再建一个种族主义国家呢？"

终于点到火了。父亲咬牙切齿，转了过去。没等人拦住，他就喊了一句："你们两个犹太崽子声音最好小点。"

哈德曼和加蓬震惊地盯着他。

玛格丽特的脸猛地红了。父亲的声音大得每个人都能听见，整间屋子都安静了下来。她真想找个地缝钻进去。她怕人们看她，怕他们会知道她就是对面这个醉醺醺的粗俗蠢货的女儿。她看到了尼崎的眼，他的表情在说他很同情她。这让她更难受了。

加蓬男爵脸色苍白。有那么一会儿，他像是要回句什么似的，但他又改了主意，把脸别开了。哈德曼扭曲地咧嘴一笑。玛格丽特脑海中忽然闪过一个想法，对于来自纳粹德国的他来说，这可能不过是场温和细雨罢了。

父亲还没完。“这里可是头等套间。”

玛格丽特看着加蓬男爵。他试图无视父亲的存在，拿起了勺子，可是他的手颤抖着，还把汤洒到了鸽灰色背心上。他把勺子放下，放弃了。

这个显眼的痛苦举动触动了玛格丽特的心。她现在对父亲气恼得厉害。她转向他，终于提起勇气告诉他自己心中所想。她愤怒地说：“你刚刚大肆侮辱的是欧洲最高尚的两个人！”

他说：“是欧洲最著名的两个犹太佬吧。”

珀西说：“别忘了费宾外婆。”

父亲转向他，然后指着他说：“你的胡说八道到此为止，听到没有？”

“我要上厕所，”珀西说着起身，“我想吐。”他离开了房间。

玛格丽特这才意识到，珀西和她都勇敢地面对了父亲，而他却什么事都做不了。这肯定算得上是里程碑。

父亲放低声音，对玛格丽特愤恨地说道：“你要记住，是这些人逼我们背井离乡的！”接着他又升回原来的高嗓门，说：“他们要想和我们一起旅行，那就学规矩点儿。”

“够了！”一个新的声音说道。

玛格丽特看向房间另一头。说话人是福因斯站新上来的莫巍·拉弗斯。他正要起身。乘务员尼崎和戴维吓得一动不动地杵在那儿。拉弗斯穿过餐厅，来势汹汹地将上身探到奥森福德家餐桌的上方。他是个霸气威武的男人，四十岁光景，有浓密的灰发和乌黑的眉毛，五官如雕刻一般。他穿的虽是名贵西装，但是说话却带着西北乡村口音。“有意见自己保留，多谢。”他声音不大，但很有威慑力。

父亲说：“关你什么事——”

“就关了！”拉弗斯说。

只见尼崎匆匆退了出去。玛格丽特猜他是上驾驶舱找帮手去了。

拉弗斯继续道：“你肯定不知道，哈德曼教授可是世界上顶级的物理学家。”

“我才不在乎他是什么东——”

“是，你不在乎。但我在乎。我觉得你的观点无礼得像放屁一样。”

“我想说什么就说什么。”父亲一边说，一边被逼无奈准备起身。

拉弗斯用强壮的手把他按了下去。“我们打仗打的就是你这种人。”

父亲弱弱地说：“把手拿开，听到没有？”

“你闭嘴我就拿开。”

“我要去叫机长——”

“不用麻烦了，”又多了一个声音。贝克机长出现了。他戴着制服帽，不怒自威。“我就在这儿。拉弗斯先生，能否请您回到座位上呢？那样可就帮了我大忙了。”

“成，我会坐下，”拉弗斯说，“不过这个醉醺醺的蠢货要是再这么吆五喝六地叫这位欧洲最杰出的科学家犹太崽子，我是不会坐视不管的。”

“拜托了，拉弗斯先生。”

拉弗斯回到了的座位。

机长又转向父亲。“奥森福德勋爵，估计是别人听错了，我相信尊贵如您是不会用拉弗斯先生提的那个词称呼别的乘客的。”

玛格丽特祈祷着父亲能接受这个台阶。可惜他更加剑拔弩张。“我叫他犹太崽子，因为他就是！”他咆哮道。

“父亲，别说了！”她喊。

机长对父亲说：“我必须要求您不要在我的飞机里使用这样的称谓。”

父亲挖苦道：“他觉得当犹太崽子很丢人吗？”

玛格丽特看得出，贝克机长开始生气了。“先生，这里是美国的飞机，我们有美国的行为准则。我坚决要求您停止侮辱其他乘客，并且警告您，我有权在我们下一个停靠站请当地的警察将您逮捕拘押。不妨告诉您，这种情况虽不多见，但只要发生了航空公司都会起诉。”

父亲被入狱的威胁震慑住了，沉默了一会儿。玛格丽特觉得羞愧难当。她虽然试过阻止父亲，也对他的行为提出了抗议，可还是觉得很丢脸。他的愚蠢牵连到她了，毕竟她是他女儿。她双手捂住脸。她撑不下去了。

只听父亲说道：“我要回我的套间。”她抬头。他正在起身，对母亲说：“亲爱的？”

母亲起身，父亲帮她挪椅子。玛格丽特觉得，所有人都在看她。

哈利不知从哪里忽然冒了出来。他将手轻轻扶到玛格丽特椅子背上。“玛格丽特小姐，”他微微鞠躬。她起身，他帮她把椅子后挪。如此支持她的举动让她万分感激。

母亲高仰着头离开了餐厅，面无表情。父亲尾随其后。

哈利将手肘递给玛格丽特。这是微不足道的小事，但对她意义重大。她虽然又羞又恼，但终于还是可以带着尊严走出这个房间。

他们一走到套间，身后议论声立马炸开了锅。

哈利把她扶到座位上。

“你真是救了我一命，”她感慨道，“真不知道要怎么感谢你。”

“我在这边听到那边在吵架，”他静静地说，“我知道你心里肯定不好受。”

“我这辈子都没丢过这么大的人。”她沮丧地说。

可是父亲还没闹够。“他们总有一天会后悔的，一群该死的蠢货！”他说。母亲坐在角落，怔怔地看着父亲。“你记住我的话，这次战争他们会输的。”

玛格丽特说：“别说了，父亲，求求您了。”好在只有哈利听到了刚才的长篇大论。莫白先生不见了。

父亲没把她当回事。“德国军队会像海啸一样荡平英格兰！”他说，“你以为到那时会怎样？当然是由希特勒扶植起法西斯政府了。”他的眼睛忽然闪烁着诡异的光亮。玛格丽特心想：我的上帝，他可真疯狂；我的父亲就要走火入魔了。他降低声调，一副奸邪的表情。“自然会有英国法西斯政府。之后他会需要一个英国法西斯主义者去领导它！”

“噢，我的天。”玛格丽特说。她知道他的想法了，这让她陷入绝望。

父亲以为希特勒会成为英国的独裁者。

他以为英国会被征服，希特勒会把流亡在外的他召回去，然后让他当傀儡政权的领袖。

“等伦敦有了法西斯首相——到那时他们就不是这副嘴脸了！”父亲耀武扬威地说着，仿佛跟谁辩论胜出了一样。

哈利惊愕地听着她父亲的话。“你不是想……不会是以为，希特勒会让你……”

“那可说不准，”父亲说，“这个人必须得和败北政府没有任何瓜葛。如果使命……我要报效我的祖国……重新开始，毋庸置疑……”

哈利目瞪口呆。

玛格丽特彻底绝望了。她要远离父亲。一想起上次离家出走的可耻结局她会不寒而栗，但一次失败打不倒她，她要再试一次。

这回可不能和上次一样。她要向伊丽莎白学习，要深思熟虑，未雨绸缪。她要确保自己有钱、有朋友，还有住的地方。这回她要有个可行的方案。

珀西从男厕所回来，错过了不少好戏。但他好像已经出演了自己的好戏：他两颊通红，兴高采烈。“你猜怎么着！”他朝整个套间发言，“我刚刚在卫生间看到了莫白先生——他当时脱了外套正在往裤子里塞衬衣——他的外套里面有个挂肩枪套——里面有把真枪！”

第十五章

“飞剪号”离返航临界点越来越近。

英国时间晚上十点，心烦意乱的艾迪·迪金回到自己的岗位。这会儿太阳已经跑到大前面，将飞机丢在黑暗之中。天气也变了。雨水鞭打着窗户，云层遮住了繁星，多变的风肆意顶撞着强壮的飞机，将乘客晃得东倒西歪。

低海拔的天气通常更恶劣，但贝克机长还是选择近海平面飞行。他在“追风”，寻找西风弱的海平面。

艾迪知道飞机的油不太充足，很是焦虑。他坐在自己的工作台前，开始计算所剩油量能支撑的飞行距离。因为天气比预报的要糟糕一点，发动机的耗油量也会超出预期。如果剩下的油撑不到纽芬兰，他们就得在抵达返航临界点前掉头回去。

然后卡洛安会怎么样呢？

汤姆·路德这样心思缜密的人肯定考虑到了“飞剪号”延误的可能性。他肯定会通过某种方式联系同伙，确认或变更会合时间。

可飞机如果返航，卡洛安就得在那群绑架她的禽兽手里再待上二十四个小时。

大部分休息时间里艾迪都坐在前方套间里，坐立不安地看着一无所有的窗外。他根本就没试过睡觉，他知道这是无用功。卡洛安的样子不停折磨着他：她哭的样子、被绑起来的样子，还有满身伤痕的样子；她害怕的样子、求饶的样子、歇斯底里的绝望的样子。每过五分钟，他就会挥拳把机身捶一通，仿佛要把它戳破、撕裂。他一直在拼命扼制自己上楼的冲动，不停告诉自己不要去问米奇·费恩耗油量如何。

他正是因为心不在焉，才放纵自己在餐厅和汤姆·路德针锋相对。那么做太傻了，自己被安排和他同一桌也真是够倒霉的。事后导航员杰克·阿什福已经批评过艾迪，艾迪也意识到了自己的行为是多么愚蠢。现在杰克知道艾迪和路德之间有点什么了。艾迪不愿和杰克多说，杰克也接受了——暂时接受。艾迪在心中暗暗发誓，一定要再小心一点。贝克机长只要有一点怀疑自己的工程师被人要挟，就会取消飞行计划，那艾迪就对卡洛安无能为力了。现在这件事他也得操心。

经过了第二轮晚餐时莫巍·拉弗斯和奥森福德勋爵令人血脉喷张的针锋相对，现在已经没人记得艾迪对汤姆·路德的态度了。艾迪没去看——他忙着在前边套间操心呢——不过乘务员把事情原委跟他说了一遍。在艾迪看来，奥森福德这个畜生就该有人管教一下。贝克机长做得好。艾迪同情男孩珀西，竟然要在这样的父亲身边成长。

再过几分钟，第三轮晚餐就会结束，到时候客舱里就会安静下来。年老的会去睡觉，大部分人则会再坐上几个小时，继续一上一下地颠簸，继续因为激动或紧张没有睡意。接着他们会屈服于生物钟的力量，疲惫地上床休息。还会有几个死扛的主儿到休息室拉开牌局，他们虽然会继续饮酒，但喝的都是安静平稳的通宵酒，不会怎么闹事。

艾迪焦急地在“霍格飞行图表”上标算着飞机耗油量。代表实际耗油量的红线一直在他的铅笔预测线上方。他在预测的时候做过手脚，这种情况也算必然。但是因为天气原因，这个差别比他预测中的还要大。

算出飞机剩余油量可支撑的飞行范围后，他更头疼了。他发现按照三台发动机——安全准则要求他必须这么算——计算，这次到不了纽芬兰了。

他应该立即报告机长，可是他没有。

所缺油量并不多：如果四个发动机都正常，那油“应该”会够。况且再过几个小时天气说不定就好起来了。风可能会比预报的轻，飞机耗油率也就能比预计的低，然后就有足够的油撑到终点了。再说了，就算是最糟糕的情况，他们还可以改变航线从风暴中间穿过去，这样路程就缩短了。只不过需要乘客颠簸一会儿而已。

左边的电报员本·汤普森将秃头低到电报机盒上，认真誊译着莫斯码电文。艾迪站在他身后，隔着他的肩头看了过去，祈祷他收到了天气转好的预报。

消息令他猛吃了一惊，不知所措。

这是联邦调查局发给奥利司·菲尔德的。上面写道：“我局已收到情报，已知罪犯分子的同伙们可能在你的飞机上。押送犯人须格外小心。”

这是什么意思？和绑架卡洛安的事有关联吗？各种可能的解释开始在艾迪的脑海里交缠。

本撕下那张纸说：“机长！您最好来看看这条消息。”

杰克·阿什福正在读表，听到电报员的声音后警觉地抬起了头。艾迪接过本手里的消息，递给杰克看了一下，然后又拿给贝克机长。机长正在舱后的会议桌上吃牛排和土豆泥。

机长读罢面色沉郁。“看来不妙啊，”他说，“奥利司·菲尔德肯定是个联邦调查局的特工了。”

“他是我们的乘客？”艾迪说。

“对。我之前就觉得他有问题，邋邋遢遢的，一点没‘飞剪号’乘客的样。我们在福因斯停靠的时候，他一直待在上面没下去。”

艾迪没留意过他，但是导航员注意到了。“我想我知道你说的是谁，”杰克说着用手挠了挠下巴。“是个秃顶的家伙，同行的还有个年轻人，穿得很张扬，是对很奇怪的组合。”

机长说：“那个小的肯定是罪犯了。我记得他叫弗兰克·戈登。”

艾迪的脑子飞速转动。“所以他们在福因斯没上岸，那个特工不让犯人有逃跑的机会。”

机长严肃地点点头。“美国肯定是把戈登从英国引渡回来了——他们不会为小偷小摸费这么大周折，这家伙肯定是个危险的罪犯。他们就这么把他放我飞机上，也不跟我说一声！”

电报员说道：“我很想知道他犯了什么事儿。”

“弗兰克·戈登，”杰克若有所思地说，“我好像有印象。别说话——我打赌他就是弗兰奇·戈蒂诺！”

艾迪记得自己在报纸上读过戈蒂诺的名字。他是新英格兰某黑帮的杀手。警察通缉他是为了一名拒绝交保护费的波士顿夜店老板。戈蒂诺冲进他的俱乐部，对着老板的肚子开了一枪，还强奸了他的女人，然后又放火把店烧了。男的死了，但女的逃出了火场，并且认出了戈蒂诺的照片。

“我们很快就能知道是不是他，”贝克说，“艾迪，帮我个忙，去请奥利司·菲尔德过来。”

“没问题。”艾迪戴上帽子穿上外套走下了楼，脑海里反复思考着这个新发展。弗兰奇·戈蒂诺和绑架卡洛安的人肯定有关联，他拼命地想啊想，就是想不出关联在哪儿。

他看向厨房，乘务员正拿着杯子对着一个五十加仑的大缸接咖啡。“戴维，”他说，“奥利司·菲尔德先生在哪？”

“四号套间，左舷，面朝后。”乘务员说。

艾迪沿过道而行，用训练有素的步法在左摇右晃的地板上保持平衡。他在二号套间看到了气势不再的奥森福德一家，在餐厅看到了正要结束的第三批晚餐。暴风击打着飞机，餐后咖啡不住地洒到托盘里。他又走过三号套间，上了几个台阶来到四号套间。

左舷窗朝后的座位上坐了一位秃顶的中年男人。他有些瞌睡，正一边抽着烟，一边盯着窗外无尽的黑暗。这可不是艾迪想象中的特工形象，他想象不出这个男人举着手枪冲进满是走私酒犯屋子里的样子。

菲尔德对面的人年轻些，着装也好很多，身板强壮，仿佛退役后开始增重的运动员。他肯定就是戈蒂诺了。他长了一张被宠坏小孩的那种气嘟嘟的脸。他是能对人肚子开枪的人吗？艾迪心中疑惑。他是，我看他会。

艾迪对年长的那位说道：“菲尔德先生吗？”

“是的。”

“您要有空的话，机长想跟您谈谈。”

菲尔德先是有一丝不悦，接着又妥协了。他猜到自己的秘密已经泄露了，非常恼火。不过他的表情在说，长久看，知道不知道没什么区别。“当然可以。”他说。他将烟头扎到固定在墙上的烟灰缸里，解开安全带起身。

“请跟我来。”艾迪说。

艾迪往回走过三号套间时又看到了汤姆·路德。他们四目相对。就在此刻，艾迪灵光一闪。

汤姆·路德的任务就是解救弗兰基·戈蒂诺。

他被这个解释吓得停住了脚，奥利司·菲尔德一下撞到了他背上。

路德惊慌地看着他。他明显是害怕艾迪会做错什么把计划泄露了。

“不好意思。”艾迪对菲尔德说道。他继续往前走。

一切都清楚了。弗兰基·戈蒂诺被迫逃离美国，但是联邦调查局一路追到英国把他引渡回去。他们决定乘飞机完成押送，而他的同伙通过某种途径得到了这个消息，要在飞机抵达美国之前把戈蒂诺救出飞机。

然后就轮到艾迪上场了。他负责在缅因海岸外把“飞剪号”放下去，那里会有快艇等候。戈蒂诺会被带下“飞剪号”然后乘快艇火速离开。几分钟后他会在某个小海湾上岸。他们可能会在加拿大边界登陆，然后会有车把他送到藏身的地方。他就要逃脱法律制裁了——多亏了艾迪·迪金。

艾迪带着菲尔德走上通往驾驶舱的旋转楼梯，为自己终于明白来龙去脉如释重负。但为拯救妻子而让谋杀犯逍遥法外这个事实又让他毛骨悚然。

“机长，这位就是菲尔德先生。”他说。

贝克机长已经穿上制服外套，拿着无线电讯息坐在会议桌后。餐盘已经端走了。他的帽子遮住了金发，让他气势威严。他抬头看了看菲尔德，但并没请他入座。“我收到了一条给你的消息——联邦调查局发的。”他说。

菲尔德伸手去拿那张纸，但是贝克没有给他。

“您是特工吗？”机长问。

“是的。”

“而且您此刻就在执行公务？”

“对，没错。”

“菲尔德先生，您的公务是什么？”

“我想您没有知道的必要，机长先生。请将消息给我。您也说了，这是给我菲尔德的，照我说的做就行。”

艾迪打量着菲尔德。他苍白而疲惫，秃顶，还有浅蓝色的眼睛。他个子很高，也曾经健壮过，但现在已经松松垮垮膀大腰圆了。艾迪判断，他是架子大胆子小类型的。菲尔德证明了他的判断：他马上就在机长的压力之下屈服了。

“我正押解引渡的犯人回美国受审，”他说，“他叫弗兰克·戈登。”

“人称弗兰基·戈蒂诺？”

“没错。”

“先生，我想您知道，您在没有告知我的情况下将如此危险的犯罪分子带到我的飞机上，这种做法我强烈反对。”

“你既然知道他的真名，那估计也知道他是干什么的。他的老大雷蒙德·帕特里卡染手武装抢劫、敲诈勒索、高利贷、非法赌博和组织卖淫，罗德岛到缅因全是他的盘。普罗维登士公共服务委员会已经宣布帕特里卡为‘头号全民公敌’，而戈蒂诺是他的爪牙：他依帕特里卡的命令，恐吓人、折磨人甚至杀人。没告知您是因为我们有情报安全上的顾虑。”

“菲尔德，你那情报安全了个狗屁。”贝克特别恼火，艾迪从没见过也没听说他对乘客吐过脏字。“帕特里卡那伙人全知道了。”他把电报朝他脸前一递。

菲尔德读罢面如土灰。“他们到底是怎么知道的？”他喃喃自语道。

“我得问问，这‘已知犯罪分子的同伙们’是哪几位乘客，”机长说，“你有认出飞机上的谁吗？”

“当然没，”菲尔德没好气地说，“我要认出来肯定早跟局里汇报了。”

“要是能认出是谁，我就在下一站把他们踢下飞机。”

艾迪心想：我知道是谁——汤姆·路德和我。

菲尔德说：“把所有乘客和机组人员名单电报发到局里。他们会核查每一个名字的。”

艾迪打了个寒噤。核查不会让汤姆·路德暴露吧？那可就全完了。他是已知罪犯吗？汤姆·路德是他的真名吗？他要是用假名那就得有假护照——不过他既然和一流大佬一伙，这应该也不是难事。这个防护措施他肯定做了吧？他办事之前向来都有周密的计划。

贝克机长气得头发都直了。“我看就不用担心机组人员了。”

菲尔德不屑地耸耸肩。“随便你。我局找泛美调名单要不了一分钟。”

艾迪觉得这个菲尔德真不懂事。埃德加·胡佛难道还教过所有特工怎么把人惹毛吗？

机长把桌上的乘客名单和职员列表递给电报员。“本，立即把名单发出去，”他说。他停了一下，然后又补充了一句：“机组人员的也发。”

本·汤普森坐到操控台上，开始把消息点成莫斯码发出去。

“还有件事，”机长对菲尔德说，“我必须解除你的武器。”

艾迪心想，这招真是聪明。他就没想过菲尔德可能带有武器——他既然押送的是危险罪犯，肯定会带枪。

菲尔德说：“我反对——”

“乘客不能携带任何枪支登机，这是规定，没有例外。把枪交出来。”

“我要是拒绝呢？”

“那迪金先生和阿什福先生就直接去你身上取。”

这话让艾迪吃了一惊，不过他还是要演好自己的角色，气势汹汹地向菲尔德逼近。杰克也和他一样。

贝克继续道：“你要是逼我动粗，下一站我就会让你下去，而且不允许你再上飞机。”

机长在对手带枪的情况下还能保持强势，着实让艾迪佩服。这和电影里真不一样。荧幕里谁有枪谁就是大爷。

菲尔德会如何反应呢？联邦调查局是不会允许他把佩枪丢了的，可让人扔下飞机显然更不妙。

菲尔德说："我押送的是极度危险的犯人——我必须带枪。"

艾迪用余光看到有点不对劲儿。舱后那扇通向了望穹顶和行李间的门半开着，后面有东西在动。

贝克机长说："艾迪，把他枪夺走。"

艾迪把手伸到菲尔德的夹克里。他没有反抗。艾迪找到挂肩枪套，解开搭扣，缴了他的枪。菲尔德冷冷地盯着前方。

艾迪退到驾驶舱后部，猛地推开门。

小珀西·奥森福德站在那儿。

艾迪松了口气。他还以为是戈蒂诺的同伙正举着机枪伺机而动呢。

贝克机长瞪着珀西说："你从哪儿冒出来的？"

"女士化妆间旁边有个梯子，"珀西说，"可以通到机尾，艾迪就是在那里检查的方向舵调整片控制线，"从那边低身爬过来就能到货舱了。"

奥利司·菲尔德的枪还在艾迪手里。他把它放到了导航员放图表的抽屉里。

贝克机长对珀西说："年轻人，请你回到自己的座位。到达终点以前的任何时间都不要离开客舱。"珀西转身准备原路返回。"不是那边，"贝克厉声道，"从楼梯下去。"

珀西吓得赶紧蹿过驾驶舱，从楼梯逃走了。

"艾迪，他在那儿多久了？"机长问。

"我也不知道。我猜他可能全听见了。"

"看来对乘客保密是奢望了。"这一刻的贝克看上去很疲倦。艾迪蓦然洞察到了机长肩上的千斤重的责任。贝克又变得威风凛凛。"菲尔德先生，您可以回座位了。谢谢您的配合。"奥利司·菲尔德一言不发地转身离开了。“伙计们，回去干活。”机长总结陈词。

机组人员回到各自岗位。艾迪心里翻江倒海，但还是机械地检查起了那些仪表。他观察到，给发动机送油的机翼油箱油位很低，就开始从放在流体静力装置（也就是海翼）里的油箱调油。但他满脑子全都是弗兰基·戈蒂诺。戈蒂诺杀过一个男的，强奸过一个女的，还烧过一家夜店。他被抓住就要为他犯下的滔天罪行接受惩罚了——结果艾迪·迪金却要把他救走。多亏了艾迪的帮助，那个女孩可以看到强奸她的人逍遥法外了。

更可怕的是，他几乎可以肯定戈蒂诺还会再次杀人放火。估计他就不会干别的事儿。总有一天，艾迪会在报纸上读到一些令人发指的罪行——可能有人被仇杀，或是有人在被了结之前被虐待、被肢解，或是有妇女儿童葬身火海，抑或是有女孩被三个男人按住轮奸——警察会认为这些暴行和雷·帕特里卡的帮会有关，接着艾迪就会想：是戈蒂诺干的吗？都是我造的孽吗？这些人是因为我帮戈蒂诺逃跑才命丧黄泉的吗？

他如果继续下去，那自己的良心要背负多少血债？

可他没有选择，卡洛安还在雷·帕特里卡手里。他每每这么想，都会感觉到两鬓湿湿的冷汗。他必须保护她，而和汤姆·路德合作是他唯一的机会。

他看看表：已经午夜了。

杰克·阿什福尽可能精确地估算出飞机当前坐标，递给了艾迪。本·汤普森也拿来了最新的天气预报：风暴很烈。艾迪又读取了新一组油箱数据，开始更新计算结果。或许这能把他从进退两难的境地拉回来：如果他们的燃料撑不到纽芬兰，他们就得返航，那一切都结束了。可这个想法一点也没让他得到安慰，他不是听天由命的人：他要“做”些什么。

贝克机长喊道：“艾迪，情况怎么样？”

“还没好。”他回道。

“算仔细了——我们肯定离返航临界点不远了。”

艾迪感觉到脸颊上有滴汗正在往下滑，趁人不注意赶紧把汗挥掉。

他算完了。

剩下的油不够。

他沉默了一阵。

他继续伏案计算，装作没算完的样子。情况比这他换班开始的时候还糟。照机长的路线，现在的油就算有四台发动机也不够飞：安全余量不见了。目前唯一可行的方案只有放弃绕行风暴，直接从风暴中央径直穿过去了。即便如此，要是敢有一台发动机罢工……

那所有的乘客，包括他在内，都会没命。到时候卡洛安怎么办？

“艾迪，拜托，”机长说，“情况怎么样？是向博特伍德开动，还是回福因斯？”

艾迪紧张地磨起了牙。他不能让卡洛安在绑架犯的手里多待哪怕一天。为了她，他牺牲一切也在所不惜。

“您做过改道从风暴中穿过去的打算吗？”

“必须这样吗？”

“不这样的话，我们就得返航。”艾迪屏住了呼吸。

“该死。”机长说。他们都不喜欢在大西洋上飞了一半又灰溜溜地回去，这太扫兴了。

艾迪等待机长决定。

“不管了，”贝克船长说，“我们就从风暴中间飞。”

Part 4

从大西洋中央飞向博特伍德

第十六章

丈夫莫巍在福因斯上了“飞剪号”，这让戴安娜·拉弗斯火冒三丈。她一是为他如此穷追不舍感到羞愧难当，二是害怕这种情况会变成众人的笑柄。更重要的是，她并不想要他给的这个改变主意的机会。她已经做了决定了，莫巍却拒绝接受这个结果。这也莫名地让决绝的她有了一丝动摇。现在他不依不饶地让她重新考虑，她又得一遍又一遍地做决定了。他终于成功地把她飞行的乐趣毁得一干二净。这样浪漫的旅程一辈子只有一次，本应该只有她和她心爱的人。南安普顿起飞时那种自由欣喜一去不复返。这样的飞行，这样的奢华，这样美好的同伴还有美食都再不能让她快乐起来。因为害怕会被碰巧路过的莫巍逮个正着，她不敢碰马克一下、不敢亲他的脸颊、不敢牵他的手。虽然她不知道莫巍在哪坐，但总感觉他随时都会出现。

马克也被弄得意志消沉。戴安娜在福因斯选择马克的时候，他心花怒放，对未来充满了憧憬。他跟平时的马克一样，不停地跟她介绍起加州，逗她笑，一有机会就亲她。然后他愕然地看着他的情敌走进了机舱。他现在像个放了气的气球，在她身边安静地坐着，闷闷不乐地翻看着杂志，一个字也不念出声。她能理解他沮丧的心。她已经对同他私奔的事改过一回主意了，怎么可能让他相信她不会再次变卦呢?

天气也搅局似的变得狂躁起来，飞机就像碾上农田的汽车一样来回颠簸着。时不时有晕机的乘客穿过她的套间向厕所奔去。听人讲天气会变得更差。戴安娜现在倒有些庆幸自己之前晚餐因为心情不好没吃多少东西了。

她真希望自己知道莫巍在哪坐。或许知道他在哪之后，她就不会再觉得他会随时现身了。她决定去一趟女厕所，在路上找找他。

她坐的是四号套间，匆匆地把三号扫了一眼，又瞅了瞅再前面的一间，没看到莫巍。她又朝机尾走去。飞机晃来晃去，一有能抓的地方她就牢牢拉住。她走过五号套间，还是没看到他。这是最后一间大套间了。右舷侧的女士化妆间将六号套间占去了大半，只留下左舷的两个位置。座位上坐了两个商人。戴安娜心想，这两个位子可不怎么样：花了那么多钱，一路上却得坐在女厕所外面，竟然还有人愿意！六号套间再往后就只有蜜月套间了。那么莫巍肯定在最前面——一号二号套间里——不然就是在主休息室里打牌。

她进了化妆间。梳妆镜前有两个矮凳，其中一个上面坐了位戴安娜还没寒暄过的女士。戴安娜关门时飞机又陷了一下，差点没让她失去平衡。她一个趔趄，跌到了那个空凳子上。

“你还好吧?”那女人说。

“还好，谢谢你。我讨厌飞机这样。”

“我也是。有人说待会儿会更厉害，前面有个大风暴。”

湍流渐渐缓和下来，戴安娜打开化妆包，梳起了头发。

“你是拉弗斯夫人，对吗?”女人说。

“是。叫我戴安娜就行。”

“我是南茜·林汉。”女人表情尴尬，有些犹豫的样子。她又说：“我在福因斯登的机。我从利物浦赶来的，和你的……和拉弗斯先生一起。”

“噢！”戴安娜的脸颊绯红，“我还不知道他有同伴呢。”

“他帮了我一个大忙。我当时要赶飞机，人却在利物浦，根本不可能及时赶到南安普顿，于是就干脆坐车到郊区的机场，求他载了我一程。”

“我很替你高兴，”戴安娜说，“不过我真是无地自容。”

“我不觉得‘你’有什么无地自容的。有死心塌地爱着你的男人多好啊，我一个也没有。”

戴安娜看着镜子里的她。与其说她美丽，不如说她有魅力。她五官端正，头发乌黑，身着利落的西装和灰色真丝衬衫。她有股干练而自信的气质。戴安娜心想：莫巍可不就会搭你一程么，你就是他的菜。“他对你礼貌吗？”她问。

“不太礼貌。”她说时带着悲伤的微笑。

“不好意思啦，谈吐不是他的强项。”她拿出口红。

“我就是很感激他载我过来。”南茜用纸巾轻轻擤了下鼻子。戴安娜留意到她手上戴了婚戒。“他有点莽撞，”南茜继续道，“不过我还是觉得他是好人。刚才晚餐我和他一起吃的，他很搞笑，而且真的很帅。”

“他是好人，”话不自觉地钻出了戴安娜的口，“但他傲慢得跟皇帝老子似的，而且没有一点耐心。我让他抓狂，那是因为我犹豫了，改主意了，因为我的心思不一定会表达出来。”

南茜用梳子捋了捋头发。她的头发乌黑浓密。戴安娜怀疑这是不是为了盖住白头发染的。南茜说："他为了追你回去，好像跑多远都情愿。"

"那只不过是他的骄傲罢了，"戴安娜说，"那是因为我是被另一个男人抢走的。莫巍很要强，我要是离开他去姐姐家住，他才不会在乎呢。"

南茜笑了。"听上去他是追不回你了。"

"绝对不可能。"戴安娜忽然不再想跟南茜·林汉说话了。她看她不顺眼。她收好化妆品和梳子，站了起来，用微笑掩盖住她的不悦。"看我能不能回到座位去。"

"祝你好运！"

她出化妆间时正遇上拎着随身行李箱进去的白璐璐和拉维尼亚公主。戴安娜回到套间，乘务员戴维正将他们两个的座位变成床铺。戴安娜很想看看这普通的沙发长椅是如何变成两张床的。她坐下观察起来。

他先拿走所有靠垫，将扶手从长孔中抽掉，又够向座椅背上的墙，从上面拉出两个吊链一并到齐胸的高度，上面有钩子。他弯腰解开座椅下的扎带，抬出了一个平整的框架，然后将其悬在吊钩上，上铺床板就这么形成了。框架外侧的边被插到了侧墙的孔中。戴安娜正要想这样子不结实，却见戴维拾起两根看起来很结实的支柱，连到了上下床板架上，床柱也有了。现在整个结构显得结实多了。

他将下铺的坐垫放回原位，靠背垫子则被他变作了上铺的褥子。他从座椅下拿出苍蓝色床单和毯子，轻车熟路地把床铺好了。

床铺看起来很舒适，但这开放性有点吓人。好在戴维拉出了一条带钩子的蓝色帘子，然后挂到了天花板的装饰板条上。戴安娜原来还以为那东西就只是装饰而已。他将帘子的按扣扣到床架上，严丝合缝。他还留了个形如帐篷入口的三角状的开口，方便睡觉的人爬进去。最后，他展开一架步梯，放到了方便上铺人上下的位置。

他转向马克和戴安娜，脸上一副表演魔术大获成功的表情。“您准备好了叫我就行，我好来做您这边的。”他说。

“不知道这样会不会很闷？”戴安娜问他。

“每个铺位上方都安了通风机，”他答，“您稍抬下头就可以看到您的那个。”戴安娜抬头看到了一扇格子窗，上面有开关合页。“您还会有单独的窗户、电灯、衣挂和架子。如果您有什么其他需要，按这个按钮叫我就行。”

就在他忙上忙下的时候，左舷侧的弗兰克·戈登和光头奥利司·菲尔德已经拎起随身旅行袋结伴去了男卫生间。现在戴维开始给那边搭铺位。那边的布局和这边的不大一样。走廊并不在飞机的中央，而是更靠近左舷，是以那边就只有一对头脚相连的铺位，不像这边是横着的两对。

拉维尼亚公主穿着一条蓝色蕾丝边的及地海军蓝睡衣回来了，头上还戴了搭配好的睡帽。她的脸是一张庄严又冷峻的面具：很明显，在公共场合穿睡衣是件让她无比难受的事情。她惊恐地看了看床铺。“我会得幽闭空间恐惧症死掉的。”她呻吟道。没有人在意。她脱下真丝拖鞋，爬进下铺，一句晚安也没说就关上帘子，还把它扣得严严实实。

过了一会儿白璐璐也来了。她穿了一套薄如蝉翼的粉色纱衣，风韵一览无余。福因斯之后的一路上，她对马克和戴安娜一直礼貌拘谨。这会儿她好像忘掉了之前的不愉快，在他们的长椅边上坐下说："我刚听说了一件这两位旅友的事儿，你们绝对猜不到！"她拇指指向菲尔德和戈登的位置。

马克紧张地看了眼戴安娜，然后说："你听到什么了，璐璐。"

"菲尔德先生是联邦调查局的！"

戴安娜心想，这有什么大惊小怪的。联邦调查局的特工不就是个警察吗。

璐璐继续道："更劲爆的是，弗兰科·戈登是个犯人！"

马克不太相信。"你听谁说的？"

"化妆间里的人都在说。"

"那也不代表这是真的啊，璐璐。"

"我就知道你不会信！"她说，"那个小孩儿不小心听到了菲尔德和机长的争执。机长因为联邦调查局没有事先提醒他有危险犯人上了他的飞机，都快气疯了。他们当时还动了真格，菲尔德先生的枪还让机组人员夺走了。"

戴安娜现在回想一下，菲尔德是有些像戈登的监护人。"他们说弗兰科犯的是什么事了吗？"

"他是黑帮的，枪杀了一个男的，强奸了一个女孩，还放火烧了间夜店。"

戴安娜很难接受。自己竟然找那个男人搭过讪！他举止算不上优雅是事实，但他人很英俊，穿着也很体面，跟她搭话时也很规矩。你要说他是博取人信任的诈骗犯、逃税犯，说他涉嫌非法赌博，她都还能相信；要说他蓄意谋杀了谁，她是决计不相信的。璐璐本来就容易激动，别人说什么她都信。

马克说："有点难以置信。"

“算了，”璐璐挥挥手表示不屑，“你们这些人一点冒险意识都没有。”她又起身说：“我要上床了。他开始强奸谁的时候记得叫我起来。”她爬上小步梯钻进上铺，拉上了帘子，然后又伸出头来对戴安娜说：“亲爱的，我明白你为什么在爱尔兰给我眼色看。我想了想，我觉得那是我自找的，我太黏马克了。我知道，我太迟钝啦。只要你愿意不计前嫌，我就立马把之前的不高兴忘得一干二净。晚安咯。”

这差不多就是道歉了吧。戴安娜可不会铁心拒绝掉。“晚安，璐璐。”她说。

璐璐合上帘子。

马克说：“我和她一样有错。宝贝，真对不起。”

作为回应，戴安娜吻上了他。

突然间，她又能在他身边轻松自在了。她整个身体都放松下来，摔回到座位上，给他的吻却依然进行着。她知道自己的右边的乳房正抵着他的胸膛。再和他的亲密接触的感觉真好。他的舌尖触到她的嘴唇，她微微张开让他进入。他的呼吸变得急促。有点太过了，戴安娜想。她睁开眼——看到了莫巍。

他正穿过套间向前走，说不定都没留意到她，只是随意扭头看了后面一眼而已，然后呆住。他步子只迈了一半，惊愕得脸色煞白。

戴安娜太了解他了，她知道他是怎么想的。虽然她已经告诉他她爱马克，但固执如他根本没接受这个事实。于是眼前她亲吻别人的一幕就成了毫无准备的当头一棒。

他眉心一落，双眉愤怒紧锁。那一瞬间，戴安娜以为他要打架了。结果他转过身，继续向前走了下去。

马克说："怎么了？"他没看到莫巍——他一直忙着跟戴安娜接吻。

她决定不让他知道。"会有人看到的。"她喃喃道。

他不情愿地撤开身。

她先是松了口气，接着又开始生气。莫巍没权利满世界追她，没权利在她和马克亲吻的每一次对她皱眉。婚姻不是奴役，她已经离开他了，这个现实他必须接受。马克点了支烟。戴安娜觉得自己得找莫巍对峙。她要告诉他，让他不要再出现在她的生活里了。

她站起身。"我要去休息室看看，"她说，"你留在这边吸烟吧。"她没等他回答就离开了。

她已经知道莫巍不在后面，所以选择向前走。外面的涡流已经小了很多，足够她不扶东西行走。莫巍不在三号套间。主休息室里都是做好鏖战准备的牌友们。他们吞云吐雾，已经系好安全带，一瓶瓶威士忌也摆上了桌。她又来到二号套间。奥森福德占了套间的一边。大科学家卡尔·哈德曼遭奥森福德勋爵辱骂莫巍·拉弗斯打抱不平的事迹在机上已是人尽皆知。莫巍是有道理的：这点她从不否认。

她又来到厨房。胖乘务员尼崎正在用可怕的速度清洗着盘子，他的同事则在大后面铺床。男厕所的门就在厨房对面。厕所后面有一个通向驾驶舱的楼梯，再前面的机头位置则是一号套间。她以为莫巍的位置肯定在那儿，结果里面坐的全是替班下来的机组人员。

她从楼梯上到驾驶舱，发现这里和客舱一样奢华，不过里面的工作人员忙得要命。其中一个对她说道："夫人，我们很乐意在别的时间带您参观，可是这会儿天气不佳，我们恐怕得要求您待在座位上系好安全带了。”

那莫巍肯定是在男厕所了，她一边想一边下了楼。她还是没找到他坐在哪。

她走下楼梯时撞见了马克。心虚的她抢先问道：“你在干吗？”

“我在想你在干吗。”他话里带了些不悦。

“我就是到处看看。”

“看看莫巍在哪？”他质问道。

“马克，你为什么生我的气？”

“因为你偷溜出来就是为了找他。”

尼崎打断了他们。“各位，请回到您各自的座位好吗？飞机这会儿飞得很稳，但是稳不了多久。”

他们开始往回走。戴安娜觉得自己傻极了。她跟踪了莫巍，马克跟踪了她。真是可笑。

他们坐了下来。俩人还没来得及继续刚才的交谈，奥利司·菲尔德和弗兰克·戈登进来了。弗兰克身穿黄色真丝睡袍，睡袍背上有一条龙。菲尔德穿的羊绒睡衣则又脏又旧。弗兰克脱下睡袍，露出了一身白色滚边的红色睡衣裤。他脱下绒毡室内拖鞋，爬到上铺里。

接下来的一幕把戴安娜吓住了。菲尔德从他那棕色睡袍的口袋里掏出了一副银色的手铐，低声对弗兰克说了些什么。弗兰克的回答她听不清，但她听得出他是在抗议。可菲尔德拒不让步，最后弗兰克还是送出了一个手腕。菲尔德将手铐的一环扣了上去，又把另一环扣到了床架上。他把弗兰科的帘子拉上，扣紧按扣。

那么传说是真的了：弗兰克就是个犯人。

马克说："哈，该死。"

戴安娜窃窃私语道："我还是不相信他杀过人。"

"但愿不是！"马克说，"早知道我们就花五十美元坐不定期货船的普通舱了，那也比这安全！"

"我觉得他不应该给他铐起来，那孩子被拴到床上还怎么睡啊。连个身都没法翻！"

"你心肠太软了，"马克给了她一个拥抱，"那个男的很可能是强奸犯，你却因为他有可能睡不着觉替他难受。"

她把头搭在他肩上，他捋着她的长发。几分钟前他还在冲她发火，但那都已是过去时。"马克，"她说，"你觉得这样的床铺挤得下两个人吗？"

"亲爱的，你害怕？"

"不怕。"

他疑惑，然后又明白地咧嘴一笑。"我估计还是挤得下的——但并排肯定不……"

"不能并排吗？"

"那太窄了吧。"

"那……"她压低了声音，"我们俩就得有一个在上面。"

他在她耳边呢喃道："你想在上面吗？"

她咯咯地笑着。"我看可以。"

"那我得考虑考虑，"他故作深沉地问，"你有多重？"

"一百斤加乳房两个。"

"那我们更衣去吧？"

她摘下帽子，放到旁边的椅子上。马克从椅子下拉出两人的行李。他的是用旧了的哥德华皮革轻便旅行提包，她的是硬边棕褐色小皮箱，上面还有她名字的首字母，金色的。

戴安娜起身。

“快点。”马克说着送上一个吻。

她迅速给了他一个拥抱。就在他搂紧的时候，她感觉到他勃起了。“老大。”她说。她又窃窃私语地加了一句：“你能一直保持到回来吗？”

“我不这么觉得。除非要我在窗户外面尿。”她大笑。他又说：“不过我会让你看一个让它迅速硬回来的方法。”

“我等不及了。”她呢喃道。

马克拎起包，朝前方的男厕所走去。就在他走出套间的当，迎面的莫巍和他擦肩而过。他们像要决斗的猫一样怒视了彼此，但都没有说话。

她被莫巍身上那件粗糙的棕色法兰绒宽条纹睡衣吓了一跳。“你身上穿的到底是什么东西？”她不敢相信自己的眼睛。

“你就尽情笑话我吧，”他说，“这是我在福因斯能找到的最好的了。那边商店里的人就没听说过真丝睡衣裤——他们觉得我不是基佬就是纯粹的智障。”

“好吧。你的好朋友林汉夫人是不会喜欢穿成这样的你的。”我说这句干吗？戴安娜暗自纳闷。

“我觉得穿什么样的我她都不会喜欢。”莫巍反驳，然后走出了套间。

乘务员进来了。戴安娜问：“啊，戴维，能帮忙铺一下我们的床吗？”

“马上好，夫人。”

“谢谢你。”她拎起自己的箱子走了出去。

她穿过五号套间，琢磨着莫巍睡在哪。这边的床铺都还没支好，六号也一样；可他还是不见了。戴安娜恍然大悟，他一定是在蜜月套房里。她立马又想起来，之前在机上来回走的这几回也没见过林汉夫人。她站在女士化妆间外，拎着箱子，惊讶得不能动弹。太过分了，莫巍一定是和林汉夫人一起睡蜜月套房了！

航空公司才不会允许他们这样做呢。也许林汉夫人已经在前面哪个套间的床铺上拉好帘子睡下了。

戴安娜必须弄明白。

她走到蜜月套间门前，有些犹豫。

然后她扭了下把手，打开了门。

这个套间和普通的套间一样大，有土陶色地毯和米色的墙，蓝色座椅和主休息室一样，有相同的星星的图案。房间后面是一对床铺。套间的一侧放了张沙发和咖啡桌；另一边放了个凳子，梳妆台和一面镜子。两边各有两扇窗户。

莫巍站在屋子中间，被她的突然出现吓了一跳。林汉夫人并不在房间里，但沙发上正搭着她的灰色喀什米尔羊绒大衣。

戴安娜将身后的门猛地一关，说：“你怎么能这样对我？”

“这样什么？”

这问题问得好，她暗自想道。她为什么这么生气？“所有人都会知道你和她一起过夜的！”

“我没别的选择啊，”他反驳，“没别的座位了。”

“你难道不知道人家会怎么笑话我们吗？你这么追着我不放已经够丢人的了！”

“我有什么好在乎的？哪个男人的老婆跟别的男人跑了，大家都会笑话。”

“但你这么做更丢人！你应该接受现实，尽力而为。”

“你知道我是什么人。”

“我知道——所以我才试着阻止你跟过来。”

他耸耸肩。“你没成功。你的智商斗不过我。”

“你也没有聪明到知道什么时候该优雅地放手！”

“我从来就没装过优雅。”

“她怎么能这么不要脸？她是有老公的人——我看见她的戒指了！”

“她是个寡妇。这个先不说，你哪来的优越感说她？你是有老公的人，你今天还要跟你的姘头一起睡呢。”

“我们好歹是在公共的套间里分开床铺睡，没有舒适地裹在鸳鸯套房里。”她一边说一边压制着自己的负罪感。刚才自己还谋划着要和马克睡一张床来着。

“我和林汉夫人可没有奸情，”他恼羞成怒道，“而你一整个夏天都他妈的在为那个小子脱裤子，是不是？”

“别这么粗鲁。”她嘘他。但她其实认为他说的从某种程度上讲并没错。那确实是她一直在做的事。她每次靠近马克，都会以最快的速度把内裤脱掉。他说得没错。

“话做出来嫌粗鲁，活做起来肯定更粗鲁。”他说。

“我至少很隐秘——我没有到处炫耀让你丢人。”

“这可不好说。说不定偌大的曼城里就我一人不知道你在做什么勾当，通奸者的隐秘工作做得向来没自己想象中好。”

“别这么叫我！”她抗议。这个词让她羞愧难当。

“为什么不行？你就是。”

“听上去很卑劣。”她别过脸去。

“你应该庆幸我们没像《圣经》里的人一样朝通奸者扔石头。”

“这是个很可怕的词。”

“你该怕的是这个行为，不是这个词儿。”

“你就是彻头彻尾的圣人，”她疲倦地说，“你什么亏心事都没做过，是吧？”

“对于你我问心无愧！”他生气地说。

她彻底被他惹恼了。“两个老婆都把你甩了，但你永远是无辜的一方。你难道就不想想，是不是自己哪里出问题了？”

这话说住他了。他抓住她胳膊肘上方，摇晃着。“你要的东西我都给了。”他愤怒道。

“但是我对东西什么感受你从来不在乎，”她喊，“从来没有。这就是我离开你的原因。”她把手放到他的胸膛上，推开他——这时候门开了，马克走了进来。

他穿着睡衣裤，盯着他们俩，说：“戴安娜，你搞什么？你准备在蜜月套间过夜吗？”

她推开莫巍，他放她离开。“不，没有，”她对马克说，“这是林汉夫人的房间——莫巍和她一起睡的。”

马克挖苦地一笑。“这么有料！”他说，“我哪天得把这加到剧本里！”

“这不好笑！”她反驳。

“可它很好笑啊！”他说，“这个家伙像个疯子似的追自己老婆，然后又干吗了？又和路上遇到的女人搞上了！”

戴安娜讨厌他这样的态度，情不自禁地维护起莫巍。“他们没搞到一起，”她不耐烦地说，“就剩这个座位了。”

“你应该高兴，”马克说，“他要是爱上她，也许就不会再追着你不放了。”

“我不高兴你看不到吗？”

“看到了。但我不明白的是为什么，”他说，“你不爱莫巍了啊。有时候你说得好像恨他的样子，你已经离开他了，为什么在意他和谁一起睡？”

“我不知道，但我就是在意！我觉得丢人！”

马克气得无法同情她的感受。“几个小时前，你决定回到莫巍身边。他把你惹恼了，你又改主意了。现在你又因为他和别人睡觉气得半死。”

“我没有和她睡觉。”莫巍插话说。

马克不睬他。“你确定自己不爱莫巍了吗？”他生气地问戴安娜。

“你对我这么说太残忍了！”

“我知道。但是是真的吗？”

“不，不是真的，而且我讨厌你认为有这种可能。”她开始落泪。

“那就证明给我看。忘掉他，忘掉他在哪儿睡觉。”

“我向来就不擅长考试！”她喊，“不要跟我整什么逻辑推理证明！这儿不是辩论队！”

“不，这里不是！”一个新的声音说。三人往后一看，南茜·林汉身穿亮蓝色真丝睡袍站在门边，妩媚动人。“事实上，”她说，“我想这里是我的房间。到底怎么回事？”

第十七章

玛格丽特又羞又恼。她确信，所有的乘客都在盯着她看，都在想餐厅上演那可怕的一幕，然后都推断她和她父亲一样脾气暴躁。她不敢看任何人的脸。

哈利·马克思拯救了她残留的一丝自尊。他刚才那样帮她撤椅子，然后给她臂弯陪她离开，真是又机智又优雅。他的表现微不足道，甚至还有点傻，但对于她来说，意义大过整个世界。

不过她残存的自尊也只有很少的一搓。父亲陷她于如此丢人的境地，让她怒火中烧。

晚餐后的两个小时里，套间里一直安安静静冷冷清清的。天气开始发飙的时候，母亲和父亲就离开换睡衣去了。这时珀西说了一句让玛格丽特惊讶的话。“我们去道歉吧。”

她的第一个想法是，这会让她更尴尬更没面子的。“我觉得我没那个勇气。”她说。

“我们就走到加蓬男爵和哈德曼教授那边说，父亲刚刚那么鲁莽我们很抱歉，就行了。”

鉴于父亲对他们的冒犯，这个想法很诱人。这会让她好受很多的。“父亲肯定会抓狂的。”她说。

“他不需要知道，而且他就算生气我也不在乎。我觉得他已经疯了。我甚至已经不怕他了。”

玛格丽特怀疑这话的真实性。珀西还是小孩的时候经常会在吓得要命的时候说自己不怕。不过他已经不再是小孩子了。

珀西要脱离父亲掌控其实还让她有些担心。只有父亲管得住他。要是没人治着他的淘气，还不知道他会做什么来。

“来吧，”珀西说，“我们现在就去。他们在三号套间——我都查好了。”

玛格丽特还是犹豫。一想到要走到父亲辱骂过的人面前她就发怵。他们也许更愿意早点把整件事情抛到脑后，这可能会让他们更痛的。可他们也许还会想，是不是有很多其他乘客暗暗赞同父亲的做法。表明反对种族歧视的立场肯定更重要的吧?

玛格丽特决定去做。她一直都胆小，而她讨厌胆小的自己。飞机每过一会就有颠簸，她站了起来，握住扶手让自己站稳。“好吧，”她说，“我们道歉去。”

她怕得有些颤抖，好在飞机的不平稳很好地掩饰了她的颤栗。她穿过主休息室，来到三号套间。

加蓬和哈德曼在左舷侧相对而坐。哈德曼正专心致志地阅读着，修长又单薄的身体蜷成一道弯，近乎剃光的头低着，高高拱起的鼻子尖儿指向满是数学计算的书页。加蓬百无聊赖地坐着，先看到了他们。玛格丽特在他身边停下，抬手扶他的椅背座位支撑，他立马警觉地僵起身子。

玛格丽特赶紧说：“我们是来道歉的。”

“真没想到你还有这样的胆量。”加蓬说。他的英语说得很好，只有一点点法国口音。

这不是玛格丽特祈祷中的反应，不过她还是硬撑着说了下去。“对于刚才发生的一切我万分抱歉。我对哈德曼教授充满了敬意，之前也跟他说过。”

哈德曼抬头，然后点头表示同意。但加蓬还是很生气。“你们这种人很容易感到抱歉的。”他说。玛格丽特盯着地板，真希望自己没来这一趟。“德国到处都是有礼貌的有钱人，他们对于那边发生的一切都‘万分地抱歉’，”加蓬继续道，“可他们怎么做的？你们怎么做的？”

玛格丽特羞红了脸。她不知道该怎么做或是怎么说才好。

“菲利普，别说了，”哈德曼柔声说道，“你没看到他们还年轻吗？”他看向玛格丽特。“我接受你的道歉，谢谢你。”

“噢，天啊，”她说，“我是不是让事情更糟了？”

“哪有的事，”哈德曼说，“你让它好了一些，我也很感激你这么做。我的男爵朋友现在非常烦躁，但是我想他会和我的想法一样的。”

“我们还是离开的好。”玛格丽特可怜地说。

哈德曼点点头。

她转身离开。

珀西说：“万分抱歉。”然后跟着她离开了。

他们踉踉跄跄地回到房间。戴维正在铺床。哈利不见了，八成是去卫生间了。玛格丽特打算洗漱了。她拎起随身行李箱，到女厕所换衣服去了。换好衣服的母亲走出来身穿栗色睡袍，美艳动人。“晚安，亲爱的。”她说。玛格丽特一言不发地和她擦肩而过。

玛格丽特在拥挤的女厕所里迅速换上纯棉睡衣和毛巾浴袍。她的睡衣在其他女人那些鲜艳的真丝羊绒睡衣之间显得特别寒酸，但她并不在乎。到头来，道歉并没让她解脱。加蓬男爵的批评是对的。说抱歉太容易了，根本解决不了任何问题。

回套间的时候，父亲和母亲已经上了床拉好了帘子，从父亲的床铺还传出了低沉的呼噜声。她的床还没铺好，她得先去休息室坐坐。

她非常清楚，能让她脱离苦海的途径只有一条。她必须离开她的父母，过自己的生活。她从来没有对这件事如此坚定过。可在钱、工作以及住宿的问题上，她依然毫无进展。

在福因斯登机的林汉夫人进来坐到了她的旁边。她披着亮蓝色睡袍，里面穿的是轻薄的黑色晨衣。“我是来点白兰地酒喝的，可乘务员好像都很忙。”她说。她看起来并不怎么失望。她挥了一下手，指向所有的乘客。“这就像是一个睡衣派对，或者是宿舍里的午夜联欢——所有人都穿着松垮的衣服走来走去。你觉得呢？”

玛格丽特从来没参加过睡衣派对，也没睡过宿舍。她只能说：“我觉得这很奇怪，让我们所有人都像一家人一样。”

林汉夫人系上安全带：她的话匣子已经打开了。“我觉得，没人能穿着睡衣还一本正经的。就脸弗兰基·戈蒂诺穿上红睡衣之后也变可爱了，对吧？”

玛格丽特一开始没明白她说的是谁，后来想起珀西曾偷听过的机长同联邦调查局特工间的激烈交锋。“那个犯人？”

“对。”

“你不怕他？”

“我想是的。他不会伤害我。”

“可我听人说他是杀人犯啊，还说他做过更恶劣的。”

“平民窟里总有犯罪，关了一个戈蒂诺，还会有别的杀手站起来。要换作是我就不去管他。赌博和卖淫这种事开始的时候耶稣还没长大呢。要是注定会有坏人，那还不如有组织有纪律地坏。”

这话真够劲爆。也许飞机里是有种气氛能让人异于寻常的坦白。玛格丽特还认为，有男人在旁边时她是不会这么说的，没有男人在身边的时候女人都会更直截了当一些。不管什么原因，她勾起了玛格丽特的兴致。“罪犯无组织无纪律不会更好吗？”她说。

“当然不会了。有组织的话他们就是可控的，各帮派有各自的地盘，然后就待在那儿。他们不会到第五大道抢劫，也不会上哈佛的酒吧收保护费，所以招惹他们干吗？”

玛格丽特可不能放过这句话。“那因为他们而把钱浪费在赌博上的穷人们怎么办？那些沦落的姑娘得病了怎么办？”

“我不是不关心他们。”林汉夫人说。玛格丽特怀疑她这话不是真心的，认真地看着她的脸。“听我说，”她继续道，“我是做鞋的。”玛格丽特肯定表现得惊讶了，不然林汉夫人也不会又补充道：“那就是我的饭碗。我有家制鞋厂，生产的男鞋都很便宜，而且能穿上五年甚至十年。如果你愿意，还能买到更便宜的，但质量上就得打个折扣——那些鞋的底子都是纸板做的，十天都撑不到。信不信由你，但纸板鞋真的有人买！我想我已经通过制造好鞋子尽了责了。如果有人就是傻到愿意花钱买差鞋，那我也没办法。同样，如果有人连晚饭的肉都买不起，却还是傻到愿意花钱赌博，那也不是我的问题。”

“你贫穷过吗？”玛格丽特问。

林汉夫人大笑。“问得好。不，我没穷过，所以我大概不应该夸夸其谈。我的爷爷是个手工鞋匠，我父亲开了工厂，而我现在运营它。我对贫民窟的生活一无所知。你了解吗？”

“不多。不过我认为那些人会赌博、盗窃或者出卖肉体都是有原因的。他们不仅仅是傻而已。他们是残忍体制的牺牲品。”

“我想你应该是共产党什么的吧。”林汉夫人并无抵触地问。

“社会主义者。”玛格丽特说。

“挺好，”林汉夫人意外地说，“回来你会改主意的——每个人的思想都会随着年纪改变——但是你要是开始就没有思想，还有进步的基础吗？我不是愤世嫉俗，只是觉得我们应该从经历中吸取教训，而不是纠结于意识形态。我怎么开始对你说教起来了？可能是因为今天是我四十岁生日吧。”

“生日快乐。”玛格丽特通常很讨厌别人说她长大后就会改主意：说这种话的人都太自以为是了，而且他们通常都是没理说不下去还不愿意承认才这么说的。但林汉夫人不一样。“你的理想是什么？”玛格丽特问她。

“我就想好好做鞋子，”她自谦地道，“这也算不上什么理想，不过这对我来说很重要。我有很好的生活，住着漂亮的房子，儿子们也衣食无忧，我可以花大笔的钱在衣服上。我怎么得到这些的？因为我做好鞋。如果我做纸板鞋，我就会觉得自己是个小偷。我就会和弗兰基一样坏。”

“这种想法挺社会主义的。”玛格丽特笑笑说。

“我就是把父亲的思想拿来用了而已，真的，”林汉夫人反思道，“你的思想又是从哪来的？肯定不是你父亲，这我知道。”

玛格丽特羞红了脸。“你听说晚餐的事儿了。”

“我就在现场。”

“我得离开我父母才行。”

“什么拦住你了？”

“我只有十九岁。”

林汉夫人温和地笑话她道：“那又怎样？还有人十岁就离家出走呢！”

“我不是没试过，”玛格丽特说，“我遇上了麻烦，然后被警察捞走了。”

“你妥协得倒挺快。”

玛格丽特想林汉夫人明白，她不是因为没胆量才失败的。“我没钱、没本事，从没受过正规的教育。我不知道怎么自力更生。”

“亲爱的，你现在是在去美国的路上。很多人到那儿的时候基础还没你好，但其中就有人已经成了百万富翁。你识字还能写字，优雅、聪明、长得还好看……你会很轻松地找到工作的。我就会雇你。”

玛格丽特的心转了个一百八十度的大弯。之前她还讨厌林汉夫人没有同情心，现在她却发现她要给她工作的机会。“真的吗？”她说，“你会雇我吗？”

“当然。”

“做什么？”

林汉夫人想了一会儿。“我会把你放到销售部：贴邮票、倒咖啡、接电话、招待顾客。如果你证明了你的价值，我就升你做助理销售经理。”

“那又是干什么的？”

“那代表你会干相同的活拿更多的钱。”

玛格丽特觉得这是个不可能实现的梦。“噢，我的上帝，一份在真的办公室里的真工作。”她憧憬地说。

林汉夫人大笑。“大部分人都会觉得这是苦差的！”

“我觉得这会是精彩的冒险。”

“一开始可能会。”

“你是认真的吗？”玛格丽特严肃地问道，“如果我一周之后去你办公室的话，你就给我工作？”

林汉夫人吓了一跳。“老天，你真的很认真啊，是不是？”她说，“我还有点以为我们只是在理论层面上探讨呢。”

玛格丽特心都沉了。“那你不会给我工作了？”她哀怨道，“那些话都是说说而已？”

“我会雇你的，不过还有个麻烦要解决。一周以后我自己也可能会失业。”

玛格丽特快哭了。“怎么说？”

“我弟弟正谋划着要把公司从我手里夺走。”

“他怎么能这么做？”

“那就复杂了，而且他不一定会成功。我要粉碎他的阴谋。不过结局到底会是什么样，我也没把握。”

玛格丽特不能相信，机会到手才这么一会儿又要被夺走了。“你必须赢！”她激动地说。

林汉夫人还没来得及回应，哈利出现了。身穿红色睡衣裤和天蓝色睡袍的他看起来就像日出一样。他的出现让玛格丽特平静了一些。他坐了下来，玛格丽特将他介绍给林汉夫人，接着说：

“林汉夫人来叫白兰地喝，结果乘务员都太忙了。”

哈利装作很惊讶的样子。“他们忙是忙，酒肯定还是上得了的。”他把头伸到下一个套间。“戴维，赶紧给林汉夫人上一杯康乃可白兰地，好吗？”

玛格丽特听到乘务员答：“没问题，范东坡先生！”哈利就是有法子让人照他的想法做。

他又坐了下来。“我想不注意你的耳环都不行，林汉夫人，”他说，“它们可真漂亮。”

“谢谢你。”她微笑着说。这个赞美对她似乎很受用。

玛格丽特凑近看。每只各是一枚简单硕大的珍珠，周围是金丝网嵌钻石片，低调而优雅。她真希望自己也戴了什么精美的珠宝，这样就能吸引哈利注意了。

“是在美国买的吗？”哈利问。

“没错，是保罗·弗拉托打造的。”

哈利点点头。“不过我觉得设计师应该是意大利的佛杜拉。”

“真是没想到。”林汉夫人说，“男士们很少对珠宝感兴趣的。”她饶有见地地补充道。

玛格丽特想说：“他主要是对偷它感兴趣，你小心着点！”不过她还是惊讶于他的专业程度。他总会留意到最精美的那件，而且还能说出设计师的名字。

戴维带来了林汉夫人的白兰地。他好像能在飞机的摇摆之下平步青云。

她拿到酒，站了起来。“我要去睡会儿觉了。”

“祝你好运。”玛格丽特想着林汉夫人和她弟弟的抗争如是说。她要是赢了就能聘用自己，她承诺了。

“谢谢。晚安。”

林汉夫人踉跄着朝机尾走去，哈利有些妒忌地问：“你们在说什么？”

玛格丽特在犹豫要不要告诉他南茜给自己工作的事。这件事让她兴奋不已，可还有个绊脚石没清掉，还不能让哈利和她一起高兴。她决定先不告诉他了。“我们开始在聊弗兰基·戈蒂诺，”她说，“南茜认为不应该干预他那样的人，他们组织的不过是赌博……卖淫……这些事伤害的都是那些主动参与的人。”她觉得自己有点脸红，她从来没把“卖淫”这个词说出来过。

他若有所思。“不是所有妓女都是自愿的，”他过了一会儿说，“有些是被强拉过去的。你也听过白人奴隶吗。”

“那个词儿说的是这个？”玛格丽特在报纸上看到过这个词，当时还以为是有女孩被拐卖到伊斯坦布尔当女仆了。她可真够呆的。

哈利说：“实际情况可能没报纸上讲的那么夸张。伦敦只有一个白人奴隶贩子——叫麦芽阿本，从马耳他来的。”

玛格丽特瞪大了眼睛。这些事竟然全发生在自己眼皮底下！“我说不定也会被拐走！”

“说不定就在你离家出走那天晚上，”哈利说，“阿本找的就是那种孤立无援身、身无分文、没地方睡觉的女孩儿。他会带你去美餐一顿，早上再帮你到马上要去巴黎巡回演出的歌舞团里找份工作，然后你就对他感恩戴德了。歌舞演出其实就是脱衣舞秀，而这一点你却要等到在巴黎没钱回家的时候才会意识到。于是你站到了后排，卖力地搔首弄姿，”玛格丽特把自己放到那个情景里后，发现自己确实就会那么做的，“再等到某一天，他们会要你‘好好’招待观众里的那个醉醺醺的股票经纪员，你如果拒绝，他们就会帮他把你死死按住。”玛格丽特闭上眼，不愿也不敢想自己可能的遭遇。“第二天你可能要离开，但你能去哪呢？你可能有几便士的钱，但那根本不够你回家。你会开始纠结到家之后要怎么跟家人说。说真相？绝对不行。于是你就又游荡回到你和其他姑娘们一起的住处，那里至少还有友好的她们理解你。接着你会开始想，既然做了一次，那就能做第二次，下一个股票经纪员可能会好对付一点。然后不知从什么时候起，你开始对过夜客人早晨给你留的小费充满了期待。”

玛格丽特哆嗦了一下。“我再没听说过比这还恐怖的事了。”

“所以我还是觉得不应该让弗兰基·戈蒂诺胡作非为。”

两人都沉默了一两分钟。哈利若有所思地说：“我怀疑弗兰基·戈蒂诺和克莱夫·莫白是不是有什么联系。”

“有联系吗？”

“珀西不是说了吗，莫白有枪。我本来就猜他是个条子。”

“是吗？有什么根据？”

“那个红背心。条子们都以为穿上那东西就长得像花花公子了。”

“可能他是帮忙看守弗兰基·戈蒂诺的。”

哈利还是有疑问。“为什么？戈蒂诺是个要进美国监狱的美国恶人。他已经离开了英国领土，还有联邦调查局的监管，我不明白苏格兰场为何还要派人看他。况且‘飞剪号’的机票这么贵。”

玛格丽特压低声音。“他不会是跟你的吧？”

“跟到美国？”哈利表示怀疑。“坐‘飞剪号’？还带着枪？就为了一对袖子扣？”

“那你能想到别的解释吗？”

“想不出。”

“无所谓了。不过大家都忙着为戈蒂诺的事大惊小怪，也许就不记得父亲在餐厅令人发指的行为了。”

“你觉得他怎么发脾气发成那个样子？”哈利好奇地问。

“我不知道。他不是一直这样的，我记得我小一点的时候他还是很安静很有理智的。”

“我之前也遇到过法西斯主义者，”哈利说，“他们都很害怕。”

“是吗？”玛格丽特觉得这个想法很新奇，而且不太可信，“他们看上去都张牙舞爪的啊。”

“我知道。不过他们是因为心里害怕，所以才喜欢到处穿着制服游行——他们成群结队的时候会觉得有安全感。正因如此他们才不喜欢民主——太多变数了。他们觉得，由独裁者的领导，所有将按部就班推进，不会有政府突然垮掉，这样的生活才更幸福。”

玛格丽特觉得他说得很有道理。她若有所思地点点头。“我记得，在变得如此凶神恶煞之前，他会因为共产主义者、犹太复国主义者、贸易联盟、芬尼安运动或者西班牙第五纵队莫名其妙地发火——他觉得总会有人会让这个国家屈服。现在想想，犹太复国主义者怎么着也没可能让英国屈服的，对吧？”

哈利笑了。“法西斯们还总是气冲冲的。他们也是会因为某些原因对生活感到失望的普通人。”

“这条对我父亲也适用。我祖父过世时，父亲继承家产，那时才发现他家已经破产，破产的境况直到娶了我母亲才结束。后来他想进议会，结果一直进不去。现在他又被自己的国家流放了。”她忽然觉得自己更理解父亲了。哈利看问题确实透彻。“你从哪儿知道的这么多东西？”她说，“你也比我大不了多少。”

他耸耸肩。“巴特西区是个政治气氛很浓的地方。伦敦最大的共产党支部应该就在我们那儿。”

更加理解父亲情绪之后，她对于之前发生的事情也没那么羞愧难当了。他没有任何理由那么做，这毫无疑问，但把他想成一个沮丧又害怕的人而不是一个精神错乱报复心重的人，确实让她心里好受一些。哈利·马克思真是聪明，要是自己的出逃计划能有他的一臂之力就好了，不知道飞机到美国后他还会不会愿意再见她。“你现在知道以后要住哪了吗？”她说。

“我估计会到纽约找地方住吧，”他说，“我还有点钱，而且很快会有更多钱。”

赚钱在他嘴里变得那么轻松，可能它对男士来说更容易吧。女士却需要人保护。“南茜·林汉愿意给我一份工作，”她一冲动说了出来，“不过她弟弟正要把公司从她手里夺走，她有可能履行不了承诺。”

他看了看她又把脸别开，表情一反常态，好像终于有一次对自己没那么大把握。“其实，如果你愿意的话，我不介意。我是说，助你一臂之力。”

她想听的就是这句话。“你愿意，真的吗？”她说。

他好像觉得自己也做不了什么。“我可以帮你找间房子。”

一块大石头落地了。“那可就太好了，”她说，“我从来没找过房子，我都不知道从哪儿下手。”

“你可以在纸上找。”他说。

“什么纸？”

“报纸。”

“报纸会说房子的事儿？”

“他们有广告版的。”

“《时代周刊》的广告里就没有房子。”父亲只订过这一种报纸。

“最好是晚报。”

她觉得自己好傻，连这么简单的事情都不知道。“我真的很需要朋友帮忙。”

“保护你不遭美国版麦芽阿本的毒手，我还是可以做到的。”

“我真开心，”玛格丽特说，“先是林汉夫人，接着是你。我就知道，只要有朋友，我就能闯出自己的生活。我太感激你了，都不知道说什么好了。”

戴维进了休息室。玛格丽特这才发现，飞机在过去的七八分钟内一直飞得非常平稳。戴维说：“各位，请看向左舷窗外。再过几秒钟你们就会见到一个东西。”

玛格丽特往外看去。哈利解开安全带向她靠近，隔着她肩膀向外望着。飞机向左微倾。不一会儿玛格丽特就发现，他们正低飞在一艘巨型邮轮的上空。邮轮像皮卡迪里大街的游乐场一样灯火通明。有人说：“他们肯定是为我们把灯全打开了，开战后轮船航行一般都不开灯——他们怕被潜艇发现。”玛格丽特完全意识到了自己同哈利之间亲近的距离，但她一点不介意。“飞剪号”的机组人员肯定是通过无线电跟船上的工作人员通了话。船上的乘客都来到了外面的甲板上，仰望着飞机，朝飞机不停地挥手。他们离得可真近，玛格丽特都能看到他们穿了什么衣服：男士们穿着白色晚餐礼服，女士穿着长裙。船头毫不费力地劈波斩浪，邮轮快速行进着，飞机花了相当长时间才超过它。这是特别的一刻，玛格丽特陶醉了。她看向哈利，两人相视而笑，一起分享这充满魔力的瞬间。他将右手放在她的腰间，有他身体遮挡，没人能看到。他的触摸轻如鸿毛，但她却觉得自己被烫到了一样。这一触让她体温上升、让她迷惑，但她并不想推开他的手。过了一会儿，轮船越变越小，灯火也黯淡了下去，然后一起不见了踪影。“飞剪号”乘客各自回到座位，哈利也挪了回去。

又有人撑不住睡觉去了，休息室里只剩下打牌的以及玛格丽特和哈利两人。玛格丽特害羞得不知道如何是好，尴尬地说了句：“不早了，我们还是上床吧。”说完她就在心里喊：“说这个干吗？我不想睡觉啊！”

哈利有些失望。“我待会儿再睡。”

玛格丽特站了起来。“谢谢你愿意助我一臂之力。”她说。

“不客气。”他说。

玛格丽特心想：我们这么客气干什么？我不想这样和他说晚安！“好梦。”她说。

“你也是。”

她转身要走，又转了回来。“你说你会帮我，是认真的，对吧？你不会让我失望的。”

他的脸变得温柔起来，然后给了她一个近乎充满爱意的眼神。“我不会让你失望的，玛格丽特。我保证。”

忽然间，她无可救药地喜欢上了他。她胸中冲出一股劲，她连想都没想就弯下腰吻上了他。她只不过是用嘴飞速蹭了下他的嘴唇，但在他们相触的一瞬间，她仿佛被电击中了。她赶紧站直身子，为自己的行为和感受吓了一跳。他们四目相对了一小下，她走向了下一个套间。

她两腿发软。她四下看了看，莫白先生睡的是左舷的上铺，下铺留给了哈利。珀西也选了上铺。她钻进珀西下面的床然后拉上了帘子。

她心想：我吻他了，这个吻真美好。

她盖上被子，关上灯。这里跟帐篷一样，她觉得非常舒适。她可以看到窗外，不过外面也没什么好看的：只有云和雨。不管怎样，这种感觉还是非常刺激的。这让她想起自己和伊丽莎白还是小女孩时，获准在院子里支帐篷并在里面度过的好几个温暖的夏夜。当时的她觉得自己这么激动肯定睡不着，跟着她就看到了早晨的阳光，还有厨娘拍拍帆布端来的一盘早餐。

她在想，伊丽莎白此刻在哪里。

就在她这么想的当，有人轻轻地拍了拍她的帘子。

一开始她还以为那是她思念厨娘而产生的幻觉，接着声音又来了，像是轻点的指尖，嗒，嗒，嗒。她犹豫了一下，还是起了身。她用手肘支着身体，然后把床单围到脖子周围。

嗒，嗒，嗒。

她把帘子拉出一道小缝，看到了哈利。

“怎么了？”她嘶嘶地问道。虽然她觉得自己已经知道了答案。

“我想再吻你一下。”他窃窃私语道。

她既高兴又惊惶。“别傻了！”

“拜托了。”

“走开！”

“没人会看到的。”

这要求真够明目张胆，但她还是被深深地诱惑了。她还记得第一个吻时酥酥麻麻的感觉，她想再感受一次。她不由自主地又把帘子拉开了一些。他将头伸了进来，哀求地看着她。这表情太难以抗拒了。她吻上了他的唇。他嘴巴里有股牙膏味。她本是想像上个吻一样轻轻地，他却不这么想。他一点点咬住她的下嘴唇。她觉得非常兴奋，本能地将嘴张开一条缝，感觉到他在用干燥的舌头抹着她的双唇。伊安从没这么做过。这种感觉很奇怪，但却很美妙。她觉得自己堕落了，索性也将自己的舌头伸出迎上他的舌头。他的呼吸开始变得急促。上铺的珀西动了下身子，这让她想起了自己到底在什么地方。她慌了：她怎么能这么做呢？她竟然在公共场合跟一个不怎么认识的男人接吻！要是父亲看到她可就死定了！她将嘴移开，不住地喘气。哈利又把头往里伸了一些，想要再吻她。她把他推开。

“让我进去吧。”他说。

“别开玩笑了！”她嘘他。

“求求你了。”

这是不可能的。她根本就没动一点心：她很害怕。“不行，不行，不行。”她说。

他做垂头丧气状。

她心软了。“你是我很长时间以来，甚至是有生以来，见过的最贴心的男人。不过你还没那么贴心，”她说，“上床睡觉去吧。”

他意识到了她的严肃，充满悔意地淡淡一笑，准备说些什么。玛格丽特没等他张口就拉上了帘子。

她认真地听着外面的声音，认为自己听到了他离开时轻柔的脚步声。

她关上灯，躺了回去，呼吸急促。她想：喔，我的上帝，这简直是在做梦。她在黑暗中微笑着，回味着他的吻。她当时真渴望更进一步。她一边这么想，一边抚摸着自己。

她的思绪回到了第一个爱人莫妮卡身上。她是她的表姐，玛格丽特十三岁那年在她家住了一整个夏天。莫妮卡十六岁，是个金发的美女，而且好像无所不知。玛格丽特一开始就无比崇拜她。

她住在法国。也许是因为她生活的地方开放，又也许因为她的父母比玛格丽特的父母更开明，莫妮卡可以一丝不挂地行走在儿童配楼的卧房与浴室之间。从没见过裸体成年人的玛格丽特被莫妮卡丰满的乳房和大腿之间浓密的蜜色毛发深深吸引了，那个年纪的她只有平平的胸部和稀少的茸毛。

但莫妮卡最先勾引的是伊丽莎白——相貌丑陋、颐指气使、下巴上有雀斑的伊丽莎白！玛格丽特曾在夜里听到过她们的呢喃和亲吻声，当时的她又迷惑、又生气、又嫉妒。看到莫妮卡越来越喜欢伊丽莎白，她很受伤。看着她们互相对视，在森林里散步，在海滩边静坐，还一次次不小心碰到彼此的手，她觉得自己被遗忘了。

后来有一天，伊丽莎白和母亲一起去伦敦办事，玛格丽特进了莫妮卡的浴室。她正躺在热水里，闭着双眼，手在两腿之间抚弄着。听到玛格丽特进来，她眨了眨眼，但没有停下。玛格丽特就那么惊讶又着迷地观看起了莫妮卡的自慰过程，一直到她达到高潮。

那晚莫妮卡没找伊丽莎白，来到了玛格丽特的床上。伊丽莎白大发脾气，威胁要把她的事告诉所有人。所以到了最后，她们两个就像三角恋中的妻子和情人一样，一起分享了她。玛格丽特觉得自己很虚伪，整个夏天都在内疚，但那种炙热的爱和新奇的肉体之欢是她不能放弃的。所有一切直到莫妮卡九月返回巴黎才告一段落。

莫妮卡之后，她和伊安上床的经历实在是粗野得骇人。他自始至终都笨手笨脚。她发现，像他这样年轻的男人对女人身体的了解趋近于零，所以他自然没办法给她带来莫妮卡曾为她带来过的快乐。好在开始的失望很快过去了，伊安对她爱得死去活来，十足的激情也弥补了他经验的不足。

她和往日一样，想起伊安很想落泪。自己之前要是能更主动更频繁地和他做爱就好了。一开始时，她虽然和伊安一样渴望彼此，但还是推三阻四的，他央求了好几个月她才妥协。虽然第一次之后她还想做，但是出现了一些困难。她害怕有人发现她的房门上了锁然后纳闷起原因来，所以不愿在自己的卧房做。她知道她家附近的树林里有好多隐蔽的地方，但又害怕在野外做。用朋友的公寓她又觉得不方便，害怕会辱了自己名声。所有一切不愿的背后，都是她对父亲发现之后可能有的反应的无限恐惧。

被欲望和焦虑纠缠的她，每次做爱都是急急忙忙、偷偷摸摸还十分地愧疚。他去西班牙之前只和她成功地做过三次。那时的她想当然地以为他们还有的是时间。后来他丧命了，传来的噩耗告诉她，她永远都摸不到他的身体了。当时她哭得撕心裂肺。她本以为他们还有一辈子的时间去学习如何取悦彼此，却竟然永远都不会再看到他一眼了。

她真希望自己一开始就把自己放开了给他，一有机会就和他享受云雨之欢。现在他已经长眠在西班牙加泰隆尼亚一个满是尘土的山坡上，她那些恐惧现在显得那么微不足道。

她忽然又意识到，她可能要犯同样的错误。

她想要哈利·马克思，她的每一寸肌肤都想得到他。他是伊安之后唯一让她有如此感受的男人，却被她拒绝掉了。为什么？因为她害怕。因为她在飞机上，因为床铺小，因为会有人听到，因为她父亲就在她旁边，她害怕被他发现。

她这是重蹈覆辙吗？

飞机要是坠毁了怎么办？她心想。他们两个同在一架新开发的飞机上，现在在欧洲飞往美国的半道上，方圆百里内没有任何陆地：飞机若出了什么故障，那几分钟内他们就会一命呜呼。她死到临头时会后悔没和哈利·马克思做过爱的。

飞机不会坠毁，但即使如此，这也可能是她最后的机会了。到了美国以后会发生什么她一点也不知道。她计划一有机会就去参军，而哈利则说过他准备到加拿大空军当飞行员。他们可能会像伊安一样在战场上丧命。生命如此短暂，谁还在乎她的名声、谁还担心父母会火冒三丈？她现在觉得刚才要是让哈利进来就好了。

他还会再试一次吗？她想不会了。她刚刚给他的拒绝斩钉截铁。如果哪个家伙连那样的拒绝都能无视，那肯定是个彻头彻尾的人渣。哈利刚刚很坚持，那是在讨她喜欢。但他不是顽固的人，今晚是不会再问她一遍了。

她心想：我真傻，说不定他现在还在，我只需要说“好”就可以了。她搂着自己，想象着哈利搂住她的样子。在她的脑海中，她犹豫不决地伸出了一只手，抓住了他赤裸的臀部。她猜他的大腿上会有卷曲的金毛。

她决定起身去女厕所一趟。走运的话，哈利可能也想在这个时候去厕所，或者准备去找乘务员要酒喝，之类之类的。她穿上睡袍，解开帘子坐了起来。哈利床铺的帘子拉得紧紧的。她把脚滑进拖鞋，站了起来。

这会儿人差不多都睡下了。她朝厨房瞥了一眼：空的。乘务员当然也得睡觉。他们八成正在一号套间和替班下来的机组人员一起打盹呢。她向另一个方向走去，穿过休息室，看到了那些死拉的牌友，全是男的。桌上摆着瓶威士忌，他们已经开始自己给自己服务了。她在飞机的晃动之下继续向后走去，一会儿左一会儿右。地板在接近机尾处开始升高，两个套间之间还有台阶。有两三个人将帘子拉到后面读起了书，但大部分的床铺都拉上了帘子，安安静静的。

女士化妆间是空的。玛格丽特坐在镜子前打量着自己。长相平平、皮肤苍白，眼睛还带着奇怪的绿色。怎么会有男人对她这样的女人有欲望？有时她会觉得自己的头发是全身唯一看得过去的东西：它又长又直，颜色是亮铜色。男人总会留意她的头发。

若是让哈利进来，那他又会怎么想她的身体？他可能会反感她肥大的乳房：会让他想起母亲或是母牛之类。她听人说过，男人都喜欢小而匀称的乳房，最好是聚会上盛香槟酒的玻璃杯那种形状。她讪讪地想：我的可装不进香槟杯里。

她希望自己像《时尚》杂志里的模特一样娇小，而实际上却长得却像个西班牙舞女。每次她穿舞会礼服之前都得在里面穿上束胸，不然胸脯就会来回乱颤。不过伊安喜欢她的身子。他说模特女郎都像玩具娃娃。“你是真正的女人。”他曾在一个午后如是说。那天他们正在老育婴楼偷情，他一边亲吻着她的脖子，一边将手伸进她的喀什米尔羊绒衫，抚弄着她的双乳。那时她还是喜欢自己的乳房的。

飞机进入了震荡剧烈的涡流层，她要牢牢抓住梳妆台的边才不至于被甩下凳子。她病态地想：我死之前，一定要让胸脯再被人摸一回。

飞机平稳下来之后，她回到了自己的套间。所有床铺的帘子都扣得严严实实的。她伫立在那里，指望哈利能打开他的帘子。但他没有。她又看了看走廊前后。一个人影也没有。

她这辈子一直活得畏首畏尾。

她从来没有对任何东西有过如此渴望。

她摇了摇哈利的帘子。

什么都没发生。她没有头绪了：要做什么，说什么，她一概不知。

里面没有动静。她又摇了摇帘子。

过了一会儿，哈利探出了头。

二人默默相视：他惊愕，她语塞。

然后她听到身后有动静。

她扭头一看，动静是从父亲帘子后面传出的。一只大手从里面抓住帘子。他要起身上厕所了。

玛格丽特来不及想，赶紧按住哈利的头和他一起爬了进去。

她刚关上帘子，父亲就从床铺上下来了。真是奇迹，他没看到她，谢天谢地！

她跪在床铺末尾对着哈利看。他抱膝坐在另一边，下巴放在膝盖上，趁着帘子漏进的微光目不转睛地看着她。他的表情活像一个在烟囱口看到圣诞老人出来的孩子：他对自己的好运感到难以置信。他张嘴要说话，玛格丽特赶紧用食指放到他的唇前。

她忽然发现刚刚跳进来的时候把拖鞋落外面了。

鞋上面绣有她的名字，谁看了都知道是谁的。现在摆在哈利床铺边的地板上，那谁见了都知道她在和他睡觉了。

现在才过了几秒钟。她往外瞥了一眼。父亲正爬下步梯，背对着她。她伸到帘子外。他现在要是转身那她就完蛋了。她来回摸索着拖鞋。找到了。就在父亲将光脚踏上飞机地毯的一刹那，她把鞋子提了起来，把手猛地一抽，终于在他扭头的前一秒将帘子合了起来。

她应该感觉害怕的，结果却是无比地兴奋。

她也不知道此时此刻的自己希望发生些什么。她只知道，她想和哈利在一起。一个人度过漫漫长夜，一边想着哈利要是在就好了，这样的夜晚她可熬不过。但她也不准备把自己给他。她愿意——非常非常愿意——不过现实里还有一大堆的顾虑，其中就包括三寸之上熟睡的莫白先生。

直到下一刻她才明白，哈利和她不一样，他完全知道他想要的是什么。

他探身过来，搂过她的头将她拉向自己，吻上了她的唇。

一瞬间的犹豫过后，她抛弃了所有想抗拒的念头，将自己的一切交给了感觉。

她惦记这个感觉已经很久了，久到让她觉得自己已经和哈利做了几个小时的爱。但这个感觉如此真实：她的脖子上是一只有力的手，吻她的嘴也如此真真切切，她和一个实实在在的人将彼此的呼吸混合到了一起。这个试探性的吻贴心而轻柔，每一处细节她都能感觉到：他的手指正滑过她的发间，他下巴带些粗糙，他在她颈间喘出热气，他用牙齿一点点咬上她嘴唇，最后，他用舌头探进她的双唇，渴望着和她的舌头相会。她难以抗拒这股冲动，妥协地将嘴巴张开了。

过了一会儿，他们停了下来，喘着气。哈利的眼神落到了她的胸脯上。她往下一看，才发现自己的睡袍已经掉开，两个乳头正顶着睡裙的棉布。哈利呆滞地盯着它们，缓缓地伸出一只手，手指轻轻地拂过她的左胸，隔着轻柔的布料抚弄起敏感的乳头。她欢欣地深吸一口气。

衣服忽然让她难以忍受。她扭了扭肩，迅速脱开睡袍。她又撩起睡裙的边，然后犹豫了。脑海里一个声音警告说："这之后就没回头路了。"她想："正好！"然后便将睡裙拉过头顶，赤裸裸地跪在了他眼前。

她自觉无助又害羞，但不知怎么地，这种焦虑让她更兴奋了。哈利的双眼在她的胴体上来回游走，她看到了他崇拜和渴望的表情。他在拥挤的空间里扭了扭，跪到膝盖上，然后探过去将头埋进了她的胸脯。这一刻她疑惑了：他要干什么？他用双唇刷过一个乳房，然后是另外一个。她感觉到了他放到左胸下的手：开始轻轻抚，接着更用力了，再然后是轻柔的挤捏。他的双唇慢慢游移，一直到乳峰处才罢休。他温柔地轻咬了几下。她的乳头紧紧绷起，似乎马上要爆发开来。他开始吮吸起来，她则愉悦地呻吟着。

一会儿之后，她想要他对自己另一个乳房也这么做，但又羞于开口。但他仿佛心领神会，没一会儿就让她的心愿得到了满足。她抚着他脑袋后挺立的头发，然后在一股冲动之下将他的头压向自己的乳房。作为回应，他吮吸得更用力了。

她想探索他的身体。她趁他稍作暂停，将他推开，解开他睡衣的扣子。俩人都气喘吁吁，像短跑运动员似的，但怕被人听到都没说话。他扭了两下肩膀，脱掉了上面的睡衣。他的胸膛上没有毛发。她想他和自己一样脱得一干二净。她找到他睡裤的腰绳，淫荡地把它拉开。

他显得有些犹豫和吃惊。这让玛格丽特有些不舒服，让她觉得自己可能比他睡过的女人都要大胆。不过她还是觉得要把开始的事情做完。她将他往后推，直到他躺下，头放到了枕头上，然后抓住他的裤腰向下拽。他将胯抬起。

他的腹股沟是一团深金色。她又把红裤子往下拉，然后深吸了一口气：被释放了的男性力量正像根旗杆似的直挺着。她盯着它，被它迷住了。血管外的皮绷得紧紧的，胀大的根部仿佛蓝色的郁金香球茎。他躺着没动，因为他觉得这是她所想。然而她对那里的专注点燃了他的欲火，他的呼吸得更粗了。在好奇心和其他情绪驱动之下，她想摸一摸它，手不由自主地伸向前方。他看到她的动作趋势。发出了一声低沉的呻吟。但她在最后一刻踌躇了。她将颤抖的手移到他那深色的阴茎上。他呜咽了一身。她叹了口气，抓了上去，纤纤玉指将那粗杆子包裹住。得到她的触碰之后，上面的皮肤变得灼热而柔软。但她轻轻握紧它时——这让他深吸了一口气——才发现，下面其实坚硬得像根骨头。她看向他。他在欲火的炙烤下涨红了脸，正张开嘴费力地呼吸着。她渴望取悦他。她不再握了，而是像从伊安那儿学来的一样摩擦起他的阴茎：紧紧捏住向下按，再松开一些向上抚。

这效果让她大吃一惊。他两膝紧紧抵在一起，合上眼睛低吼了起来。第二次向下按时，他痉挛似的抽搐着，五官揪作一团，白色的精液跟着从阴茎末端射了出来。玛格丽特惊得出了神，继续着刚才的动作，每向下捋一次都会有更多精液出来。肉欲已将她完全占据：她的乳房沉沉的，喉咙也变得干燥，她感觉得到自己的体液正一滴滴地从潮湿的阴部滴向两腿之间。到第五下或是第六下的时候，他结束了。他的大腿松弛了下来，表情变得柔和，枕上的头耷拉到了一边。

玛格丽特躺到他身边。

他有些惭愧。“对不起。”他低语道。

“没什么对不起的！”她回答，“太神奇了。我从来没这么做过。这种感觉真是奇妙。”

他很惊讶。“你喜欢？”

她羞得不敢大声承认，所以点了点头。

他说：“可我……我是说，你没有……”

她不说话。有件事他可以为她做，只是她不敢张口。

他在他那边侧过身，好和她在这狭窄的床铺上面对面。他说：“再过几分钟，我说不定就……”

她心想：我可等不了几分钟；我何不让他把我刚为他做的事为我做一遍？她找到他的手，紧紧握住。她还是说不出自己想要什么。她闭上眼睛，然后将他的手拉向自己的小腹下方。她的嘴就在他耳边。她喃喃地说：“温柔一点。”

他心领神会，开始动手探寻起来。她下面很湿，湿艳欲滴。他的手指轻松地滑到了阴唇之间。她将胳膊绕到他脖子后面，搂得紧紧的。他的手指在她体内游走着。她想告诉他：“不是那儿！再往上！”而他好像听到了她的心，将指头拉出，然后再将它们滑入到最敏感的地方。她立即僵住，身体愉悦地抽搐着。她痉挛似的抖动起来。为了不叫出声，她低头咬住了哈利的上臂。他僵住，而她的身体却开始对着他僵住的手摩挲起来，快感持续着。

她的欢愉终于松下来了，哈利的手又开始行动。她猛地一抖：这高潮和上次一样剧烈。

那个点终于敏感过度，她这才拉出他的手。

过了一会儿，哈利从她身上挪开，揉揉了刚才被她咬到的地方。

她上气不接下气，喘息着说：“对不起——疼吗？”

“疼啊，疼死啦，”他窃窃私语道。然后两个人都咯咯地笑了。二人越想憋住不笑就越想笑，没过一分钟，就都忍不住小声笑了出来。

他平静下来之后，他对她说：“你的身体太棒了——太棒了。”

“你也是。”她激动地说。

他不相信她的话。“我不骗你，我是认真的。”他说。

“我也是啊！”她永远也不会忘记他那一团金色阴毛中矗立着的胀大的阴茎。她将放在他腹上的手移到下面，开始找搜寻那个东西。摸到了。它正躺在他的大腿上，没有硬挺，也没有萎缩。上面的皮滑滑的。她好想亲上去，又被自己淫荡的想法感到吃惊。

她转而吻了吻刚才咬到的地方。光线如此黯淡，她还是可以看到自己留下的齿印。他的瘀伤会很严重。“对不起。”她低语，声音小得他都没听到。他带给了自己那样的快乐，自己却给他完美的肌肤带来了这样的伤痕。想到这儿她难受极了。她又吻了吻他的伤口。

经过了筋疲力尽的欢悦，他们一起浅浅地打起盹来。玛格丽特在睡梦中仿佛听到了一直嗡个不停的发动机声，仿佛自己一直在做飞机的梦一样。她还听到过穿过套间及数分钟后返回的脚步声，但心满意足的她对这些脚步的意义一点儿不觉得好奇。

飞机平稳地飞行了一阵，这回她才真正地睡着。

她醒来一惊。天亮了？别人都起床了？她要是下哈利的床会被人看到吗？她的心怦怦跳了起来。

“怎么了？”他喃喃地说。

“几点了？”

“大大半夜。”

他说得对。外面没有任何声响，套间的灯依旧昏暗，窗外也没有一丝天亮的样子。她可以安全地溜回去。“趁现在没人，我得赶紧回床上了。”她激动地说。她开始找拖鞋，但是找不到。

哈利把手放到她肩上。“冷静，”他小声说道，“我们还有好几个小时呢。”

“可是我怕我父亲会——”她让自己停了下来。她在担心什么？她深呼吸，看向哈利。当两人目光在这昏暗的空间相遇时，她又记起了睡着之前所发生的一切。她看得出，他也在想同样的事情。他们相视微笑。这是默契的亲密爱人之间的微笑。

忽然间，她不再担心了。她还不用走。她想留在这里，那就留在这里好了。有的是时间。

哈利朝她挪过来，她触到了他勃起的阴茎。“先别走。”他说。

她幸福地叹了口气。“好吧，先不走。”说完，她和他亲吻了起来。

第十八章

艾迪·迪金严格地控制着自己，可他现在就是壶顶起壶盖的开水、是座喷发在即的火山。他不停地冒汗，内脏拧作一团，坐着不动显得那样艰难。他设法完成了自己的工作，但也仅仅是完成了而已。

他应该在英国时间凌晨两点下班。他在这一班结束之前，又捏造了一组油耗数据。之前他把飞机的消耗量写低，这样才能让别人以为剩下的油足够完成航程，机长才不会返航。现在为了补回去，他得往高了写，这样替班的米奇·费恩读油耗时才不会发觉有什么出入。霍格飞行图表会显示油耗量波动幅度很大，米奇会有疑问，而艾迪则会说“这全怪外面该死的风暴”。不管怎么说，米奇都是他最不担心的一环。让他恐惧得心脏发抖的最大焦虑，是飞机在抵达纽芬兰之前可能会没油可烧。

飞机并没有限定最低储油量。按规定当然会有留出的安全余量，但设置安全余量是有原因的。这条航线的飞机在遇到发动机故障等意外情况时，将不再有预留的储备燃料。飞机如果出事，就会直接栽入风雨交加的大西洋里。而飞机在大海中央是不可能安全着水的：不消几分钟它就会沉下去。不会有一个生还者。

米奇在两点差几分的时候上了楼，一副神清气爽跃跃欲试的样子。“我们油量很低，”艾迪直接告诉他，“已经告诉机长了。”

米奇事不关己地点点头，拎起了手电筒。接班的第一项任务是查看四个发动机。

艾迪不妨碍他做事，下到了客舱上。大副强尼·多特、导航员杰克·阿什福，还有电报员本·汤普森三人也被人替下，同艾迪一起下了楼。杰克去厨房做了个三明治。艾迪一想到食物就想吐，只接了杯咖啡，然后到一号套间坐了下来。

不工作的他再找不到分散注意力的东西，又开始想卡洛安和她的绑架犯们了。

缅因州现在刚过晚上九点，天应该黑了，卡洛安肯定已经精疲力竭意志消沉。怀孕后的她习惯一大早就睡。他们会给她找躺下的地方吗？她今晚会睡不着，但能让身子休息一下也是好的。艾迪只希望睡觉时间不会让那些看守她的混账东西们想入非非……

咖啡还没凉，风暴就正式地和他们打了招呼。

飞机之前几个小时的飞行只是小颠簸，现在开始剧烈摇晃起来。这种感觉就像暴风雨中的轮船，巨大的飞机是波涛中的轮船，徐徐上升，迅速下落，砰地砸向波谷后，然后再爬升起来，在暴风的蹂躏之下，摇着，摆着，从一边，再到另一边。艾迪双手抱到胸前坐在床上，脚顶着床脚的杆子。乘客陆续醒来，有的按铃叫乘务员，有的冲向厕所。乘务员尼崎和戴维之前还在和其他下班的机组人员一起打盹，现在赶紧收拾收拾领子，穿上制服上衣，快步朝响铃的地方冲了过去。

过了一阵，艾迪又想去厨房接咖啡了。刚走到那边，对面厕所的门开了。只见汤姆·路德脸色煞白，汗如雨下。艾迪轻蔑地盯着他。他有股掐住他喉咙的冲动，但他忍住了。

“这正常吗？”路德惊恐地说。

艾迪一点儿没有要同情他的样子。“不，这不正常，”他答，“我们应该绕着风暴飞的，但是油不够了。”

“为什么？”

“油快烧光了。”

路德吓坏了。“你不是说你们会在返航临界点前回去的吗！”

艾迪比路德还要担心，但他喜欢看这个人忧心忡忡的样子。“我们本应该返航的，但我捏造了数据。我有特别的动机想把这个飞行计划完成，你忘了？”

“你个疯子！”路德绝望道，“你要我们所有人都没命吗？”

“我宁愿冒险杀了你，也不愿让我的妻子在你朋友手里。”

“我们要是都没了命，你就救不了你老婆了！”

“我知道。”艾迪知道他走的这招很险，但是让卡洛安再被绑架一天的想法对他实在太过煎熬。“我说不定就是疯子。”他对路德说。

路德脸色很难看。“但这飞机可以在海上降落，对吗？”

“不对，我们只能在平静的水域着水。如果在大西洋中央下去，还有这样的风暴，飞机要不了几秒就会支离破碎的。”

“噢，上帝，”路德哀嚎着，“我就不该上这个飞机。”

“你就不该搞我妻子，你个狗娘养的。”艾迪咬牙切齿地说。

飞机疯狂地摇晃着，路德转身，踉踉跄跄地又回到了厕所。

艾迪穿过二号套间来到休息室。牌迷们已经把自己结结实实地绑到了椅子上。酒杯、纸牌和瓶子正随着飞机的摇摆震颤滚来滚去。艾迪往走廊那边望去。乘客们已经克服了开始的恐慌，又回到床铺把自己绑在上面。他们已经发现这是对付颠簸最好的方式。他们留着帘子，有的已经欣然接受了这种糟糕状况，有的很明显吓没了半条命。所有没有绑好的东西都掉到了地板上，地毯上到处散落着书本、眼镜、裙子、假牙、零钱、袖扣还有其他人们随身放在床边的东西。世间的顶级富豪权贵们忽然变得像人了。艾迪忍受着良心的煎熬：这些人难道都要因为自己而命丧黄泉吗?

他回到了自己座位，把自己绑好。他对油耗也无能为力，而帮助卡洛安的唯一方法就是保证飞机按照计划紧急迫降。

飞机在夜空颤栗前行，他开始试着压制心中翻腾的怒火，重新过一遍自己的计划。

飞机到终点站纽约之前的一站是加拿大的希迪亚克，其间会是他当班。飞机一起飞他就开始弃油。仪表上当然会有显示，米奇·费恩若是因为什么原因上到驾驶舱，可能会注意到油少了。不过被替班下去的机组人员已经飞了二十四个小时，到了那个时候除了睡觉他对任何东西都不会感兴趣的。终点在望，油耗量已经无关紧要，所以其他机组人员更不可能会瞧油量表。他讨厌欺骗自己同事的想法，一时间，怒火又燃烧起来了。他握紧拳头，但没有可以捶的地方。他试着把精力集中到计划上。

等飞机快到路德希望的迫降地点时，他会放掉更多的油。他要计算精确，保证油在飞机抵达正确的区域时正好快用光。到那时他再告诉机长，他们没油了，必须紧急迫降。

他还要时时留意飞行路线。每次他们所走的线路并不完全一致，导航并没那么精确。但是路德选的约会地点很巧妙。那里显然是方圆几十里内最佳迫降地点，就算他们偏离航道好几英里，机长肯定还会要上那边迫降。

如果还有时间，机长就会问——大发雷霆地问——艾迪怎么会到了如此严峻的地步才发现少了那么多油。艾迪就得辩解说，这种情况虽然很罕见，但所有仪表都卡住了。他把牙咬得紧紧的。他的同事都信任他能把监控飞机油耗的艰巨任务执行好，把自己的性命都托付给了他。他们会发现，他让他们失望了。

到时候会有艘等在那里的快艇朝"飞剪号"开过来。机长会以为他们是来帮忙的，还可能会把他们请到甲板上。他要是不请，那艾迪就为他们把舱门打开。劫匪们会把联邦调查局的奥利司·菲尔德制服，然后把弗兰基·戈蒂诺救走。

他们的动作必须要快。电报员可能会在飞机触水前发出无线电求救信号，"飞剪号"又大得那么显眼，老远就能看到。其他船只要不了多久就会驶过来。甚至还可能有反应迅速的海岸巡防队干预他们的营救计划。这样路德那帮人就可以玩完了，他憧憬地想。接着他又想起自己应该想路德成功的，而不是失败。

可他就养不成希望罪犯得逞的习惯。他一直在为阻挠路德的计划绞尽脑汁，但想出的每一个方案都有个障碍：卡洛安。如果路德没有救出戈蒂诺，艾迪就救不了卡洛安。

他也试想过，有没有什么办法能让戈蒂诺在脱逃二十四小时之前，卡洛安安全之后，再被抓到。可这样的可能性为零。到时戈蒂诺早就逃之夭夭了。那就只剩下说服路德早点释放卡洛安一种方法了。但他没那么傻。问题的麻烦的就是艾迪没有威胁路德的筹码。路德有卡洛安，而艾迪有……

对了。他忽然想到，我有戈蒂诺。

等一下。

他们有卡洛安，我不跟他们合作就救不回她。而戈蒂诺在这架飞机上，他们要是不跟我合作就救不了他。也许筹码并不全在他们手里。

他在想，有没有什么方法能让他当老大，让他掌握主动权。

他正襟危坐，出神地盯着对面的墙。

有了。

他们凭什么先得到戈蒂诺？人质交换可以同时进行。

他赶紧压制住冒起来的希望，逼自己冷冷静静地思考。

交换可行吗？他们得把卡洛安送到“飞剪号”边上，就用那艘营救戈蒂诺的快艇。

不行吗？有什么不可行的？

他发疯地思考着如此安排是否来得及。他算好了，绑架她的地方距他们家不过六七十英里，就离迫降地点差不多七十英里的样子。他们开车送她的话，最慢最慢，四个小时也够了。这能算远？

假设路德同意，他要等到下一站博特伍德才能打电话。“飞剪号”正点到达的时间是英国时间上午九点。接着飞机会继续飞向希迪亚克。而紧急迫降则是在飞离希迪亚克一个小时之后，也就是英国时间下午四点左右，这是七个小时之后。这时间让他们送卡洛安绰绰有余了。

想到卡洛安可以提前回来，他就克制不住内心的激动。他甚至还想，虽然机会渺茫，但这还是为他提供了一些破坏路德计划的余地，他在其他机组人员心里的形象就还能挽回一些。他们若是看到他抓住了一群杀人放火的坏蛋，也许就会原谅自己对他们的欺骗。

他又一次提醒自己，不要抱太大希望。这一切都只是想法而已。路德很可能会不买账。艾迪可以威胁说他们要是不接受他的条件他就不让飞机下去，但他们还是可以认为这个威胁没什么分量。他们会觉得艾迪为了救自己老婆什么都愿意做，这一点又确实非常正确。他们要救的只是个弟兄而已，艾迪则更走投无路一些。这一点是他的软肋。他又一次陷入了绝望。

但他还是要把这个难题扔给路德，让他心生疑虑。路德可以不相信艾迪的威胁，但他能百分之百确定吗？认为艾迪是虚张声势可得有很大的胆量，而路德并不是个有胆子的男人。至少现在不是。

他心想：无所谓了，我还有什么好损失的呢？

他要试上一试。

他从床铺上坐了起来。

他觉得自己应该认真计划好每句话该怎么说，路德每种可能反对的话他都要准备好答案。他已经血脉贲张，斗志昂扬，再也坐不住、再也想不下去了。再不行动他就会疯掉。

飞机摇摇摆摆，他抓着所有抓得到的东西，终于一路摸到了主休息室。

路德是没有睡觉的乘客之一，这会儿正在休息室的角落里喝威士忌，没有加入牌局。他的脸上已经有了一些血色，看来已经战胜反胃的感觉了。他正在读一本英国杂志，《伦敦新闻画报》。艾迪拍拍他的肩。他抬头，被艾迪吓了一跳。他见是艾迪，开始充满敌意。艾迪说："机长想找您谈谈，路德先生。"

路德很焦虑的样子，坐着没动。艾迪猛挥了一下头，示意他赶紧动身。路德放下杂志，解开安全带站了起来。

艾迪领他出了休息室，穿过二号套间，没领他上驾驶舱，而是拉开了男厕所的门，帮路德留着。

传来一阵呕吐物的味道。很不幸，还有别人：一位身穿睡衣裤的乘客正在洗手。艾迪指指马桶间，路德钻了进去，艾迪则梳起了头发，等待着。过了一会儿，那位乘客离开了。路德拍了拍隔间的门，路德走了出来。"你搞什么名堂。"他说。

"闭上你的嘴好好听着。"艾迪说。他没打算这么横，但是路德就是让他怒火中烧。"我知道你来这里的目的，我已经弄明白你的计划了，要给你的计划做几处修改。我让飞机降落时，卡洛安必须出现在那艘等待的船上。"

路德嘲讽道："你不能提要求。"

艾迪没指望他会立马就范。现在他要虚张声势了。"行，"他攒足了他能攒到的所有定力，"计划取消。"

路德面露些许难色，但还是说道："你就胡诌吧。你还想你的小老婆回来，会把飞机弄下去的。"

此话不假，但艾迪还是摇了摇头。"我不相信你，"他说，"我有相信你的理由吗？我就是全按你说的做，你还是可以摆我一道儿。我才不要冒那个险，交易条件得改改。"

路德的信心还没动摇。"改不了。"

"行。"是艾迪出王牌的时候了。"行，那你就坐牢去吧。"

路德紧张地笑了笑。"你说什么呢？"

艾迪的信心增加了，路德开始露怯了。“我要把所有事情都告诉机长。他会在下一站把你赶下去。你就等着见警察吧。你要去蹲大牢，而且是加拿大的大牢，你的混账哥们儿可没法在那儿把你捞出来。你会被指控犯下绑架罪、海盗罪——去死吧，路德，你永远都别想出来了。”

路德终于慌了。“所有一切都安排好了，”他反驳，“现在改计划太晚了。”

“不，还不晚，”艾迪说，“下一站你就跟你的人打电话，告诉他们要怎么做。他们有七个小时的时间把卡洛安送到快艇上。有时间。”

路德终于妥协了。“好吧，我照做。”

艾迪不相信他：这态度变得也太快了。他的直觉告诉他，路德已经决定要摆他一道了。“你跟他们说，他们必须在最后一站希迪亚克给我电话，确认他们已经安排好了。”

路德的脸上迅速闪过一抹怒色。艾迪知道，自己怀疑对了。

艾迪继续道：“快艇和‘飞剪号’接头时我必须看到卡洛安站在船甲板上，之后才开门，明白吗？我要见不到她就报警。奥利司·菲尔德会在你开门之前抓住你，海岸巡防队会在你们的人破门而入之前抵达。所以你最好保证每一步都按照我说的做；不然你们全得完蛋。”

路德忽然又把胆子找了回来。“这些你都不会做的，”他讥笑道，“你才不会拿你老婆的命当赌注。”

艾迪要培养他心中的疑虑。“你确定吗，路德？”

还不够。路德坚定地摇摇头。“你还没疯到那个地步。”

艾迪知道，必须现在就让路德信服。胜败在此一举。“疯”

字正好给了他灵感。“我让你看看我疯到什么地步了。”他说。他将路德抵到大方镜旁边的墙上。一时间路德惊讶得忘了反抗。“让你看看我他妈的疯到了什么地步。”他猛一下将路德的双腿往两边踢开，男人重重地摔到了地上。这一刻他觉得自己就是疯子。“看见这窗户了吗，白痴？”艾迪抓住百叶窗，猛扯了下来。“我疯得想把你从这操蛋的窗户扔出去。”他跳上水池，对着方形的窗户踢了起来。他的靴子坚实得很，但由强力树脂制成的窗户有三点一六英寸厚。他更加用力地又踢了一下，这回它开始裂缝了。再来一下，窗户碎了。玻璃碎片飞到了屋内。飞机正在以每小时125英里的速度向前行进，外面的寒风和冰雨像飓风一样卷了进来。

路德吓得站不住脚了。艾迪跳回地上，拦着他不让他跑。他趁他不平衡，逮了个正着，然后把他推到墙上。虽然两人体重相当，但愤怒让艾迪拥有了更强的力量。他抓住路德的领子，把他的头使劲塞出了窗外。

路德惊声尖叫。

怒吼的狂风吞没了尖叫声。

艾迪拉他回来，冲着他的耳朵喊道：“我对天起誓，我要把你扔出去！”他把路德的头又推了出去，把他从地上拎了起来。

路德若没这么恐慌还有可能挣脱出去，可是他的手脚已经不听使唤了。他又叫了一声，艾迪勉强听了个大概：“我做，我做，放我下来，放我下来！”

艾迪感到了一股强烈的冲动，想直接把他攥出去。后来他意识到自己也在失去控制的危机边缘。他提醒着自己：不能杀他，吓吓他就行了。他的目的已经实现，适可而止吧。

他把路德放到地上，松开手。

路德赶紧跑去开门。

艾迪放他走了。

艾迪心想：我刚刚装疯装得挺到位。但他心里知道，刚才自己并没怎么装。

他扶着水池，让自己缓口气。暴怒来得快去得也快。他感觉到了平静，但与此同时，也被自己的暴力吓了一跳，仿佛刚刚做那种事的是另外一个人。

过了一会儿，一个乘客进来了。

是福因斯上来的莫巍·拉弗斯。身材高大的他身上穿着条纹睡衣，看起来特别搞笑。他是个彻头彻尾的英国人，四十岁光景。他看了看破损的窗户，说："哇，这儿刚刚怎么了？"

艾迪咽了一下。"窗户破了。"他说。

拉弗斯给了他一个挖苦的表情。"这我看得出来。"

"暴风雨时会出现这种情况，"艾迪说，"风劲儿猛的时候，连冰雹石头都能卷起来。"

拉弗斯将信将疑。"是嘛！我开飞机飞了十年，从没听说过有这种事。"

他当然是对的。窗户在旅途中确实会破，但那通常发生在飞机停靠期间，不会发生在大西洋中央。他们为了应付这种情况，在机上备了名叫"死窗"的铝制窗盖，正好就放在男厕所里。艾迪打开储物柜，拉了一个出来。"我们带着这些东西就是为了防这种情况。"他说。

拉弗斯终于信了。"真没想到。"他说。他进了隔间。

死窗旁还放有螺丝刀。用这个工具足够安装窗户了。未免生事，艾迪还是决定自己把活干了。不一会儿功夫，他就卸下了窗框，倒出了破窗的固定螺丝，又把死窗拧了上去，再把窗框放回了原位。

“真了不起。”莫巍·拉弗斯走出马桶间说。艾迪还是感觉他没被完全说服，不过他不打算再做什么了。

艾迪出了门，看见戴维正在厨房里倒牛奶。“厕所的窗户破了。”他跟他说。

“我给公主上完可可就去修。”

“我把死窗安上了。”

“太好了。谢谢你，艾迪。”

“不过你一有时间还是得把玻璃碎片扫走。”

“没问题。”

艾迪本想主动帮他清扫好，毕竟乱是他捣的。他母亲就是这么培养他的。可他若是太过殷勤可能会显得可疑，要是让人觉得他这么做是良心不安，那可就不好了。所以他还是狠狠心，麻烦戴维了。

他至少做到了一些事。他把路德吓坏了。现在他觉得路德会乖乖地执行新计划，会让卡洛安坐快艇到达接头地点的。他终于有心怀希望的理由了。

他又把心拉回到另一个顾虑上：飞机的储油量。现在虽然还不到他上岗的时间，但他还是爬上了驾驶舱，找到米奇·费恩。

“飞行图上蹿下跳的！”艾迪刚到米奇就兴奋地说。

那我们的油还够吗？艾迪立马在心里喊。不过他还是故作镇定。“让我看看。”

“你看——我那一班的四个小时里油耗量出奇地高，而接下来的一个小时又恢复正常了。”

“我那一班的时候也是上蹿下跳的，”艾迪试着对自己担心得要命的地方表现出微微担心的样子，“我想八成是暴风弄得所有一切都飘忽不定了。”然后他问到了那个最让他煎熬的问题。“我们的油够到家吗？”他屏住呼吸。

“够，有的是油呢。”米奇说。

艾迪的肩释然地一松。谢天谢地。至少这个问题解决了。

“但我们没有备用油，”米奇补充道，“但愿我们的发动机不会出事。”

艾迪才没工夫担心这种小概率事件，要他操心的事情够多了。“天气预报怎么样？我们快穿过风暴圈了吧。”

米奇摇摇头。“没有，”他阴郁地说，“更糟的还在后面呢。”

第十九章

南茜·林汉发觉和一个陌生人共处一室真是不自在。

蜜月套房确如莫巍·拉弗斯保证的那样，名不副实地有两张分开的床铺，但他没能保证门在风暴中保持大开，无论他怎么试，门都会“嘭”一下关上，弄到最后他们都觉得为开门而大费周折其实比关上门更让人尴尬。

她已经尽力撑着不睡很长时间了。她曾想过在主休息室待上一晚，但那地方已经变成男人的天地，满是烟味、威士忌酒气、嚷嚷的笑声以及赌徒的咒骂声，况且她在那儿太惹眼。最后她终于百无聊赖地回床上睡觉了。

他们关了灯，爬上各自的床，南茜也躺下闭上了眼。可是她一丁点睡意也没有，年轻的哈利·马克思为她要来的威士忌根本没什么作用：她现在就像早晨九点一样，清醒得很。

她知道莫巍也没睡。她能听到他在上铺的一举一动。蜜月套房和其他床铺不一样，这里是没有帘子的。她的隐私全向着外面的黑暗敞开着。

睡不着的她开始想玛格丽特·奥森福德的事。她那么年轻、那么天真，充满了未知和理想。她感受得到她表面犹豫下的熊熊激情，她在那姑娘身上看到了自己的影子。南茜也和自己的父母抗争过，至少和母亲是这样的。妈想她嫁到一个悠久的波士顿家族去，但南茜在十六岁那年爱上了肖恩·林汉。他是个医学院的学生，他父亲竟然是爸工厂里的工头，要命吧！妈针对肖恩展开了长达几个月的攻势，一会儿带来他和其他女孩的恶毒留言，一会儿又排挤他父母，一会儿得病卧床不起，病一好就开始滔滔不绝说她自私、说她身在福中不知福。南茜在她的猛攻之下痛不欲生，但没有丝毫动摇。她最后嫁给了肖恩，全心全意地深爱着他，直至他生命结束。

玛格丽特可能没有南茜那么坚强。她心想：或许我刚刚的话太严厉了；我不该说她只要不喜欢父亲就该起身离家出走的。不过她看上去很需要有人告诉她，不要抱怨，要成熟起来。我像她那么大的时候已经是两个孩子的妈了！

她既给了她实际的帮助，也给了她不好听但却足够实诚的话。但愿自己能有履行诺言的能力——给玛格丽特提供一份工作。

这全看丹尼·莱利的了。她和弟弟博弈的胜败全看这个老无赖的了。南茜又从头开始担心这个问题了。她的律师马克能联系上丹尼吗？如果联系上了，那他知道有人要针对他过去的不当行为展开质询了吗？他有没有怀疑整件事都是他们编造出来给他加压的呢？还是被吓疯了？她纠结着这些没有答案的问题，辗转反侧。但愿到了下一站博特伍德能和麦克通上电话。或许他可以解开所有疑团。

飞机已经抽搐着摇了一段时间了，这让南茜更紧张不安。一两个小时后，飞机更剧烈地摇晃起来。她之前坐飞机从未害怕过，但话说回来了，她也没经历过这样的风暴。她抓住床铺边缘，飞机继续被狂风蹂躏。自丈夫死后，她已经独自面对过许多事情。她告诉自己要勇敢，要挺住，可还是忍不住去想象飞机在机翼被吹断或者发动机瘫痪后一头栽到海里的样子。她害怕了。她闭上眼睛，咬着枕头。突然间，飞机仿佛开始了自由落体运动。她祈祷着这种坠落感赶快消失，结果它却愈加猛烈。她压抑不住，呜咽了起来。后来飞机终于在一个巨大的颠簸之后摆正了飞行姿势。

过了一会儿，她感觉到莫巍将手掌放到了自己肩上。“只是风暴而已。”他用纯粹的英国腔说，“我见过更厉害的，没什么好怕的。”

她找到他的手，紧紧地握住。他坐在她床边，飞机平稳的时候他还抚了抚她的长发。她依然惊魂未定，但能在颠簸的时候有个可以握的手，她感觉好些了。

她不知道他们两个要保持这样子多久。风暴终于变轻，她这才把注意力转回到自己身上，松开了莫巍的手。她不知道该说什么。幸好他起身离开了房间。

南茜开灯下了床。她颤巍巍地站起身，将蓝色真丝睡袍披到黑色长睡衣外，然后坐到梳妆台前。她梳起了头发——这总能让她安心。她对刚才握他的手感到不好意思。当时她把礼仪不礼仪的全忘记了，只知道为得到人家安慰而感激不尽。可她现在觉得尴尬了。他体贴地猜到了她的心思离开了房间，让她有时间镇定下来，这让她很是满意。

他拿着瓶白兰地和两个玻璃杯进来，然后倒了一杯递给南茜。她一手抓住床边，一手举着杯子：飞机还有些许的颠簸。

要不是他穿了那件好笑的睡衣，她可能会更难受。他的样子很滑稽。他自己也意识到了这一点，但却还像穿着对襟西装那样庄重地走来走去，这个样子更搞笑。他俨然是个不怕出糗的男人。她喜欢他穿这件睡衣的样子。

她呷了几口白兰地。温暖的酒精立马让她的感觉好了许多。她又喝了几口。

“刚刚真奇怪，”他攀谈道，“我刚刚去卫生间正要开门，一个乘客像见了鬼似的跑了出来。我进去一看，窗户竟然破了，而那个工程师则鬼鬼祟祟地伫在那儿。他谎话连篇，说什么窗户是被风暴卷起的冰雹砸碎的，但我敢说，他俩肯定干了一架。”

南茜真感激他谈了些别的东西，免得他们一边坐在这儿一边想刚刚牵手的事情。“工程师是哪位？”她说。

“一个长相还行的家伙，和我差不多高，头发很浓。”

“我知道了。那又是哪个乘客呢？”

“我不知道他的名字。是个商人，一个人，穿苍灰色西装。”莫巍起身又给她倒上酒。

南茜的睡袍不争气地只盖到了膝盖，她认为自己这样露着脚踝和小腿很不雅。但她再一次提醒自己，莫巍是来追心爱妻子回家的情痴，眼里是看不见别的女人的。没错，他根本不会留意到南茜的肌肤。他握她的手，只不过是一个人类对另一个人类的友好表示罢了，简单又纯粹。一个声音在她脑海中讥笑道，和有妇之夫牵小手是不可能简单纯粹的。但她没有理会。

没话找话的她问：“你妻子还生你的气吗？”

“她恼得就跟个长了疮的猫似的。”莫巍说。

南茜微笑着想起了她换衣服回来时看到的场面：莫巍的妻子吼他，情夫又对着她吼，而南茜则在门外看。戴安娜和马克当即收声，难为情地离开寻找别的战场去了。当时南茜不想莫巍觉得自己在嘲笑他，忍住没有评论什么。但她并不怯于问他私人问题：此情此景逼着他们亲近。“她会回到你身边么？”

“说不准，”他说，“那个和她睡觉的家伙……我觉得他就是个孬种，不过她说不定就想找这样的呢。”

南茜点点头。马克和莫巍这两个男人差别大得不能再大了。莫巍人高马大，为人专横，长相硬朗而且直来直去。马克处处都比他柔和一些，有着栗色的双眼和小雀斑，圆圆的脸上经常笑盈盈的。“我虽不好大男孩儿那口，但他自有他的韵味。”她说。她心里在想的是：莫巍要是我丈夫，我才不会拿他和马克换；萝卜白菜，各有所爱吧。

“嗯。一开始我以为戴安娜是没脑子才跟着他鼻子走的，不过现在亲眼看到了他，我就没那么确定了。”莫巍若有所思了一阵，换了个话题。“你呢？你会把你弟弟打败吗？”

“我觉得我找到他的弱点了，”她一想起丹尼·莱利，得意地扬起嘴角，“我正在处理呢。”

他莞尔。“有这样的表情的人，我只能与之为友，切不可与之为敌。”

“我是为我父亲开心，”她说，“我很爱他，公司是他留给我的唯一的东西了。这就像他的纪念物一样，但是要比纪念物更有意义。公司的每个角落都有他人格的印记。”

“他是什么样的人？”

“他是那种让人永生难忘的人，个子高大，黑头发，声音洪亮，你一见到他就会感受到他的气场。他能记住为他工作的所有人的名字。谁的妻子生病了，谁的孩子在学校受欢迎，他都一清二楚。他资助工厂穷工人的孩子上学，他们现在都成了律师和会计。他知道怎么赢得别人的忠心。从这种意义上讲，他是个传统的温情专制主义者。而他的商业头脑是我见过的所有人里最为强大的。‘大萧条’最低谷的时候，新英格兰地区的工厂都倒闭了，但我们家却因为销售暴增不停招人！他是制鞋行业中利用广告的最先锋，他的广告也做得精明。他对消费者的心理很感兴趣。你有什么难题他都能让你茅塞顿开。我每天都会想他。我几乎像思念我丈夫一样想他，”她忽然很想发火，“我不能眼睁睁地看着他毕生的心血毁在我那不成器的弟弟手里，”焦虑的她在座位上不停地挪动着，“我正在试图向某个关键股东施压，但我不知道到底会有几分胜算，必须等到——”

这句话的后半句她再也没有说过。飞机飞入了目前最为剧烈的涡流中，颠簸得像匹野马。南茜掉了酒杯，双手紧紧抓住了梳妆台的边。莫巍试图让双脚站住，但他做不到。飞机倾向一边，莫巍滚到了地板上，撞上了咖啡桌的边。

飞机平稳了下来。南茜伸手扶莫巍起来，关切地问："你没事吧？”此时飞机又晃了一下。她向前一滑，没抓住桌边，一脚跌倒在他的身上。

过了一会儿，他大笑起来。

她一直都担心自己会伤到他，好在她体态轻盈，这个男人又足够强壮。她横着趴在他身上，在土黄色的地毯上摆出一个“十”字。飞机平稳了。她滚到一边，坐起来看他。他是得了失心疯，还是只是觉得好笑？

“我们这样肯定特别二。”说罢他又开始笑了起来。

他的笑声富有感染力。此刻，二十四小时以来积累的所有让她紧张的事情——弟弟的阴谋诡计、小飞机上的起落惊魂、蜜月套房里的尴尬难堪、餐桌边的种族咒骂、莫巍妻子发火的蹩脚场面，还有对风暴的恐惧——她全抛到了脑后。她忽然觉得，和一个陌生的男人穿着睡衣在飞机地板上坐着是件很好笑的事情。她也咯咯地笑了起来。

飞机的下一个震颤把他们俩颠到了一块儿。她发觉自己倒到了莫巍怀里，且笑声未断。他们凝望着对方。

她忽然吻了他。

她之前连想都没想过要亲他，完全被自己的举动吓到了。她甚至都不清楚自己有多喜欢他。真不知道这冲动是从哪儿冒出来的。

很显然，他也吓了一跳。不过他很快就回过了神，然后热情地回吻。他的吻不带一点循序渐进的试探意味：他立马欲火焚身了。

一分钟后，她抽身出来，喘着粗气。“怎么回事？”她茫然地说。

“你吻了我。”他欣然答道。

“我不是故意的。”

“其实你这么做我挺高兴的。”他说罢又吻了上去。

她想打断他，但是他抓自己的手是那样有力，而自己的意志力又如此不堪。她感觉到他的手偷偷伸进了她的睡袍，身子一僵：她的乳房小得连自己都难为情，她生怕他会失望。他将宽大的手掌扣到她又小又圆的乳房上，低声呻吟着。他的指尖找到了她的乳峰，她又觉得难为情了：因为给两个孩子哺乳，她的乳头特别大。小乳房，大乳头——她觉得自己诡异，甚至畸形。但莫巍没有一点讨厌的意思。相反，他以令人惊讶的温柔抚摸着她，她也败给了美妙的生理反应。她已经很久没有这样的感觉了。

我这是在干吗？她忽然问自己。我一个有名节的寡妇，现在却在飞机地板上跟一个昨天才认识的男人滚地板！我怎么想的？

“停下！”她坚决地说。她抽开身，坐得板直。她的长睡衣已经跑到了大腿上。莫巍抚弄起她光滑的大腿。她又说了一句“停下”，推开了他的手。

“你说了算，”他满脸的不情愿，“不过你要是改了主意，我随时奉陪。”

她往他的腿上瞥了一眼，他的睡裤被勃起的阴茎顶得鼓鼓的。她赶紧看向别的地方。“是我的错，”她还在为之前的吻喘息着，“但我不是故意的。我知道我的举止有点轻佻了，对不起。”

“不用抱歉，”他说，“这是我这几年里遇上的最美妙的事儿。”

“可是你爱的是你妻子，不是吗？”她直奔主题。

他缩了回去。“我之前以为我爱。但现在跟你说实话，我有点迷惑了。”

这正好就是南茜现在的感受：迷惑。她守了十年的寡，现在却禁不住想拥抱一个几乎不认识的男人，想到发狂。

“但我其实认识他，”她想，“我很了解他，我们一起共患难过，一起飞越了千山万水。我知道他这人粗暴、傲慢，但同时也坚强、热情、忠诚。他有缺点，但我依然喜欢他。我尊重他。他就算穿了件棕色条纹睡衣还是英气逼人。他还在我害怕的时候握过我的手。要是我每次害怕的时候都有人握我的手，那该有多美好！”

他似乎听到了她的心，又拿起她的手。这次他翻过她的手心，对着她的手背吻了上去。她的皮肤麻了一下。过了一会儿，他将她拉向自己，又吻上了她的嘴唇。

“别这样，”她呼吸着，“我们要是再开始就停不下来了。”

“我只怕我们停下就再也不会开始了。”他喃喃地说，声音在欲火中变得嘶哑。

她体会到了他身上不容抗拒的激情，这激情刚好在控制之下。这让她更加心动了。她已经和太多言听计从的软弱男人约过会，他们都等着她给他们带去安全感，她只要拒绝他们的要求，他们很快就会放弃。莫巍会霸气地坚持做下去。他想要她，他现在就想要她。她渴望被征服。

她感觉到他的手伸到了长睡衣下的腿上，他的指尖抚弄着大腿内侧柔软的皮肤。她闭上眼，几乎是不由自主地将双腿分出了一条缝。这点表示够他用了。片刻之后，他的手就摸到了她的阴部。她呻吟起来。自丈夫肖恩之后再没有谁对她这么做过了。想到这里，她忽然陷入了无尽的哀伤。她心想：噢，肖恩，我想你；我从来都不允许自己承认我有多想你。她悲伤的程度达到了他葬礼后的最顶峰。眼泪挤出她紧闭的双眼，滑落到脸颊上。莫巍吻着她，尝到了泪水的味道。“怎么了？”他低语。

她睁开眼，泪眼蒙眬地看着他英俊又疑惑的脸庞，又看了看推到腰际的睡衣还有他那只在她大腿之间的手。她握住他的手，温柔但却坚定地移到一旁。“请别生气。”她说。

“我不会生气的，”他柔声道，“跟我讲吧。”

“肖恩死后再没有人碰过我那个地方，那种感觉让我想起了他。”

“你丈夫。”

她点头。

“多久了？”

“十年了。”

“那是很久了。”

“我很忠诚，”她含着泪说，“就像你一样。”

他叹了口气。“你说得对。我结过两次婚，但离出轨这么近还是头一回。”

“我们都是傻瓜吗？”她说。

“也许。我们应该忘记过去，把握每时每刻，为今天而活。”

飞机像是撞到什么似的猛地空了一下。他们的脸碰到了一起，灯光闪烁着、飞机剧烈地晃动着。南茜全然忘记了接吻的事，赶紧扶到莫巍身上。

气流和缓一些后，她看到他嘴唇流出的血。“你咬我。”他可怜兮兮地咧嘴笑道。

“对不起。”

“我很高兴。但愿能留个疤。”

她用力拥抱着他，心中满满的爱意。

狂风肆虐的时候，他们就在地板上躺在一起。下一个间歇时莫巍说：“我们试试能不能挪到床上——那儿可比地毯舒服。”

南茜点头。她撑起手和膝盖，爬过地板再爬到床铺上。莫巍尾随其后，躺到她旁边。他搂住她，她贴着他的睡衣依偎着。

每回气流变恶劣，她都会像将自己绑在桅杆上的水手一样牢牢抱住他。缓和的时候她就放松，他则会轻轻抚慰着她，让她安心。

不知什么时候，她睡着了。

她是被门外的叫声吵醒的。“是乘务员！”

她睁开眼，发现自己躺在莫巍的怀里。“噢，上帝。”她惊慌地说。她坐起身，发疯似的四处看。

莫巍用手定住她的肩，然后高声冲着外面威严地喝道：“等一下。”

一个被吓得不轻的声音回答：“好的，先生，不着急。”

莫巍侧身下床，起身将被子拉起盖住南茜。她感激地冲他笑了一下，翻过身去，装作没睡醒的样子，这样她就不用看乘务员了。

她听到莫巍打开门，乘务员走了进来。“早上好！”他雀跃地说。新鲜的咖啡香飘进了南茜的鼻孔。“现在是英国时间上午九点半，纽约时间凌晨四点半，也是纽芬兰的早晨六点。”

莫巍说：“你刚刚说，英国时间九点半但纽芬兰是六点？他们比英国时间晚三个‘半’小时？”

“是的，先生。纽芬兰标准时间比格林尼治标准时间滞后三个半钟头。”

“我还不知道有取半小时的时区，这肯定让写航班时刻表的人很难过。我们离降落还有多久？”

“我们三十分钟后降落，比计划只晚了一个小时。因为风暴有所延误。”乘务员撤步出去，关上了门。

南茜转过身来。莫巍拉开百叶窗，天已经亮了。她看着他倒咖啡的样子，之前夜里的一连串画面又历历在目了：莫巍在风暴中握住她的手，他们俩一起跌在地板上，他把手放到她的胸脯上，她在飞机晃动的时候依偎在他怀中，他抚慰着哄她入眠。她心想：上帝啊，我好喜欢这个男人。

“你要什么样的？”他说。

“黑咖，不加糖。”

“和我一样。”他递给她一杯。

她感激地呷了起来。她忽然想知道成百上千件和莫巍有关的事情。他喜欢玩网球、听歌剧，还是购物？他经常读书吗？他习惯怎么打领结？他的鞋是自己擦的吗？她看着喝咖啡的他，发觉这些问题自己竟都能猜出个大概。他八成会打网球，但很少读小说，而且绝对不会喜欢逛街购物。他牌技精湛，但舞技很烂。

“想什么呢？”他说，“你看我的样子像是在纠结我得到寿险赔付的风险概率一样。”

她乐了。“你喜欢什么音乐？”

“我是个音痴，”他说，“我还是个小子的时候，也就是打仗之前，舞厅里到处都在放拉格泰姆爵士舞曲。我喜欢那个杰作，但不太会跳。你呢？”

“啊，我跳是跳，不过是被逼的。我每个周六早晨都会穿着白色褶裙戴上白手套去舞蹈学校，跟一个十二岁的穿西装的小孩儿学跳交谊舞。我母亲觉得这会是我进入波士顿社会最顶层的敲门砖。这当然不是。所幸的是我不在乎，我对爸的工厂更感兴趣。这让母亲失望极了。你在‘世界大战’的时候打仗了吗？”

“嗯，”一丝愁容掠过他的脸庞，“我在伊普尔打过，”他念的是“围卜一”，“我当时发誓，再有哪代年轻人去送命我绝对不会袖手旁观。可我没想到会有希特勒。”

她同情地看着他，他抬起眼。彼此的眼神缠在一起。她知道，他也在想他们夜里亲吻爱抚的样子。她忽然又开始难为情了。她别过脸看窗外，看到了陆地。她这才想起，她还要在博特伍德接到一通将决定她生死的决定性电话。“我们快到了！”她说。她一跃而起，“我得更衣了。”

“我先出去吧，”他说，“这样对你好。”

“行。”虽然她都不确定自己有没有名节需要保护，但她不想说出来。她看着他从衣帽架上取下西装，拿上纸袋：里面装了在福因斯同睡衣一起买的干净衣物，包括白衬衣、黑色羊绒袜以及灰色棉质内衣。他在门前犹豫了一下，她估摸着他这是在想自己还能不能再吻到她了。她走到他跟前，扬起头。“谢谢你搂了我一整个晚上。”她说。

他弯腰吻了她。他的合着的嘴唇亲在她闭着的嘴唇上。这是个柔软的吻。他们就这样定了许久，然后才分开。

南茜为他开门，他走了出去。

关上门后她长叹了一口气。她告诉自己：我相信我能爱上他。

不知道还能不能再见到他的傻睡衣了。

她看看窗外。飞机正在逐步降低海拔。她得赶紧了。

她在梳妆台前迅速梳了梳头，然后拎着箱子进了蜜月套间隔壁的女厕所，里面有白璐璐和另外一个女人。还好莫巍的妻子不在。南茜虽然很想洗澡，但也只能用水池将就了。她有干净的内衣，有配她红西装的新衬衫。穿衣服的时候她起了早晨和莫巍的交谈。她一想起莫巍就觉得很开心，可这开心之下还有一丝不安。是什么呢？她一问，答案就出来了。他对妻子的事只字未提。昨天晚上他坦白说自己很“迷惑”。然后就没有然后了。他还想戴安娜回去吗？他还爱她吗？他昨晚搂了南茜一晚上，但这不见得能抹去整个婚姻吧？

她扪心自问：我想要什么？没错，我想再见到莫巍，想和他约会，甚至可能跟他搞外遇；但我想让他为我背弃婚姻吗？这才一夜温存，还是未完成的，我怎么能想清楚？

她定住抹口红的动作，盯着镜子里面自己的脸。她告诉自己：得了吧，南茜，他是你十年来第一个真正爱上的人，你在四十岁零一天的时候遇到了对的人。别自欺欺人了，赶紧把他绑在自己身边。

她喷上“粉色四叶草”牌香水，然后离开了房间。

她一出门就看到了奈特·里奇威和弟弟彼得，他们就坐在女士化妆间旁。奈特说：“早上好，南茜。”她立刻记起自己五年前对这个男人的感觉。她心想：是的，当年如果有更多时间，我也许会爱上他。也许我是幸运的：说不定比起我来，他更想要布莱克鞋厂。过了这么多年，他不还是在争取得到公司，而且显然没有在争取得到我这个人。她礼貌地向他点头致意，然后进了自己的套房。

床铺已经拆除，变回了沙发长椅，莫巍正坐在上面。他刮好了胡子，穿上了深灰色西装和白色衬衣。“看外面，”他说，“马上到了。”

南茜看向窗外，她见到了陆地。他们正低飞在一片密密的松林上空，松林里还有银白的小河穿过。她看着树林慢慢减少，水面越来越宽——不是大西洋的那种深邃的海，而是风平浪静的灰色河湾。港口就在最那边，旁边还有座教堂，四周簇拥着一群木制建筑。

飞机急速降落。南茜和莫巍系好安全带，坐在长椅上，紧握着手。机身滑入河面时南茜几乎没有感觉，直到窗户上满是水花时她才意识到，他们已经下来了。

“好家伙，”她说，“我飞过大西洋了。”

“嗯。世上能说这句话的人可不多。”

她并没觉得自己很勇敢。她一半的路程都在担心公司的事，另一半则在牵别人老公的手。她是在天气变脸自己吓得七上八下的时候才真正开始想起来飞机本身。她要怎么跟两个孩子说呢？他们会想听所有细节，可她连飞机飞多快都不知道。她决定，要在飞达纽约之前把这些东西全搞明白。

飞机慢慢滑行然后停下，一艘汽艇开到了旁边。南茜穿上大衣，莫巍穿上了飞行皮夹克。一半的乘客决定下飞机伸伸筋骨，剩下的则都还在床上，被床铺的蓝色帘子挡得严严实实的。

他们穿过主休息室，往外迈到又短又粗的海翼上，登上了汽艇。空气中夹杂着海洋和新鲜木料的味道：附近八成有个伐木场。“飞剪号”泊位旁还有艘燃料驳船，上面标着“壳牌航空服务”，里面几个身穿白色工装裤的人正等着给飞机的油箱加油。港口里还停了两大艘货船：这里的靠港费收费站肯定收了不少钱。

莫巍的妻子和她的情人也在上岸的人群中。汽艇向岸边行驶的时候，戴安娜怒视着南茜。南茜很不自在，不敢看她的眼睛。不过她对戴安娜的愧疚已经没那么深了：毕竟戴安娜才是真正犯了通奸罪的人。

他们经过漂浮码头、窄道和坡堤，然后上了岸。天虽刚亮，附近已经聚了一小群看热闹的人。坡堤的上边是泛美的航站楼，一大两小，均为木板搭建，墙面还刷了绿底红边的漆。航站楼旁有一小片田野，还有几头奶牛。

乘客进了大点儿的那座，向睡眼惺忪的税务官出示了护照。南茜发现纽芬兰人说话都好快，而且口音更接近爱尔兰，而非加拿大。航站楼里有个候机室，但没人对它感兴趣。大家都决定去逛逛小村子。

南茜迫不及待地想要和波士顿的帕特里克·麦克布里奇通电话了。她刚要开口问，却听到了自己的名字：航站楼有和邮轮类似的广播寻人装置。她向一位身穿泛美航空制服的年轻人示意。

“夫人，有电话找您。”他说。

她心提到嗓子眼。“电话在哪？”她边说边四下扫视着房间。

“在广播路的电报室，离这儿不到一英里。”

一英里！她难掩心中的焦急。“那我们赶快，再晚线就掉了！你有车吗？”

年轻人被吓了一跳，好像她问他要的不是汽车而是航天火箭。“没有，夫人。”

“那我们就走好了。带路。”

南茜和莫巍跟着报信者出了航站楼。他们沿着一条没有人行道的土路爬上一座小丘。零星几只绵羊正在吃路沿的草。南茜庆幸自己穿了很舒服的鞋——布莱克制造的，这毫无疑问。布莱克鞋厂明天晚上还会是她的吗？帕特里克·麦克布里奇马上就要告诉她答案。飞机延误真是讨厌。

大约十分钟后，他们来到一座小型木制建筑前，走了进去。南茜被带到电话前的座位上。落座后的她用发抖的手取下话机。

“我是南茜·林汉。”

接线员说：“波士顿的来电。”

接着是长长静音。然后她听到：“南茜？你在吗？”

不是麦克，这太出乎她意料了。她过了一会儿才听出是谁。“丹尼·莱利！”她惊呼。

“南茜，我有麻烦了，你得帮帮我！”

她把电话握得更紧。听起来她的计划奏效了。她拿着淡定的腔调，装作有点不耐烦的样子，仿佛这通电话让她糟心了。“丹尼，什么麻烦啊？”

“有人因为那件旧案子找我了！”

这是好消息！麦克把他唬住了。他听起来很慌张，这就是她想要的效果。不过她还是装作不知丹尼所云何事的样子。“什么案子？怎么回事？”

“你知道的，我不能在电话上说。”

“你要不能在电话上说，那还给我打电话干什么？”

“南茜！别把我当猴儿耍了！我需要你！”

“行行，你别急。”已经把他吓够了：现在该利用他的恐惧控制他了。“你跟我好好说具体是怎么回事，不要提姓名和地址。我想我知道你在说哪个案子。”

“你爸的旧文件都在你那儿，对吗？”

“当然了，就在我家的保险库里。”

“可能会有人要求查看那些文件。”

丹尼正在把南茜自己捏造的故事讲给南茜听。计划目前进行得非常完满。南茜快活地说：“我觉得里面没什么需要你担心的东——”

“你怎么能确定？”他狂躁地插嘴道。

“我不知道——”

“你全看过？”

“没有，那也太多了，可是——”

“没有人知道里面到底有什么。你几年前就应该把那堆东西烧掉的。”

“你讲得对，不过我也没想到——对了，是谁想看那些东西的？”

“是律师协会要调查。”

“他们有这个权力吗？”

“没有，但我要是拒绝了更不好看。”

“而要是我拒绝了就会好看一点儿？”

“你不是律师，他们不能给你施压。”

南茜顿住，装作犹豫的样子，让他再提心吊胆一会儿。终于，她说道：“那没问题。”

“你会拒绝他们的？”

“送佛送到西。我明天就把它们都烧了。”

“南茜……”他好像快要哭的样子。“南茜，你是个真朋友。”

接下来她说的这句让她自己都感觉虚伪。“我还有别的什么能帮到你吗？”

“我真感激你，老天，我感激不尽。真不知道要怎么谢谢你。”

“唉，既然你提到了，确实有件事你可以帮我。”她为妙地咬了要嘴唇。“你知道我火急火燎地飞回去的原因吧？”

“我不知道啊，我一直在烦刚刚说的事儿呢——”

“彼得准备背着我把公司卖了。”

电话那边一阵沉默。

“丹尼，能听到吗？”

“在，我在。你难道不想卖公司吗？”

“不想！报价太低了，而且重组之后我就一无所有——我当然不想卖了。彼得知道这不是什么好交易，可他只要能伤到我一切都不在乎。”

“交易条件不好？公司最近运行得不怎么好呀。”

“不好的原因你知道，对不对？”

“我想可能……”

“拜托，你就承认吧。彼得是个差劲儿的经理。”

“好吧……”

“我们为何不否决他抛售公司的方案，再把他开除掉？让我接管公司。我能让公司扭亏为盈——你知道我的能力。等我们挣钱的时候，可以再考虑出售的事——那时候价钱可以高得多。”

“这可没准儿。”

“丹尼，欧洲刚刚开战，我们生意肯定会红火的。我们的鞋会大卖，产量都满足不了销量。我们要是等上两三年，就可以把公司卖到两倍甚至三倍的价钱。”

“可是和奈特·里奇威的合作能让我的公司受益匪浅。”

“别管什么益不益的了——我这是在请你帮我忙。”

“我确实不知道这是不是真的会对你有好处。”

南茜想说：你就胡扯吧，你想的只有自己的好处。不过她管住了自己的舌头。她说：“我知道这对我们所有人都有好处。”

“好吧，我考虑考虑。”

这还不够。她得亮底牌了。“别忘了爸的文件。”她屏住呼吸。

他放低了声音，语速也慢了许多。“你想告诉我什么？”

“我想请你帮我忙，因为我也要帮你的忙。我知道，这种事情你懂的。”

“我想我确实懂。通常这叫作勒索。”

她畏缩了。接着她想起来自己是在和谁说话。“你这只虚伪的老狐狸，你一辈子都在做这种事儿好吗？”

他笑了。“孩子，这话倒是不假。”不过这又让他想到了另一件事。“你该不会是为了给我施压，故意折腾出那该死的调查的吧？”

这话离她的老底儿不远了。“我知道，要是你是我，就会这么整的。不过我不再回答任何问题了。你只需要知道，明天你要是站在我这边，你就是安全的；你要是不站，那就有麻烦了。”她开始威胁他了，这种事他明白。他会屈服还是反抗？

“你怎么能这么跟我说话，你还穿尿布的时候我就认识你了。”

她把语气缓和下来。“这难道不是你应该帮我的原因吗？”

他沉默了许久，然后说：“我没有选择的余地，是不是？”

“我想没有。”

“行吧，”他不情愿地说，“你要是帮我解决了那件事，我明天就支持你。”

心里的大石头落地，南茜几乎要落泪了。她做到了。她让丹尼变节了。她现在可以赢了。布莱克制鞋厂还会是她的。“丹尼，我很开心。”她弱弱地说。

“你爸说过会有这么一天的。”

这句莫名其妙的话让南茜摸不着头脑。“你什么意思？”

“你爸。他就想你和彼得斗。”

丹尼话里的一丝狡黠让南茜不得不怀疑。他给她让步心里不爽，临了了想给她添堵。她并不想让他得逞，但好奇心战胜了警惕心。“你胡扯什么？”

“他总是说，富人的孩子不愁吃穿，成不了好商人。他很担心，他觉得你俩会把他的心血挥霍光。”

“他从没跟我说过他有这种想法。”她将信将疑地说。

“不然他何必设局让你俩斗呢？他把你当接班人培养，但从来没把你放到位置上。他又跟彼得说公司的第一把交椅是他的。这么一来你们就必须斗个你死我活，最强的一方会胜出。”

“我不信。”南茜说。可她的心并没有自己声音这么坚定。丹尼因为自己技不如人而窝火，想要出口恶气，但是这并不代表他在说谎。她觉得背脊发凉。

“你爱信不信，”丹尼说，“我说的都是你父亲跟我说过的话。”

“爸跟彼得说自己想让他当董事长？”

“对呀。你要不信我可以直接问彼得。”

“我要是不信你，就更不可能会相信彼得了。”

“南茜，你出生的第二天我就见到你了，”丹尼的话里新添了一丝疲倦的语气，“我看着你长大，我自己也过了大半辈子了。你和你父亲一样，是个手腕强硬但善良的人。我可不想跟你在生意上或是什么其他事情上斗。今天把这事儿提起来了是我的不是。”

这下她信了。他的后悔听起来发自肺腑，这让她觉得他是认真的。他的揭秘惊到了她，让她心里空空的，有点不知所措了。她试着恢复镇定，一晌没说话。

“我们董事会上见吧。”丹尼说。

“好。”她说。

“再见，南茜。”

“再见，丹尼。”她挂掉电话。

莫巍说：“老天，你太有才了！”

她牵强地微微一笑。“谢谢夸奖。”

他大笑道：“光看你把他玩弄于股掌之间的样子——他一点赢的可能都没！那个老叫花子永远都不知道自己输在哪儿了——”

“啊呀，闭嘴吧。”她说。

莫巍仿佛被她扇到了脸。“你说怎样就怎样。”他轻轻地说。

她马上觉得后悔了。“原谅我，”她边说边抚了抚他的胳膊，“最后丹尼说了件事情，让我很震惊。”

“你想和我谈谈这件事吗？”他小心翼翼地问。

“他说我父亲故意设局让我和彼得斗来斗去，好让胜出的强者管理公司。”

“你相信他？”

“我信，这才是最糟糕的一点。这话听起来太像真的了。我之前从没这么想过，但是他这么一提，我和弟弟之间的许多事情都说得通了。”

他握住她的手。“你很焦虑。”

“是，”她抚弄着他手背稀疏的黑毛，“我觉得自己就像电影里的角色，一举一动都要按照别人写好的剧本来，被操纵了这么多年。我讨厌这种感觉。现在知道自己已经被设定好了，我都不确定还想不想赢彼得了。”

他理解地点点头。“你想怎么做？”

他刚问罢，她的答案就出来了。“我要给自己写剧本，这就是我想做的事。”

第二十章

哈利·马克思幸福得简直难以动弹。

他正躺在床上，回味着昨晚每分每秒的感受：玛格丽特吻他的一瞬间涌起的快乐；鼓足勇气去找她时心中的忐忑；被她拒绝时的失落；还有她像兔子钻洞一样跳进他的床铺时自己的惊奇和欢喜。

他想到自己被她触碰时的反应，感到难为情。每个同新女孩的第一次他都会这样：他一直都不愿意承认，这太丢人了。有个女孩就挖苦过他、嘲笑过他。还好他的状态没让玛格丽特失望或烦躁，甚至还滑稽地撩起了她的情欲。无论如何，最后她是心满意足的。他也一样。

他不敢相信自己的幸运。他不聪明，也没钱，出身也不好。他是个彻头彻尾的骗子，而且她知道这一点。她看上自己什么了？她吸引他的地方绝不是什么迷：她美丽、可爱、热心，又脆弱；若这些还不够，那她还有女神一样的身躯。所有人都会为她倾倒。而他呢？他长得不难看，没错，他也知道怎么穿衣服。可是他知道，这些东西玛格丽特并不在意。但她还是被自己吸引了。她觉得他的生活神奇多彩，他知道好多她不知道的事。他了解工薪阶层的生活，更了解社会底层的犯罪分子们。他猜她是把自己当作了红花侠那样的浪漫小说人物，或是像罗宾汉、比利小子或是海盗那样不受法律约束的人。他在餐厅为她挪椅子的事情让她感激涕零。这种微不足道的小事他连想都没想就做了，但对她却意义重大。事实上，他很确定，她就是在那一瞬间爱上自己的。他在脑海里耸耸肩：女人还真是奇怪。好了，最初吸引她的是什么已经无所谓了：一脱掉衣服，吸引彼此的就只有纯粹的化学反应。她在昏暗的灯光下露出的雪白乳房，苍白得几乎看不到的小乳头，双腿间凌乱的栗色的毛发，还有喉咙边零落的雀斑……这画面他永生难忘。

而现在他却要拿这一切做赌注。

他要去偷她母亲的珠宝了。

这可不是什么可以让女孩子一笑而过的事情。她的父母对她不好，她很可能就是觉得他们的财富应该分发给别人。但不无论如何她还是会被吓一跳的。盗走一个人的东西就像掌掴一个人的脸：损伤可能不大，但是人的怒气永远会大得不成比例。这怕会是他们恋情的句点。

可“德里套装”就在这里，就在飞机上，就在行李间里，离他躺的地方只有几步之遥。那可是世上最美丽的宝贝，价值连城，足够他花一辈子了。

他渴望将项链放在手心，渴望看到缅甸宝石深邃的红色，渴望用指尖抚过一颗颗钻石的楞边。

镶台必须得毁了，整个套装也会被肢解开重新进行镶嵌。这是悲剧，但是无可避免。宝石会完好无损地以其他套装的形式出现在某个百万富翁老婆的皮肤上。而哈利·马克思则会买到一座别墅。

没错，这就是他钱的去向。他要在美国买一座乡间别墅，说不定就在那个叫新英格兰的地方——虽然他也不知道这个地方在哪儿。他已经看到了它的模样。那里有草坪、有绿树，周末有穿着白裤子戴着草帽的客人来访，他的妻子正穿着骑马装和靴子走下橡木楼梯——

但妻子的脸是玛格丽特的。

她已经在黎明时分四下无人的时候，蹑手蹑脚地溜出帘子离开了他。哈利一直看着窗外，脑海里想着玛格丽特。飞机飞过了纽芬兰的云杉树林，然后在博特伍德触水降落。她说飞机停靠期间会留在飞机上打一个小时的盹，哈利说他也一样。不过他根本没有睡觉的打算。

这会儿透过窗户，他看到了散乱的人们穿着厚厚的衣服登上了汽艇。一半的乘客以及大部分机组人员都在队伍中。现在飞机上的人都已睡着，进货舱的时候到了。行李的锁耽误不了他多久，他马上就可以将“德里套装”捧在手心了。

但他现在却在想，玛格丽特的乳房会不会是他这辈子捧起过的最宝贵的珠宝。

他告诉自己，要现实一点。她和他是过了一夜，但他们下飞机之后还会再见面吗？他听人说过“邮轮罗曼史”，其恋情之短暂尽人皆知：水上飞机的爱情肯定更加转瞬即逝吧。玛格丽特拼了命地想离开父母独立生活，但这真的会发生吗？很多富家女都喜欢独立自主的概念，但现实中的她们还是难以放弃奢侈的生活方式。玛格丽特虽然是百分百的认真，可她一点儿都不了解普通人生活的模样。她亲自试过以后是不会喜欢的。

不，谁都不知道她会怎么做。相反，珠宝是完全可靠的东西。

如果现在必须做的是个干脆的选择，事情就简单多了。魔鬼要是跟他说："你可以拥有玛格丽特，或把珠宝偷去，但只能选一样。"他会选玛格丽特的。但现实的情况更加复杂：就算他不要珠宝还是有可能失去玛格丽特。他还有可能两者兼得。

他生来就是个机会主义者。

他决定为兼得两者努力。

他坐了起来。

他穿上拖鞋，披上浴袍，四下看了看。玛格丽特和她母亲的帘子都还合着。另外三个床铺是空的：分别是珀西、奥森福德勋爵和莫白先生的。隔壁套间里空荡荡，只有个戴着头巾的女清洁工。她应该在博特伍德站上了飞机，现在正睡眼惺忪地清理一个接一个烟灰缸。出舱的门大开着，寒冷的海风吹拂着哈利光着的脚踝。克莱夫·莫白正在三号套间和加蓬男爵攀谈。哈利很好奇他们在说什么：在说背心吗？飞机最后边有几个乘务员，他们正在将床铺变回沙发长椅。飞机到处弥漫着一股难闻的宿醉味道。

哈利走向前边，上了楼梯。他和往常一样没有事先的计划，没有准备好的托辞，也完全没想好被抓到的话要做何反应。他觉得未雨绸缪、做最坏的打算之类的事会让自己焦虑。就算是像这样的随机应变，他还是会忽然紧张得透不过气。他对自己说：镇定下来，这你已经做了几百回了，有变故的时候你会像以前一样找话圆过去的。

他来到驾驶舱，四下张望。

他很走运，这里没人。他呼吸得没那么艰难了。真是松了口大气！

他看了看前边，两个驾驶员席之间的挡风玻璃下有个矮舱口大开着。他朝舱口里望去，机头部原来有个这么大的空间。机身上有个开着的门，一个年轻的机组成员正拿着根绳子做着什么。不妙。哈利趁没被发现赶紧把头缩了回来。

他迅速走过驾驶舱，穿过后面的门。现在他站到了两个行李间之间，头上是载货舱门，也是导航员的了望穹顶。他选择了左边的行李间，走了进去，然后关上身后的门。现在没人看得到他了，估计机组人员无缘无故也不会进行李间。

他打量着这个空间。这里就像一个高档的行李箱商店，堆满了价值不菲的真皮箱子，每个都用绳子绑到了边上。哈利必须迅速找到奥森福德的行李。他开始工作了。

这不是容易的活儿。有些行李箱的名签面是朝下放的，有的则被上面的箱子压住了，上面的箱子又很难抽动。行李舱里没有暖气，只穿了浴袍的他特别冷。他的手冻得发抖，每回解开防止箱子移动的绑绳他的手指都刺疼。他井然有序地干着，不放过任何一个，也绝不重复翻看。他尽可能地把绳子重新绑好。这些名字很国际化：里奇威、迪·阿农奇奥、刘、哈德曼、芭莎诺夫——但没有奥森福德。二十分钟之后他已经过完了所有箱子。瑟瑟发抖地他得出结论，他要找的包在另一间行李间里。他默默咒骂了几句。

他绑好最后一根绳子，仔细地来回看看：他这回访问并没留下什么证据。

现在他得到另一间行李间把整个过程重新做一遍了。他打开门走了出去。一个声音惊喝道："妈的！你是谁？"是哈利在机头看到的那个工作人员，是位身穿短袖衬衣长着雀斑的开朗的年轻人。

他的惊讶哈利也有，只不过被他迅速掩饰住了。他微笑着关上身后的门，平静地说："哈利·范东坡。你哪位？"

"米奇·费恩，助理工程师。先生，您不应该来这儿的。您把我吓了一跳，抱歉我用了脏话。不过，您在做什么？"

"找我的行李，"哈利说，"我忘把剃刀拿出来了。"

"先生，飞机旅途中，任何人无论什么情况都不得接触托运行李。"

"我是觉得没什么大不了的。"

"不好意思，但这种行为是不被允许的。我可以把剃须刀借您。"

"谢谢你，不过我还是想用我自己的。我就光找我的箱——"

"上帝，我真心希望能如您所愿，先生，可我无能无力。机长回来之后您可以问问他，不过我知道他的回答会和我的一样。"

哈利心灰意冷地认识到，他必须知难而退了，至少现在必须这样。他装作若无其事，作十分感激状，微笑着说："这样的话，我只能借你的剃须刀用了，太谢谢你了。"

米奇·费恩帮他留着门，哈利走到驾驶舱然后下了楼。他气冲冲地想：真倒霉，差几秒钟我就过去了，天知道下个机会要等到什么时候了。

米奇走进一号套间，过了一会儿拿着安全剃刀回来，手里还有给哈利拿的包着纸的新刀片和一杯剃须泡沫。哈利接过东西，对米奇表示感谢。现在他除了去刮胡子别无选择了。

他拎着随身行李袋进了厕所，脑子里还在想那些缅甸的红宝石。科学家卡尔哈·德曼穿着汗衫正用力地洗着脸。哈利放着自己那副完美的高档剃须工具不用，急着用米奇的刮胡刀了事。

“真是要命的一晚。”他搭话。

哈德曼耸耸肩。“我过过更要命的。”

哈利看了看他嶙峋的肩膀。这个人就是个会走路的骷髅架子。“看得出来。”哈利说。

他们没再说下去。哈德曼不是个多话的人，而哈利则心不在焉。

哈利刮完以后取出一件新的蓝衬衣。展开新衬衣是他人生的乐事。他喜欢听薄纸发出的沙沙声，还有崭新棉布的那种清爽触感。他惬意地把胳膊滑进去，然后给酒红色的真丝领带打上完美的结。

他回到自己的套间，玛格丽特的帘子还关着。他想象着她熟睡的脸庞还有纷落在枕上的可爱头发，不禁莞尔。他向休息室望去，乘务员正在布置早晨自助餐，看得他口水直流。里面有一碗碗草莓、奶油和柳橙汁，还有沾满水雾的银质冰桶，里面放着冰镇香槟酒。他心想，这个时节的草莓肯定是温室里长的。

哈利放好随身行李箱，拿着米奇·费恩的剃须工具又上到驾驶舱，想再试一次。

米奇不在。但让哈利郁闷的是，另一个机组成员正俯身在那张大图表桌上，用演草纸计算着什么。那人抬头微笑道：“您好。有什么可以帮您？”

“我找米奇，还他的剃须刀。”

“他在一号套间，就是最靠前的那一间。”

“谢谢。”哈利踌躇了一下。他必须绕过这个人——但怎么过去呢?

“还有别的事吗?”男人愉快地问。

“驾驶舱真让人难以置信,”哈利说,“就像办公室一样。”

“很了不起吧。”

“你喜欢驾驶飞机吗?”

“我爱这些飞机。唔,您看,我也希望能有时间跟您聊,可我必须得把这些数算完,估计得算到飞机快起飞了。”

哈利的心一下子凉了。这意味着去往货舱的路一直都会堵着,等他走的时候一切都来不及了。他又想不出什么进货舱的理由。他再一次强掩住自己的失望。“抱歉,”他说,“不打扰了。”

“我们通常喜欢和乘客交流的,你们都很有意思。可是这会儿……”

“我的错。”哈利又绞了一会儿脑汁,放弃了。他转身下了头里,满心的怨愤。

他的运气好像晕机了。

他往前走,把剃须工具还给米奇,又返回自己的套间。玛格丽特还没动静。哈利又穿过休息室,迈到了外面的海翼上。他深吸了几口寒冷又潮湿的空气。他生气地想:这千载难逢的机会我竟要错过了。每每想到美轮美奂的珠宝就在他头顶几英尺之上,他的手心就发痒。飞机到希迪亚克还有一站,那是他发财的最后机会了。

Part 5

从博特伍德至希迪亚克

第二十一章

机组人员从汽艇走上岸的时候，艾迪·迪金感受到了同事的敌意。没有人愿意看他的脸。他们都知道，自己离燃料耗尽坠入狂风骇浪有多近。他们差点就没命了。没有人知道为何会出现这种情况，但是燃料是工程师负责的，所以都怨艾迪。

他们肯定留意到了他的奇怪举止。整个飞行过程中他都心不在焉的，晚餐的时候还对汤姆·路德恶语相向，他在男厕所的时候窗户又莫名其妙地碎了。别人觉得他不再是能够完全信赖的人，完全无可厚非。机组人员亲密无间，相依为命，这种感受很快弥漫开来。

知道自己的兄弟们不再信任自己，他心里很不好受。之前他是大家公认的最可靠的爷们儿，他以此为傲。更糟糕的是，他本身也是个需要很久才能原谅别人的人。有人因为个人原因工作表现欠佳时，他也铁石心肠地冷嘲热讽过。他有时会说“借口是飞不上天的”。现在他一想起自己这句狠话，就羞得摇头叹气。

他试过告诉自己不要在乎，他要救自己的妻子，而且只能凭一己之力：他不能请别人帮助，也不能考虑别人的感受。他是拿他们的生命做了赌注，但他要赢了赌局就没什么好说的了。所有理由都完美得合乎逻辑，可没有任何一条对他有作用。稳如磐石的工程师迪金，已经成了“不靠谱艾迪”，一个没人监督就会捅娄子的家伙。他憎恨“不靠谱艾迪”一样的人。他憎恨自己。

在博特伍德站，许多乘客都像之前班次的乘客一样留在了飞机上：他们都很乐意利用飞机静止的时间补补觉。联邦调查局的奥利司·菲尔德和弗兰基·戈蒂诺当然留下了：他们在福因斯也没下去。汤姆·路德戴着鸽灰帽子穿着皮草领大衣上了汽艇。快到岸边时，艾迪走到路德身边低语：“在航站楼等我，我带你去有电话的地方。”

博特伍德就是一团围绕布罗茨河陆封河口内某深水港而建的木屋聚落，就连“飞剪号”上的百万富翁到了这儿也找不到什么能买的东西。这个村子今年六月才通了第一部电话。车子并没几辆，但因为纽芬兰是英国属地，都靠左行驶。

他们都进了木制的泛美航空航站楼，机组人员朝飞行人员办公室走去。艾迪马上阅读了天气预报，这是三十八英里外甘德湖边的那座新建大型陆用飞机场用无线电报发来的。他又计算了下一航段的燃料需求。这段航程比上一段短太多了，计算出的数据并不关键，但因为有效荷载费用昂贵，所以飞机上从来不会过多携带燃料。计算的时候他心里很不是滋味。该不会日后的每一次计算他都会想起这可怕的一天吧？这是一个纯理论问题：他做了要做的事后，永远都不可能再做“飞剪号”的工程师了。

机长说不定已经在考虑要不要相信艾迪的计算了。艾迪需要做点什么，好恢复恢复别人对自己的信心。他决定含蓄地表现出自我怀疑的样子，把自己的数据又过了两遍，然后将成果递给贝克机长，不温不火地说：“如果有人愿意再检查一遍我感激不尽。”

“不妨碍。”机长含糊地说道。可他一副如释重负的样子，仿佛他一直想提议再检查一遍只是不好意思说。

“我去透透气。”艾迪说罢出了门。

他在泛美航站楼外找到了汤姆·路德。他手插在兜里，忧郁地看着田野里的奶牛。“我带你去电报室。”艾迪说。他用轻快的步伐带他走上了一个山坡。路德落后了。“赶紧的，你，”艾迪说，“我还得回去呢。”路德加快了脚步。他现在一副不想惹艾迪生气的样子。艾迪差点没把他扔下飞机，这种反应也在情理之中。

迎面过来两个人——拉弗斯先生和林汉太太，福因斯站上机的那对乘客——貌似刚从电报室回来，他们互相点头致意。男的穿的是飞行夹克。艾迪虽然心不在焉，但还是留意到他们俩在一起似乎很幸福。他记起别人也常说自己和卡洛安看上去很幸福，心如刀绞。

他们来到电报室，路德去打电话。他将想要打的号码写在纸条上：他不想路德听到号码。他们走进一个隐蔽的小间，然后焦急地等待电话接通。这里面有一张桌子两把椅子，电话在桌上放着。现在一大早的，电话线路应该不忙，不过从这里打到缅因很可能要转过好多基站。

路德会叫他的人把卡洛安带到碰头地点的，艾迪对此很有信心。这是个重大进展：这意味着他们营救完成时他能立即自由行动，可以不用继续担心自己的妻子了。可他能做的到底有什么呢？他当然可以立即给警方发电报，可是路德肯定会想到这一点，说不定还会把“飞剪号”的发报机毁掉。这样的话，救援人员出现前他们什么都做不了。等到那时，戈蒂诺和路德早就登陆进车逃之夭夭了——就连他们去的国家是加拿大还是美国都不会有人知道。艾迪绞尽脑汁地想怎么能让警察更轻易地追踪戈蒂诺的路线，但怎么都想不出来。他要是提前发出警告，警方就有可能莽撞地提前出现，陷卡洛安于危险的境地——这个险艾迪可不打算冒。他开始怀疑，到了最后自己会不会什么都没做到。

过了一会儿电话响了，路德拿起听筒。“是我，”他说，“计划有变。你得把那女人带到汽艇上。”他停顿了一阵，又接着说：“工程师想这么做，他说不这么安排他就不干了，我相信他会说到做到的。你就带那个女人过去吧，行吗？”他又顿了顿，然后看向艾迪。“他们想和你说话。”

艾迪的心猛地一沉。路德之前一直一副掌握大局的模样，现在怎么听着好像没权利把卡洛安带到碰头地点了？艾迪心直口快：“你跟我说这是你老板。”

“我就是老板，”路德不安地说，“但我还有合伙人。”

合伙人显然不喜欢这个把卡洛安带到接头点的想法。艾迪咒骂了几句。他应该给他们说服自己的机会吗？和他们说话能让他得到任何优势吗？他认为没有。他们会把卡洛安带到话筒边逼她尖叫，好灭灭他的士气……“叫他们滚蛋。”艾迪说。电话就在桌上，他故意说得很大声，希望电话那头能够听到。

路德被吓坏了。“你不能这样跟这些人说话！”他高声说。

艾迪不知道自己是否也应该害怕，他对实际情况的了解或许有偏差。路德如果是这个团伙的成员，那他有什么好怕的？但事到如今，他也没有时间审时度势了。他必须硬着头皮走下去。“我只需要听‘行’或者‘不行’，”他说，“我不和瘪三儿说话。”

“噢，我的老天。”路德拎起电话说，“他不愿意听电话——我跟你们讲了他很难搞。”他停顿了一会儿。“是，好主意。我跟他说。”他转向艾迪，要把听筒递给他。“你妻子在线上。”

艾迪伸手要接电话，又把手收了回来。他若是听她讲话，那就得任由他们宰割了。但他迫切地想听到她的声音。他耗尽了所有的意志力，将手死死地插在口袋里，摇摇头表示不同意。

路德瞪了他一会儿，然后又拿起了电话。“他不愿意说！他——把电话交回去，臭婊子。我要跟——”

艾迪忽然扼住了他的喉咙，电话被摔到了地板上。艾迪用拇指狠狠掐住路德的粗脖子。路德猛吸着气：“住手！放开！别……”他咳着说不出话了。

艾迪从爆发的怒火中恢复回来。他意识到这个人就要被自己杀死了。他减了力道，但并没松手。他把头凑到路德脸前，近得让路德眨起了眼睛。“听好了，”艾迪说，“你称呼我妻子要用‘迪金夫人’。”

“好，好！”路德嘶哑地说，“看着老天的分上，把手放开！”

艾迪松了手。

路德揉了揉自己的脖子，用力地呼吸着，然后又去够电话。“维希尼吗？他刚刚就因为我叫她老婆婊——不好听，就来袭击我，说要我称呼她‘迪金夫人’。你现在知道了吧，还是非得我给你把画面画下来才满意？他什么事儿都做得出来！”他停顿了一会儿。“我想我能制住他，不过要是有人看到我们打架会怎么想？整个计划可能就泡汤了！”他沉默了一晌。“可以，我会转告他。听着，我们这个决定是正确的，我坚信。先别挂。”他转向艾迪。“他们同意了。她会在汽艇上。”

艾迪板着脸，没流露出任何如释重负的表情。

路德继续紧张地说：“但他说了，我必须转告你一句话，你若是耍什么花样他就一枪崩了她。”

艾迪夺走他手中的电话。“维希尼给我听好。第一，不看到她出现在你汽艇的甲板上，我绝对不开飞机门。第二，她必须和你一起登机。第三，不管出什么状况，她要受了一丁点伤我就亲手要了你的命。把我的话记好了，维希尼。”他没等那人回答就撩了电话。

路德惊愕地看着他。“你干吗？”他拿起听筒，又摇了摇座机架。“喂？喂？”他摇着头挂了电话。“太晚了，”他看着艾迪，眼神中夹杂着愤怒和敬畏，“你可真是个危险的主，是不是？”

“付电话费去。”艾迪说。

路德从内侧口袋掏出一卷厚厚的钞票。“听我说，”他说，“你这么发疯对任何人都没好处。你的要求我已经满足，从现在起你得和我配合，把这件事干好，这对我们俩都有好处。我们就不能试着友好相处吗？我们现在是搭档了。”

“操你妈，烂货。”艾迪说罢转身走了。

艾迪沿着路返回港口，越走越生气。路德冷不丁的一句“搭档”戳到了他的痛处。艾迪已经为了保护卡洛安竭尽所能，但是这改变不了他要帮助谋杀犯、强奸犯弗兰基·戈蒂诺逃跑的事实。被人胁迫在他人眼里或许可以当作借口，但在他自己眼里并没什么作用：他知道，自己这么做以后这辈子都会抬不起头。

他走下山坡，朝海湾走，然后望向平静的水面。“飞剪号”正在上面庄严地漂着。艾迪知道，他的“飞剪号”职业生涯要画上句号了。他也在为此事伤心。在泊的还有两艘大型驳船和几艘小渔船。令他惊奇的是，码头上还拴了艘美国海军巡航船。他纳闷，它怎么会开到纽芬兰。和战争有关吗？这让他又想起昔日在海军里的时光。现在回头看，那段简简单单的日子可真是幸福啊。也许在困境中人都会觉得过去可爱。

他走进泛美航空航站楼。白绿漆的大厅里有一位身穿中尉制服的人，应该是从巡航船上来的。艾迪向里走的路上，中尉转过身来。他是个高大又丑陋的男人，两只小眼睛挤在了一起，鼻子上还有瘤。艾迪惊喜地盯着他，不敢相信自己的眼睛。“史蒂夫？”他说，“真的是你？”

“你好，艾迪。”

“怎么可能会是……？”他就是艾迪在英国打电话想找的那个史蒂夫·阿普尔比，他是艾迪交情最深最长久的朋友，也是他在困境中最希望在身边的人。他一时间还消化不了。

史蒂夫走了过来。俩人相互拥抱，互相拍打着对方的肩膀。

艾迪说：“你不是在新罕布什尔吗——来这里干吗？”

“奈拉说你打电话的时候六神无主的，”史蒂夫脸色凝重地说，“艾迪，我就没见你有过一点儿震惊的样子，你一直都坚强得像石头一样。我当时就觉得，你肯定是有大麻烦了。”

“我是有。我……”艾迪激动得说不下去了。在过去的二十个小时里，他一直把自己的情绪关在小瓶子里，还把盖子拧得死死。他就要爆炸了。他最好的朋友竟然从十万八千里之外跑来帮他，把他感动得不行。“我是有大麻烦了。”他终于说出来了，眼泪接着涌了起来，喉咙也哽咽得说不出话。他转身向外走。

史蒂夫紧随其后。艾迪领他走到航站楼的拐角，穿过一扇大开的门，然后来到了一间空荡的船室。平时这里是放汽艇的，他们在这里不会被人看到。

史蒂夫先开口免得他尴尬。“我这回来这儿不知道动用了多少人情。我在海军已经八年，很多人欠我人情，可今天他们都是照双倍还的，现在成我欠他们的了。我还得再过八年才好两不相欠！”

艾迪点点头。史蒂夫天生就善于疏通关系，海军里是出名的和事佬。艾迪想说谢谢，却一直止不住流泪。

史蒂夫变了副语调说：“艾迪，到底发生了什么？”

“他们抓走了卡洛安。”艾迪勉强说出了声。

“不会吧！谁抓的？”

“帕特里卡的团伙。”

史蒂夫不敢相信。“雷·帕特里卡？那个大勒索犯？”

“他们把她绑走了。”

“我的老天。为什么？”

“他们想我让‘飞剪号’迫降。”

“为了什么？”

艾迪用袖子擦了擦脸，控制住自己的情绪。“机上有个联邦调查局特工和一名罪犯，是个名叫弗兰基·戈蒂诺的恶棍。我觉得帕特里卡是想救他。有个自称汤姆·路德的乘客要我在缅因沿岸把飞机弄下来，那里会有待命的快艇，卡洛安也会在快艇上。我们会拿戈蒂诺和卡洛安交换，然后戈蒂诺消失。”

史蒂夫点了点头。“路德聪明地算到了，让艾迪·迪金合作的唯一方法就是绑架他的妻子。”

“没错。”

“一群人渣。”

“史蒂夫，我饶不了这些人。我真他妈的想把他们绑到十字架上，不把钉子一颗颗敲到他们肉里，我誓不为人。”

史蒂夫摇摇头。“但你能做到的有什么呢？”

“我不知道。所以我才打电话找你。”

史蒂夫皱了皱眉头。“从他们登机到回到车上，这段时间是危险期。或许警察可以找到车子提前做埋伏。”

艾迪将信将疑地说：“警察怎么能认出来？它就是辆停在海边的车子而已。”

“也许值得一试。”

“还不够严密，史蒂夫。有太多地方可能出差错了。而且我不想给警察打电话——他们指不定会对卡洛安做什么呢。”

史蒂夫点头表示同意。“而且车子在两边边境都能停，我们又还得给加拿大警方打电话。该死的，他们五分钟的秘都保不了。那就剩海军和海岸巡防队了。”

有人和艾迪讨论他进退两难的境地，这已经让艾迪好受多了。“先说海军。”

“行。假设我能找来和这艘一样的巡航船，然后在交换人质后，戈蒂诺和路德上岸之前，把他们截下来呢？”

“这也许可行，”艾迪开始觉得有希望了，“但你能做到吗？”让海军船只在指挥系统外行驶几乎是不可能的。

“我想可以，反正为了防止纳粹在侵略波兰之后进军新英格兰，他们都兴冲冲地把船拉到海上演习去了，只要能让其中一艘改道就可以。这件事西蒙·格林波恩的父亲就能做到——你还记得西蒙吗？”

“当然了。”艾迪记起了那个拥有疯狂幽默感和巨大啤酒瘾的野小子。他总是闯祸，但因为有一个海军上将的老爸总能轻易脱身。

史蒂夫继续道：“西蒙有回疯得过分，把珍珠市的一间酒吧给点了，半条街都被他烧没了。这说来话长了。不过我帮他免了牢狱之灾，他爹这辈子都对我感恩戴德。我觉得他会卖我这个人情的。”

艾迪看了看史蒂夫开来的船。这是艘南卡级反潜护卫舰，二十年役龄，船身虽是木制，但搭载有口径三点二三英寸的机枪和深水炸弹。它定能把那群开着小快艇的城市小流氓们吓得屁股尿流。可它太显眼了。“他们可能会提前看到感到不妙。”他焦虑地说。

史蒂夫摇摇头。“这东西可以躲在小河泾里，它们满载的吃水深度还不到六英寸。”

“有风险，史蒂夫。”

“他们看见海军巡航船又如何。它不去搭理他们，他们能怎么着——把一切都取消？”

“他们可能对卡洛安下手。”

史蒂夫好像想争辩，但是又改了主意。“没错，”他说，“什么都可能发生。有资格说‘我们就冒这个险’的人只有你。”

艾迪知道，史蒂夫并没有将真实的想法说出口。“你觉得我太畏首畏尾了，是不是？”他试探地问。

“是。但是你有这个权利。”

艾迪看看表。“天啊，我该回驾驶舱了。”他必须下定决心了。史蒂夫已经提出了尽可能最佳的方案，干还是不干全看艾迪的了。

史蒂夫说：“还有件事你可能没想到。他们还可能再反坑你一回。”

“怎么反坑。”

他耸耸肩。“我不知道，但是只要他们上了‘飞剪号’，你再想争辩就很难了。他们可以决定把戈蒂诺和卡洛安一起带走。”

“他们这么做图什么？”

“为了保证你在短期内不会和警方配合得过于密切。”

“操。”艾迪又想起来另外一个原因。他曾经冲这群家伙大吼大叫羞辱了个遍，他们说不定正盘算着怎么教训他呢。

他无路可走了。

他必须按照史蒂夫的方案走，没时间换别的做法了。

他在心里祈祷：我若是犯错，愿上帝能宽恕我。

“行，”他说，“就这么办吧。”

第二十二章

玛格丽特醒来时想：今天我要跟父亲摊牌。

她回忆了一会儿自己要告诉他的事情：她不要和他们搬去康涅狄格州，她要自立门户，自己找房子，自己找工作。”

他肯定会大发雷霆。

恐惧和羞愧的情绪笼罩着她，让她直想吐。这个感觉她很熟悉。每次她想反抗父亲的时候都会有这种感觉。她心想：我已经十九岁了，我是个女人；我昨晚和一个优秀的男人度过了激情四射的一夜，还害怕自己父亲干什么?

她打记事儿起就有这种感觉了。她一直不明白，他怎么就那么坚定地要把她关在笼子里。他对伊丽莎白也一样，只有珀西例外。他好像只想自己的女儿当无用的花瓶，每次她们想做一些实用的事情，想学游泳、建木屋、骑自行车，他的脾气就会特别差。她们花多少时间在裙子上他都不介意，但要想在书店开账户他就是不会同意。

失败的可能并非她恶心的唯一原因。让她难受的还有他拒绝她的方式，他的怒气、挖苦、嘲讽以及那张气得发紫的脸。

她试过跟他斗智，瞒天过海，但是几乎没得逞过：她生怕让他听到阁楼里那只被她收留的猫咪的摩爪声，看到自己和村子里

“不合适”的孩子玩耍，在自己的房间搜到那本伊利诺·格林的《红发》；怕到那些不被允许的快乐失去了吸引力。

成功违抗父亲旨意的事迹都是在别人帮助下完成的。莫妮卡让她认识到了性爱的快乐，这点他永远都夺不走；珀西给她演示了如何射击；司机迪比教会她开车。现在，哈利·马克思和南茜·林汉或许可以帮她自力更生。

她已经感觉到了不同。肌肉幸福地疼痛着，仿佛她在清新的户外干了一整天体力活。她躺在床铺上，双手在自己身上游走。过去的六年里，她一直嫌自己丰满得难看，毛多得恶心。现在她忽然喜欢自己的身体了。哈利似乎认为它很美妙。

床铺帘外传来几声轻轻的嘈杂声。她估计人们都起来了。她往外瞥去。胖乘务员尼崎正在拆对面父亲母亲的床铺，要把它们换回沙发长椅。哈利和莫白先生的床已经整好。哈利正襟危坐地望着窗外，沉思着。

她忽然觉得害羞，赶忙趁他还没见到她把帘子合了起来。真是滑稽：几小时前他们还亲密得不能再亲密，现在她却觉得不好意思了。

她纳闷其他人都去哪了。珀西应该上岸了。父亲估计也和他一样：他通常都起得早。母亲早上向来没精打采：她八成在女厕所。莫白先生她没看到。

玛格丽特看向窗外。天已经亮了。飞机正停泊在一个松林小镇外。景色真静谧。

她躺回去享受私密的空间，回味昨夜的回忆，重温每一个细节，然后像收集相册照片那样把它们贮藏起来。她觉得昨晚才是她真真正正的初夜。之前和伊安的性交过程仓促而艰难，她做的时候总感觉自己是个偷偷摸摸地模仿成人游戏的叛逆小孩。昨夜她和哈利则是两个成年人用彼此的身体互相取悦。他们小心翼翼，但没有鬼鬼祟祟；有过犹豫，但没有笨手笨脚。她觉得自己是个真正的女人了。她心想：我还想要，要很多很多次。她春心荡漾地搂起自己。

她想象着刚才瞥见哈利的模样：他穿着天蓝色衬衣静静地坐在窗边，英俊的脸庞，若有所思的样子。她忽然想吻他。她坐了起来，把睡袍披到肩上，然后拉开帘子说："早上好，哈利。"

他猛地扭过头，仿佛刚刚在做什么坏事被人抓了个正着。她心想：你在想什么呢？他看到她的眼睛，莞尔一笑。她也回以微笑，竟然停不下来了。两人就这么傻傻地咧了好一阵嘴。终于，玛格丽特耷下眼站了起来。

整理母亲床铺的乘务员转过身来说："早上好，玛格丽特小姐。要不要来杯咖啡？"

"不用了，谢谢你，尼崎。"她现在估计很难看，得赶紧找个镜子梳梳头。她觉得自己有点衣衫不整。她确实衣衫不整，哈利则刮好了胡子换好了新衬衫，亮丽清新得像个新摘的苹果似的。

可她还是想吻他。

她穿拖鞋的时候，记起昨夜自己是如何粗心地把它们落在哈利床铺边，又是如何在父亲转身发现的前一分秒把它们捞了起来。她伸手穿睡袍袖子，只见哈利的眼神落在了自己胸脯上。她不介意：她喜欢他看自己的乳房。她系上带子，用手指拢了拢头发。

尼崎做完了。她巴望着他能离开套间，这样她就能亲哈利了。结果他却说："我现在能收拾您的床了吗？"

"当然可以。"她很失望。真不知道下个能亲哈利的机会要等多久。她拎起包，给哈利抛了一个幽怨的眼神，然后走了出去。

另一个乘务员戴维正在布置自助早餐。她坏坏地偷了颗草莓，走向机尾。机上大部分床铺都拆回成座位，还有少数几个人正睡眼惺忪地喝着咖啡。只见莫白先生和加蓬男爵正深切地攀谈着。玛格丽特好奇，这两个八杆子打不着的人聊什么聊得这么起劲儿。好像缺了点什么。过了一会儿她明白了：没有晨报了。

她进了女厕所，母亲正坐在梳妆台前。玛格丽特忽然自责得要命：母亲就离他们几步远，她怎么能做那样的事呢？她涨红了脸，勉强着说出："早上好，母亲。"令她惊讶的是，她的声音竟然很正常。

"早上好，亲爱的。你的脸有点红啊，没睡好吗？"

"挺好的。"说罢，她的脸又红了一些。她灵光一闪，说："刚刚从自助餐台那儿偷拿了一颗草莓，心里有点小忐忑。"她溜进马桶间避风头。出来之后，她把水龙头打大，用力地洗着。

她不得不穿昨天穿过的衣服，心里很是难受。要是能穿上什么新的东西就好了。她多喷了几下淡香水。哈利说他喜欢这个味道。他甚至还知道它是"托斯卡"牌的。她还从来没见过能分辨香水的男人。

她慢悠悠地梳着头。头发是她最好看的特征了，她必须把它最美的一面呈现出来。她心想：以后我在长相上得多下下功夫。之前她从来不在意外在的东西，可它忽然间变重要了。"我得穿显身段的衣服，鞋子要能突显我双腿的修长；衣服的配色也要和我的红头发和绿眼睛相衬。现在身上这件衣服还过得去：是种砖红色。不过它太松垮太没形状了。”她看着镜子里的自己心想。要是肩膀再尖些，再来条腰带，那就好了。母亲当然永远都不会让她化妆，所以她只能满足于自己苍白的肤色了。所幸自己的牙齿还不错。

“我好了。”她轻快地说。

母亲还那个位置上。“我看你是要回去和范东坡先生聊天了吧。”

“我想是的，鉴于那里没别人，你又还在修饰你的脸。”

“别犯傻了，他长得有犹太人的样子。”

玛格丽特心想：好吧，他没有行过割礼。她差点没邪恶地说出这句话来，只是她咯咯地笑了几下。

母亲觉得被冒犯了。“没什么好笑的。我可告诉你，下飞机之后我是不会允许你再和她见面的。”

“我一点不在乎，你满意了吧。”这是真话：她要离开父母了，所以他们允许不允许也无所谓了。

母亲怀疑地看着她。“我为什么觉得你这话不是真心的呢？”

“因为专制者不相信任何人。”玛格丽特说。

她想：用这句话收场非常好。然后朝门口走了过去。但母亲叫住了她。

“亲爱的，别走。”母亲说着，双眼噙满了泪。

她的意思是“别离开房间”还是“别离开家”？难不成，她猜到了玛格丽特的计划？她的直觉一向很准。玛格丽特没有说话。

“我已经失去伊丽莎白了，不能再失去你了。”

“可那是父亲的错！”玛格丽特喊出声来。她忽然想哭。“你就不能让他别那么恐怖吗？”

“你以为我没试过？”

玛格丽特骇住了：母亲从未承认过父亲有不对的可能。“他那个样子我也没办法。”她悲哀地说。

“你可以试着不激怒他呀。”母亲说。

“你的意思是，什么时候都得由着他来？”

“为什么不行？忍到你结婚就可以了嘛。”

“你要是愿意反对他，他说不定也变不成现在这个样子。”

母亲悲伤地摇摇头。“我不能站在你那边反抗他，亲爱的。他是我丈夫。”

“但他错得那么厉害。”

“错不错没什么分别，你结了婚就知道了。”

玛格丽特没话说了。“这不公平。”

“不会很久的。我只是请求你再多忍他一些时日，等你到了二十一岁他就会不一样的，不管你结不结婚，我保证。我知道这很难，可我不想你像可怜的伊丽莎白一样被逐出家门。”

玛格丽特意识到，如果他们变得疏远，她会和母亲一样不安的。“我也不想那样，母亲。”她说着朝椅子靠近了一些。母亲张开手臂，她们一个站着一个坐着，别扭地拥抱在一起。

“答应我，不再和他吵架。”母亲说。

她的声音是那样的悲伤，玛格丽特真心想答应她。但有别的事情把她拉了回去，她能说的只有：“我尽力，母亲。我真的会尽力的。”

母亲松开手，看着她。玛格丽特看得出，她死心了。“那也要谢谢你。”母亲说。

没什么别的好说的了。

玛格丽特走了出去。

她进套间的时候哈利站了起来。伤心的她顾不得什么规矩，直接扑到了他怀里。他先是吓得犹豫了一下，然后抱住她，吻了吻她的头顶。她马上感觉好些了。

她张开眼睛，只见回到座位的莫白先生正惊愕地看着他们。她虽然不在乎，但还是分开了拥抱，然后和哈利一起坐到了套间的另一边。

“我们得好好计划一下，”哈利说，“这可能是我们方便说话的最后机会了。”

玛格丽特这才意识到，母亲很快就会回来，父亲和珀西也会同其他乘客返舱，那之后她再想和哈利独处就没可能了。她近乎惊恐地看到了他和哈利的未来：他们在华盛顿港分别，从此天涯两隔。“我在哪能联系上你，快告诉我！”她说。

“我不知道——我什么事都还没定下呢。不过你别担心，我会去联络你。你们要住哪个酒店？”

“华道夫。你今晚会给我打电话吧？你一定得打！”

“你别慌，我当然会打。我会自称‘马克思先生’。”

哈利轻松的口气让玛格丽特意识到，自己这是在犯傻……还有点自私。她应该在考虑自己的同时也替他着想：“你晚上在哪过？”

“我找个便宜的旅馆就行。”

她心生一计：“你要不要溜到我华道夫的房间去？”

他笑了。“你是认真的吗？你知道我会去的！”

她很高兴自己让他开心了。“通常我都和我姐姐用一间，不过现在就只有我一个人住。”

“啊，天，我都等不及了。”

她知道他喜欢奢华的生活方式，而让他开心是她的愿望。他还喜欢什么呢？“我们可以叫酒店服务，吃煎蛋、喝香槟。”

“我会想永远待在那儿的。”

这句话把她拉回到了现实。“我父母过几天就要搬到康涅狄格州的外公家了。到时候我得找个住的地方。”

“我们一起找，”他说，“说不定我们可以找到一幢楼里的。”

“真的吗？”她兴奋极了。他们会住在一幢楼里！这正是她想要的。她之前一边担心他会猴急地跟她求婚，一边又害怕他永远都不想再见她了；现在这种方案很理想：她离他很近，可以更加了解他，又不用做什么仓促愚蠢的承诺。而且她还可以和他一起睡觉。不过还有个问题。“如果我给南茜·林汉打工的话，就得住波士顿了。”

“我也可以去波士顿。”

“你会吗？”她不敢相信自己的耳朵。

“到哪都是混嘛。不过那地方到底在哪？”

“新英格兰。”

“像老英格兰一样吗？”

“嗯，我听说那边的人都是势利眼。”

“那就跟回家一样了。”

“我们找什么样的房子呢？”她激动地说。“我是说，找几室几厅，之类之类的。”

他微笑：“你至多能住一间，而且你会发现自己连付这种房子的房租都很困难。如果那里真的像英格兰的话，应该会配有廉价的家具和一扇窗户。幸运的话，还会有煤气灶或者电炉让你热咖啡。你要和房子里的其他人共用一个浴室。”

“那厨房呢？”

他摇摇头：“有厨房的你付不起的。你的午餐会是一天之中唯一有温度的一顿。你下班回家时，可以沏杯茶，吃片蛋糕，或者你如果有电热炉的话，可以做吐司面包。”

她明白，他这是让她对他眼里的痛苦现实做好准备，可她却觉得那一切是那么的神奇浪漫。她竟然可以在自己的房间里，在自己想要的时间，自己动手沏茶做吐司，没有要在意的父母，没有冲自己发牢骚的仆人……这听起来太美好了。“这些地方的主人一般会住在那儿吗？”

“有时候吧。他们要是住在那儿更好，因为他们会让房子很温馨。不过他们也会窥探你的私人生活。如果房东住在别的地方，那房子常常会变破落：管道阻塞、墙漆剥落、屋顶漏雨，之类之类。”

玛格丽特发现自己要学的还有太多太多，但是不管哈利怎么说，她都不会灰心：这实在太刺激了。她还没来得及问更多问题，上岸的乘客和机组人员已经开始返舱，母亲这会儿也从女厕所出来了。她脸色苍白，却不失美丽。玛格丽特的憧憬被打破了。她想起了和母亲的对话，意识到自己和哈利私奔时的兴奋感里会掺杂着心痛。

她早晨通常吃得不多，今天却饿坏了。“我要培根加蛋，”

她说，“多加点。”她看到哈利正在看自己，这才明白自己这么饿全是因为昨天一整夜都在和他做爱。她憋着没笑。他也心领神会地赶紧转开头。

几分钟后，飞机起飞了。虽然这已是第三次，玛格丽特的兴奋劲儿还是丝毫未减。但她已经不觉得害怕了。

她仔细考虑着刚才和哈利的谈话。他想和她一起去波士顿！虽然他英俊潇洒，有的是机会找到像自己这样的姑娘，但他还是以一种特别的方式爱上了她。这一切来得太过突然，但他还是非常理智：没有夸张的誓言，但为了和她在一起做什么都愿意。

这种承诺清除了她所有的顾虑。之前的她一直不许自己去想和哈利的将来，可她现在忽然对他信心十足了。她所有的心愿都要实现了：自由，独立，和爱情。

飞机一飞稳，乘务员就过来请乘客去自助早餐。玛格丽特欣然前往。他们都吃了草莓和奶油，只有珀西例外。他喜欢吃干玉米片。父亲点了香槟酒外加草莓，玛格丽特则拿了热狗和黄油。

玛格丽特正要回套间的时候，看见南茜·林汉正在热粥区徘徊。南茜将昨天的灰色衬衫换成了海军蓝真丝衬衫，一如往常的整洁精明。她朝玛格丽特示意，小声说道：“我在博特伍德接了个很重要的电话。我今天会赢的。你可以当自己有工作了。”

玛格丽特喜上眉梢。“啊，谢谢你！”

南茜往玛格丽特的面包盘上放了一小张白名片。“你准备好了以后打我电话就行。”

“我会的！过不了几天！谢谢你！”

南茜将食指竖到唇边，眨了下眼。

玛格丽特兴冲冲地回到套间。她不希望父亲看到这张名片：她不想他问东问西。还好他的注意力都在食物上，其他的都没在意。

可她用餐时还是意识到，她迟早要跟他讲。母亲曾恳求她避免跟父亲冲突，但她做不到。她上次已经试过偷偷溜走，没有用。这回她得公开声明自己要走了，这样全世界才能知道。这不能变成什么秘密，不能变成他打电话叫警察的理由。她必须跟他说得明明白白，她有地方可去，有支持她的朋友。

而这架飞机正是和他对峙的好地方。伊丽莎白是在火车上做的，因为父亲在那儿不得不谨言慎行，她成功了。若是之后到了酒店，他就又能为所欲为了。

她应该什么时候告诉他呢？赶早不赶晚：早餐之后他酒足饭饱，那是他一天中心情最好的时候。再过会儿工夫，三两杯鸡尾酒葡萄酒下肚，他就会暴躁得多。

珀西起身说："我再去拿点玉米片。"

"坐下，"父亲说，"要上培根了。你已经吃够多那种垃圾了。"出于某种原因，他特别反感玉米片。

"我还饿呢。"珀西说。令玛格丽特惊讶的是，他真的出去了。

父亲愣住了。珀西从没公开忤逆过他。母亲则盯着他看。每个人都在等珀西回来。他端着一满碗玉米片过来了。他们都看着他。他坐下吃了起来。

父亲说："我说了，不许吃这玩意儿。"

珀西说："胃又不在你肚子里。"他继续吃他的。

父亲好像要站起身的样子。此时尼崎从厨房走来，给父亲上了一盘香肠、培根和荷包蛋。一时间，玛格丽特以为父亲会把盘子扔到珀西脸上。可是他太饿了。他拿起刀叉说道："给我拿点英式芥末酱。"

"恐怕我们机上没芥末，先生。"

"没芥末？"父亲气愤地说，"没芥末怎么吃香肠？"

尼崎被吓住了。"对不起，先生——之前从来没人要过。下个航班我保证备上。"

"那对我现在也没什么用，对不对？"

"我想是这样。真抱歉。"

父亲嘟囔了几声，然后吃了起来。他把火撒到了乘务员身上，珀西逃过了一劫。玛格丽特觉得惊奇。他之前从没这样过。

尼崎端来了她的培根和蛋，她大快朵颐起来。难道父亲的心终于开始变软了？也许政治憧憬的幻灭、即将开始的战争、流亡生涯的开始以及长女的叛逆离去，共同冲垮了他的自尊、削弱了他的意志。

再没有比现在更合适告诉他的时机了。

她吃完早餐，等着其他人结束，然后等乘务员把所有盘子收走，又等父亲喝了几杯咖啡。终于没事情可等了。

她移到长椅中间，坐在母亲旁边，几乎是和父亲正对面。她深吸一口气，开始摊牌："我有事情要跟你说，父亲。希望你不要生气。"

母亲喃喃道："噢，不……"

父亲说："怎么了？"

"我十九岁了，还什么工作都没做过，是时候开始了。"

母亲说："看在老天爷的分上，为什么呢？"

"我想独立。"

母亲说："有千百万工厂里、办公室里的女孩为了能拥有你的生活愿意不惜一切。"

"这我知道，母亲。"玛格丽特也明白，母亲现在跟她理论是为了让父亲不插嘴，可这撑不了多久。

母亲几乎是马上妥协了，这让她感到意外。"那，你要是铁了心地想工作，你外公说能托熟人给你安排个差事——"

"我已经有工作了。"

这出乎了她的意料。"在美国吗？怎么可能？"

玛格丽特决定不告诉他们南茜·林汉的事：他们说不定会找她谈话，把一切都毁了。"都安排好了。"她淡淡地说。

"什么样的工作？"

"在某个鞋厂的销售部当助理。"

"喔，看在上帝的分上，别胡闹了。"

玛格丽特咬住嘴唇。母亲就必须把话说得这么难听吗？"这不是胡闹。我为我自己骄傲。我是自己找的工作，没有依靠你、父亲或是外公，全凭我自己的本事。"这或许不太符合事实，但是玛格丽特要开始维护自己了。

"工厂在哪儿？"母亲说。

父亲开口了："她不能在工厂工作，就这样。"

玛格丽特说："我要在销售部的办公室工作，不是工厂。而且那地方在波士顿。"

"那不就结了，"母亲说，"你要住斯坦福，没法去波士顿。"

"不，母亲，不是的。我要住波士顿。"

母亲张口要说些什么，然后又合上了嘴。她终于意识到自己要反对的不是什么轻易就能打发的东西。她沉默了一阵，然后说："你想跟我们说什么？"

"我就想说，我要离开你们去波士顿，要住在宿舍里，要去工作。"

"噢，这太愚蠢了。"

玛格丽特勃然大怒："别这么鄙视我。"母亲被她生气的语调吓得缩了一下，玛格丽特当即就后悔了。她降低了声调："我要做的只不过是我这个年龄的女孩们都在做的事。"

"你这个年龄的女孩或许是，但不是你这个阶级的。"

"凭什么阶级这么重要？"

"因为你没必要为了一个周薪五美元的白痴工作住一百美元月租的公寓，浪费你父亲的钱。"

"我不想父亲替我交房租。"

"那你住哪儿？"

"我说了，住宿舍。"

"那种破地方！为了什么？"

"我会攒够回家的路费，回去参加陆妇队。"

父亲又说话了："你根本不知道自己在说什么。"

玛格丽特被刺激到了。"父亲，我不知道什么？"

母亲试图插嘴："不，别——"

玛格丽特不予理睬。"我知道我去办公室得跑腿、泡咖啡、接电话。我知道我要住在一个有煤气灶的单间里，和其他租客共用一个浴室。我知道我不喜欢过穷日子——但是我喜欢自由。"

"你什么都不知道，"他轻蔑道，"自由？你？你会像个放到训狗场的宠物兔子一样。我来告诉你你所不知道的事，我的女儿，你不知道你一直都娇生惯养。你连学都没上过——”

这不公平的话勾出了她的泪水，逼得她不得不顶嘴。“我想上学，”她抗议道，“是你不让我上！”

她的插话被他无视。“你的衣服是别人洗的，饭是别人端的，你想去哪都有司机接送，别的孩子还跑你家来陪你玩。你根本就没想过，这些都是我提供给你的——”

“我想过！”

“现在你想自力更生了！你连一片面包多少钱都不知道，是不是？”

“我很快就会知道——”

“你不知道怎么洗内衣，从来没坐过公交车，从来没一个人在家里睡过。你不知道怎么定闹钟、怎么设捕鼠器、怎么刷碗、怎么煮鸡蛋——你知道怎么煮鸡蛋吗？你知道吗！”

“我不知道怨谁啊？”玛格丽特哭着说。

冷血的他继续步步紧逼，满脸的愤怒和轻蔑。“你到办公室能做什么？你沏不了茶——你不知道怎么沏！你就从来没见过文件柜。你从来没试过从上午九点到下午五点待在同一个地方。你会无聊会走神。你一个星期都待不下去！”

他把玛格丽特心底里的担心全说出来了，这就是她焦虑的根源。她心里害怕父亲的话是正确的：她会一个人过不下去，她会被炒鱿鱼的。他用冷酷的嘲笑声斩钉截铁地预告着她最害怕的事情会成真，他的话像冲刷沙滩城堡的海浪一样让她的梦想土崩瓦解。她放声哭喊，泪水汩汩涌出。

她听到哈利说：“太过分了——”

“让他继续。”她说。这场战役哈利不能替她打：这是她和父亲之间的事。

父亲红着脸摇着手指，嗓门越来越大，继续他的咆哮："你要知道，波士顿可不是奥森福德镇，那边的人不会互相帮助。你会生病，然后再被半吊子医生毒害。你会被犹太房东盘剥，被街边的黑人糟蹋。至于你参军……"

"加入陆妇队的女孩都好几千了。"玛格丽特弱弱地说，轻得像窃窃私语。

"不是你这样的女孩，"他说，"八成都是强壮的女孩，习惯了一大早起床抹地板。不是娇滴滴的富家小姐。天知道你会不会有什么不测——你会被炸成稀泥的。"

她想起了自己在灯火管制时的手足无措——害怕、无助、六神无主——觉得无地自容。他说得对，她会变成烂泥的。但她不会一直胆小任人宰割的。为了让她觉得卑微觉得需要人照顾，他已经使出了浑身解数，但她铁了心地想要独立自主，即使在被他的狂轰滥炸压得抬不起头时，她依然呵护着胸中那股闪烁的希望之火。

他用手指着她的脸，眼珠子瞪得好像快要炸掉一样。"你在办公室撑不了一星期，在陆妇队一天都撑不下去，"他恶狠狠地说，"你太弱了。"他自得地往后一坐。

哈利过来坐在玛格丽特身边，拿出一条干爽的亚麻手绢，温柔地沾了沾她满是泪水的脸。

父亲说："至于你这个乳臭未干的——"

哈利"唰"地站起身，朝父亲压了过去。玛格丽特以为要打起来了，猛吸一口气。哈利说："你再敢跟我那么说话试试。我不是小女孩儿，我是个成年的男人，你再敢骂我看我不一拳捶扁你的肥脸。”

父亲畏缩地不出声了。

哈利转身又坐回到玛格丽特旁边。

玛格丽特很难受，但是她的心里有一种胜利感。她已经告诉他她要走了。他发火过，嘲笑过，让她掉了泪，但他没有改变她的心意：她还是要离开。

但他无论如何还是成功地让她心生疑虑了。她本来就担心自己可能没胆量完成计划，害怕自己会在最后一秒焦虑得动弹不得。他的讥讽和嘲笑让她的疑虑更加肆虐。她这辈子从未做过任何勇敢的事：她现在能做到吗？她告诉自己：是的，我可以；我并没那么柔弱，我会证明给他看。

他灭了她的士气，但没能改变她的选择。他也许还没有放弃。她扭头看父亲，他正恶狠狠地盯着窗外。伊丽莎白违抗他，他和她断绝了关系，她可能永远都见不到自己家人。

他又准备怎么恶毒地报复玛格丽特呢？

第二十三章

戴安娜·拉弗斯正悲哀地想着，真爱永远不会持久。

莫巍刚爱上她那会儿为她鞍前马后，乐此不疲。她前一秒钟说喜欢吃黑潭市的棒棒糖，他下一秒就会去开车。她要看电影，他就推掉半天的事去影院。她想去法国，他就撇下一切直飞巴黎。他兴冲冲地问遍了曼城所有卖羊绒围巾的商店，只为找到她要的那种蓝绿色。她觉得音乐会无聊，他就陪她中途离场。他还愿意早晨五点起床到工人餐馆里为她买早餐。但结婚以后，这种态度并没坚持多久。他虽不怎么拒绝她的要求，但很快就不觉得对她予取予求是件快乐的事了。快乐变作了宽容，接着是不耐烦，再然后就成了藐视。

她现在开始怀疑，马克对她的感情是否也会重蹈覆辙。

他给她当了一个夏天的奴隶，可是一起出走还没几天，他们就已经大吵了一架。他们竟然生气得要在私奔的第二天夜里分开睡觉！半夜里狂风肆虐，飞机摇晃得像匹野马，戴安娜害怕得差点就抛却所有骄傲然后钻进马克床里了；但因为那样太丢脸，她并没有动身，只是不停在心里默念：我要没命了。她曾祈祷他能来找她，可他表现得和她一样骄傲，这更加让她抓狂。

这个早晨他们都没怎么说话。她在飞机降落博特伍德的时候醒来，起来的时候马克已经上岸了。现在他们相对坐在四号套间靠走廊的座位上，装作在吃早餐的样子，戴安娜拨弄着几颗草莓，马克则在切面包卷，一口也没吃。

她不再确定自己到底为何对莫巍和南茜·林汉共处一室的事生那么大脾气了。她只是觉得马克应该同情她、支持她，但他反而质问起她生气的资格，还暗示说她一定爱着莫巍。她已经抛却自己所有的一切和马克走了，他怎么能这么说！

她看了看旁边。右边的拉维尼亚公主和白璐璐正有一搭没一搭地聊着天。二人因为昨晚的风暴都没睡觉，都是一副筋疲力尽的样子。左手边隔着过道的位置上，联邦调查局警员奥利司·菲尔德和他的犯人弗兰基·戈蒂诺正一言不发地吃着早餐。戈蒂诺的脚被铐在座椅上。每个人带着疲倦和不悦的表情。刚过的这一夜真是漫长。

乘务员戴维进来收了早餐盘。拉维尼亚公主抱怨说煎蛋太软了，培根煎过头了。戴维又问谁想喝咖啡。戴安娜没有点。

她的目光和马克交汇，她试着微笑了一下。他气冲冲地瞪着她。她说："一早上你都没和我说话。"

"因为你对莫巍的兴趣似乎比对我的大！"他说。

她忽然悔悟了。也许他是有嫉妒的权利。"对不起，马克，"她脱口而出，"我只对你感兴趣，真的。"

他伸手拉住她的手。"这是你的真心话？"

"是真心的。我真是个大傻瓜。我之前的行为太糟糕了。"

他抚了抚她的手背。"你要知道……"他望着她的眼。令她惊讶的是，他快要流泪了。"你要知道，我害怕你会离开我。"

她没料想他会这么说，非常震惊。她从没想过他会害怕失去自己。

他继续道："你那么可爱、有魅力，你想要任何男人都不成问题，我很难相信你会想要我。我恐怕你会意识到自己选错了，然后改主意。"

她很感动。"你是世界上最可爱的男人，这就是我爱上你的原因。"

"你真的不在乎莫巍了？"

她犹豫了，虽然只持续了一瞬间，但对马克来说已经足够。

马克的脸又变了，他苦涩地说："你就是在乎他。"

她要怎么解释呢？她不再爱莫巍了，但他对她还是有某种影响。"不是你想的那样。"她急着说。

马克把手抽了回去。"那你就把话说清楚，告诉我到底是哪样？"

这时莫巍走了进来。

他四下看了看，找到了戴安娜的座位，说："你在这儿啊。"

她立马觉得很紧张。他想干什么？他要发火吗？但愿他别在这里丢人现眼。

她看着马克。他的脸绷得煞白，深吸一口气说："听着，拉弗斯——我们不想再吵一遍，你还是离开这儿的好。"

莫巍没搭理他，对着戴安娜说："我们得谈谈。"

她小心地打量着他。在他的字典里"谈谈"可能是单边的：有时候"谈谈"还会变成滔滔不绝的训话。但他并没有要挑衅的样子。他一直在努力绷着脸，但是她看得出，他露怯了。这勾起了她的好奇心。她谨慎地说："你不能大呼小叫。"

"没有大呼、没有小叫，我保证。"

“那，好吧。”

莫巍在她身旁坐下。他看了看马克，说：“你介不介意先回避一下？”

“哈，介意！”马克嚷道。

俩人都看向她。她意识到自己得做出决定了。总的来说，她是希望和莫巍单独谈的，但她要是这么说了肯定会伤马克的心。她哪边都不敢站，没了主意。她的最终想法是：我已经离开莫巍，现在和马克在一起；我应该站在他那边。她的心怦怦直跳。“莫巍，你有话就说。不能在马克面前说的话我也不想听。”

他很惊讶。“行，行。”他没好气地说。接着他又尽力心平气和下来。“我一直在考虑你说的话，那些关于我的话，说我如何渐渐冷落了你，如何让你过得痛不欲生。”

他停了一下。戴安娜没说话。这可不像莫巍。他下面会说什么呢？

“我想说，我非常抱歉。”

她愣住了。她看得出来，他这句话是真心的。是什么改变了他？

他继续道：“我是想让你幸福的。我们刚在一起的时候，这是我唯一想做的事情。我从来没想过让你痛不欲生。让你不快乐是不对的。你值得拥有幸福，因为你给我带来了快乐。你只要走进房间，屋子里的人都会因为你而微笑。”

泪水涌到了她的眼眶。她知道此言非虚。人们确实喜欢看到她。

“让你悲伤真是天大的罪过，”莫巍说，“我不会再那样了。”

她的心猛一紧：他这是要做改过自新的保证吗？他会祈求她回到他身边吗？她不能让他问。“我不会回去的。”她不安地说。

他没听进去。“马克让你快乐吗？”他说。

她点头。

“他会对你好吗？”

“嗯，我知道他会的。”

马克说：“别把话说得好像我不在场似的。”

戴安娜伸手握住马克的手。“我们深爱着彼此。”她对莫巍说。

“好。”他第一次流露出讥笑的表情，不过很快就又没有了。“好。大概你们是相爱。”

他变柔弱了？这根本不像他啊。那个寡妇对他的转变有多大影响？“是林汉夫人让你来跟我谈的吗？”戴安娜怀疑地问。

“不是——不过她知道我要说的话。”

马克说：“但愿你赶紧把要说的话说出来。”

莫巍蔑笑了一下。“别着急，小伙子——戴安娜这会儿还是我的老婆。”

马克站了起来。“别想了，”他说，“她不是你的人了，别不清楚情况。另外别叫我小伙子，老爷爷。”

戴安娜说：“打住。莫巍，你要是有话那就直说，别在这里张牙舞爪。”

“行行行。是这样，”他深吸一口气，“我不再拦你了。我请求你回去过，你也拒绝过。如果你觉得这小子可以胜任我失败的地方，能让你开心，那就祝你们俩好运。我希望你好。”他停下来，看了看这个，又看了看另外一个。“就是这样。”

接着是一阵沉默。马克要开口说什么，但叫戴安娜枪了先。“你个该死的虚伪小人！”她说。她立马就明白了莫巍脑子里在想什么。她被自己愤怒的反应吓到了。“你好大的胆子！”她咒骂。

他被吓到了。“怎么了？为什么……？”

“说什么不拦我们了。根本是放屁。你别居高临下地祝我们好运，说得好像自己做了多大牺牲似的。我太了解你了，莫巍·拉弗斯：你愿意放弃什么东西只有一个可能，那就是你不想要了！”她看见所有套间的人都在巴巴地竖起了耳朵，但她恼得已经顾不了许多。“我知道你打的是什么算盘。你昨天和那个寡妇睡了，是不是？”

“没有！”

“没有？”她仔细观察他的表情。她觉得他说的很可能是实话。“但也差得不远，对不对？”她说。她看懂了他的脸，她这回猜中了。“你爱上她了，她也喜欢你，现在你不想要我了——这才是重要的事，对不对？你就承认吧！”

“我不会承认这种——”

“那是因为你没有诚实的勇气，可是我知道事实如何，机上的人也全看在眼里。我对你很失望，莫巍。我以为你是有种的人。”

“有种！”这话刺痛了他。

“没错。结果你却编了个可怜兮兮的故事说不耽误我们了。哼，你是变弱了——你智商弱了。我不是三岁小孩，没那么容易受你骗！”

“得，得，”他防卫性地把手挡起，说，“我是带着讲和的心来的，你却把我一脚踢开。随你便吧，”他站起来，“看你说话的样子，人家都以为跟情人私奔的是我。”他向套间门走去。“你结婚的时候知会一声，我好给你送结婚礼物。”他出去了。

“看看！”戴安娜的气头还没下去。“这就是男人的胆量！”她看看四周。拉维尼亚公主傲慢地看向一边，白璐璐咧嘴笑着，奥利司·菲尔德不满地皱着眉，弗兰基·戈蒂诺则来了句：“好姑娘！”

她的目光终于落到马克身上，不知刚才莫巍的行为和她的暴怒让他做何感想。令她意外的是，他竟然高扬起嘴角对她笑了起来。他的微笑能传染，她也不由自主地笑了。“有什么好笑的？”她咯咯地笑着说。

“你真是了不起，”他说，“我为你骄傲。我很开心。”

“为什么开心？”

“刚刚是你这辈子第一次在莫巍面前挺直腰板。”

是这样吗？她觉得是的。“可不是嘛。”

“你不再怕他了，是吗？”

她想了想。“你说的对，我不怕了。”

“你知道这意味着什么吗？”

“意味着我不怕他了。”

“不仅如此。这意味着你不再爱他了。”

“是吗？”她若有所思地说。她一直在告诉自己几年前就不再爱莫巍了，但现在回过头来看看自己的心，她才发现并不是那么回事。整个夏天，即便是出轨的时候，她都被他牵绊着。即便在离他而去之后，她还是没有走出他的阴影。她上了飞机后就满心懊悔，还想过要回到他身边。但她以后不会了。

马克说：“如果他和那个寡妇上床了，你会怎么想？”

她想也没想就说：“关我什么事？”

“你看。”

她大笑。“你说得对，”她说，“终于都过去了。”

第二十四章

飞机朝着圣劳伦斯湾的希迪亚克镇降落下去，哈利开始重新考虑偷奥森福德夫人珠宝这件事了。

他的决心被玛格丽特削弱了。和她在华道夫酒店共枕而眠，然后早起点酒店服务，这比珠宝更有价值。他也同样期待能和她一起去波士顿、一起租房子，帮她自力更生，慢慢了解她的一切。她那股激动劲儿能传染，他开始和她一样在为将来在一起的小生活激动不已了。

可他要是偷了她母亲的东西，一切就会改变的。

希迪亚克是纽约前的最后一站。他必须赶紧下定决心。这是他进入行李间的最后时机了。

他又开始琢磨有没有什么能兼得美人和珠宝的办法。首先，他偷她家人的事情她会知道吗？奥森福德夫人打开箱子时会发现丢了东西，而且八成是在华道夫酒店里。但没人知道宝贝是飞机上、飞机前还是下飞机之后丢的。玛格丽特知道哈利是小偷，但她一定不会怀疑他。他若是死不承认，她会相信他吗？可能会的。

接下来呢？他虽然在银行有几十万美元，却还要在波士顿过穷困潦倒的日子！即便是这样的日子，他们也过不了几天。玛格丽特还会想办法回英国参加娘子军，他也要上加拿大去当轰炸机飞行员。战争可能会打上一两年，还可能更久。战争结束之后，他会把银行的钱取出来，买那座乡村别墅；玛格丽特或许愿意来和他一起住……然后她就会想知道钱是从哪里来的。

不管怎么弄，他迟早都得告诉她。

但晚点也许比早点好吧。

到了希迪亚克他得为自己不下机编个理由。他不能跟她说自己病了，不然她会留在机上陪他，然后一切就该全黄了。他得在确保她上岸的同时自己单独留下。

他瞥了一眼过道那边的她。此刻她正在吸肚子系安全带。在生动的想象力作用下，他看到了她用同样姿势赤裸着身子坐在那里的模样。矮窗透进的光线勾勒出她赤裸的乳房轮廓，一簇栗色的毛发在她的大腿根部露了出来，两只修长的腿伸到地板上。为了一小把红宝石而去冒失去她的危险，是否太过愚蠢？

但那不是一小把红宝石，那是价值十万美金的“德里套装”，它能帮哈利过上梦寐以求的生活，让他做个闲适的乡绅。

即便如此，他还是不太认真地想了一下是否现在就告诉她。“我要偷你母亲的珠宝了，你不介意吧？”她估计会说：“好主意，那个老母牛凭什么拥有它们。”不，玛格丽特的反应不会是这样的。她觉得自己很激进，她相信财富应该进行再分配，但那都是高谈阔论：他若是真的动了她家的财产，她一定会千万分震惊的。这对她会是个巨大的打击，会改变她对他的想法。

她看到他的目光，对他微笑。

他内疚地回以微笑，然后看向窗外。

飞机正朝着一马蹄铁状的内海湾降去。海湾沿岸散落着几个村子，村子后面是农场。距离近些后，哈利看到了一条穿过农场蜿蜒至海堤的铁路。海堤边泊有几艘大小各异的船和小型水上飞机。海堤东边是绵延数英里的沙滩，几大间避暑别墅点缀其间。哈利心想，要能在这样的海岸边有座避暑别墅那该多好。“如果那是我想得到的，那我就会得到它，”他自言自语，“我马上就会变成有钱人！”

飞机平稳地入了水。哈利不那么紧张了：他现在是资深飞机旅客了。

“几点了，珀西？”他问。

“当地时间十一点。我们晚点了一个小时。”

“那我们要停多久？”

“一个小时。”

希迪亚克站采用了一种新的上岸模式，不会再有短驳汽艇，而是会有一艘状似龙虾船的船只过来把飞机拖进去。飞机两头都有系船索，绞盘会把飞机拉向漂浮海堤，走过上面的踏板就能上海堤。

这种安排解决了哈利的难题。之前在汽艇短驳的停靠站上乘客只有一次上岸的机会。哈利一直在纠结的是，能用什么理由让自己在整个停靠期间不上岸，且不让玛格丽特陪着。现在不一样了。他可以叫玛格丽特先上岸，告诉她他待会儿就来，这样她坚持留下陪他的可能性就小多了。

乘务员打开门，乘客们开始穿外套戴帽子。奥森福德一家子人都站了起来，克莱夫·莫白也一样。整个旅途中这个人一个字都没说，除了——哈利想起来了，他和加蓬男爵非常密切地交谈过。他再次纳闷他们当时所聊的东西。他不耐烦地把这个想法撇到脑后，把精力集中在自己的问题上。奥森福德一家正要出门的时候，哈利对玛格丽特小声说道：“一会儿赶上去找你。”然后就去了男卫生间。

他没事找事，梳梳头发、洗洗手。昨晚窗户不知怎么的破掉了，现在窗框上已经安了结实的风挡。他听着机组人员走下驾驶舱，然后走过了厕所门。他看了下手表，决定再等两分钟。

他估摸着大部分人都会下机。博特伍德一站大多数人都很瞌睡，但这会儿大家都想活动活动腿脚，呼吸一下清新空气。奥利司·菲尔德和他的犯人会照旧留在甲板上。莫白要是看弗兰克的就不应该上岸啊。哈利对这个穿酒红色背心的男人还是很好奇。

清洁工会在人走之后马上上来。他用力听：门那边已经没动静了。他开了条缝往外看。没人。他小心翼翼地迈了出去。

对面的厨房是空的。他又看了看二号套间：空的。他又望向休息室，看到了一个女人的背影和一把扫帚。他没有犹豫，径直走上楼梯。

他轻轻踱步，生怕别人听到。他在楼梯拐角处停下，把能看到的驾驶舱地板仔细排查了个遍。没人。他正要上去，忽见地毯上两条穿制服裤的腿正朝远离他的方向走去。他缩回拐角处向外瞥去。是上次抓到他的助理工程师米奇·费恩。他在工程师工作台停住然后转身。哈利又把头缩了回来。真不知道他要去哪？要下楼梯吗？哈利用力听着。脚步声穿过了驾驶舱，接着哈利就听不到声响了。哈利还记得，上次看到米奇是在艏舱，他当时正在弄船锚。现在他会不会也在做同样的事情呢？他只能赌一把了。

他静悄悄地上了楼。

他刚一上到足够的高度就朝前方望。看来他猜对了：舱口开着，米奇也不见人影。哈利没有停下仔细看，而是赶忙穿过驾驶舱进了后面的门，然后来到行李区。他轻轻地合上身后的门，又开始呼吸了。

他上回搜了右舷的行李间，这回进左舷的。

他立马知道自己撞了大运。行李间的中央放了个绿金相间的巨大箱子，上面的铜钉光亮亮的。直觉告诉他，这肯定是奥森福德夫人的。他去看标签：没有名字，但地址写着“伯克郡奥森福德镇庄园”。

“中了。”他轻轻地说。

上面只挂了个简单的锁，他轻轻松松用折刀撬开了。

箱上除了锁之外还有六枚没上锁的铜扣。他把它们全部掰开。

这种箱子是专门放在邮轮特等舱的储衣箱。哈利将它立直然后打开。箱子分作两个宽敞的衣橱，一边有横木，上面挂了裙子和大衣，底部还有个放鞋的小格；另一边有六层抽屉。

哈利从抽屉着手。抽屉为轻木制成，皮革制外皮，天鹅绒镶边。奥森福德夫人带来真丝衬衫、羊绒衫、蕾丝内衣和鳄鱼皮带。

另一半箱子的顶部像盖子似的升了起来，横木跟着滑出，方便主人取裙子。哈利把每件外套都摸了个遍，又摸了摸箱子每一面内壁。

最后他打开鞋格，里面只有鞋子。

他垂头丧气。他一直很断定她把珠宝一起带来了。或许他的推理有什么漏洞。

还不是放弃希望的时候。

他的第一反应是去找其他奥森福德的行李，但他转念又想，我如果要把无价的宝贝托运，肯定会把它们藏起来的。用大箱子藏可比小行李容易。

他决心再翻一遍。

他从挂衣格子着手。他把一只胳膊伸进箱子，另一只伸在外侧，试着测量箱子壁的厚度：厚度异常的地方可能有暗格。但他没发现什么异常。他又换到另一边，把所有的抽屉都拉了出来——

找到了。

他心跳加速。

箱子背上贴了一个大牛皮纸信封和一个皮钱夹。

“真不专业。”他摇摇头说。

他开始撕胶布，心里越来越激动。先撕下的是枚信封，里面摸起来就只有一摞纸，但哈利还是撕开了。里面有大约五十张重磅纸，印刷纹路精细。哈利想了好一会儿这是什么东西，最终判定，它们是无记名债券，每张价值十万美金。

加起来就是五百万美元，也就是一百万英镑。

哈利坐在地上，怔怔地盯着债券。一百万英镑。钱多得他都有点难以接受了。

哈利知道它们出现在这里的原因。为了防止货币外流，英国政府采取了紧急汇兑管制措施，奥森福德这是要把债券偷运出去。当然，这是犯法的。

哈利苦笑：他跟我一样，就是个小偷。

哈利从没偷过债券。能兑现吗？它们是无记名的：每张票据上都写明了。但它们每张各有单独的编号，是可以查出来的。奥森福德会挂失吗？那或许等于承认自己私运债券，但他八成能编个谎圆过去。

太危险了。这个领域哈利并不擅长。他要是尝试兑现会被抓起来的。他不情愿地把它们放到一边。

另一个被藏起的物件是个鞣皮夹，长得像本便携口袋书，但个头要稍大一些。哈利把它取下来。

它长得像是个珠宝包。

软皮包的口由拉链封起。他拉开。

黑色天鹅绒布镶台上，“德里套装”正静静地躺着。

它在昏暗的行李间内熠熠生光，仿佛大教堂里的彩色玻璃。红宝石深邃的红色和钻石闪耀的七彩光芒交相辉映。这些巨大的宝石切工精细，堪称完美，每块都由黄金镶嵌，四周雕了精美的金花瓣。哈利敬畏得呆住了。

他庄严地提起项链。宝石滑过他的手指，宛若溢彩流光的溪水。他痴痴地想：真是奇怪，看上去如此温暖的东西触感竟然这般冰凉。这是他经手过的珠宝中最最美丽的一件，也许也是世间最美的。

而且它能改变他的命运。

一两分钟后，他放下项链，开始查看套装剩下的几件。手链和项链一样也是红宝石和钻石相间，只不过比例小了一些。耳坠尤其养眼：两件各有一颗红宝石饰钉，下缀一条小钻石和小红宝石相间的链子，每粒都镶在迷你版的金花瓣托上。

哈利想象着玛格丽特佩戴这套装的样子。红色和金色在她雪白的肌肤上定会惊艳夺目。他心想，要是能看到她只戴着它们其他什么都不穿的样子该多好。脑海中的画面让他勃起了。

他只顾着看他的宝贝石头，不知不觉在地板上坐了许久。他忽听到有人来了。

从他脑海中闪过的第一个想法是，助理工程师过来了。可这脚步声听起来不一样：它铿锵有力，来势汹汹，权威……又官方。

他忽然紧张害怕，胃拧作一团，咬死牙关握紧拳头。

脚步声迅速逼近。抓狂了的哈利迅速将抽屉归位，把装债券的信封往里一扔，合上了箱子。门打开的时候他正在往口袋里塞“德里套装”。

他缩在箱子后面。

接下来是长时间的沉默。他有种不祥的感觉，觉得自己刚刚躲得不够快被那人看到了。听他沉重的喘息声，可能是个刚跑上楼梯的胖男人。这家伙到底是进来查看还是不进来啊？哈利屏住呼吸。门关上了。

他出去了？哈利用力听，听不到喘息声了。他慢慢站起身向外看。那个人已经走了。

他长吁一口气。

究竟发生了什么事？

他的直觉告诉他，刚才沉重的脚步和呼吸声应该属于一名警察又或者是海关官员。也许只是例行检查而已。

他走到门边，拉出条细缝。他可以隐约听到驾驶舱传来的说话声，但行李间正对的门外貌似没人。他迈出行李间，站到连接驾驶舱的门边。门是半开的，他听到了两个男人的声音。

“那家伙不在飞机上。”

“他必须在。他又没下机。”

他带着轻微的美国口音，哈利听得出，这是个加拿大人。他们在讨论什么？

“他可能跟着大家溜下去了。”

“那他上哪去了？哪儿都没有啊。”

哈利想，弗兰基·戈蒂诺逃亡成功了？

“对了，他到底是什么人。”

“他们说他是机上押解回美的歹徒的‘同伙’。”

所以戈蒂诺本人还没跑，不过有个和他一个帮会的人也上了飞机，被警察发现然后逃跑了。会是哪个衣冠楚楚的乘客呢？

“当‘同伙’并不触犯法律，对吗？”

“不犯。但他用了假护照。”

哈利背脊猛一阵凉。他自己不就用的假护照吗。他们总不是在找他吧？

他又听到：“好吧，我们现在怎么办？”

“回去向莫里斯警官汇报。”

哈利被一个恐怖的想法笼罩了：他们在找的人可能就是他。警方如果得知或者怀疑有人登了机打算劫走戈蒂诺，肯定会一一核实每个乘客的身份信息，要不了多久就会发现哈利·范东坡两年前曾经报失过护照，接下来他们就会打电话到他家，得知他不在泛美“飞剪号”上，而是在自家的餐厅里边吃玉米片边读早报。他们知道哈利用了假护照，就自然而然地推定他就是来劫戈蒂诺的人。

不，他告诉自己，别急着下结论，还可能有别的解释。

第三个声音加入了进来。“你们在找什么？”听起来像是助理工程师米奇·费恩。

“一个用名哈利·范东坡的家伙，但他并不是本人。”

完了。哈利吓懵了。他被发现了。网球场乡村别墅的画面像年久的照片一样褪了色，浮现在眼前的变成了黑灯瞎火的伦敦、一座法庭、一间牢房，最后变成了兵营。这么大的霉运他连听都没听说过。

助理工程师说："你知道吗，之前在博特伍德的时候，我发现他在这边鬼鬼祟祟的。"

"好吧，他现在不在上面了。"

"你确定？"

闭嘴，米奇。哈利心想。

"我们全看过了。"

"查机械台了吗？"

"在哪儿？"

"在机翼里。"

"查了，我们往机翼里看了。"

"你们爬进去看了吗？里面有些可以藏身的地方，从驾驶舱看不到的。"

"我们最好再搜一遍。"

哈利觉得，那两个警察听起来可真呆。

他们长官会相信他们吗？哈利深表怀疑。他只要还有点脑子就会下令再搜一遍的。下回他们肯定会搜到大扁行李箱后面。哈利能藏哪呢？

可以藏身的角落倒有几个，可机组人员肯定都知道。他们会彻底搜查艏舱、厕所、机翼还有机尾的矮间。其他哈利知道的地方机组人员铁定也知道。

他没辙了。

他可以离开吗？他可以溜下飞机沿海岸逃走。机会虽然渺茫，但总比束手就擒强。可他就算神不知鬼不觉地走出了这个小村子，又能上哪儿去呢？在城市里，他仅凭一张嘴就能混出个名堂。到了乡下他就死定了。他离不开人群、小巷、火车站和商场。他知道，加拿大很大，大部分都是树。

只要能到纽约他就可以高枕无忧了。

可到那儿之前他躲哪儿？

他听到警察从机翼里出来了。为安全起见，他又躲回到行李间。

解决难题的答案赫然在眼前。

他可以躲到奥森福德夫人的箱子里。

他能进去吗？应该可以。箱子五英尺高，截面两平方英尺：空的时候进两个人都没问题。当然，它不是空的：他得拿出点衣服好给自己腾地方。拿出来的衣服怎么办？总不能把它们到处扔到地上。他可以把它们塞到自己半空的行李箱里。

他动作要快。

他爬过一摞摞行李箱，抓出了自己的那个。他发疯似的打开行李箱，把奥森福德夫人的大衣裙子一股脑全塞了进去。他必须坐到箱盖上才能把它合住。

现在他能进大箱子了。他发现自己可以从里面轻松地合上盖子。关着的时候他能呼吸吗？他在里面又待不了多久：里面闷是闷，但死不了人。

警察会发现按扣开了吗？有可能。能不能从里面扣上？貌似有难度。他研究了很长时间。如果他在按扣附近的箱壁上开几个小孔，或许就可以把小刀伸出去控制按扣。这些孔还可以给他透气。

他拿出折刀。箱子壁是外裹皮革的木板，深绿色的牛皮上印有金色的花朵图案。他的刀和所有折刀一样安了尖刺，连卡在马蹄里的石子儿都能挖出来。他将尖头对准其中一朵花的花心，用力按下去。皮革很轻易就穿透了，木头则棘手得多。他一进一出地挖了起来。以他看，这木板少说得有四分之一英寸厚。一两分钟之后，他终于把板子穿透了。

他把尖头拔出来。那个洞在图案的掩饰下一点儿不显眼。

他进了箱子，发现自己可以在里面开关按扣，才松了一口气。

箱顶有两个按扣，侧面有三个。他从顶上那个着手，这两个最显眼。再次听到脚步声的时候他刚好干完。

他钻进箱子，把它合上。

不知怎么的，这回按扣没那么容易咬上了。半蹲着的他操作起来特别困难，不过最后他还是设法搞定了。

保持这个姿势几分钟后，他难受得要命。扭动、转身，但都无济于事。他只能受着。

他的呼吸声很响，外面的噪声却很模糊。不过或许是因为行李间外面没铺地毯，振动可以从甲板传进来，他还是听到了行李间门外的脚步声。他觉得现在外面至少有三个人。他听不到门开关的声音，但能感觉到脚步离他更近了。有人进了行李间。

他的紧右边突然冒出个声音：“我不觉得那个浑蛋能有什么法子逃走。”

哈利恐惧地想，千万别看侧按扣，拜托了。

箱子顶被敲了一下。哈利屏住呼吸。这家伙可能是把胳膊肘搭上去了。

另一个声音从远处传来。

“不，他不在飞机上了，”他说，“我们都搜遍了。”

另一方又开口说话。哈利膝盖发痛。他想：看在上帝的分上，上别的地方聊天吧！

“哎呀，我们肯定会抓住他的，他总不能徒步一百五十英里走到边境还不让任何人看见。”

一百五十英里！他得一个星期时间才能走完。他可以搭顺风车，但是荒郊野外的，司机肯定能记住他。

外面安静了几秒。终于，他听到了脚步声渐行渐远。

他等了一会儿，没有动静。

他拿出小刀，将它伸出孔外，开始开按扣。

这回更艰难了。他的膝盖痛得快撑不住了，如果有空间，他肯定会跌下去。他急躁起来，穿过小孔对着按扣片，戳了一下又一下。他变作幽闭空间恐惧症患者，开始惊惶地想：“我要憋死在这儿了！”他尽力让自己冷静。过了一会儿，他屏蔽掉所有痛苦，全神贯注地把刀片探到孔外顶到扣环上。他往外一推。扣环离开了铜扣，又掉了回去。他咬牙切齿，再试一次。

这回按扣开了。

他又在其他按扣上缓慢而痛苦地重复了此过程。

他终于能把箱子推开两半站直身子了。他慢慢伸直腿，膝盖的疼痛也跟着变得剧烈，他差点就叫出来了。过了一阵，痛感缓和了一些。

他要怎么做?

他不能在这边下机。抵达纽约前他应该是安全的，但到那儿之后呢?

他得留下躲在飞机上，夜里再溜出去。

这或许可行，反正他也没有其他选择了。整个世界都会知道是他偷了奥森福德夫人的珠宝。更重要的是，玛格丽特会知道。而他又不能在她身边跟她解释。

他越想这种可能性越是愤恨。

他之前也知道偷“德里套装”会威胁到他和玛格丽特的感情。可他想象的情况一直都是，在她得知此事的时候，他会在她身边尽力说服她。现在倒好，他可能得好几天后才能联系上她了；要是出了别的差错被抓，那就得几年。

他猜得到她会做何感想。他和她做朋友，跟她做爱，还答应帮她找新家，一切的一切都是假的。他偷了她母亲的珠宝跑了，留她一个人孤立无援。她会认为他一开始想要的就只有珠宝。她会心碎，然后讨厌他，鄙视他。

想到这里，他恼得直想吐。

这一刻他才真正意识到玛格丽特对自己有多重要。她对他的爱是真的。他生命中的其他东西都是假的：他的口音、他的举止、他的衣服、他的整个生活方式全部是伪装。而玛格丽特爱上的是小偷，是没有父亲的工薪阶级男孩，是真正的哈利。这是他生命中发生的最最美好的事。如果他把它抛弃，他的生活会永远和现在一样充斥着虚假和伪装。而她让他有了得到虚伪之外的东西的欲望。附带网球场的乡村别墅依然是他的憧憬，但这憧憬里若没有她的存在，他是不可能快乐起来的。

他叹了口气。哈利小子不再是哈利小子了。他也许是要变成男人了。

他打开奥森福德夫人的大箱子，从口袋里掏出装“德里套装”的鞣革包。

他打开包拿出珠宝，又看了看。红宝石发出红光，仿佛烧红的火炭。我可能永远都见不到这样的宝物了，他想。

他将珠宝放入包中，怀着沉重的心情把它放回到奥森福德夫人的箱子里。

第二十五章

南茜·林汉坐在希迪亚克长长的海堤上靠近海岸的地方。这个航站楼就像海边小屋，窗台花箱里长有鲜花，窗上还有遮雨棚。

但房子边上的无线电杆和屋顶上高高耸起的瞭望塔泄漏了它的实际用途。

莫巍·拉弗斯坐在她旁边的条纹帆布躺椅上。海水簌簌地亲吻着堤坝，南茜闭上了眼。她昨晚没睡好。想起莫巍昨晚的不规矩，她不由扬起了嘴角。她很高兴自己没让他做到底。那样就太快了。现在她还能有所期待。

希迪亚克是个渔村，也是海滨景点。海堤西边是阳光普照的海湾，里面浮着几艘捕虾船、摩托艇和两架飞机——一架“飞剪号”，一架小型水上飞机。东边是宽广的海滩，绵延数英里。大多数从“飞剪号”下来的乘客不是在沙丘上坐着，就是在沿着海岸线散步。

两辆警车的警笛声打破了风景的静谧。车子开上海堤，下来七八个警察，他们快步冲进航站楼。南茜对莫巍喃喃地说：“看起来是要抓人了。”

他点点头说：“不知道是谁？”

“弗兰基·戈蒂诺，也许？”

“不能——他已经被逮捕了。”

过了一会儿，他们出了航站楼。三个人上了“飞剪号”，两个去了海滩，两个上了路。看来是在搜捕什么人。“飞剪号”机组人员走过时，南茜问：“警察这是要抓谁啊？”

他犹豫了一下，貌似不太确定是否应该泄露信息。后来他耸了下肩说：“是那个自称哈利·范东坡的人，但这不是他的真名。”

南茜皱眉。“就是和奥森福德一家坐在一起的男孩。”她大概也知道玛格丽特·奥森福德迷恋上他了。

莫巍说：“嗯。他下飞机了吗？我没看见他。”

“我不知道。”

“我之前就觉得他有点像小骗子。”

“是吗？”南茜一直以为他是个家事很好的年轻人。“他举止很优雅呀。”

“正因为如此。”

南茜忍住没笑：莫巍似乎生性不喜欢举止优雅的男士。“我觉得玛格丽特对他很有意思。但愿她不要受伤害。”

“我想她的父母会很庆幸躲过了这一劫。”

南茜无法为这对父母高兴。她和莫巍在“飞剪号”的餐厅里亲眼见证了奥森福德勋爵的粗暴行径，这种人有什么遭遇都不算过分。然而南茜为玛格丽特爱上了一个举止不检点的人而感到遗憾。

莫巍说：“南茜，我通常不是感情冲动的人。”

她打了个激灵。

他继续道：“我虽然几个小时前才认识你，但已经百分之百地肯定，我想用这辈子剩下的时间去了解你。”

南茜心想：你肯定不了的，你个傻瓜！但她还是很满足。她没有说话。

“我考虑过到纽约之后离开你回曼城，但是我不想那么做。”

南茜微笑。这正是她想听他说的话。她伸手摸他的手。“我很高兴。”她说。

“是吗？”他向前倾。“问题是要不了多久，非军方的人想再穿越大西洋就不可能了。”

她点头。这个问题她也想过。但她确信，只要有决心，他们两人会找到解决的办法的。

莫巍继续说：“如果我们现在分开，下次见面可能就是几年之后了，这一点不夸张。这我不能接受。”

“我也是。”

莫巍说：“那你愿意和我一起回英国吗？”

南茜微笑的脸僵住了：“什么？”

“和我一起回去。你要是愿意的话可以住酒店，或者买个别墅公寓什么的。”

南茜胸中燃起一团怒火。她咬牙切齿，尽力保持平静。“你太异想天开了。”她轻蔑地说。她把脸别开，失望透顶。

他被她的反应伤到了，很迷惑的样子：“怎么了？”

“我有一个家，两个儿子，还有千百万的生意，”她说，“你让我把他们全扔了搬到曼城的酒店里？”

“你不想去可以不去！”他愤怒地说，“和我一起生活吧，如果这是你想要的事。”

“我是个有名节的寡妇，在社会上也有头有脸——我不要过得跟个被包养的情妇似的！”

“听着，我想我们会结婚的，我确定我们会。但我不觉得你做好托付终身的准备了。你准备好了吗，这才过了几个小时？”

“这不是重点，莫巍，”她说，虽然从某种角度上说这也是重点，“我不在乎你对未来生活的憧憬，我只是讨厌你这样想都不想就认定我应该放弃所有跟你去英国。”

“不然我们还能怎么在一起？”

“你能不能在问这个问题之前就先认定好答案？”

“因为答案只有一个。”

“答案有三个。我可以搬去英国；你可以搬来美国；或者我们两个都搬去百慕大或者别的什么地方。”

他不知如何是好了。“可我的祖国正在打仗，我得加入战斗。可能我已经过了服役的年纪，但空军会需要成千上万个螺旋桨的，我比我们国家的任何人都要了解螺旋桨制造。他们需要我。”

他每说一句话都会让情况变得更糟。“你凭什么就断定我的国家不需要我？”她说，“我给士兵生产靴子，美国参战以后会有多得多的士兵需要结实的军靴。”

“可我在曼城还有生意。”

“我在波士顿也有生意——顺便提一句，那生意比你的大得多。”

“女人不一样。”

“女人当然一样，你个白痴！”她喊。

她立马后悔用了“白痴”这个词。他怒得脸色铁青，她快把他气死了。他站起身。她焦急地想说些让他别走的话，可却想不出什么恰当的词，一转眼他就已经走掉了。

“该死。”她忿忿地说。她气他更气自己。她不想把他推开——她喜欢他！几年前她就明白了，正面抗衡不是和男人打交道的正确方式：他们可以接受彼此的挑衅，但绝不会接受女人的。她在商场上收敛起了自己的争胜心，缓和了自己的语调，通过操控别人成就了自己，不是通过和他们吵架。才这么会儿功夫，她就把之前的总结忘得一干二净，跟近十年来遇过的最有魅力的男人大吵了一架。

她心想：“我真是个傻瓜；我知道他是个骄傲的人，这是他吸引我的地方之一，这是他力量来源的一部分。他很强硬，但并没有像强硬的男人那样压抑着所有感情。想想他是怎么追自己的妻子追了半世界的，看看他是怎么在餐厅为犹太人挺身而出把奥森福德勋爵骂个狗血淋头的，记住他是如何亲吻我的……”

讽刺的是，她都已经准备好要改变自己的生活了。

丹尼·莱利跟她说的父亲的事改写了她的历史。她一直断定自己和彼得吵架的原因是他嫉恨她的聪明。可兄弟姐妹之间的争斗一般过了青春期就会消失：她自己的两个孩子曾像猫跟狗一样大战了将近二十年，现在却成了最好的朋友，对彼此无比地忠诚。她和彼得之间的敌意却一路持续到了中年。她现在能看出爸是始作俑者了。

爸告诉南茜说她是接班人，彼得要为她工作，又跟彼得说了相反的版本，结果他们两个都想运营公司。不过他的筹谋能追溯到更早以前。她现在才意识到，父亲一直都不愿设定清晰的规则或是区分他们的职责范围。他常常买他们必须共享的玩具，有了不可避免的争执时他又拒绝当裁判。他们大到可以开车的时候，他又买了辆让他们两个人用的车：为了车子的事他们争了好几年。

爸的策略对南茜很有效，这让她变得又精明又有主见。但是彼得却变得软弱、奸猾又小心眼。现在两人中的强者要掌管公司了，和爸的计划一样。

这正是让南茜困扰的地方：什么都是“和爸的计划一样”。知道了自己所做的一切都是另外一个人设定好的，胜利的喜悦也就变了味。现在看来，她的整个生活都好像父亲布置的家庭作业一样：她拿到“甲”了，但是四十岁的她上学显得老点。她咽不下这口气，想设定自己的目标、过自己的生活。

其实刚才她正好有心情和莫巍虚心讨论他们的将来，但他那样断定她会抛弃一切跟他远走高飞，招惹到了她。结果没把他说通不说，她还把他气跑了。

当然了，她没指望他会单膝下跪向她求婚，不过……

她的心告诉自己，他确实应该求婚。她毕竟不是四处流浪的波希米亚人，她是天主教家庭的美国妇女。如果有男人想要她和他长相厮守，那只有一个方式能赋予他这种权利，那就是娶她。如果他做不到，就不该提任何要求。

她长吁一口气。生气没什么大不了，可她竟然把他气走了。她实心实意地祈祷着，但愿这个嫌隙并不会持久。现在面对着失去莫巍的风险，她才意识到自己有多么想要他。

另一个被她驱赶过的男人出现，打断了她的思绪，奈特·里奇威。

他站在她面前，礼貌地摘下帽子，说：“看来你把我打败了——又一次打败了。”

她打量了他一会儿。他永远都不会有能耐像爸一样建立和发展一个公司：他没那个眼光，也没那个决心。不过他聪明，努力又强硬，擅长管理庞大的组织。“奈特，如果能让你好受点的话，”南茜说，“我知道我五年前失误了。”

“是生意失误，还是个人失误？”他说。他的口气暴露了他心底的愤恨。

“生意。”她淡淡地说。他的离开结束了一段几乎没有开始的恋情：她不想谈那件事。“祝贺你结婚了，”她说，“我见过你妻子的相片——她很美。”这不是实话：她至多有几分姿色而已。

“谢谢，”他说，“不过回到生意上，你为了达到目的竟然不惜使用敲诈的手段，这让我很意外啊。”

“这是收购，不是茶话会。这是你昨天跟我说的。”

“说得好，”他犹豫了一下，“我能坐下吗？”

她忽然很厌烦这样的客套。“有什么能不能的，”她说，“奈特，我们一起共事那么多年，还约了几星期的会，你坐下不需要征求我的意见。”

他微笑。“谢啦。”他拉来莫巍的躺椅，转了一下，好面朝着她。“我试过在没你帮助的情况下收购布莱克鞋厂。这招很烂，我输了。我不该小瞧你。”

“这毋庸置疑。”她意识到自己说得有敌意了，“我不会记你仇的。”

“你这么说我很高兴——因为我还想买你的公司。”

南茜吃了一惊。她差点就低估了他。她对自己说：别放下防线！“你在想什么？”

“我会再试的，”他说，“不过下回的报价肯定会高一些。但更重要的是，我想你在身边——并购前后都是如此。我想和你达成协议，让你当通用纺织的董事，跟我们签五年的合同。”

这出乎了她的意料，她都不知道该做何感想了。为了给自己争取时间，她提了个问题：“合同？做什么？”

“将布莱克制鞋厂变成通用纺织的分公司。”

“我会失去独立自主的权力——我会变成打工的。”

“这就要看我们怎么交易了，你可能还是股东啊。你可以在挣钱的同时依然独立自主的——赚钱的分公司我是不会插手的。但你如果赔钱了，那你的独立自主自然也会不见。我只开除失败者，”他摇摇头，“但你是不会失败的。”

南茜的直觉是应该拒绝他。不管他的炮弹外裹了多少层糖衣，他还是想把公司从她手中夺走。但她又意识到，当即拒绝会是爸想要的结果，而她已经下定决心不再按照父亲的程序过生活了。但她又必须说些什么，于是就搪塞道：“也许我会感兴趣。”

“有这句话就够了，”他说着站起身，“好好考虑一下，看看什么条件能顺你的心意。我不是给你开空头支票，但我想你明白，我会助你幸福快乐的。”南茜有些晕乎乎的了：他可真有说服技巧。过去的几年里他掌握了不少谈判的门道。他隔过她望向岸边。“我想你弟弟想和你说话。”

她转头看过去，彼得正朝这边走来。奈特戴上帽子走开了。怎么有点钳形运动的架势。南茜愤恨地盯着彼得。他欺骗了她、背叛了她，她简直没法跟他说话。她本想仔细考虑一下奈特·里奇威的提议，权衡一下它同自己对生活的新想法有多少契合度，可是彼得不给她这个时间。他站到她面前，头歪向一边。这动作让她想起了他年少的时候。他说："我们能谈谈吗？"

"我表示怀疑。"她厉声说道。

"我想道歉。"

"你失败了，想起来为你的诡计道歉了。"

"我想跟你讲和。"

她苦涩地想：今天怎么人人都要和我商量事情。"你那么对我，怎么可能弥补得了。"

"我弥补不了，"他立即回道，"永远都弥补不了。"他坐到奈特坐过的椅子上。"当我看到你那份报告的时候，我觉得自己就是个白痴。你总是说我不会做生意，我也没父亲能干，我姐姐又比我做得好，我觉得无地自容，因为我心底里知道那就是事实。"

"好吧，"她心想，"这也算有进步。"

"我都要疯了，小南，这是实话。"他们小时候叫彼此"小南"和"彼豆"，他一提儿时的乳名，她的喉咙哽咽了。"我都不知道自己在做什么。"

她摇摇头。这是彼得的惯用借口。"你知道自己在做什么。"但她现在感到的是悲伤，不是愤怒。

一群人伫立着航站楼门外，聊得热火朝天。彼得没好气地对南茜说："边走边说？"

她叹气。他毕竟还是她的小弟弟。她站起来。

他给了她一个灿烂的微笑。

他们走向海堤连接陆地的那头，跨过铁轨，下到了沙滩上。南茜脱下高跟鞋，穿着丝袜在沙上走着。微风轻拂着彼得浓密的头发。南茜惊讶地发现，他的发迹线开始往后褪了。她纳闷自己以前怎么没有发现，然后明白了。他仔细梳头盖住了。这让她觉得他们老了。

现在旁边已经没人，但彼得已经沉默了好一阵。南茜终于开口。“丹尼·莱利跟我说了一件奇怪的事情，说爸故意设了局让你我敌对。”

彼得皱起眉：“他为什么这么做。”

“为了让我们变强大。”

彼得粗野地大笑起来：“你信吗？”

“是。”

“我想，我也相信。”

“我决定，这辈子剩下的时间不能再活在爸的魔咒里了。”

他点点头说：“但，这又意味着什么？”

“我不知道。或许我会接受奈特的提议，让我们公司和他们的合并。”

“不是‘我们’公司了，小南。公司是你的了。”

她打量着他。他是真心的吗？她觉得自己这么多疑很恶毒。她决定采用无罪推定。

他严肃地继续说：“我已经意识到自己不是做生意的料了，以后生意就留给你这种擅长的人去做。”

“那你做什么？”

“我想我会买那座别墅。”他们正走过一间迷人的白漆小屋，上面有绿色的百叶窗。“我会有好多时间度假。”

她很为他难过。“房子很漂亮，”她说，“不过人家卖吗？”

“另一边有牌子写了，我刚刚去瞅过。你来看。”

他们绕到房子后面。门上了锁，百叶窗也合着，所以他们也看不到里面的房间。但从外面看，房子很令人心动。这里有宽宽的走廊，里面还挂了个吊床。花园里有网球场。另一边则是个没有窗户的小屋。南茜猜测那是间船库。“你可以买艘船。”她说。彼得一直都喜欢航海。

船库的偏门开着。彼得走了进去。只听他说：“天啊！”

她迈到门里，盯着黑漆漆的屋内。“什么东西？”她焦急地说。“彼豆，你没事吧？”

彼得从她身旁冒出来，抓住她的胳膊。刹那间，南茜看到了他恶毒而得意的笑脸。她这才意识到，自己犯大错了。他猛抽了一下她的胳膊，把她拉到里面。她踉跄着叫了一下，松掉手里的鞋子和包，摔到了满是尘土的地板上。

“彼得！”她愤怒地吼着。她听到他迅速走了三步，门砰的一声关上了。她陷入了黑暗之中。“彼得？”这次她害怕了。她站了起来。门外传来划擦声，然后是一扣，好像有什么东西卡到了门上。她喊着：“彼得！说话啊！”

没有回答。

歇斯底里的恐惧涌上她喉咙，她想尖叫。她把手放到嘴边，咬住拇指的关节。过了一会儿，恐慌开始渐渐褪去。

她站在黑暗之中，什么都看不到，也不知道方向。她这才明白，他其实早就计划好了：他找到这间空房子还有旁边合适的船库，把她诱到这里然后锁起来，这样她就会错过飞机不能在董事会上投票了。他的后悔、他的抱歉、那些放弃生意的话，还有纠结的诚实，全都是装出来的。为了让她心软，他还冷不丁地唤起了他们的童年。她又相信了他；他又出卖了她。这足以让她哭泣了。

她咬住嘴唇，思考自己的境况。眼睛适应黑暗之后，她看到了门下钻进的一丝光线。她把胳膊伸直，向前走去。到门边后，她伸手摸两侧的墙，摸到了一个开关。她搬了一下，光线倾泻而下。她找到门把手，不抱什么希望地试着推开它。门没动：他堵得很好。她侧身将肩膀抵到门上，用尽浑身力气拉，但它还是不动。

之前摔到的手肘和膝盖隐隐作痛，丝袜也破了。“狗东西。”她对不在场的彼得说。

她放下鞋子，拾起手提袋，然后四下看了看。一艘大帆船放在轮车上，占去了屋子绝大部分空间。桅杆悬挂在天花板上的支架上，甲板上放着船帆，叠得很利落。南茜搜看了一遍。不出所料，船是锁着的。

房子距离海滩虽有一定距离，但“飞剪号”乘客或者其他任何人散步路过的机会还是有的。南茜深吸一口气，扯着嗓子喊：“救命！救命！救命！”她决定每隔一分钟喊一轮，这样嗓子不会哑。

前门和偏门都安装得非常牢固，但铁棒之类的东西应该还可以把锁撬开。她环视四周。这个主人很整洁：他没把园艺工具放在船库里。这里没有铁铲，也没有耙子。

她又叫了几下救命，然后爬到甲板上继续找工具。甲板上有若干储物箱，但都被那个爱干净的主人锁得死死的。她又从甲板上环顾整个屋子，没什么新发现。“该死，该死，该死！”她高声说。

她坐到中插板上暗自神伤。船库里特别冷，她很庆幸自己穿了喀什米尔羊绒大衣。时间慢慢流逝，她又间隔着高喊了几次救命，希望越来越渺茫了。这会儿乘客们应该都回到了“飞剪号”

上。飞机马上就会起飞，留她一人在这里。

她惊讶地意识到，失去公司可能是最不让她担心的事情了。要是一星期都没人路过怎么办？她会死在这里的。恐慌的她开始连续地大叫了。她听到了自己声音里歇斯底里的味道，更加害怕了。

过了一会儿，她累了。疲惫也让她镇静了下来。彼得虽然恶毒，但还不至于杀人，不会留她自生自灭的。他应该会给希迪亚克警察局打匿名电话叫他们放她出去。但那肯定是在董事会之后了。她虽然对自己说不会有事的，但心底里还是觉得不安。彼得要是比她想得还恶毒怎么办？他要是忘了呢？他要是生病或是出什么意外死了呢？到时候谁来救她？

“飞剪号”威武的发动机声响彻海湾。她的心情从恐慌变成了彻底的绝望。她被背叛了、被挫败了，她甚至还失去了莫巍。他这会儿应该已经坐在飞机上等待起飞了。他也许会漫不经心地想她去哪了，但鉴于她跟他说的最后一句话是“你个白痴！”，他八成会认为她是受够他了。

他理所当然地认为她会跟他到英国，这种做法很傲慢。可是实际点看，任何男人都会觉得这理所当然的，因为这个抓狂是有点愚蠢了。现在倒好，他们气冲冲地分了手，她永远都见不到他了。她甚至还会死掉。

远处发动机的嘶吼加强，“飞剪号”要起飞了。噪声响亮了一两分钟，然后开始变弱。按照南茜的推断，它这是爬升到远空去了。她想：“完了，我丢了生意，没了莫巍，八成要饿死在这儿了。不，我不会饿死，我会缺水，会在剧痛中狂乱地嘶吼着渴死……”

眼泪不知不觉滑下了脸颊，她用袖口将泪水拭去。她必须振作起来。肯定有办法出去的。她再次环视四周。她起身够吊钩。不行，桅杆太沉，她一个人搬不动。有没有办法把门劈开呢？她想起了中世纪地牢犯的故事。他们为了挖出一条逃生的路，徒劳地用指甲盖日复一日年复一年地抠石头。她又看看包里。她有一小把象牙梳、一管快用完的亮红色口红、三十岁生日时孩子们送的廉价的粉底盒、一条绣花手绢、一本记事本、一张五英镑纸币、几张五十美钞还有一支小金笔：没什么用得上的。她又想到了自己的衣服。她的鳄鱼皮带上有个镀金的皮带扣。皮带扣针的尖儿说不定可以把门锁边上的木头挖掉。这么做很费功夫，但她有的是时间。

她爬下船，找到了正门的锁。门板很结实，但她不一定非得把它挖透：挖出个深槽以后说不定就可以撞开。她又喊了几声救命。没人应答。

她松开皮带。裙子没了皮带也穿不上了，她索性把裙子脱掉，整齐地叠好搭到了船舷上。虽然没有观众，她还是很高兴自己穿了漂亮的蕾丝内裤和相衬的袜带。

她在锁的周围刮出一个方形的框，开始往深了挖。皮带扣的金属并不怎么结实，过了一会儿扣针就弯了。但她还是继续着，每过一分钟左右就停下喊几声。

或许是因为潮湿的空气，门板很软。挖的速度提了起来，她开始觉得自己马上就能出去了。

就在她重燃希望的时候，扣针掉了。

她捡起地上的扣针试图继续，但没有扣环的扣针很难操作。她要是往下挖，它就从手指上滑掉，她若是轻轻刮，槽的深度就没有变化。掉了五六次之后，她开始大声咒骂起来。她愤怒地哭泣，不住地拿拳头捶门板。

一个声音喊道："谁在那儿？"

她闭上嘴巴，停住拳头。她真的听到了吗？她喊道："有人吗？救命！"

"南茜，是你吗？"

她的心漏跳了一拍。那人说的是英音，她听出来了。"莫巍！谢天谢地！"

"我一直在找你。你到底怎么了？"

"你先放我出去，行吗？"

门晃了晃。"锁上了。"

"去侧面。"

"这就去。"

南茜绕过帆船，走到偏门旁边。她听到他说。"门被楔上了——等一下……"她这才意识到自己下面只穿了丝袜和内裤，赶忙把大衣往下拉了拉，试图盖住赤裸的身子。过了一会儿门开了，她一下扑到了莫巍怀里。"我以为我要死在这儿了！"她开始难为情地哭了起来。

他一边抱着她，一边抚着她的头发，说："没事了，没事了。"

"彼得把我关里面了。"她哭着说。

"我就猜他耍了什么花样。不是我说，你这个弟弟真是个十足的浑蛋。"

见到莫巍的南茜高兴还来不及，根本没把彼得放心上。她泪眼蒙眬地望着莫巍的眼，把他的脸亲了个遍：眼睛、脸颊、鼻子还有最后的嘴唇。她胸中忽地燃起了欲火。她张开嘴，热情地吻了起来。他双手搂着她，把她抱得紧紧的。她将自己的身体抵向他，渴望感受到他的身体。他的手伸到了她的上衣里，慢慢滑下她的背，摸到内裤时他惊讶地停了下来。他上身往后一靠，看着她。她大开的上衣滑了下来。“你裙子呢？”

她大笑：“我刚想用皮带扣的扣针把门挖开来着，没有皮带扣裙子就会掉，所以我脱下……”

“多么美好的意外。”他沙哑地说。他抚摸起她的臀部和赤裸的大腿。她感觉到他勃起的阴茎抵到了自己肚子上。她把手伸下去，一把抓住。

刹那间，两个人都欲火焚身了。她就想在此时、在此地，和他做爱。她知道他和自己的感受一样。他宽大的手掌扣住了她的双乳，她猛吸一口气。她拉开他裤口的扣子，伸手进去，同时在脑海里想着：我差点就没命了，我差点就没命了。这个想法让她迫切地想要得到满足。她找到他的阴茎，紧握着拉了出来。这会儿他们俩都喘得像短跑运动员一样。她往后站了站，低头看着小小的白手中巨大的阴茎。她冲动得不能自已，把它含到了嘴里。

它把她的嘴填满了。她的鼻孔里有股陈腐的味道，嘴里咸咸的。她呻吟着：她已经忘记自己有多喜欢这样做了。她可以一直进行下去。他却把她的头拉了起来，低吟道：“停住，不然我会爆发的。”

他在她面前弯下腰，缓缓向下拉她的内裤。她既羞赧，又激动。他吻住她的阴毛，将她的内裤拉至脚踝。她迈了出来。

他站起身又抱住了她，终于将手覆到了她的阴部外。过了一会儿，她感觉到他的手指轻巧地滑入了自己的身体。他们一直湿吻着，唇舌疯狂地缠绕在一起，偶然为了喘气会停一下。过了一阵，她把身子抽离开，四下看了看："上哪儿？"

"把你胳膊搂我脖子后面。"他说。

她把双手抬起，在他颈后合住。他把手放至她两条大腿之下，毫不费力地把她抬了起来。她的上衣在身后摆动着。他将她放低，她两腿环住他的腰，引他进入。

他们静止了一阵。一个男人进入自己，两人身体融为一体，这种长久未有的无间亲密感和触感，她得细细体味。这是人世间最美好的感觉，她在想，自己竟然十年没有这种感觉，真是个疯子。

她开始移动了。她将自己拉向他，然后又推开。她听到他喉咙深处的呻吟。一想到自己给他带去的快感，她的欲火更旺了。她寡廉鲜耻地用这种奇特的体位和她几乎不了解的男人做着爱。一开始她还担心他能否承受得了她的体重，好在她个子娇小，而他又是个魁梧的男人。他抓起她圆圆的屁股，移动着她，一上，一下。她闭上眼睛，尽情享受着阴茎每一次进进出出，以及自己阴蒂抵住他小腹的感觉。她抛却对他力量的担心，将所有精力都聚集在腹股沟的肉感上。

过了一会儿，她睁开眼睛看着他。她想告诉他，她爱他。脑海里的那个常识哨兵告诉她，现在为时过早，可这是她真切的体会。"你是我的亲爱的。"她呢喃道。

他的眼神告诉她，他懂了。他低吟着她的名字，动作开始加快。

她又闭上眼睛，心里只想着从两人身体相遇的地方放射出的一波波快感。每次她陷向他的时候，她都听到了自己愉悦的低嚎，那声音仿佛从远处传来一般。他呼吸急促，举她的力道却丝毫未减。她开始想着他体内随着自己臀部每次起落而渐涨的压力，这画面将她推向了最高点。她的整个胴体都欢欣地颤栗着，她高声喊了出来。她感觉到了他的爆发和震颤，她骑着他，仿佛骑着一匹拱跳而起的马。两人都在高潮中颤抖着。快感渐渐缓和下去，莫巍站着不动，她趺在他胸膛上。

他用力拥抱着她，说："哇，你平时做爱都这样吗？"

她上气不接下气地大笑着。她喜欢能逗她笑的男人。

他终于把她放到了地上。她颤巍巍地站住，继续在他身上依偎了几分钟，然后才不情愿地把衣服穿了回去。

他们来到柔软的阳光下，沿着海滩向海堤徐徐走去，相视而笑了好多次，并没有说话。

南茜开始怀疑，也许她命中注定会住到英国嫁给莫巍。她已经输掉了掌权公司这一仗：因为她不可能按时到波士顿开董事会，彼得的投票权会压过丹尼·莱利和婷丽姑妈，然后就小人得志了。她想到自己的孩子们：他们现在已经独立，不需要她围着他们转了。而且她现在也发现，莫巍正是她所渴望的情人。做爱后的她还有点晕乎乎的，浑身发软。"可我在英国做什么呢？"她想，"我又不能当家庭主妇。"

他们来到海堤，伫立着眺望海湾。南茜想知道路过的火车多久会来一趟。她正想提议去找人问问，却见莫巍死死地瞪住了远方什么东西。"你看什么呢？"她说。

"'格鲁门大鹅'。"他若有所思地说。

"我没看到什么鹅啊。"

他指给她看。"那个小型水上飞机叫'格鲁门大鹅号'。机型很新——上市没几年呢。这个飞机非常快，快过'飞剪号'……"

她看着那架水上飞机。那是架机型新潮的双引擎单翼机，上有一个密封的驾驶舱。她明白他在想什么了。有了水上飞机，她就能按时赶到波士顿开董事会了。“我们能租到吗？”她不敢抱希望，犹豫地说。

“我正想说呢。”

“我们去问问！”她快步跑向航站楼，莫巍紧随其后。他步子大，跟她跟得很轻松。她的心怦怦直跳。她还是有可能救回公司的。但她先把得意收了起来：可能还会有别的麻烦。

他们进了楼。一个身着泛美制服的年轻人说：“嘿，你们没赶上飞机！”

南茜开门见山：“你知道那个小水上飞机是谁的吗？”

“‘大鹅号’吗？当然知道。是个叫阿弗雷德·南生的磨坊主。”

“他有没有出租过？”

“有，谁租他都乐意。你想包机吗？”

南茜心花怒放。“想！”

“其中一个飞行员正好在这儿——他来看‘飞剪号’呢。”他退了几步，朝旁边的房间叫道：“嘿，奈德？有人想包你的‘大鹅号’。”

奈德出来了。他三十岁上下，人很开朗，穿着衬衣，上面还别着肩章。他礼貌地点点头，说：“我很想帮你们，可我的副驾驶不在，‘大鹅号’又得两个人开。”

南茜的心又掉到了谷底。

莫巍说：“我会开飞机。”

奈德一副怀疑的样子：“你飞过水上飞机吗？”

南茜屏住呼吸。

莫巍说："飞过——'超级马林'。"

"超级马林"南茜从未听过，不过肯定是个比赛用机，不然奈德也不会刮目相看地说："你飞过竞速赛？"

"年轻的时候飞过，现在就是开着玩玩。我有架'虎蛾号'。"

"好家伙，你要是连'超级马林'都飞过，当'大鹅'副驾肯定没问题。而且南生先生明天才回来。你想飞去哪啊？"

"波士顿。"

"那得一千美元呢。"

"没问题！"南茜激动地说，"但我们马上就得动身。"

那人带着些许惊讶的眼神打量着她：他还以为是男的管事。"几分钟就好，女士。您打算怎么付钱？"

"我可以给你开个人支票，或者你把账单开到我波士顿的公司也行，布莱克制鞋公司。"

"你是布莱克制鞋厂的员工？"

"我是那儿的老板。"

"嘿，我穿的就是你的鞋！"

她低头看。他穿的是6.95美元的黑色牛津鞋，九码。"感觉怎么样？"她机械地问。

"很好。这鞋很不错。我想这你也知道。"

她微笑。"是，"她说，"它们是好鞋。"

Part 6

从希迪亚克至芬迪湾

第二十六章

“飞剪号”在纽伯伦瑞克省上爬升，向纽约飞去。玛格丽特担心得快要疯了。哈利去哪了？

警方发现他用的是假护照，这在飞机上已经人尽皆知。她就是想不明白，他们到底是怎么发现的。不过这也是无关痛痒的理论问题。关键是他们要是抓到他的话会怎么处置他。他应该会被遣送回英国，不是因盗窃了一对破袖扣而入狱，就是被强征入伍。到时候她可怎么再找他呢？

就她目前掌握的情况，他们还没抓到他。最后一次见他是在希迪亚克港，当时她正要上岸而他要去厕所。那是他脱身计划的开始吗？那时候他就知道自己有麻烦了吗？

警察已经搜查过飞机，一无所获，所以他肯定是在哪儿下去了。但他能去哪儿呢？他现在总不会正走在林间小路上，竖着拇指想搭顺风车吧？还是说他已经凭着三寸不烂之舌上了渔船准备从海路逃跑？不管他做了什么，玛格丽特都被同一个问题煎熬着：她还能再见到他吗？

她一遍又一遍地告诉自己，不要泄气。没有哈利是个打击，但她还有南茜·林汉帮忙。

父亲现在阻止不了她了。他是个失败者，是个流亡犯，已经没有强迫她的力量了。然而她还是担心他会做困兽之斗，疯狂地搞些极具破坏性的动作。

飞机一飞达巡航海拔，她就松开安全带，上后面找林汉夫人去了。

她路过时，乘务员正在为午餐布置餐厅。再后面的四号套间里，奥利司·菲尔德和弗兰克·戈登正相邻而坐，两人用手铐铐到了一起。玛格丽特一直走到最后，敲响了蜜月套房的门。无人应答。她又敲了敲，把门打开。是空的。

她不寒而栗。

南茜也许在女士化妆间，可拉弗斯先生又在哪呢？他若是去了驾驶舱或者男厕所，肯定会在二号套间路过玛格丽特的。她站在门口，紧锁眉头，怔怔地把套房的每个角落盯了个遍，仿佛他们会藏在哪儿似的。但这里并没有能藏人的地方。

南茜的弟弟彼得和他的同伴正坐在蜜月套间旁边，和化妆间就隔了个过道。玛格丽特问："林汉夫人在哪？"

彼得答道："她决定在希迪亚克下飞机。"

玛格丽特猛吸一口气。"什么？"她说，"你怎么知道？"

"她告诉我的。"

"可为什么呢？"玛格丽特伤心地说，"她为了什么留下？"

他一副被冒犯了的样子。"我也不清楚，"他冷冷地说，"她没说。她就要我转告机长，飞机最后一个航段她不坐了。"

玛格丽特知道这么质问他很不礼貌，但她必须问下去。"那南茜去哪了？"

他拎起旁边座位上的报纸。"不知道。"他说罢开始读了起来。

玛格丽特孤立无援了。南茜怎么能这样？她知道玛格丽特有多么仰仗她的帮助，一定不会连个招呼都没打就下飞机，至少会留下什么消息啊。

玛格丽特狠狠地盯着彼得。她觉得他长得很奸诈。他对她问题的反应也太敏感了一点。她一冲动，说：“我不相信你说的是实话。”这是句很无礼的话，她屏住呼吸，看他做何反应。

他抬头看她，脸颊通红。“小姐，你遗传了你父亲的坏脾气，”他说，“请你离开。”

她被挫败了。再没有比说她像父亲更让她痛恨的事了。她二话没说转身离开，差点没哭出来。

她穿过四号套间的时候，看到了莫巍美丽的妻子戴安娜·拉弗斯。私奔妻子和穷追不舍丈夫吸引了机上的每一个人，南茜和莫巍不得不共用一个蜜月套房的事更是成了所有人的谈资。玛格丽特不知道戴安娜会不会恰好知道她丈夫怎么了，这是个难以启齿的问题，但玛格丽特已经绝望得没心思担心面子问题了。她坐到戴安娜旁边，说：“不好意思，请问您知道拉弗斯先生和林汉夫人去哪儿了吗？”

戴安娜很惊讶。“去哪儿？他们不在蜜月套房里吗？”

“不在——他们没登机。”

“当真？”显然，戴安娜很震惊，被弄糊涂了。“怎么会？他们没赶上？”

“南茜的弟弟说他们决定不飞到终点了，但我不太相信他。”

戴安娜很生气的样子。“他们都没跟我说。”

玛格丽特又试探着看向戴安娜的同伴，举止温和的马克。“他们绝对没告诉我。”他说。

戴安娜换了种口气。“但愿他们没事。”

马克说：“亲爱的，这话什么意思？”

“我不知道我是什么意思。我就是希望他们没事。”

玛格丽特点头表示同意。“我不相信她那个弟弟。我觉得他没说实话。”

马克说：“你可能是对的，不过我们现在在半空中，也做不了什么。而且——”

“他现在和我没关系了，我知道，”戴安娜气恼地说，“但我和他好歹做了五年夫妻，我担心他。”

“说不定他在华盛顿港留了消息，我们到了就知道了。”马克宽慰道。

“但愿如此。”戴安娜说。

乘务员戴维拍了拍玛格丽特的胳膊。“午饭备好了，玛格丽特小姐，您的家人已经去了。”

“谢谢。”玛格丽特对食物没有一点兴致，但从这两个人身上也得不出什么所以然了。

玛格丽特起身正要走，戴安娜说：“你是林汉夫人的朋友？”

“她正打算给我工作呢。”玛格丽特苦涩地说。她咬住嘴唇转身走了。

父母和珀西已在餐厅就座，现在正在上第一道菜：龙虾开胃酒，用的是希迪亚克的新鲜龙虾。玛格丽特坐下，机械地说：“抱歉来晚了。”父亲只瞥了她一眼。

她拨弄着盘里的食物。她真想把头扑在桌上放声痛哭啊。哈利和南茜都一声不响地抛弃了她。她又回到了茫然无措的原点了。这不公平：她已经试着像伊丽莎白一样计划好了一切，细心的筹谋却还是要失败。

龙虾被撤走，换上了腰花汤。玛格丽特呷了一口就放下了勺子。她觉得疲惫又烦躁。她没有食欲，头还疼个不停。她开始觉得，这至尊奢华的“飞剪号”就是个牢笼。他们已经飞了二十七个钟头，她受够了。她想躺在真正的床上，在柔软的床垫上，在一个个枕头之间，睡它个一星期。

其他人也都紧张过度。母亲苍白而疲惫。宿醉的父亲两眼通红，口气难闻。神经质的珀西坐立不安，好像喝了过多浓咖啡一样，还不住地用敌意的眼神看父亲。玛格丽特有预感，要不了多久他就得做出什么出格的事来。

主菜有两种可供选择：红虾酱炸板鱼，或者菲力牛排。她两个都不想吃，但还是选了鱼。配菜上的是球芽甘蓝和土豆。她又跟尼崎点了杯白葡萄酒。

她想了想可怖的将来。她会和父亲母亲入住华道夫饭店，但不会有哈利溜进她房间了：她要一边想着他一边独守空房。她要陪着母亲没完没了地逛街买衣服。他们全都会去康涅狄格州。他们会让她加入骑马俱乐部和网球俱乐部，根本不征求她的意见，然后会有人邀请她参加聚会。母亲只消一眨眼的功夫就会替他们把整个社交圈建好，要不了多久就会有“合适的”男孩子来喝茶、喝鸡尾酒或是骑脚踏车遛弯。她在英国打仗的时候怎么可能有心情做那种事？她越想越郁闷。

甜点有奶油苹果派和巧克力冰淇淋。玛格丽特点了冰淇淋，然后吃了个精光。

父亲点咖啡时又叫了白兰地，然后清了下嗓子。他要开始演讲了。他这是要为昨天晚餐那可怕的一幕道歉吗？不可能的。

“你母亲和我一直在商量你的事情。”他开始了。

“说的我好像是个不听指挥的大堂侍女一样。”

母亲说：“你是个不听指挥的小孩。”

“我十九岁了，已经来了六年月经——我怎么会是个小孩？”

“嘘！”母亲花容失色，“你在父亲面前用这个词儿，恰恰证明了你的不成熟！”

“我投降，”玛格丽特，“我说不过你。”

父亲说：“你这种胡闹的态度恰恰肯定了我们一直在说的话，你还不具备在同阶级人群中正常社交的能力。”

“那可真是万幸！”

珀西哈哈大笑，父亲瞥了他一眼，却对着玛格丽特说：“我们一直在想，把你送哪儿才能把你招惹麻烦的可能性降到最小。”

“你们考虑修道院了吗？”

他并不适应她对他的无礼，但还是努了努力，遏制住自己的怒火：“这种说话方式对你没有好处。”

“好处？怎么样能对我有好处？我有关爱我的父母为我决定好未来的一切，他们一切都是为了我好。我有什么不好的？”

令她惊讶的是，母亲竟然掉泪了。“你太残忍了，玛格丽特。”她一边说一边拭去泪水。

玛格丽特心一颤。母亲的眼泪将她的抵抗力冲垮了，她又变得温顺起来，静静地说：“母亲，你想我怎么做？”

父亲回答了这个问题。“你要住你克莱尔姨妈那儿，她在佛蒙特州有块地方。在山上，很偏远。到那儿就没人看你丢人现眼了。”

母亲补充道：“我姐姐克莱尔是个很好的女人。她没结过婚，是布拉特尔伯勒圣公会教堂的骨干。”

玛格丽特打了个寒噤，但还是控制住了自己。“克莱尔姨妈多大了？”她问。

“五十多。”

“她独居？”

“是。不算佣人的话。”

玛格丽特气得发抖。“所以说，这就是你们对我想要过自己的生活的惩罚，”她声音颤抖着，“把我流放到山林里，让我成天面对一个脑子不成长的老处女姨妈。你们想要我在那儿待多久？”

“待到你平静下来为止，”父亲说，“可能，一年左右。”

“一年！”这仿佛是一辈子。但他们没办法逼她留在那里。“别异想天开了。我不是疯掉，就是会死掉，再不然就跑掉。”

“不经我们同意你不能离开，”父亲说，“如果你离开了……”他踌躇了一下。

玛格丽特看着他的表情，心想：上帝啊，连他都为下面要说的话难为情了。到底是什么？

他将嘴巴压成一条决绝的线，接着说：“你要是跑了，我们就确认你精神失常，把你关到疯人院里。”

玛格丽特倒吸一口气，恐惧地说不出话来。她从没想过父亲可以残忍到如此境地。她看着母亲，但母亲不愿看她的眼睛。

珀西站起身，甩下餐巾。“你个该死的蠢货，真是疯了。”

说完，他走出了餐厅。

如果珀西在一周前这么说，肯定会付出代价。但搁到现在，他被无视了。

玛格丽特又看向父亲。他的表情愧疚、傲慢又顽固。他知道自己做得不对，但他是不会改主意的。

她终于找到了能表达自己心情的话。

“你们已经判了我死刑。”她说。

母亲开始默默地哭泣。

发动机忽然变了声调。所有人都听到了，所有的对话都戛然而止。飞机踉跄了一下，然后开始下降。

第二十七章

两个左舷发动机同时熄火的瞬间，艾迪的命运也注定了。

此时此刻之前他还能改变主意，飞机还能继续飞，没有人会知道他曾计划过什么。可现在，无论如何，所有的一切都将大白于天下。除了当乘客之外，他再不能飞行了，他的职业生涯结束了。他压住胸中的怒火，防止它冲昏自己的头脑。他必须保持清醒，把事情做到底。他想起了那些毁掉自己一生的混蛋们。

飞机现在要紧急迫降了。绑票的人会上来救走弗兰基·戈蒂诺，之后一切都可能发生。卡洛安会安然无恙吗？歹徒逃向岸边的时候会中海军的埋伏吗？艾迪会因为在整件事件中的角色入狱吗？他是命运的囚徒，但只要能将活生生的健康的卡洛安搂在怀里，他什么都可以不要。

发动机熄火后没多久，他就听到了耳机里传来的贝克机长的声音：“怎么回事儿？”

艾迪紧张得口干舌燥，吞了两次口水才终于说出声来。“我还不知道。”他回答。但他知道。发动机停止是因为它们没油了：他停止供油了。

“飞剪号”有六个油箱。机翼中的两个小型输油油箱负责给发动机供油。大多数油则存在流体静力装置中的四个储油罐里，就是在乘客上下机时所踏的海翼里。

储油罐里的油也可以放掉，但是艾迪办不到。控制阀在副驾驶操作台上。不过艾迪可以把储油罐里的油泵到机翼里，然后再继续放。控制该转移工作的两个大手转轮就在工程师操作台右侧。飞机现在就在芬迪湾上空，距离接头地点还有五英里。过去的几分钟里他一直在放两个机翼油箱里的油。右舷的油箱还可以撑上几英里，左舷的已经干了，相应的发动机也已经熄火。

要再把储油罐里的油泵过来当然很容易，但飞机在希迪亚克停靠时，艾迪独自登机在手转轮的表针上动了手脚。现在仪表指“泵油”时，输油管其实会保持闭合，等它指到“关闭”的时候，泵油动作又会开启。这会儿仪表指示他在试图给机翼油箱加油，实际上却什么都没发生。

当然，之前航行时他一直在用错误的设置泵油。另外一个工程师可能会注意到这一点，然后纳闷到底怎么回事。艾迪每分每秒都在担心下班的助理工程师米奇·费恩会上来。好在他如艾迪所料，一直在一号套间里酣睡：漫长的飞行到了这一段，下班的机组人员通常都会睡觉。

在希迪亚克还出了两次状况。第一次是警察宣布他们已经得知机上弗兰基·戈蒂诺同伙的姓名。艾迪还以为他们在说路德，一时间认为游戏结束了，绞尽脑汁地想有没有其他解救卡洛安的办法。结果他们却说出了哈利·范东坡的名字，艾迪高兴得差点没跳起来。他不明白，范东坡貌似是个可爱的美国富家子弟，怎么会用假护照。但他还是很感激哈利分走了本该在路德身上的注意力。警方没有继续查，路德躲过了风头，计划可以继续了。

然而这一切对贝克机长来说是难以承受的。艾迪惊魂还未定，贝克机长就又丢了个“炸弹”。他说，机上真有同伙存在意味着有人确实要劫走戈蒂诺，他想把戈蒂诺带下飞机去。这也差点没把艾迪的一切毁掉。

贝克和联邦调查局警员奥利司·菲尔德大吵了一架。后者威胁说要告前者妨碍司法公正。最后贝克打电话给纽约的泛美航空，把问题抛给了他们，而航空公司决定让戈蒂诺飞下去，艾迪则又松了一口气。

他在希迪亚克还得到了一条好消息。史蒂夫·阿普尔比发来一条含糊但却无误的消息，确认一艘美国海军巡逻艇会在“飞剪号”即将降落的海岸附近巡逻。在飞机触水前它会保持隐蔽，然后拦截下所有同降落飞机接触过的船只。

这对艾迪来说意义重大。知道歹徒会被绳之以法以后，他就可以心安理得地将计划完成下去了。

现在该做的差不多都已做好了。飞机距离接头地点越来越近，且只有两台发动机还在运转。

贝克机长即刻来到艾迪身边。艾迪起先没对他说话，只是用发抖的手打开开关，让右舷侧的机翼油箱给所有发动机供油，重新启动左舷发动机。然后他说：“左舷的油箱干了，我又加不进去油。”

“怎么加不进去？”机长厉声说道。

艾迪指着手转轮，觉得自己就是个背信弃义的人。他说：“我把它转到泵油上了，但是没用。”

艾迪的仪表盘显示，储油罐和机翼油箱之间的油压和燃油流都没有变化。操控箱后还有四个玻璃管，可以直接查看输油管内的情况。贝克机长转而查看它们。“没油！”他说，“右舷机翼油箱里还有多少？”

“离干也不远了——几英里吧。”

“你怎么才发现？”他怒气冲冲地说。

“我以为我们在泵油。”艾迪弱弱地说。

这个回答太牵强，机长怒发冲冠：“两个泵油器怎么可能同时坏掉？”

“我不知道——不过谢天谢地，我们有个手动油泵。”艾迪抓住桌边的把手，开始进行手动泵油操作。工程师通常只在飞行中要给油箱排水是才会进行此操作，飞机刚飞离希迪亚克的时候艾迪已经做过，这会儿又故意跳过了将向机外排水的F型气动阀归位的操作。所以他大刀阔斧泵入的燃油不会抬升油位，而是会直接漏到机外。

机长当然看不出怎么回事，他也不太可能会注意到F型气动阀的设置。但他可以看出，可视油管里没有油流动。“没用！”他说，“我就不明白了，三个油泵怎么可能同时失效！”

艾迪看看仪表盘。“右舷侧油箱快没油了，”他说，“我们要再不迫降，就得在空中自由落体了。”

“全体注意，准备紧急迫降。”贝克说。他食指指着艾迪。“我不喜欢你的表现，艾迪，”他冷峻地说，“我不信任你。”

艾迪很不痛快。他虽然有正当的理由向机长撒谎，但他还是恨自己。他生平都和实诚人打交道，谁若是要手段玩心眼他就会恶语相向。现在他却成了自己曾经鄙视的那种人。“机长，到最后你会明白的。”他在心里说。他真希望能把这句话大声说出口。

机长转向导航员工作台，俯身看图表。导航员杰克·阿什福朝艾迪投来疑惑的眼神，然后指着图表对机长说：“我们在这儿。”

整个计划的成败就在于“飞剪号”能否降落到海岸和大马南岛之间的海峡上。绑匪们都指望着这一点，艾迪也一样。不过人在大难临头时可能会有离谱的举动。艾迪已经下定决心，如果贝克不理智地选择其他地点，他就会发表意见指出海峡的优点。贝克会有顾虑，但他必须得明白艾迪说得有道理，他若是迫降到其他地点，那行为诡异的就不是艾迪了。

好在没有干预的必要了。不一会儿贝克就说：“在这儿，这个海峡里。我们就落到那儿。”

艾迪别过身去，不让别人看到他胜利的表情。他离卡洛安又近了一步。

全员按部就班地进行着紧急迫降程序，艾迪望向窗外，想看看这片海域的情况。一艘小船正在海浪中上下摆动，貌似是艘运动用钓鱼船。海面波澜起伏。这次降落会很颠簸。

一个声音让他的心跳停住。“出什么状况了？”米奇·费恩上楼调查来了。

艾迪惊恐地瞪着他。米奇只消一分钟就能猜出手动泵上的F型气动阀没有归位，艾迪得赶紧把他打发走。

谁知贝克机长抢先一步。“米奇，你出去！”他厉声呵斥道，“紧急迫降过程中，非当班机组人员必系好安全带坐好，不能上蹿下跳乱提愚蠢的问题！”

米奇一溜烟不见了。艾迪松了口气。

飞机急速降落：贝克希望尽早贴近海面，以防油在预计时间前耗尽。

飞机转向西行，避开下方的岛屿：他们要是在陆地上空了油，那他们就都死定了。过了一会儿，他们来到了海峡上空。

浪很大，艾迪目测有四英尺高。临界浪高是三英尺："飞剪号"在再高的浪上降落会有危险。艾迪咬紧牙关。贝克虽是个出色的飞行员，但这种情况也只能听天由命了。

飞机迅速下降。机身触到第一个大浪尖时艾迪有感觉。他们又飞了一小会儿，之后再次触浪。第二次的力道来得更猛，飞机被弹向空中，他的胃也晃荡了一下。

艾迪只怕自己小命不保：飞船就是这么坠毁的。

飞机虽然还在空中，但冲击力已经降低了它的速度，所以抬升得也不高。飞机无法以小角度滑入水中，只能硬下去了。这就好像跳水时流畅的入水之于痛苦的腹部拍水，唯一的区别是，飞机的腹部是薄铝片做的，它会像纸袋一样破开。

他一动不动等着冲击力到来。飞机狠狠地拍向水面，力道钻入他的脚心直达脊梁骨顶端。水盖住了窗户。侧身而坐的艾迪被甩向左侧，好在他设法留在了自己的位置上。面朝前坐的电报员把头磕到了话筒上。艾迪觉得飞机就要散架了。敢有一个机翼下沉他们就会遭殃。

一秒钟过去了，又一秒钟过去了。被吓到的乘客的尖叫声传到了楼上。飞机又抬升一次，部分机身露出水面。飞机趁着阻力减小又向前飞了一段，然后又沉了下去，艾迪也又被甩向一边。

飞机保持了水平，艾迪又看到了成功的希望。窗户上的水下去了，他瞥向海面。他的发动机还在轰鸣：他们没有被淹到。

速度渐渐降了下来。时间每过一秒，艾迪的安全感就涨一分。飞机终于停了下来，只是随着海浪起起落落。艾迪耳机里传来机长的声音："老天，这比我想的还颠簸。"其他机组人员如释重负地大笑起来。

艾迪站起来，把每扇舷窗的外面都看了一遍，搜寻船只的影子。外面阳光明媚，但天上还有雨云，能见度还可以。但他没瞅见任何其他船只。或许汽艇在“飞剪号”后面，从这边看不到。

他又回到座位把发动机关掉。电报员发出了求救信号。机长说：“我还是去安慰一下乘客的好。”他下了楼。电报员收到了回复，艾迪但愿它是营救戈蒂诺的那伙人发出的。

他等不及知道答案了。他走向前去，打开驾驶座边的舱口，爬下步梯来到了艏舱。前方的舱门放下后成了一个平台。艾迪走出去站到上面。海浪起起伏伏，他得抓住门框才能保持平衡。海浪冲过了海翼，有的甚至高上了平台冲到了他的脚。太阳一会儿躲到云后，一会儿探出头来，海风吹得正劲。他仔细看了看机身和机翼：没看到什么损伤。看来这个大飞行器安然无恙地幸存下来了。

他松开锚，环视周围海面找寻船只的影子。路德的同伙在哪儿呢？要是出了什么差错怎么办，要是他们不出现怎么办？还好他终于看到了远方的摩托艇。他的心漏跳了一拍。是它吗？卡洛安在船上吗？他这会儿又开始担心会有别的好奇船只特地赶来看落水的飞机了。这会扰乱计划的。

摩托艇一上一下，迅速驭浪而来。抛过锚、检查过机身损耗的艾迪本该回到驾驶舱的工作台，但他却抬不动脚。他怔怔地盯着越来越大的船影。这是艘不小的快艇，上面还有密封的舵手室。他知道它的时速有二十五至三十海里，但还是觉得这速度慢得焦心。他发现甲板上有一群人。不一会儿他就可以数清了：四个。他发现其中有一个人比其他人个头小得多。看起来这群人由三个身穿黑西装的男人和一个穿蓝大衣的女人组成。卡洛安就有件蓝大衣。

他觉得那是她，但又不能确定。那女人有美丽的长发和纤细的身材，和卡洛安一样。她没有和其他人站在一起。四个人都凭栏望着“飞剪号”。这等待真叫他难以忍受。此时太阳从云后探出了头，女人抬手到脸边遮在眼睛上方。这一举手的动作拨动了艾迪的心弦，他知道，那就是他的妻子。

“卡洛安。”他大声说。

他心中好一阵激动，一时间忘却了两人还要面临的危险，沉浸在再次见到她喜悦之中。他举起手，幸福地挥舞着。“卡洛安！”他高声喊。“卡洛安！”

她当然听不到他的声音，但她可以看到他。她先是惊讶和犹豫，好像不确定这是他的样子，然后也朝他挥手。她的动作先是有些胆怯，然后变得非常用力。

他意识到，如果她还能挥手那一定没事。想到这里，他心里满是放松和感激，孱弱得像婴儿一样。

他记起一切还没结束。他还没做完呢。他又挥了下手，不情愿地回到了飞机里。

他走上驾驶舱，机长也正从客舱回来准备上去。“有损伤吗？”贝克说。

“一点也没，至少我看到的是这样。”

机长转向电报员。他汇报说：“有人回应我们的求救信号了，不过最近的是艘休闲用船，这会儿正朝左舷开过来。您应该可以看见。”

机长看向窗外，看到了快艇。他摇摇头。“没用。我们得被拖走才行。试着联络下海岸护卫队。”

“快艇上的人想登机。”电报员说。

“拒绝登机请求。”贝克说。艾迪郁闷了。他们必须上来！“太危险了，”机长继续道，“我不想往飞机上绑艘小船，可能会碰伤机体的。况且我们要是在这种风浪上转移乘客，肯定会有人坠海。跟他们说，他们伸出援手我们深表感激，但他们帮不了我们。”

艾迪没料到会有如此情况。他换上一副事不关己的表情以掩盖突如其来的焦虑。管他娘的损伤不损伤，路德的同伙登机登定了！但如果没有内应，他们想上来可不容易。

他又想到，他们就算在有内应，想从正常舱门进来也非易事。海浪已经淹没了海翼，还将舱门没了一半：没绳子抓的话，谁上了海翼都会站不住，而且海水会在开门的时候冲到餐厅里。艾迪之前没想到这一点，因为“飞剪号”通常只会降落在最平静的海面上。

那他们怎么才能上来？

他们只能走艏舱的前舱口了。

电报员说：“机长，我已经说了他们不能登机，但他们好像没听见一样。”

艾迪往外看去。快艇正在环绕飞机。

“不理他们。”机长说。

艾迪起身向前走。他正要踩上通向艏舱的步梯，贝克机长厉声说：“你要上哪？”

“我查看一下船锚。”艾迪糊弄着说，没等回答就下去了。

他听到贝克说：“这家伙没救了。”

艾迪沉沉的心里想：这我早就知道了。

他来到平台上。快艇距离“飞剪号”的机头有三四十英尺。他能看到凭栏而立的卡洛安。她穿的是条老式长裙和平底鞋，正是她素日里做家务的打扮。他们抓她的时候，她把最好的大衣披到了干活的衣服上。现在他可以看到她的脸了。她很虚弱，面无血色。艾迪怒火中烧。他心想：我会让他们为此付出代价的。

他升起可折叠绞盘，朝快艇挥手，示意他们看绞盘，比画起扔绳子的动作。他做了好几遍甲板上的人才明白。他猜他们都不是有经验的水手。他们都穿着对襟西装，在海风中不住地捂着头顶的软呢帽，这行头显然不是船上穿的。舵手室里的家伙八成是快艇的船长，正手忙脚乱地进行操控，尽力维持着船机相对距离的稳定。终于有人做出理解的手势，拎起了一条绳子。

他扔得很不怎么样，第四回才让艾迪够到。

他把它拴到绞盘上。快艇上的人把船拉得离飞机更近了一些。轻了很多的小船在海浪中颠簸得更加厉害。把快艇绑到飞机上很难，也很危险。

忽然米奇·费恩的声音在从背后传来。他说：“艾迪，你在搞什么？”

他转身。米奇站在艏舱里，仰着长了雀斑的开朗的脸，关切地看着他。艾迪吼道：“别蹚这浑水，米奇！我警告你，你要是插手会有人受伤的！”

米奇被吓住了。“好，好，我听你的。”他退回驾驶舱，脸上的表情在说，他认为艾迪已经疯了。

艾迪转身回去看快艇。已经很近了。他看那三个人。一个非常年轻，不超过十八岁。另一个年长些，但个头又矮又瘦，嘴角叼着根烟。第三个人身穿白条纹黑西装，看上去像是发号施令的人。

艾迪判定，得有两条绳子才能保证快艇足够稳定。他把手围到嘴边作喇叭状，喊："再扔条绳子！"

条纹西装男走到船头，在他们正使用的绳子旁边拎起了另一条绳子。这可没用：他们得在船的两头各绑一条绳子，形成一个三角形才行。"不，不是那条，"艾迪说，"扔船尾的绳子。"

男人收到了他的信息。

艾迪这回一下就抓到了绳子。他把它拿进飞机，绑到了一个支柱上。

有两人各拉一条绳子，快艇靠近的速度快多了。发动机忽然熄了火，身穿工装裤的人从舵手舱走出，将拉绳的活接了过去。这家伙显然是个海员。

艄舱里，又一个声音从艾迪身后传来。这回是贝克机长。他说："迪金，你这是在违背直接命令！"

艾迪忽视他，祈祷短时间内他不要插手。快艇已经近到了。船长把两条绳子拴到甲板的支柱上，还松出一些容许小船随海浪起落。若有人想跳上"飞剪号"，必须在海浪将甲板托到和平台一样高度的瞬间跳过来。他们可以抓着船尾连向艄舱支柱的绳子来保持平衡。

贝克咆哮道："迪金！你给我回来！"

海员打开栏杆上的门，穿条纹西装的坏蛋摆好姿势准备跳了。贝克机长从艾迪身后一把抓住艾迪的上衣。那个歹徒看到里面发生的事，把手伸向上衣口袋。

艾迪最担心的，就是会有机组同事想要逞英雄，结果把命给丢了。他多希望自己能告诉他们史蒂夫·阿普尔比派出海军巡逻艇的事啊——可他又怕他们知道之后会不小心让歹徒们提前察觉到。所以他只能试着控制局面了。

他朝贝克喊："机长！别挡路！这群混蛋有枪！"

贝克很震惊的样子。他瞪了一眼那名歹徒，然后缩了回去。艾迪转身看见条纹西装男正把手枪塞回上衣口袋。他恐惧地想："上帝，但愿我能让这些家伙不动枪；谁要没了命，那可就是我的罪过。"

船正在浪峰上，甲板比平台稍微高出一点。那名歹徒抓着绳子，犹豫了一下，然后跳到了平台上。艾迪抓住他，扶他站稳。

"你是艾迪？"男人说。

艾迪认得这个声音：他在电话里听到过。他记得他的名字：维希尼。艾迪辱骂过他：现在他后悔了，因为他需要他的配合。"维希尼，我想跟你合作，"他说，"你要想诸事顺利没什么差错，那就让我帮你。"

维希尼给他甩了个恶狠狠的眼色。"好吧。"过了一会儿他又说："你要是走错一步，小心你的小命。"他话说得轻快，像在谈生意。没有一点厌烦的样子：毫无疑问，他脑子里装的事情多得没工夫想过去的不快了。

"你站进来，就在这儿等着，我去把其他人接过来。"

"成。"维希尼转向快艇。"老乔——你下一个，然后是基德，那娘们儿是最后。"他下到艄舱里。

艾迪看里面，贝克机长正要爬通向驾驶舱的梯子。维希尼掏出手枪，说："你，待那儿别动。"

艾迪说："机长，照他说的做，这些人可不是闹着玩的。"

贝克迈下梯子，把手举向空中。

艾迪转回去。那个叫老乔的小个儿正站在快艇栏杆边，看上去怕得要命。“我不会游泳！”他的声音很刺耳。

“你不需要会。”艾迪说着伸出手。

老乔跳了，抓住了艾迪的手，然后半走半跌地进了艄舱。

年轻的那个殿后。他看前面两个安全转移，自信过头了。“我也不会游。”他咧着嘴说。他跳得早了，只踩住了平台边儿。失了重心的他往后迈去。艾迪探身出去，左手拉住绳子，右手一把抓住男孩的裤腰，把他拉回到平台上。

“老天，谢啦！”男孩这话说得好像艾迪只是轻轻扶了他一把，而不是救了他的命。

现在轮到站在快艇甲板上的卡洛安了。她望着这边的平台，面露惧色。平日里的她并不胆小，但艾迪看得出，基德刚才的命悬一线把她的胆吓跑了。他对她微笑着说：“就照着他们做就行，亲爱的，你能做到的。”

她点点头，抓住绳子。

艾迪的心提到了嗓子眼。浪把快艇推到和平台一样高了。卡洛安犹豫着错过了机会，更加害怕了。“不着急。”艾迪喊。为了掩盖自己的恐惧，他故意说得很镇静。“准备好再跳。”

快艇落下去又升起来。卡洛安脸上一副早死早超生的表情，紧闭嘴唇，眉头紧蹙。快艇漂开了一两英尺，空太宽了。艾迪喊：“这次先别——”太晚了。她铁了心要勇敢起来，已经跳了。

她连平台的边都没沾到。

她吓得尖叫出来，抓着绳子摇摆，双脚在空中来回踢腾。快艇顺浪而下，卡洛安跌下了平台，艾迪也无能为力。“抓紧！”他发疯似的喊。“你会上来的！”他已经做好准备了，她若是放手，他就跳到海里救她。

但海浪将她带下去，又把她带了上来，整个过程中她都抓得紧紧的。齐平时她伸腿够平台，没够到。艾迪跪下一只膝盖想要抓住她。他就快失去平衡掉到水里了，但还是够不到她的腿。海浪又把她带了下去，她绝望地哭喊了一声。

“摆！”艾迪吼道。“上来的时候前后摆！”

她听到了。艾迪看得见，她胳膊酸痛得直咬牙，但还是趁海浪托起快艇时前后摆动了起来。艾迪跪下伸出手。一样高了，她用尽全力摆动着。艾迪抓住她的脚踝了。她没穿丝袜。他把她拉近了一些，又抓住另一只脚踝，可脚还是够不到平台。快艇到了波峰，然后又开始下落。卡洛安感觉到自己下去了，尖叫起来。艾迪抓着她的脚踝不放。她松开了绳子。

他死死抓住不放。她掉下去的重量差点没把他拉到海里，好在他腹部着地，留在了平台上。卡洛安在他手中倒挂着。她这种姿势他是拉不起来的，好在大海替他做到了。下一个海浪淹住了她的头，也把她抬向自己。他松掉一个脚踝，空出右手，揽住了她的腰。

抓住了。他先歇了口气，然后对被水呛到的她说：“没事了，宝贝，我抓到你了。”然后又把她拉上了平台。

她翻身起来的过程中，他一直握着她的手。他扶她进了飞机。

她跌在他怀中，啜泣着。他把她湿淋淋的头按在胸口。他觉得自己的眼泪就要涌出来了，但憋住没有哭出来。三个歹徒和贝克机长都期待地看着他，但他又无视了他们一阵。卡洛安猛烈地发着抖，他紧紧地抱着她。

他终于开口说：“你还好吗，亲爱的？那群混账没伤着你吧？”

她摇摇头。“我没事。”她从颤栗的牙缝中吐出了几个字。

他抬头，遇上贝克机长的眼神。贝克看看他，又看看卡洛安，再看向他，然后说：“我的上帝，我开始明白这是……”

维希尼：“话够多了，我们还有活儿要干。”

艾迪松开卡洛安。“好。我看我们应该先搞定机组成员，让他们保持镇定，不要碍事。然后我带你们见你们要的人。可以吗？”

“可以，但现在就得动手。”

“跟我来。”艾迪走到梯子边爬了上去。他第一个上到驾驶舱，马上就开始说话。趁着维希尼没赶上来的几秒钟，他说：“大家听着，谁都不要逞英雄，没有必要，但愿你们能明白我的话。”为安全起见，他只能暗示这么多了。过了一会儿，卡洛安、贝克机长和三个无赖也从舱口钻了出来。艾迪继续道：“每个人都别慌，按照他们说的做。我不想他们动枪，我不想任何人受伤。机长也会这么告诉你们的。”他看向贝克。

“没错，各位，”贝克说，“不要给这些人掏枪的理由。”

艾迪看着维希尼说：“好了，开始吧。机长，请和我们一起去，您得安抚乘客。老乔和基德带着机组人员上一号套间去。”

维希尼点头默许。

“卡洛安，你和机组人员一起好不好，亲爱的？”

“好。”

这样安排能让艾迪安心些。她应该远离枪支，这样还可以向他的同事解释一下他为什么帮那群歹徒。

他看着维希尼。“你要不要把枪收好？你会吓到乘——”

“操，”维希尼说，“走你的吧。”

艾迪耸耸肩。这一下还是值得一试的。

他带他们走下楼梯，来到客舱。这里乱糟糟的，掺杂着吵闹的谈话声、半歇斯底里的笑声还有一个女人的啜泣声。乘客全在座位上，两个乘务员正使出浑身解数，试图表现出镇定、一切正常的样子。

艾迪向飞机后面走。餐厅惨不忍睹，地上到处是碎盘子和破玻璃。不过所幸午饭已差不多结束，大家都在用咖啡，所以没撒什么食物。大家看到维希尼的手枪时，都安静了下来。维希尼背后的贝克机长说："非常抱歉，女士们先生们，但请务必留在座位上，尽量保持镇静，一切很快会结束。"他的话是如此能抚慰人心，连艾迪都觉得好受了一些。

他穿过三号套间，来到四号套间。奥利司·菲尔德和弗兰基·戈蒂诺正坐在彼此旁边。"就是这样，"艾迪心想，"我就是这样放走谋杀犯的。"他将这个想法搁置一边，指着戈蒂诺对维希尼说："你要的人在这儿。"

奥利司·菲尔德站了起来。"我是联邦调查局特工汤米·麦克阿杜，"他说，"弗兰基·戈蒂诺昨天已乘越洋邮轮抵达纽约，现在已经进了罗德岛普罗维登士监狱。"

"搞什么！"他的话犹如五雷轰顶，艾迪爆发了。"替身！我折腾了这么半天就为了一个他妈的替身！"看来他不用放走谋杀犯了。但他高兴不起来，他还要为歹徒接下来的动作担惊受怕。他惊恐地看向维希尼。

维希尼："操，我们要的不是弗兰基。德国佬在哪？"

艾迪大吃一惊，瞪着他。他们要的不是戈蒂诺？怎么回事？德国佬是谁？

汤姆·路德的声音从三号套间传来。“他在这儿，维希尼。我已经抓住他了。”路德站在门口，手里的枪正抵着卡尔·哈德曼的脑袋。

艾迪被弄糊涂了。帕特里卡的帮会怎么会想绑架卡尔·哈德曼？“你们要一个科学家干吗？”他说。

路德说：“他不是科学家。他是核物理学家。”

“你们是纳粹党的？”

维希尼说：“噢，不。我们只是接了他们的活罢了。事实上，我们是民主党的。”他恶俗地大笑着。

路德冷冷地说：“我才不是民主党的。我是名光荣的德意志-美利坚协会会员。”艾迪听过德美会，它应该是个于人无害的德美友好协会，不过花的是纳粹的钱。路德继续说：“这些人都只是雇来的帮手而已。元首亲自给我发来消息，要我协助逮捕一名窜逃科学家并将其遣返。”艾迪意识到路德很以此为荣，这是他这辈子遇到的最伟大的事了。“我出钱让这些人帮我。现在我要带哈德曼教授回德国了，第三帝国需要他。”

艾迪和哈德曼四目相对。这人已经恐惧得面如土灰。艾迪好一阵愧疚。哈德曼就要被带回纳粹德国了，都怪艾迪。艾迪对他说：“他们抓了我妻子……我能怎么办？”

哈德曼的表情马上就变了。“我理解，”他说，“这种事情我在德国见多了。他们逼你为了对一个人的忠诚去背叛另一个人。你没有选择，不必自责了。”

艾迪很惊讶，这个人在这样的时候竟然还有心情安慰他。

他又看向奥利司·菲尔德。“你又为什么带了个替身上‘飞剪号’？”他说，“你想帕特里卡的帮会劫机？”

“绝对不想，”菲尔德说，“我们接到消息，说该帮会想杀戈蒂诺灭口，戈蒂诺只要一抵达美国，就会被他们一枪杀掉。所以我们放风出去，说他要坐‘飞剪号’，暗地里则提前走海路把他运了过来。差不多就现在这会儿，戈蒂诺已经入狱的消息就会广播给公众，黑帮也会知道自己被耍了。”

“你为什么不派人保护卡尔·哈德曼？”

“我们不知道他要上这架飞机——没人告诉我们！”

哈德曼一点保护也没吗？艾迪纳闷。还是说有尚未表露身份的保镖？

叫老乔的小个歹徒右手拿枪走进套间，左手拎了瓶开好的香槟。“维尼，他们安静得跟羊羔似的，”他对维希尼说，“基德在后面的餐厅，他从那儿就能罩住整个飞机前半边儿。”

维希尼对路德说：“那个操蛋的潜艇在哪儿？”

路德说：“随时都可能出现，我确定。”

潜艇！路德的接头地点竟然就在缅因州海岸外的德国潜艇上！艾迪看向窗外，以为能看到它像个钢铁鲸鱼一样浮出水面。但外面除了海浪，别的什么都没有。

维希尼说：“好吧，我们的活儿做完了，钞票拿来。”

路德一边稳住哈德曼，一边退到自己座位边，拎出一个小手提箱，递给了维希尼。维希尼打开。里面装满了一捆捆美钞。

路德说：“十万美金，全是二十元面额的。”

维希尼说：“我查查。”他收枪坐下，箱子放在膝盖上。

路德说：“查到猴年马月了——”

“你以为我是谁，菜鸟吗？”维希尼用夸张的耐心语调说，“我会先查两捆，然后再查一共有多少捆。我不是第一回做。”

每个人都在看维希尼数钱。套间里的乘客——拉维尼亚公主、白璐璐、马克·埃尔得、戴安娜·拉弗斯、奥利司·菲尔德还有弗兰基·戈蒂诺的替身——都在旁观。老乔认出了白璐璐。“嘿，你不是电影里那个吗？”他说。白璐璐别过脸去，不理睬他。老乔对着瓶子喝了口酒，然后又递到戴安娜·拉弗斯嘴边。她脸色煞白，躲闪到一边。“我同意，这玩意儿没那么好喝。”老乔说着伸手出去，把香槟倒到了红白相间的波点长裙上。

她痛苦地叫了一声，推开他的手。湿裙子贴在她的胸脯上，透透的。

艾迪终于愤怒了。事态再这么发展就会变成暴力事件了。他说：“你给我住手。”

那人不予理会，色眯眯地说：“奶子不错。”他扔掉瓶子，抓住她一个乳房，用力捏起来。

她尖叫。

她的男友马克正纠结于自己的安全带。“别碰她，你个不要脸的混账东——”

混账东西拿枪把甩到马克嘴上，动作快得惊人。马克的嘴唇喷出了血。

艾迪说：“维希尼，看在耶稣基督的分上，管管你的人吧！”

维希尼说：“这样的女人的咪咪到了这个年龄要还没被捏过，那也是时候让人摸几下了。”

老乔把手插到戴安娜裙子里。她挣扎着想躲开，但却被安全带拴着动弹不得。

马克解开了安全带，但还没站起身。那人又打了他一下。这次枪把打到了他的眼角。老乔出左拳捶向马克的肚子，又第三次用枪呼过他的脸。马克伤口的血流进了眼睛，他看不见了。几个妇女尖叫起来。

艾迪气愤极了。他本已决心避免一切流血冲突的。老乔又要打马克了。艾迪忍不下去了，把浑身力气全使到手上，从身后一把抓住小个子，别住了他的胳膊。

老乔挣扎着，企图把枪对向艾迪，但艾迪抓得很紧。老乔扣了扳机，枪声在密封的空间里的震耳欲聋。好在枪是朝下开的，子弹打穿了地板。

第一枪已经打响，一种可怕的感觉涌上哈利心头：场面就要失去他的控制了，再这样下去机上会血流成河的。

维希尼终于干预了。“得了，老乔！”他吼。

那人不动了。

艾迪松开手。

老乔恶狠狠地瞪了他一眼，没说话。

维希尼说：“我们可以走了，钱都到手了。”

艾迪看到了一线希望。他们若是现在离开，至少就不会再有流血事件了。“走吧，”他心想，“看在老天的分上，走吧！”

维希尼继续道：“老乔，你要是想，可以把那个娘们儿带上。我自己也可以干一干——她可比工程师的瘦老婆强。”他站起身。

戴安娜尖叫道：“不要，不要！”

老乔松开她的安全带，一把抓住她的头发。她挣扎着。马克站起身，试图抹开眼上的血。艾迪拉住马克，制住他。“你会没命的！”他说。他又降低嗓音说：“不会有事儿，我保证！”他想告诉马克，歹徒来不及对戴安娜做什么就会被美国海军巡逻艇截下，可他又担心维希尼会听到。

老乔拿枪对着马克，对戴安娜说："你乖乖跟我走，不然你男人两眼之间会多个小洞。"

戴安娜不动了，开始啜泣。

路德说："我和你一起，维希尼。我的潜艇没来。"

"我就知道它来不了，"维希尼说，"这儿离美国那么近，他们靠不过来的。"

维希尼显然对潜艇一无所知。德国潜艇没出现的原因艾迪能猜个大概。潜艇的舰长可能看到了史蒂夫·阿普尔比的海军巡航舰正在海峡上巡逻，八成正在附近听着巡逻舰的无线电杂音，巴望着巡逻舰会开到别的海域呢。

路德不等潜艇要跟歹徒一起走的决定深得艾迪心意。歹徒的快艇就快中史蒂夫·阿普尔比的埋伏了，如果路德和哈德曼也在上面，哈德曼就能被救下。如果所有一切结束的代价是马克·埃尔得脸上缝的几小针，艾迪会很开心的。

"走吧，"维希尼说，"路德打头，德国佬随后，然后是基德，再是我，然后是工程师——我要你待到我下了这个大铁罐为止——最后是老乔和那个金发娘们儿。动身！"

马克·埃尔得开始在艾迪怀中挣扎了。维希尼对奥利司·菲尔德和另一个警员说："你是想制住这个家伙，还是想老乔崩了他？"他们抓住马克，让他动弹不得。

艾迪随维希尼出去。他们穿过三号套间，走过餐厅，一路上乘客全都瞪大眼睛盯着他们。

维希尼进了二号套间，莫白先生举起枪说："站住！"他把枪对准维希尼。"所有人不许动，不然我就朝你们老大开枪了！"

艾迪退后一步，不想碍他的事。

维希尼脸色苍白。“好，伙计们，谁都别动。”

叫基德的家伙飞身出去开了两枪。

莫白倒下了。

维希尼冲男孩儿咆哮道：“你个小杂种，他可能会要我命的！”

“你没听他口音吗？”基德回答，“他是英国人。”

“关他娘的英国甚事？”维希尼尖喊道。

“我看过所有的电影，英国佬从没射中过人。”

艾迪跪在莫白身边。两颗子弹穿过了他的胸膛。他流着殷红的鲜血，和他背心的颜色一样。“你是谁？”艾迪说。

“苏格兰场，特勤处，”莫白细声说，“被指派执行保护哈德曼的任务。”所以说科学家并不是完全没人保护啊。“真失败。”莫白沙哑地说。他闭上眼睛，停止了呼吸。

艾迪咒骂着。他发过誓，歹徒下机之前不会让他们伤及任何人的性命，他离成功就差那么点儿了！现在倒好，一位勇敢的警察牺牲了。“完全没有必要。”艾迪高声说。

他听到维希尼说：“你怎么就这么确定所有人都没当英雄的必要？”他抬头。维希尼正用狐疑和充满敌意的眼神盯着他。艾迪想：“上帝啊，我看他是想要我的命了。”维希尼继续说：“你是不是知道什么我们都不知道的事？”

艾迪没有回答。快艇的海员忽然从楼梯上冲了下来。“嘿，维尼，我刚刚接到韦拉德的——”

“我跟他说过，没紧急情况不能用无线电的！”

“这是紧急情况——有艘海军的船在海岸边来来回回，好像在找什么人的样子。”

艾迪的心停跳了。这情况是他始料未及的。歹徒在海岸上留了个盯梢的，那人还能通过无线电短波和快艇上的人联络。现在好了，维希尼知道埋伏的事了。

全完了，艾迪输了。

“你摆了我一道，”维希尼对艾迪说，“你个混蛋，看我不要了你的命。”

艾迪看到贝克机长投来的目光，他脸上的表情是理解、惊讶和敬重。

维希尼拿枪对着艾迪。

艾迪想：我已经尽力了，这一点所有人都知道；我死而无憾了。

路德说：“维希尼，你听！听到了吗？”

他们都安静下来。艾迪听到了另一架飞机的声音。

路德看向窗外。“是架海上飞机，正朝这边落呢！”

维希尼放下枪。艾迪膝盖发软。

维希尼往外看，艾迪顺着他目光方向看去。只见之前停泊在希迪亚克港的格鲁门“大鹅”触水降落到一波涌起的浪上，然后熄了火。

维希尼说：“那又怎样？他们要挡我们的道，我照样把上面的混蛋毙了。”

“你不明白吗？”路德激动地说，“这就是我们的出路！我们可以飞过那该死的海军然后脱身啊！”

维希尼慢悠悠地点了点头。“想法不错。我们就这么办。”

艾迪意识到他们就要脱身了。他的命保住了，但却还是要失败。

第二十八章

南茜·林汉坐在包机上，一边沿着加拿大海岸飞行，一边想出了问题的答案。

她虽想挫败自己的弟弟，但也想找到办法摆脱父亲为她设定好的生活轨迹。她想和莫巍在一起，但又怕离开布莱克制鞋厂去英国的她会变作和戴安娜一样的无聊主妇。

奈特·里奇威说他愿意提高收购价，通用纺织里也会有南茜的一席之地。想到这里，南茜又想起通用纺织在欧洲有很多工厂，而且大多数都在英国。战争结束前，里奇威是没法到这些厂视察的，这可能要好几年。所以她对他的要求就是，做通用纺织集团欧洲大区的经理。这样她既可以和莫巍在一起，又可以继续做生意。

解决方案干脆利落，唯一的不足就是，欧洲在打仗，她可能会没命。

她正思考着这遥远但却瘆人的可能性，只见副驾驶座上的莫巍忽然转过身来，指着窗外的下方。“飞剪号”正在海上漂浮着。

莫巍试图通过无线电联络“飞剪号”，但没人回复。“飞鹅号”绕着落水的飞机盘旋起来，南茜也渐渐忘掉了自己的麻烦。

发生了什么事？机上的人都还好吧？飞机看上去没什么损伤，但也没什么生命的迹象。

莫巍转向她，声音压过了发动机的轰鸣：“我们得下去，看看他们需不需要帮忙。”

南茜不住地点头表示同意。

“系好安全带，扶稳咯。海浪不小，降落可能会很颠簸。”

她系上安全带，往外看。海面波涛滚滚，还有几个卷起的大浪。飞行员奈德将机身调得和海浪平行，然后落在波峰上。机身触上浪背，驾浪的飞机就像夏威夷的冲浪员。整个过程并没南茜担心的那么颠簸。

“飞剪号”的机头上绑了一艘摩托艇。一个身穿粗棉工装头戴鸭舌帽的男人出现在甲板上，朝他们招手。南茜猜他是想把“大鹅”拴到他的快艇旁。“飞剪号”的艏舱口开着，他们应该从那里登船。南茜看明白为何如此安排了：海浪没过了海翼，人从正门进去很困难。

奈德将飞机朝快艇侧移过去。南茜看得出，要在这样的海况中进行这个操作并不容易。好在“大鹅号”是个高单翼机，机翼架在快艇上，离快艇的上层建筑还很远，想把它拉到快艇边也不是什么问题，只是机身会碰到船侧的那排橡皮胎罢了。甲板上的那个人将飞机绑到自己的船前船后。

奈德关闭水上飞机的发动机，莫巍则到后面打开舱门，将舷梯放下。

“我留飞机上就行，”奈德对莫巍说，“你去看看怎么回事吧。”

“我也去。”南茜说。

由于水上飞机和快艇绑在一起，两艘船在海浪中一起沉浮，舷梯几乎没怎么跑动。莫巍先登上去，然后伸手扶南茜。

两人都上了甲板，莫巍对快艇上的人说："怎么了？"

"他们燃料出了问题，紧急迫降了。"他答。

"我用无线电联络不到他们。"

那人耸耸肩。"你还是上去吧。"

要想从快艇进"飞剪号"，他们还得从快艇的甲板跳到舱口门形成的平台上。莫巍又打头阵。南茜脱掉鞋子，把它们塞到了大衣里，然后依样画葫芦。她有点紧张，不过其实挺容易跳的。

艄舱里有个她不认识的人。

莫巍说："这里怎么了？"

"紧急迫降，"年轻人说，"我们在钓鱼，整个过程全看见了。"

"那无线电怎么坏了？"

"不知道。"

南茜断定，这小伙儿的脑子不怎么灵光。莫巍肯定和她想法一致，不耐烦地说："我还是问机长的好。"

"走这边——他们都在餐厅里。"

南茜觉得好笑：这男孩穿着两种颜色的鞋子，还打了黄色领带，穿这身打扮来钓鱼可不太明智。她跟着莫巍爬上梯子来到驾驶舱，这里空无一人。这就是莫巍发出无线电信号但无人应答的原因。可他们又怎么会全到餐厅里去了呢？整个机组人员不能全都离开驾驶舱啊。

他们下楼梯来到客舱。她开始有了不祥的预感。莫巍带路走过二号套间，忽然停住脚步。

南茜隔过他看到倒在血泊里莫白先生。她捂住嘴巴，把惊叫声堵了回去。

莫巍说："亲爱的主啊，这里发生了什么？"

身后传来了黄领带年轻人的声音："继续走。"他的声音变严厉了。

南茜转身，看到了他手里举了把枪。"是你干的？"她愤怒地说。

"闭上你的瘪三儿嘴，继续走！"

他们迈进餐厅。

餐厅里还站了另外三个有枪的人。一个条纹西装的大个男人，看上去像是管事的。一个长相粗鄙的小个男人，正站在莫巍妻子身后漫不经心地抚弄着她的乳房：莫巍看到这一幕，咒骂了几句。第三个举枪的人是乘客路德先生：他正拿着枪对着另一名乘客，哈德曼教授。机长和工程师也在里面，手足无措的模样。几个乘客坐在桌旁，盘子杯子大多被摔得粉碎。南茜瞥见了玛格丽特·奥森福德，她面无血色，显然受过什么惊吓。她蓦地回想起自己之前曾油腔滑调地跟玛格丽特说过，普通人不需要担心黑帮，因为他们只在贫民窟活动。自己可真是愚蠢。

路德先生正在讲话。"拉弗斯，老天爷眷顾我，我们正需要飞机，你就开着一架过来了。狡猾的艾迪·迪金叫了海军巡逻舰想埋伏我们，你却可以载着我、维希尼先生以及我们的同伴从他们头上飞过去。"

莫巍怒视着他，一言不发。

条纹西装男发话了。"动身吧，待会儿海军等不及开过来搜查就不好玩了。基德，你带上拉弗斯。他女人可以留下。"

“好的，维尼。”

南茜还没明白怎么回事，但她知道自己并不想被抛下：莫巍若要遇上什么不测，她宁愿能陪在他身边。但没人问她的意愿。

名叫维希尼的人继续发号施令。“路德，你带上德国佬。”

南茜不明白他们为什么要带卡尔·哈德曼。她还以为这些都和弗兰基·戈蒂诺有关，但这里又没有他的人影。

维希尼说：“老乔，你带着金发妞。”

小个男人拿枪抵着戴安娜·拉弗斯的胸脯。“我们走。”他说。她没有动。

南茜愕然。他们为什么要绑走戴安娜？她有种不祥的预感，答案她是知道的。

老乔将枪管戳进戴安娜柔软的乳房里，用力捣着。戴安娜很痛，喘着气。

“等一下。”莫巍说。

他们都看向他。

“好，我可以给你开飞机，但有个条件。”

维希尼说：“闭嘴动身就是，这儿没你提操蛋条件的地儿。”

莫巍伸开手臂。“那你开枪打死我吧。”他说。

南茜吓得叫出声来。有的人，得知别人量自己不敢之后，真的会开枪的。难道莫巍不明白吗？

接下来是一阵沉默。然后路德说：“什么条件？”

莫巍指着戴安娜。“她留下。”

小个子老乔的眼神能把莫巍杀死。

维希尼说：“我们不需要你，瘪三儿。前面有的是泛美航空的飞行员——随便拉个出来都比你飞得好。”

“随便拉出来一个都会提同样的条件，”莫巍说，“问问他们吧——如果你有时间的话。”

南茜这才想起，歹徒并不知道“大鹅号”上还有个飞行员。不过这也没什么分别了。

路德对老乔说：“把她留下。”

小男人怒发冲冠。“操，凭什——”

“把她留下！”路德喊，“我给你钱是叫你绑架哈德曼，不是叫你奸淫妇女的！”

维希尼介入了。“他说的对，老乔，以后有的是婊子让你挑。”

“得，得。”老乔说。

戴安娜如释重负，哭了起来。

维希尼说：“没时间了，赶紧离开这儿！”

南茜不知道自己还能不能再见到莫巍。

外面传来高音报警器的声音。快艇的船长正试图吸引他们的注意力。

叫基德的人在旁边的房间说：“他娘的，老大，你往窗外看！”

“飞剪号”着水时哈利·马克思晕过去了。飞机弹第一下的时候，他一头摔到了行李堆前面。他正要爬起来的当，飞机又砰地拍向海面，把他甩到了墙上。他脑袋一蒙，不省人事。

他醒来时直纳闷，到底发生了什么事。

他知道他们还没抵达华盛顿港：整个航程四五个钟头，现在一半时间还没过。那这就是计划外停靠了，看起来像是紧急迫降。

他坐起来，摸摸受伤的地方。这会儿他明白飞机为什么会有安全带了。他流着鼻血，头疼欲裂，身上到处都是瘀伤，好在没有伤到筋骨。他拿手绢拭了下鼻子，觉得自己命真大。

行李间里当然没有窗户，所以他没法弄清楚怎么回事。他静静地坐了一会，想听听有什么线索。发动机已经熄火，外面是长时间的寂静。

接着一声枪响。

枪支意味着有黑帮，机上如果有黑帮，那八成是来找弗兰基·戈蒂诺的。更关键的是，枪战意味着混乱和惊惶，这样哈利说不定可以脱身。

他得上外面看看。

他把门开出一条缝。没人。

他来到外面的走廊，走向通往驾驶舱的门，站在门后用力听着。没有声音。

他轻柔地松开门，瞅向里面。

驾驶舱内空无一人。

他迈过门槛，轻轻落步，然后走到楼梯上。他可以听到几个男人越来越大的争吵声，但具体的话却听不清。

驾驶座舱的舱口大开着。他望进去，看到了洒进艄舱的日光。他靠近一些，发现艄舱的门开着。

他起身往窗外看，机头上绑了艘摩托艇，甲板上有个穿着胶鞋戴着鸭舌帽的男人。

哈利意识到自己逃跑的机会很大。

这里有快艇，可以把他带到海岸上荒僻的地点。船上貌似只有一个人。哈利铁定会有法子把他打发掉，然后把船拿下。

身后忽然传来脚步声。

他心跳加速，转向后面。

是珀西·奥森福德。

男孩站在后门口，惊讶劲儿一点不比哈利少。

过了一会儿，珀西说："你藏哪儿了？"

"先别管了，"哈利说，"下面怎么回事？"

"路德先生是纳粹，他想把哈德曼教授送回德国，还雇了几个黑道的帮凶。他还给了他们一手提箱的钱，有十万美金！"

"乖乖！。"哈利忘了用美国腔了。

"他们杀了莫白先生。他是苏格兰场派来的保镖。"

原来他是干这个的。"你姐姐没事吧？"

"目前没事。但他们要带拉弗斯夫人一起走，因为她太漂亮了——但愿他们不要留意到玛格丽特……"

"上帝，真是一团糟啊。"哈利说。

"我设法溜到了后面，从女厕所旁边的活板门爬上来的。"

"为什么？"

"我想找菲尔德警员的枪。我看到它被贝克机长没收走了。"珀西拉开了图表桌的抽屉。里面放了一把紧密式左轮手枪，弹夹很短，正是联邦调查局警员会放到上衣口袋里的类型。"我就知道——是柯尔特式三八毫米口径警探专用枪。"珀西说着拿起枪，熟门熟路地拆开，转了下旋转弹膛。

哈利摇着头。"我不觉得这是什么好主意。你会没命的。"他一把抓住男孩的手腕，夺过枪放回原位，合上了抽屉。

外面传来巨大的噪音。哈利和珀西二人都看向窗外，只见一架水上飞机正在“飞剪号”上空盘旋。这又是何方神圣？过了一会儿，飞机开始降落，然后又驾浪滑行到了“飞剪号”旁边。

“现在怎么办？”哈利说。他转过身，珀西已经不见了。抽屉大开着。

枪没了。

“该死。”哈利说。

他穿过后门，冲过货舱，路过头顶的导航员穹顶，又穿过一个矮舱，从第二扇门向后望。

珀西正仓惶地沿着矮廊向后跑去。矮廊越接近机尾的地方越是低狭。飞机的建筑工事在这里一览无遗，处处可见短柱、铆钉以及走在地板上的电线。很显然，这里是后半部客舱上方余出的无用空间。哈利眼看着珀西从一个方孔钻了下去。他记得自己曾在女厕所旁边见过一个步梯，上面有个活板门。

他已经拦不住珀西了：太晚了。

记得玛格丽特说过，他们家人都会射击，这是他们的爱好。但那孩子对黑帮却是一无所知的。如果他挡了他们的道，他们就会像踩死蚂蚁一样把他毙掉的。哈利喜欢这孩子，但与自己的感受相比，他更在乎玛格丽特。哈利不想她亲眼看着她弟弟命丧黄泉，可他又能做什么呢？

他回到驾驶舱看外面。水上飞机正被人往快艇上绑。不是水上飞机的人想上“飞剪号”，就是“飞剪号”的人想上水上飞机：无论哪种情形，马上就会有人穿过驾驶舱。哈利得赶紧闪人了。他穿过后门，留了条缝没关，好听听外面的动静。

不一会儿，就有人从客舱楼梯上来，然后进了艄舱。一会儿之后又有两三个人返回。哈利听着他们走下楼梯，这才出来。

他来到楼梯转角，从那里往客舱看。他可以看到厨房：空的。快艇的海员现在要是准备上“飞剪号”的话他该怎么办呢？哈利心想：我听到了，他就要过来了。他要溜到男厕所去。他向下走，一次一步，一停一听。他走到底的时候听到了一个声音。他听出来了，是汤姆·路德有教养的美式口音，里面掺着些欧洲味道。“拉弗斯，老天爷眷顾我，”他说，“我们正需要飞机，你就开着一架过来了。狡猾的艾迪·迪金叫了海军巡逻舰想埋伏我们，你却可以载着我、维希尼先生以及我们的同伴从他们头上飞过去。”

答案出来了。水上飞机将会让路德和哈德曼全身而退。

哈利又爬回到楼梯上。一想到可怜的哈德曼要被带回到纳粹手里，他的心都碎了。但哈利可能还是会听之任之——他不是英雄。不过这会儿小珀西·奥森福德随时可能做傻事，哈利不能看着玛格丽特的弟弟在她面前送掉自己的小命还无动于衷。看在她的分上，他得先下手让歹徒分心，扰乱他们的计划才行。

他往艄舱里看，瞄到一条绑在支柱上的绳子。灵感来了。

他忽然有了让歹徒分心的方法，说不还能做掉一个歹徒。

首先他得松开绳子，让快艇漂开。他穿过舱口，爬下梯子。此时，他的心跳越来越快，他害怕至极。他现在也不去想被人看到要怎么办了，到时候就像平时一样，扯谎圆过去就是了。他走到艄舱头。不出所料，绳子是连在快艇上的。他伸手到柱子上，解开绳结，把绳子丢到地上。他往外看了看，还有条绳子连着船头和“飞剪号”机头。该死。这个绳结要从平台外面才够得到，这就意味着他可能会被人看见。

但他现在不能放弃，他得赶紧。珀西还在里面，像进了狮坑

的丹尼尔一样

他来到外面平台上。绳子绑在机头上的绞盘上。他迅速把它解开。

他听见快艇上有人喊叫："嘿，说你呢，你干吗呢？"

他没抬头，但愿这家伙没枪。

他把绳子从绞盘上取下，扔到了海里。

"嘿，你！"

他转身。快艇的船长正站在甲板上大叫着。他没带枪，谢天谢地。那人拾起他那头的绳子往后拉。绳子蜿蜒出了艄舱，没到了水里。

船长退回舵手舱，启动发动机。

下面的部分更危险。

要不了几秒钟，歹徒们就会发现他们的快艇漂走了。他们有疑惑，也会有枪。他们会派一个人过来查看并重新把快艇绑好。然后——

哈利不敢去想自己要做的事。

他猛冲上梯子，穿过驾驶舱然后又躲进了货舱。

他知道，这么把歹徒们当猴耍可能有生命危险。一想到他们抓到他会如何处置自己，他就不寒而栗。

过了很久，什么都没发生。哈利想：拜托，赶紧看看窗外吧！你们的船漂走了——再不发现我的胆子就跑没了。

他终于又听到了脚步声，沉重的、急促的、走上楼梯穿过驾驶舱的脚步声。不过令他郁闷的是，这脚步声好像来自两个男人。他没想过自己得搞定两个人。

等断定二人已经下到艄舱之后，他把头探了出去。安全。他穿过驾驶舱看向舱口。两个手拿枪的人正盯着艏舱门外看。就算没枪，哈利也能从他们夸张的衣服看出这二人绝非善类。一个面貌粗鄙个头矮小，另一个年纪轻轻十八九岁。

哈利细想：我是不是该回去躲着的好。

船长正在操控快艇，快艇和绑在上面的水上飞机还保持相对静止。两个歹徒得再把快艇绑到“飞剪号”上，而这个活儿手里拿着枪是没法干的。哈利等他们把枪收起来。

船长喊了几句话，哈利听不太清。过了一会儿，两个混混各自把枪塞到了口袋里，走到外面的平台上。

哈利爬着梯子下到艏舱，心提到了嗓子眼。

这俩人正在试着抓船长抛来的绳子，所有注意力都在外面，所以开始并没看到哈利。

他悄悄迈过艏舱。

他走到一半时，那个年轻的抓到了绳子。另一个小个子半侧了下身——看到了哈利。哈利朝他冲去，他手伸向口袋掏出了枪。

哈利觉得自己死定了。

绝望的他想都没想，直接弯下腰抓住小男人的脚踝，用力一举。

一声枪响，哈利没什么感觉。

那人踉跄了一下，差点跌倒。他丢掉枪，紧紧抓住他哥们儿想保持平衡。

年轻的那个失了重心，松掉了绳子。一时间，两人左摇右晃，一个抓着另一个。哈利抓脚踝的手还没松，又猛掂了一下。

二人跌下平台，扎进了汹涌的大海。

哈利得意地呼了口气。

他们沉下去，又浮起来，然后开始挣扎。哈利看得出，这俩人都不会游泳。

“这是为了克莱夫·莫白，你们两个狗杂种！”哈利喊。

他没留下观看他们的结局，他要知道客舱里情况怎么样了。他冲到艄舱后方，爬上梯子来到驾驶舱，然后蹑手蹑脚地走下楼梯。

他在最后一阶停下来听。

玛格丽特可以听到自己的心跳声。

声音萦绕在她耳中，像定音鼓一样显著而充满节奏感，响亮得让她觉得其他人也肯定听到了。

她这辈子就没这么害怕过。她为自己的害怕感到羞耻。

她为紧急迫降害怕，为突然亮出的枪害怕，为工程师、路德先生还有弗兰基·戈蒂诺令人迷惑的角色转换害怕，为这些身穿丑陋西装的弱智混蛋那漫不经心的残忍而害怕；最最让她害怕的，是地上死去了的安静的莫白先生。

她怕得不敢动，这让她觉得无地自容。

这么多年来，她一直把自己多想和法西斯抗争挂在嘴边，现在机会来了。法西斯就在她面前，正要把卡尔·哈德曼押回德国去。可她却什么都做不了，因为她被吓得动弹不得了。

也许她终究还是什么都做不了，也许她只会把自己的小命送掉。可她应该去尝试，而且她一直都说自己愿意为了真理、为了伊安的回忆牺牲自己性命。

她现在意识到，父亲一直冷嘲热讽自己佯装出的勇敢其实没有错。她的个人英雄主义全都是自己的想象。当战地摩托情报员的梦想只是幻想罢了，她听见第一声枪响时肯定会找地方躲起来的。等真正的危险来临时，她就会变成彻头彻尾的废物。心跳声在耳边扑通扑通，她坐在座位上一动不动。

“飞剪号”着水，匪徒持枪登机，南茜和拉弗斯先生乘水上飞机赶来，整个过程中她一言未发。名叫基德的人看到艇漂走，名叫维希尼的人派基德和老乔重新把绳子系上，这之前她一直保持着沉默。

但当她看到基德和老乔溺水时，她尖叫了出来。

她目不转睛地盯着窗外，看的虽是海浪，焦点却不在海浪，而在那两个漂进她视野的男人头上。基德一直试图让自己浮起来，但老乔却在基德的背后一直把他的伙计往下按企图救自己。这一幕太恐怖了。

她一尖叫，路德先生赶紧冲到窗边向外看去。“他们落水了！”他歇斯底里地喊。

维希尼说：“谁们——基德和老乔？”

“对！”

快艇船长扔出一条绳子，但两个落水的人没看到：老乔闭着眼睛到处扑腾，基德则被老乔按到了水里。

“做点什么啊！”路德说。他已经到了崩溃的边缘。

“做什么？”维希尼说。“没什么能做的。疯子是没脑子自救的！”

两人慢慢向海翼漂去。如果他们保持平静，就能爬到上面相安无事。但他们想不到那儿。

基德的头下去了，再也没有上来。

没有基德可按的老乔喝了满腔的水。玛格丽特听到一声沙哑的叫声，声音经过“飞剪号”的隔音装置显得很闷。老乔的头下去、上来，然后最后一次地下去了。

玛格丽特战栗着。他们都死了。

“怎么会这样？”路德说，“他们怎么会下去？”

“可能是被推下去的。”维希尼说。

“被谁？”

“这该死的飞机上肯定还有别人。”

玛格丽特想：哈利！

可能吗？哈利还在飞机上？警察搜查的时候他一直躲在什么地方，紧急迫降之后才出来的？是哈利把那两个坏蛋推到海里的？

接着她想到了弟弟。快艇往“飞剪号”上绑的时候珀西就不见了，玛格丽特一直以为他去了男厕所然后决定在里面避风头。但那不是他的风格，他更可能会顶风而上。她知道他发现过一条通往驾驶舱的秘道。他现在又打了什么鬼主意？

路德说：“一切都要完蛋了！我们怎么办？”

“我们照原计划坐水上飞机离开：你、我、德国佬还有钱，”维希尼说，“如果有人挡道，那朝他肚子上来一枪就行。别慌了，我们走。”

玛格丽特有种不祥的预感，他们会在楼梯口碰上珀西的，肚子上挨枪的人就是他了。

就在三人离开餐厅时，珀西的声音从飞机后方传来。

他扯着嗓门喊道：“给我站住！”

玛格丽特震惊了，他手里举了把枪——就对着维希尼。

那是把短管左轮手枪，玛格丽特立马就猜到，这肯定就是之前联邦调查局特工被没收的那把柯尔特手枪。现在珀西正把它举在胸前，胳膊伸得笔直，好像正在瞄准目标。

维希尼慢慢转过身。

玛格丽特虽为珀西的性命担忧，但还是为他感到骄傲。

餐厅里人很多。路德在玛格丽特座位旁边以及维希尼身后，正拿枪抵着哈德曼的头。套间另一边站着南茜、莫巍·拉弗斯、戴安娜·拉弗斯、工程师还有机长。大多数的位子上都还坐着人。

维希尼对着珀西盯了许久，然后说：“小屁孩儿，别瞎掺和。”

“扔掉你的枪。”珀西用沙哑的青少年嗓音说道。

维希尼的动作快得惊人。他缩向一边，举起自己的枪，扣响一次扳机。枪声快把玛格丽特的耳朵震聋了：她听到遥远的尖叫声，然后又意识到那其实是自己的声音。她也不知道是谁射伤了谁。珀西好像没事，而维希尼胸膛上淌着血，踉跄了几下摔倒了。他扔掉手提箱，箱子崩开。鲜血溅到一摞摞美金上。

珀西丢下枪，睁大了眼睛盯着被击中的人，吓坏了。他四处看看，然后放声大哭。

所有人都看向路德这最后一名匪徒，唯一还拿着枪的人。

卡尔·哈德曼趁路德分心猛一动，挣脱他的束缚，飞身摔到了地板上。玛格丽特生怕哈德曼会被杀掉，然后又想起路德可能会对珀西开枪。然而真正发生的事完全出乎她的预料。

路德抓住了她。

他把她从座位上揪起来搂到自己胸前，枪抵着她的头，和他对付哈德曼的动作别无二致。

所有人都僵住了。

她怕得不敢动弹，不敢说话，甚至连尖叫也不敢。枪管死死地挖进她的太阳穴。路德正在发抖，他和她一样害怕。他打破了寂静："哈德曼，去艏舱门那儿上快艇。你最好照做，不然这姑娘就性命不保了。"

忽然间，一股可怖的平静从她的头顶灌到脚心。她明白了，但这顿悟真是令人厌恶，路德这一招奸诈而精明。他若只把枪对向哈德曼，哈德曼可能会说："开枪吧——我就是死也不回德国。"可现在有性命之虞的是她。哈德曼可能准备好了不要自己的命，但他是不会让一个年轻姑娘牺牲的。

哈德曼慢慢从地上站起来。

玛格丽特用冰冷而残酷的逻辑想明白了，所有一切都看她了。她可以通过牺牲自己来拯救哈德曼。她心想："这不公平，我没想到会这样，我还没准备好，我做不到！"

她看到父亲的眼神。他害怕极了。

就在这将死的一瞬间，她想起了他如何嘲笑她太软弱，没有战斗力，说她到了陆妇队一天都待不下去。

他说得对吗?

她要做的就只有移动而已。路德可能会杀死她，但也可能在扣扳机之前被其他人扑倒，那样哈德曼就得救了。

她心想，我做得到。她想时依然保持着一动不动的姿势。

她深呼吸，心想：再见了，所有人。

忽然间，她听到了哈利的声音："路德先生，我想您的潜艇到了。"

所有人都看向窗外。

玛格丽特感到太阳穴上枪管的压力有一丝松懈，她明白，路德此刻分心了。

她猛缩一下头，挣脱了他的钳制。

一声枪响，但她没有感觉。

每个人即刻动手。

工程师艾迪飞身跃过她，像石头一样砸到了路德身上。

哈利一把抓住路德持枪的手，将武器从他手中掰了出来。

路德跌落在地板上，艾迪和哈利压倒在他身上。

玛格丽特这才意识到，她还活着。

她忽然觉得自己虚弱得像个婴儿，四肢无力地瘫陷到了座椅上。

珀西扑向她，和她拥抱着。时间在此刻静止。她听到自己说了句："你没事吧？"

"没事。"他颤巍巍地说。

"你真勇敢！"

"你也是！"

"是的，我也是，"她心里想，"我很勇敢。"

所有乘客马上炸开锅嚷了起来。这时贝克机长吼道："安静，请大家安静！"

玛格丽特四下看去。

路德脸朝下趴在地上，哈利和艾迪把他按得动弹不得。飞机内的危险已经结束。她看向外面。潜艇漂浮在水面上，湿润的铁壁在阳光下闪耀着，仿佛一头巨大的灰鲨鱼。

机长说："附近有一艘海军巡逻艇，我们马上就给他们发电报，告诉他们这里有艘德国潜艇。"机组人员已从一号套间走了过来。机长对电报员说。“本，拉响汽笛。”

“遵命。您是知道的吧，潜艇舰长听到我们的无线电信息后会逃跑。”

“那更好，”机长咆哮着说，“我们的乘客已经看够危险场面了。”

电报员向驾驶舱走去。

所有人都不住地看着德国潜艇。上面的舱口一直关着，里面的舰长肯定是在观望。

贝克机长继续说：“还有个歹徒没抓住，我想把他带进来。艾迪，去艏舱门那儿把快艇船长骗上来——跟他说维希尼找他。”

艾迪从路德身上下来，向前走去。

机长对导航员说：“杰克，把这些该死的枪收走，子弹全倒空。”机长意识到自己说了脏话，又补充道：“女士们，我对刚才的用词表示抱歉。”

他们之前实在听了太多歹徒们的污言秽语，玛格丽特不禁嘲笑机长为区区一句“该死”而道歉。旁边的其他乘客也笑了起来。机长开始很讶异，后来也找到了笑点，不禁莞尔。

笑声让所有人意识到，他们脱离危险了。有些乘客开始放松起来。玛格丽特感觉怪怪的，不住地颤抖着，仿佛天气很冷一样。

机长拿鞋尖轻踢了一下路德，对另一个机组人员说：“强尼，把这家伙绑到一号套间，看好了。”

哈利从路德身上下来，一个机组人员把他带走了。

哈利和玛格丽特四目相对。

她还以为他抛弃了她，以为再也见不到他了。她还那么确信自己就要没命了。忽然间两人竟然活生生地站在了一起，这样的美好简直让她难以承受。

他坐到她身边，她一下扑到他怀中。他们紧紧相拥。

过了一会儿，他在她耳边低语：“看外面。”

潜艇正缓缓地没入海面。

玛格丽特抬头对哈利微笑，吻向了他。

第二十九章

一切都结束了，卡洛安却不敢碰艾迪。

她坐在餐厅里，呷着乘务员戴维端来的热腾腾的奶咖。她脸色苍白，身子不停发抖，嘴里不停地说她没事。然而每次艾迪把手放到她身上时，她都会畏缩一下。

他紧挨着她坐下，望着她，她却不愿直视他的眼睛。他们低声谈论着之前发生的事情。她着了魔似的跟他一遍又一遍地讲那些人如何冲进家门如何把她托到车上。“我正站那儿给葡萄干装瓶呢！”她不停地说，仿佛这是整个事件中最恐怖地一幕。

“都结束了。”每次他都这么说，她每次也会猛烈地点头。但他看得出来，她并不相信。

终于，她看向他说：“你下次飞是什么时候？”

他这才明白，她是担心自己下次一个人在家的时候会害怕。他松了口气：这一点他可以很轻易让她安下心。“我不会再飞了，”他告诉她，“我马上就会辞职。反正他们也会开除我，他们是不会雇一个像我这样曾经故意把飞机搞下去的工程师的。”

贝克机长无意间听到了这部分谈话，打断了艾迪。“艾迪，我有话对你说。我能理解你做的事情。你也是被逼无奈，而且也尽全力周全了。我更想说的是：我觉得换了谁，都不会像你一样处理得这么好。你勇敢而且机智，能和你一起飞行我很荣幸。”

“谢谢长官，”艾迪有些哽咽，“我无法表达你的这些话对我多么受用。”他用余光瞥见了珀西·奥森福德。他一个人坐在那里，一副受惊的样子。“长官，我想我们都该谢谢年轻的珀西，他挽救了大局！”

珀西听到他的话，抬起头来。

“说得好。”机长说。他拍拍艾迪的肩膀，走过去和大男孩握手。“珀西，你是个勇敢的男子汉。”

珀西立马有了精神。“谢谢！”他说。

机长坐到他身边和他攀谈起来。卡洛安对艾迪说：“你要是不飞了，我们做什么呢？”

“我会去做我们之前一直说的那个生意。”

他能看到她脸上露出的希望，但她还不相信。“我们能行吗？”

“我已经攒够买停机坪的钱了，再借点儿钱就能起步。”

她瞬间有了神采。“我们能一起经营吗？”她说，“我能不能在你修理加油的时候记个账接个电话什么的？”

他微笑着点点头。“当然了，至少宝宝出来之前没问题。”

“就像一家老爸老妈店。”

他伸出胳膊握住她的手。这次她没有畏缩，而是用力握了握作为回应。“老爸老妈店。”他说。她终于有了笑容。

戴安娜正在和莫巍拥抱，这时戴安娜拍了拍他的肩膀。

南茜沉浸在喜悦和放松之中，为自己还有心爱的男人都还活着而欣喜不已。现在她又开始担心戴安娜会不会给这欢乐的时刻蒙上阴影。戴安娜离开莫巍时拖泥带水，离开之后还时有后悔的迹象。他刚才还和歹徒们讨价还价试图救她，这说明他还是在乎她的。她是不是要企求他让自己回去呢？

莫巍转身，给了他妻子一个戒备性的眼神。“戴安娜，干吗？”

她的脸上浸满了眼泪，但表情却很坚定。“握个手吧？”她说。

南茜不明白这是什么意思，莫巍不自在的举止也告诉她，他也不确定。不过他还是伸出了手，说：“当然。”

戴安娜两手握住他的手，新的眼泪流了下来。南茜确信她就要说“让我们重新开始”了，但她却来了句：“祝你好运，莫巍。我希望你幸福。”

莫巍神情严肃。“谢谢你，戴戴。我也希望你幸福。”

南茜明白了，他们这是在原谅对彼此的伤害。他们依然会分手，只不过分开以后还是朋友。

南茜按捺不住冲动，对戴安娜说：“和我握握手吧？”

另一个女人迟疑了一刹那。“好。”她说。她们握了手。“愿你一切安好。”戴安娜说。

“我也是。”

戴安娜转身走向自己的套间，再没说别的话。

莫巍说：“那我们呢？我们怎么办？”

南茜这才想起，自己还没来得及告诉他自己的计划。“我要当奈特·里奇威欧洲大区的经理。”

莫巍很意外。“他什么时候给的你这个职位？”

“他还没给——但他会给的。”她说罢幸福地笑了起来。

她听到了发动机的声音。声音很小，不如“飞剪号”发动机那样霸气。她望向窗外，看看是不是海军到了。

令她意外的是，绑歹徒的摩托艇和“飞剪号”还有水上飞机的绳子已经松开，小艇正急速驶向远方。

谁开的呢？

玛格丽特大开油门，将快艇驶离“飞剪号”。

海风吹开了她脸上的发丝，她兴奋地长啸一声。“自由啦！”她喊。“我自由啦！”

她和哈利不谋而合。他们当时正站在“飞剪号”走廊上，不知道下一步该怎么走。此时工程师艾迪将汽艇船长带下楼梯，将他押进一号套间和路德放到了一起。相同的灵感闪过二人的脑海。

乘客和机组人员都忙着恭贺新生，没人发现玛格丽特和哈利已经溜去艄舱上了快艇。发动机正在空转。哈利负责松绳，玛格丽特负责搞清楚操控台。这艘船和父亲在尼斯的那艘一样，没几秒钟的功夫他们就逍遥而去了。

她不觉得会有人来追他们。工程师叫来的海军巡逻舰正火急火燎地追赶潜艇，才不会对这个在伦敦偷了副袖扣的小贼感兴趣呢。警方来了也是去调查凶杀、绑架和海盗行为：轮到哈利还得会儿功夫呢。

哈利撬开一个锁柜，找到了几张地图。他研究了一阵，说：“这里好多布莱克港附近海域的航海图，就在美加边境上。估计我们离那儿不远。我们应该朝加拿大的方向开。”

过了一会儿，他又说：“北边七十五英里处有个叫圣约翰的大地方，那边有火车站。我们是在朝北开吗？”

她看了看指南针。“大差不差，没错。”

“我对航海一窍不通，不过我们只要一直能看见海岸线应该就丢不了。傍晚的时候应该可以到。”

她朝他微笑。

他放下地图，站到她和船舵旁边，呆呆地盯着她。

“干吗？”她说。“怎么了？”

他摇摇头，好像不敢相信自己的眼睛。“你真好看，”他说，“而且你还喜欢我！”

她大笑。“谁了解了你，都会喜欢你的。”

他用胳膊揽起她的腰。“和你这样的姑娘在阳光中乘风破浪，真是够劲儿啊。我老妈总是说我运气好，她说得没错，是不是？”

“我们到圣约翰之后干吗？”她说。

“我们把快艇搁浅，找个房间过夜，早上再乘首班火车离开。”

“不知道我们要靠什么吃饭。”她担心地眉心微蹙。

“是啊，这是个问题。我就几张英镑，光够住酒店、买车票、买新衣服……”

“我要是像你一样把随身行李带下来就好了。”

他摆出一副邪恶的表情。“这不是我的箱子，”他说，“这是路德先生的。”

她被弄迷糊了。“你拿路德先生的箱子干吗？”

“因为里面大概有十万美金呗。”说完他大笑起来。

作者后记

水上飞机的黄金时期很短。

波音B-314只造了十二架，六架原版，以及六架有轻微改造的B-314A版。九架在战时交给了美军，里面有一架“狄克西飞剪号”，罗斯福总统曾于1943年1月乘坐它参加“卡萨布兰科会议”。还有一架“洋基飞剪号”于1943年2月坠毁在里斯本，二十九人丧生——这是该机型史上唯一的坠机事故。

泛美航空公司将没有交给美军的剩下三架飞机卖给了英国，也是用来供贵宾跨大西洋乘坐的：丘吉尔坐过其中两架，一架是“布里斯托号”，一架是“伯里克号”。

水上飞机的优点在于它不需要长距离的水泥起飞跑道。而战争期间世界上许多地方都为了方便重型轰炸机起飞修建了长跑道，水上飞机的优势就消失了。

战后的B-314机型变得不经济，这些飞机也陆续被报废或是凿沉于水下。

现在世上一架B-314也没有了。

鸣　谢

我要感谢许多帮助我为此书搜集资料的人和机构，特别是：

纽约：泛美航空公司，特别是资料馆员邱丽华；

伦敦：威利斯勋爵；

曼城：克里斯·梅克皮斯；

南安普顿：英联港的雷·费希，皇家海军哈斯军区的伊安·辛克莱尔；

福因斯：飞船博物馆的玛格丽特·奥尚茜；

博特伍德：博特伍德文化博物馆的提普·伊万，以及博特伍德热情好客的居民；

希迪亚克：奈德·贝利瓦及家人，查尔斯·阿莲，及蒙克顿博物馆；

前泛美航空机组人员及其他“飞剪号”上的员工：美德琳·康妮芙、鲍勃·佛戴西、陆·林赛、吉姆·麦克里奥德、史德兹·米德、罗杰·沃林，及斯坦·扎德利斯；

帮忙联络以上大多数人的：丹·史塔勒和潘·门德兹。

肯·福莱特经典作品

世纪三部曲　　各国读者平均3个通宵读完

《巨人的陨落》2016年5月出版

在第一次世界大战的硝烟中，每一个迈向死亡的生命都在热烈地生长——威尔士的矿工少年、刚失恋的美国法律系大学生、穷困潦倒的俄国兄弟、富有英俊的英格兰伯爵，以及痴情的德国特工……从充满灰尘和危险的煤矿到闪闪发光的皇室宫殿，从代表着权力的走廊到爱恨纠缠的卧室，五个家族迥然不同又纠葛不断的命运逐渐揭晓，波澜壮阔地展现了一个我们自认为了解，但从未如此真切感受过的20世纪。

《世界的凛冬》2017年3月出版

一切都始于那个裂变中的大时代——希特勒上台，爱德华八世退位，原子弹在广岛和长崎爆炸……世界剧烈改变，我该怎么办?

这正是他们的困惑——一群处于人生黄金时代的少男少女，来自德国、美国、英国、苏俄和威尔士的五大家族，他们父辈的命运因一战而彻底改变。如今，世界再次破碎，甚至更加暴烈和残酷。然而，这就是他们的时代!

在时间的永恒流动中，每个人都在创造历史。所以，为什么不一起来，会一会命运?

《永恒的边缘》2017年5月出版

如果说《巨人的陨落》是祖辈的传奇，《世界的凛冬》是父辈的人生，那么，《永恒的边缘》就是新一代的奋斗。

真正残酷和激烈的世界大战，是思想的大战。来自美国、德国、苏联、英国和威尔士的五大家族，又一次迎来了新的考验。东西德分裂、柏林墙、苏联秘密警察、刺杀肯尼迪、民权运动、古巴导弹危机、入侵黎巴嫩、弹劾尼克松……此外，第三代生活中还有摇滚、嬉皮士、跨种族婚恋、性解放，以及对过去的误会与和解。

说到底，世上只有一种英雄主义，就是在认清生活真相之后，依然热爱生活。

悬疑经典　　各国读者平均1个通宵读完

《针眼》2017年11月出版

一上市即受到广泛关注，并于次年获得爱伦·坡优秀小说奖，至1999年各国累计销量逾1000万册，是美国《出版人周刊》《时代周刊》等杂志强烈推荐的畅销小说。

《危险的财富》2017年11月出版

一部维多利亚时代浮华糜烂的家族史诗，交织着贪婪和仇恨、自私与残忍、冷血的谋杀和虚幻的爱情。

《寒鸦行动》2017年11月出版

二战期间，有一个全部为女性的情报部门，代号“寒鸦”。这群勇敢的女性在整个欧洲展开了激烈的抗击纳粹行动。然而，她们被出卖了。一张天罗地网正等待着“寒鸦”们……

《大黄蜂奇航》2017年11月出版

一名少年无意间闯入了德军秘密基地，发现了纳粹所向披靡的秘密。翻开本书，直面第二次世界大战英德空战的现场与真相。

《鹰翼行动》2017年11月出版

奥斯卡获奖影片《逃离德黑兰》的前传！书中的每一个细节都曾真实发生在世界上那个极度混乱的角落。没有任何一个好莱坞编剧能够像肯·福莱特一样完美地讲述这场著名的冒险。

《突然亡命天涯》2017年11月出版

致命的浪漫三角关系、充满风险的秘密任务、有异国情调的场景、扣人心弦的巧妙情节……一直在加速，紧张感令人无法呼吸。在这条亡命之路上，幸福与和平能否最终来临?

《燃烧的密码》2017年12月出版

这个故事发生在尼罗河上的船屋，充满了阴谋与血腥、欲望与爱情。随着行动的进行，紧张的局势就像不停收紧的绳索，每一个意想不到的反转都让人想要尖叫……我们穷尽一生追求的，不是征服世界，而是征服自己。

图书在版编目（CIP）数据

飞剪号奇航 / (英) 福莱特 (Follett,K.) 著 ; 张慧译. -- 南京 : 江苏文艺出版社, 2018.1

（肯·福莱特历史悬疑小说经典）

书名原文: Night Over Water

ISBN 978-7-5399-6658-8

Ⅰ. ①飞… Ⅱ. ①福… ②张… Ⅲ. ①长篇小说—英国—现代 Ⅳ. ①I561.45

中国版本图书馆CIP数据核字(2013)第238869号

图字：10-2014-449号

书　　名　飞剪号奇航

著　　者　（英）肯·福莱特
译　　者　张　慧
责任编辑　丁小卉　姚　丽
特邀编辑　刘　娟　黄迪音
责任监制　刘　巍　江伟明
策　　划　读客图书
版　　权　读客图书
封面设计　读客图书　021-33608311
出版发行　江苏凤凰文艺出版社
出版社地址　南京市中央路165号，邮编：210009
出版社网址　http://www.jswenyi.com
印　　刷　三河市吉祥印务有限公司
开　　本　890mm x 1270mm　1/32
印　　张　17
字　　数　372千
版　　次　2018年1月第1版　2018年1月第1次印刷
标准书号　ISBN 978-7-5399-6658-8
定　　价　69.90元